蘭陵笑笑生與《金瓶梅》

胡衍南——著

五南圖書出版公司 印行

目次

001 第一章 作者之謎

002 第一節 集體創作或個人獨創？

005 第二節 紹興老儒？大名士？

011 第三節 作者候選名單

024 第四節 「哥德巴赫猜想」又怎樣？

031 第二章 成書、版本與續書

032 第一節 從抄本到刻本

040 第二節 詞話本、崇禎本、第一奇書本及滿蒙譯本

060 第三節 清代的續書

069 第三章 文學史上的《金瓶梅》

070 第一節 魯迅標榜的「世情書」

080 第二節 中國第一部「小說」（novel）

090 第三節 性描寫與豔情小說？

102 第四節 兩部《金瓶梅》、兩種世情小說寫作模式

115 第四章 《金瓶梅》的人物魅力（上）

117 第一節 天地第一嫖客：西門慶
131 第二節 「金」瓶梅：潘金蓮
144 第三節 金「瓶」梅：李瓶兒
156 第四節 金瓶「梅」：龐春梅

169 第五章 《金瓶梅》的人物魅力（下）

172 第一節 西門慶其他妻妾
184 第二節 姘婦與妓女
201 第三節 幫閒：應伯爵

215 第六章 《金瓶梅》的細節描寫

216 第一節 飲食

蘭陵笑笑生與《金瓶梅》

236 第二節 服飾
258 第三節 節慶：元宵
271 第七章 《金瓶梅》的意義與寓意
274 第一節 一部世情書——描摹世態，見其炎涼
288 第二節 讀《金瓶梅》而生憐憫心者，菩薩也！
304 第三節 世情或世變？一則政治寓言……
319 第八章 《金瓶梅》點讀
323 第一節 一～二十回：擺脫《水滸》陰影，建立齊家規模
337 第二節 二十一～四十九回：經商、加官、升子——西門慶的人生與事業
357 第三節 五十～七十九回：得胡僧藥之後——西門慶的暴發、耗損及崩壞
379 第四節 八十～一百回：大廈傾頹，各自逃生

蘭陵笑笑生與《金瓶梅》

第一章 作者之謎

第一節　集體創作或個人獨創？

明末清初至今，我們早習慣於《三國演義》、《水滸傳》、《西遊記》、《金瓶梅》合稱「四大奇書」的說法，然而同為奇書，四者之間的成書方式卻有不同。一般認為，《三國演義》、《水滸傳》、《西遊記》屬於世代累積型的集體創作，《金瓶梅》則是第一部文人獨創作品。所謂世代累積型的集體創作，係指故事長期在民間流傳、發展、演化、積澱，甚至多數經過民間藝人補充、修訂、重組，而後由某一位（或多位？）文人加工寫定，甚至在以抄本或刻本傳播的過程中還陸續有人加以增補改寫——因為這個歷程連續數百年，綿延的世代參與其中，廣義的作者不計其數，是謂世代累積型的集體創作。反之，則是指某個文人作家獨立寫就的作品。

不過，一直以來，都有人懷疑《金瓶梅》也是世代累積型的集體創作，持此說者最主要的根據，在於書名裡的「詞話」。詞話是盛行於元、明兩代的說唱藝術，這一名稱雖不見於宋、金文獻，但一般相信宋代已有這個用法，它指的是說唱藝術中的兩種類型：「一種是按照樂曲填成唱詞，中間雜以說白，這是屬於樂曲系的；另一種是用七言詩體作唱詞，中間雜以說白，這是屬於詩贊系的。」[1]簡單地說，主要演唱小曲或詩歌，中間穿插說白者，大概就是宋、元、明所指的詞話。明朝萬曆四十五年（一六一七）刊刻的《新刻金瓶梅詞話》，不只書名有「詞話」二字，而且書中確實有大量的詩詞、流行歌曲、戲曲曲文，所以有人認為《金瓶梅》很可能是世代累積型的集體創作。

大多數學者對此持反對態度，理由包括：《金瓶梅》故事衍自《水滸傳》，但是從《水滸傳》繁本定型到《金瓶梅》成書，其實只有半個多世紀的時間；又，一部世代累積的集體創作，書中怎麼會有明代史實（如「皇庄」、「馬價銀」）；再，《金瓶梅》看起來文風統一，故事敘述宛如網狀結構，這與說書一貫的線性結構大相逕庭；以及，小說對於細節的交代（特別如性交段落），根本不是說唱藝術所側重或擅長的。然而這些質疑都站不住腳，主張《金瓶梅》是集體創作的人，只要宣稱目前所見最早的版本、萬曆四十五年刊刻的《新刻金瓶梅詞話》乃是後來的改寫本，在此之前還有一個（或多個）祖本，那麼前述的質疑都可以破解——舉凡《金瓶梅》對《水滸傳》文字的襲用、書中出現的明代史實、相對統一的文風和網狀敘事、不厭精細的描寫及性交內容等等，都可以歸因於後出這個改寫本所為。

如此一來，難道《金瓶梅》真是世代累積型的集體創作？

1 胡士瑩：《話本小說概論》（北京：中華書局，一九八〇年五月），頁一七五。

倒也未必。此說的要害在於：一，截至目前為止，沒有任何史料可以證明小說的人物、情節曾經長時期在民間流傳，甚至被說書人或戲曲家公開講演——如同三國故事、水滸故事、西遊故事那樣。何況，從明代第一批讀者的閱讀反應可知，《金瓶梅》係橫空出世而非世代累積。二，學界雖然喜歡推測現存四大奇書皆有更早的祖本，但是包括嘉靖元年（一五二二）《三國志通俗演義》（嘉靖本）、萬曆十七年（一五八九）《忠義水滸傳》（天都外臣序刊本）、萬曆二十年（一五九二）《西遊記》（世德堂本），委實存在較多的爭議可以支持關於祖本的推想；相較之下，《金瓶梅》是否存在一個接近說唱原貌的祖本，其實證據並不夠充分。所以，基於「讓證據說話」的學術原則，多數學者依然視《金瓶梅》為第一部文人獨創的長篇小說。

然而怎麼解釋《金瓶梅》書中大量的說唱元素？最合理的說法是視其為「擬話本」小說。自魯迅以降，很多學者認為《二拍》裡面那些短篇小說才是擬話本小說，鮮少有人想過，這個概念也可以用來指涉中、長篇小說。不要忘了，魯迅《中國小說史略》也把《大唐三藏取經詩話》、《大宋宣和遺事》視為擬話本——雖然後來的研究證明《大唐三藏取經詩話》、《大宋宣和遺事》恐怕和宋元說話無關（或沒有絕對關係），至少魯迅在創造擬話本這一概念時，並沒有將之侷限於短篇。有此認識之後，問題就簡單了，試想：在《三國演義》、《水滸傳》、《西遊記》之後出現的《金瓶梅》，即便是首部文人獨創小說，面對這些經典及由此衍生的大量長篇說部，它怎麼可能在敘事形式上不加以仿效？《金瓶梅》中大量的說唱元素，很可能是作者爲了迎合市場習慣所植入的。而且不只如此，整個明代的白話小說都有這樣的特色，一直要到清代的《儒林外史》、特別是到《紅樓夢》，才眞正揚棄了說唱藝術的敘事形式。

所以，在證明《金瓶梅》故事曾經長期於民間流傳、甚至被民間藝人公開演出之前，還是將其成書視爲文人獨創吧。

第二節　紹興老儒？大名士？

不過，這個文人作者是誰呢？

目前所見最早刻本《新刻金瓶梅詞話》出現之前，小說曾在文人之間流傳了二十年，家中藏有全書的有王世貞、劉承禧、徐階，曾經持有殘本或者轉抄借閱者包括董其昌、袁宏道、袁中道、謝肇淛、屠本畯、王肯堂、王稚登、沈德符、馮夢龍、馬仲良、李日華、沈倩、丘充志、薛岡、文在茲等人。在以抄本形式流傳的二十年裡，作者即已不可考，沒有任何人提出具體確切的作者姓名，只有一些傳聞或捕風捉影。

謝肇淛〈金瓶梅跋〉：

> 《金瓶梅》一書，不著作者名代。相傳永陵中有金吾戚里，憑怙奢汰，淫縱無度，而其門客病之，採摭日逐行事，彙以成編，而托之西門慶也。2

根據這個講法，《金瓶梅》抄本是沒有登載作者姓名的，不過謝肇淛交代了一個傳聞，指出作者是所謂「金吾戚里」的門客，因爲看不慣主人驕奢縱欲，所以偷偷錄下他的日常生活。類似說法還可見袁中道《游居柿錄》：

> 舊時京師，有一西門千戶，延一紹興老儒於家。老儒無事，逐日記其家淫蕩風月之事。以門慶影其主人，以餘影其諸姬，瑣碎中有無限烟波，亦非慧人不能。3

謝肇淛所謂的「金吾戚里」，到這裡被坐實爲西門千戶，金吾戚里的門客則成爲「紹興老儒」，寫作動機從譏諷變成消遣。根據這兩條文獻，顯然當時對作者之謎有一種傳言，認爲大抵是身分不顯赫、成就也平凡的中下層讀書人。

另一個傳言則較為極端，屠本畯《山林經濟籍》：

按《金瓶梅》流傳海內甚少，書帙與《水滸傳》相埒。相傳嘉靖時，有人為陸都督炳誣奏，朝庭籍其家。其人沉冤，託之《金瓶梅》。王大司寇鳳洲先生家藏全書，今已失散。4

這個說法是「有人」為都督陸炳誣奏，故作《金瓶梅》以雪其冤。然而，一個會被彈劾、進而遭致抄家命運的人，大抵也是朝廷命官，這一下子便把作者的身分抬高了。有趣的是，屠本畯不知為何補了一句「王大司寇鳳洲先生家藏全書」，這又把明代著名文學家、「後七子」之首的王世貞給扯了進來，頗有此地無銀三百兩的味道。至於沈德符《萬曆野獲編》，

2 明．謝肇淛，《小草齋文集》，卷二十四。收入《四庫全書存目叢書》（臺南：莊嚴文化事業公司，一九九七年六月），集部，第一七六冊，頁二七八。

3 明．袁中道著，步問影校注：《游居杮錄》（上海：上海遠東出版社，一九九六年十二月），卷九，頁二一二。

4 明．屠本畯：《山林經濟籍》，轉引自阿英：〈《金瓶梅》雜話〉，收入《小說閑談》，《阿英全集》（合肥：安徽教育出版社，二〇〇三年七月），第七卷，頁三十一－三十五。

傳聞中的作者訊息更加具體：

> 聞此爲嘉靖間大名士手筆，指斥時事，如蔡京父子則指分宜，林靈素則指陶仲文，朱勔則指陸炳，其他各有所屬云。中郎又云，尚有名《玉嬌李》者，亦出此名士手，與前書各設報應因果。[5]

這裡除了直指作者是「大名士」，而且把小說定位爲政治小說，書中影涉的官員也列舉出來。要緊的是，兩條文獻合併起來看，「嘉靖間」「大名士」「王世貞」幾乎呼之欲出。

《金瓶梅》的手抄本沒有載明作者何人，上述第一批讀者也不清楚作者身分。萬曆四十五年刻本《新刻金瓶梅詞話》問世時，一樣沒有載錄作者姓名，三篇序跋文字也未提及具體的作者訊息。不過，欣欣子〈金瓶梅詞話序〉開篇即道：「竊謂蘭陵笑笑生作《金瓶梅傳》，寄意於時俗，蓋有謂也。」至此作者有了名字，即便顯係假名。廿公〈跋〉則提及：「《金瓶梅》爲世廟時一鉅公寓言，蓋有所刺也。」世廟指的是明世宗嘉靖皇帝，「世廟時一鉅公」看來又對上「嘉靖間大名士」的傳言。

到了宋起鳳《稗說》，正式宣稱王世貞即《金瓶梅》作者：

> 世知《四部稿》爲弇洲先生平生著作，而不知《金瓶梅》一書，亦先生中年筆也。既有知之，又惑於傳聞，謂其門客所爲書。門客詎能才力若是耶？弇洲痛父爲嚴相嵩父子所排陷，中間錦衣衛陸炳陰謀孽之，置於法。弇洲憤懣懟廢，乃成此書。所謂西門慶者，指陸也。以蔡京父子比相嵩父子，諸狎昵比相嵩羽翼。陸當日蓄群妾，多不檢，故書中借諸婦一一刺之。

宋起鳳《稗說》作於康熙十二年（一六七三），但是謝頤爲康熙三十四年（一六九五）在茲堂本《批評第一奇書金瓶梅》作序時道：「《金瓶》一書，傳爲鳳洲門人之作也，或云即鳳洲手。」乾隆年間畫舫中人（李斗）作《奇酸記傳奇．緣起》時也說：「《金瓶梅》一書，或曰鳳洲門人作，或曰即鳳洲手。」可見從明萬曆年間到清乾隆年間，《金瓶梅》作者的推測還是擺盪於王世貞及其門客之間。但是自宋起鳳《稗說》以後，確實愈來愈多人附和作者係王世貞的講法，而且添加了濃濃的傳奇色彩。從佚名〈跋金瓶梅後〉：「《金瓶梅》一書，膾炙人口，金聖嘆評之詳矣。世傳鳳洲撰文，荊川中毒，分宜〈清明上河圖〉公案，久入覆盆，不得已假荒唐之詞，作復仇之計，此殆仁人孝子之用心，有固然無足怪者。」到後

5 明．沈德符：《萬曆野獲編》（北京：中華書局，一九九七年十一月），卷二十五，「金瓶梅」條，頁六五二。

來顧公燮《銷夏閒記》、佚名《寒花盦隨筆》、佚名《缺名筆記》，《金瓶梅》一書已經變成是王世貞或爲譏嚴世蕃、或爲報父仇所作，故事傳聞大抵是——王世貞的父親王忬因進贋畫於嚴嵩（此畫一說是〈清明上河圖〉、一說是〈輞川真跡〉），爲人所識破（此人一說是唐順之、一說是湯裱褙），導致王忬爲嚴嵩所殺。世貞爲報父仇，進《金瓶梅》毒死仇家（一說是嚴世蕃、一說是唐順之），其內容多譏刺嚴氏。[6]

這個流行一時的傳說，後來爲著名歷史學家吳晗所推翻，主要理由包括王家與〈清明上河圖〉無關、史載嚴世蕃係正法而死、唐順之根本比王忬死得早等等，所以前述那個爲報父仇而作《金瓶梅》的傳聞完全是附會來的。[7]吳晗的研究結論爲學界所普遍接受，但是，他進一步排除王世貞爲《金瓶梅》作者的可能性，則因立論不夠充分所以未能服人。金學家中，有人相信王世貞仍是最可能的作者人選，也有人努力提出其他的作者人選。

總而言之，《金瓶梅》第一批讀者提供的作者傳聞，不外是中下層文人、大名士兩個極端的方向。清代以來，主張作者爲中下層文人者，除了看重小說本身豐富的說唱元素，多半也喜歡強調敘事的瑕疵。例如昭槤《嘯亭續錄》所謂：「《金瓶梅》其淫褻不待言，至敘宋代事，除《水滸》所有外，俱不能得其要領，以宋、明二代官名羼亂其間，最屬可笑。是人尚未見商輅《宋元通鑑》者，無論宋金正史。弇州山人何至謭陋若此！必爲贋作無疑也。」反之，主張作者爲大名士者，則特意強調小說敘事縝密。例如宋起鳳《稗說》有云：「書雖極意通俗，而其才開合排蕩，變化神奇，於平常日用，機巧百出，晚代第一種文字也。」

金學家對《金瓶梅》的評價自然要高，小說史研究者對《金瓶梅》的評價也通常不低，因此相信作者爲大名士的傾向要強一些。除了王世貞，還有許多有意味的候選名單，各種意見都不乏參考價值。

第三節　作者候選名單

一個世紀以來，學者對《金瓶梅》作者問題提出了近百位候選名單。這一方面說明，《金瓶梅》作者研究具有難以抗拒的吸引力；但另一方面也顯示，這些名單的解釋效力多半非常有限。

著名金學家、中國金瓶梅研究會副會長兼秘書長吳敢，在他的《金瓶梅研究史》將這些

6 以上諸文獻，均轉引自黃霖編：《金瓶梅資料匯編》（北京：中華書局，一九八七年三月）。

7 吳晗：〈《金瓶梅》的著作時代及其社會背景〉，原載《文學季刊》創刊號，一九三四年一月，後收入胡文彬、張慶善選編：《論金瓶梅》（北京：文化藝術出版社，一九八四年十二月），頁十一—四十七。

作者人選分成三個等級，分別是「廣有影響者」、「頗經論證者」以及「略有稽考者」[8]。廣有影響者係指最多人參與論證、迴響較大、可信度也因此較高者，以下便針對這幾個人選加以介紹。

一、王世貞

如前所述，自清代宋起鳳《稗說》坐實王世貞爲《金瓶梅》作者，後人對此說的接受度頗高，一直到一九三〇年代才被吳晗等人給駁斥。然而在一九八〇年前後，金學家朱星《金瓶梅考證》重倡此說，列舉出王世貞爲作者的十大理由，包括：

一，王世貞確實是嘉靖間大名士。二，王世貞能作小說，其一百七十四卷的《四部稿》，其中一部稿就是小說創作。三，王世貞有足夠的魄力獨自完成這部小說，因爲他著作數量之豐，在明代恐怕首屈一指。四，王世貞有足夠的閒暇去寫這部小說。五，王世貞是大官僚，所以有足夠的閱歷、見識和經驗去寫小說中的官場內容。六，王世貞在官場多次升調，足跡遍及山東與江浙，符合小說地理空間涵蓋南北的特質。七，王世貞深信佛道（尤其是道教），不只明人筆記載其信道，他的著作也涉及神仙之事，說明他有能力描寫小說中的道教場景。八，王世貞生活浪漫，好色醉酒，因此有絕對的條件狀摹西門慶荒唐行徑。九，王世貞固是南直隸蘇州府太倉州（今江蘇太倉）人，但他的祖籍爲山東琅琊，而且做過三年的山東青州兵備副使，所以他不但有運用山東語言的客觀條件，也有懷念山東鄉土的主觀感情。十，王世貞的知識面很廣，所以能寫長達百回、且涉及不同生活層面之長篇小說。[9]

朱星此說一出，二十多年間引發很大迴響，撰文支持、補充此說的有周鈞韜、霍現俊、許建平……等人，反對此說的有黃霖、徐朔方、趙景深、張遠芬……等人。簡單地講，自一九八〇年以來的第一代與第二代金學家，對此說完全沒有共識。

平心而論，朱星的《金瓶梅》作者研究確實很有問題，他幾乎是先假設王世貞爲「當然」作者，然後才去找各種理由來支撐這個假設。然而——同樣平心而論——朱星之所以視王世貞爲當然作者，是基於王世貞乃明人唯一委婉指出的作者人選；而且王家爲目前所知唯一藏有《金瓶梅》全書者，也間接支持小說爲其所作的可能。這個出發點，是主王世貞說者最有力的「假設」，其他作者候選人無一具備這兩個條件，所以許建平才會說：目前所提出的作者人選「無一能取代王世貞的地位」。在此之外，主此說者也有別的努力，例如許建平

8 吳敢：《金瓶梅研究史》（鄭州：中州古籍出版社，二〇一五年六月），頁一一一—一一三。

9 朱星：《金瓶梅考證》（天津：百花文藝出版社，一九八〇年十月），「二、《金瓶梅》的作者究竟是誰？」，頁三十一—五十。

就發現：被寫進小說中的明代官吏幾乎都是王世貞的同鄉或好友；明人沈德符、屠本畯、廿公所謂小說「寄意於時俗」及「蓋有所謂」，實在符合王世貞批判嚴嵩父子等人的立場……10。

附帶一提，明清兩代流傳王世貞為小說作者之同時，也不排除作者為王世貞的門人。因此當代學者也有人主張作者為王世貞門人（如屠隆、盧楠等），也有人推想此書為王世貞及門人合著，此不贅述。

二、賈三近

王世貞之外，當代學者貢獻的第一個作者候選人，是山東文學家賈三近。

想要提出新的《金瓶梅》作者人選，必須先否定明清以來頗見影響的王世貞說。前面提到，吳晗雖在一九三〇年代推翻了王世貞為報父仇而作《金瓶梅》的「苦孝」傳聞，但並沒有成功排除王世貞作書之可能。然而就在同一時期，鄭振鐸、魯迅兩位文壇巨擘也先後表態反對王世貞說11，他們的根據，全是基於一九三二年被發現的萬曆四十五年刊本《新刻金瓶梅詞話》裡欣欣子序文的一句話——「竊謂蘭陵笑笑生作《金瓶梅傳》，寄意於時俗，蓋有謂也。」這裡揭示作者笑笑生是蘭陵人，蘭陵隸屬山東，而王世貞是江蘇人，自然不可能作《金瓶梅》。

金學家張遠芬在一九八四年出版《金瓶梅新證》[12]，先呼應魯迅、鄭振鐸、吳晗的說法，否定王世貞的作者權。她說，自古以來蘭陵和嶧縣就在一個轄區內，明代文人筆下的蘭陵就是嶧縣，例如明代山東嶧縣文學家賈三近，就在其著作《滑耀編》自署「蘭陵散客」。雖然有人質疑蘭陵也是江蘇武進的古名，但張遠芬反駁這種說法，強調武進的古名是延陵、毗陵、晉陵或南蘭陵，從來不是蘭陵。所以她說：「蘭陵笑笑生只能是嶧縣的笑笑生，而不是武進的笑笑生。」此外，欣欣子序裡所載「欣欣子書於明賢里之軒」，「明賢里」這個地名，也被她考證出來就是嶧縣。又，小說裡經常出現的「金華酒」，她考證出不一定是衆人以爲的浙江金華名酒，而是蘭陵酒。再，經過她的研究，小說中複雜混亂的方言運用，有很大一部分來自嶧縣，也證明蘭陵是山東嶧縣。

10 許建平：〈王世貞與《金瓶梅》的著作權〉，收入許建平：《許建平《金瓶梅》研究精選集》（臺北：臺灣學生書局，二〇一五年六月），頁二一三—二四四；又收入許建平：《明清文學論稿》（鄭州：河南人民出版社，二〇一七年八月），頁二三〇—二四六。

11 鄭振鐸：〈談《金瓶梅詞話》〉，原載《文學》第一卷第一期（一九三三年七月），今收錄於《鄭振鐸全集》（石家庄：花山文藝出版社，一九九八年十一月），第四卷，頁二二三—二四二。魯迅：〈《中國小說史略》日譯本序〉，收入《且介亭雜文》，《魯迅全集》（北京：人民文學出版社，一九八一年十二月），第六卷，頁三四七—三四九。

12 張遠芬：《金瓶梅新證》（濟南：齊魯書社，一九八四年一月）。

於是張遠芬「假設」萬曆九年（一五八一）版《嶧縣志》作者、自署「蘭陵散客」的文學家賈三近就是《金瓶梅》作者，接著分別就其家世生平、文學素養、精神氣質、筆名由來，逐一推敲這個假設的可能性。包括：小說的成書年代和賈三近的生存時代基本吻合，書中部分人物細節似乎可以和他個人經歷相互聯繫，他的諫官身分也符合小說「指斥時事」的性格。此外，小說於方言使用可謂渾然純熟、幾篇官場奏章也作得十分到位、對戲曲和流行歌詞更儼然信手拈來，這些技藝賈三近基本都具備。甚至連小說中出現的明代史實，例如太僕寺馬價銀、皇庄與皇木、黃蠟和鹽鈔……等等，也可考證出和賈三近存在一定的關係。綜合起來，張遠芬的假設是有一些道理。

此說一出，附和者多，情緒反應也很熱烈，其中鄭慶山專著《金瓶梅論稿》更有一些意見增補[13]。當然，反對者也很不少，原因除了此說缺乏直接證據，張遠芬的研究方法也予人「先射箭，再畫靶」之譏，更遑論書中每個層面的推敲都有點勉強——尤其是關於地名和方言的解釋。

三、屠隆

屠隆是王世貞以外，迴響最大的《金瓶梅》作者主張。乍看之下，這和此說首倡者黃霖脫不了關係，畢竟他是復旦大學教授、中國金瓶梅研究會會長、明代文學會會長。不過，此說之所以影響較大，委實和黃霖找到的作者線索較有關係。

黃霖在一九八〇年代中期發表一系列論文，考證出《金瓶梅》作者爲屠隆[14]。在提出具體人選之前，黃霖先交代了他的論證前提：第一，關於小說的創作時間，學界長期以來在「嘉靖間」打轉，忽略了吳晗、鄭振鐸、韓南（Patrick Hanan）的研究發現，進而主張「《金瓶梅詞話》的成書時間當在萬曆十七年至二十四年之間」，甚至有理由懷疑就是萬曆二十年動手的。第二，小說內容既有北方痕跡也有南方色彩，該書又成於一人之手，看來作者應該對南北生活習俗都有心得。但是與其推斷作者爲山東人，不如相信作者乃江浙人，因爲書中寫到山東故事時竟還自稱「魯酒」、「山東賣棉花客人」，想來是江浙作者在寫山東時「不自覺地露出了南方的痕跡」。既然蘭陵同時可能是山東嶧縣和江蘇武進，那麼作者當爲江浙人士。第三，《金瓶梅》的作者當是一個很不得志、看穿世事、不滿現實、玩世不恭的人，所以不會是王世貞、趙南星、賈三近這般生活順遂之人。其次，小說寫了不少爲宦大場面，因此像徐渭、李贄、馮維敏這等沒有進京任職經驗的人，也可以從作者名單中排除。

13 鄭慶山：《金瓶梅論稿》（瀋陽：遼寧人民出版社，一九八七年十一月）。

14 黃霖：《金瓶梅考論》（瀋陽：遼寧人民出版社，一九八九年十月）。

加上書中亟寫男女之事，又頗多遊戲筆墨，當不可能出自薛應旗等道學先生手筆。如此，歷來作者諸說均難成立。

接著，他的關鍵發現在於——小說第五十六回水秀才作的〈哀頭巾詩〉與〈祭頭巾文〉，俱出自笑話集《開卷一笑》。此書卷一題「卓吾先後編次，笑笑先生增訂，哈哈道士校閱」，卷三則題「卓吾先生編次，一衲道人屠隆參閱」，參訂校閱者一會兒是笑笑先生、哈哈道士，一會兒又成一衲道人屠隆，說明：「笑笑先生、哈哈道士、一衲道人、屠隆都是同一人」。一來「笑笑先生」基本等於「笑笑生」，二來《開卷一笑》所載屠隆之作和前述一詩一文、和《金瓶梅》的思想傾向十分合拍，因此他說：「這就不能不使人相信屠隆即是笑笑生了」。《開卷一笑》提供了屠隆和笑笑生之間的直接聯繫，然而黃霖又從六個方面考證屠隆和《金瓶梅》之間的聯繫——包括：一、屠隆籍貫雖是浙江鄞縣，但祖上來自江蘇武進；二、屠隆仕宦不順，晚年窮困潦倒，因此書中對現實的批判、對佛道的依傍很可能反映他個人的心境；三、屠隆放誕風流，但又自覺欲望難除，這或許是小說擺盪於縱欲和勸誡之間的原因；四、屠隆具備寫作《金瓶梅》所需要的知識結構和生活經驗；五、屠隆的文采在當時被多人公開稱道，且同時熟悉小說、戲曲和笑話等遊戲文字，從文學修養來看完全有條件撰寫這部「文備眾體」的小說；六、屠隆和當時擁有小說完整抄本的王世貞、劉承禧都有密切交往——結果自然是更加提高屠隆作《金瓶梅》的可能性。

黃霖提出的屠隆說，得到很多人的呼應，其中最具代表性的是臺灣金學權威魏子雲，在他的附議下，屠隆說一時取得了很大的聲勢。一九九〇年代，鄭閏出版專書《金瓶梅和屠隆》[15]，也對黃霖的說法提出不少補充，屠隆說的基礎看似更加穩固。然而事實上，黃霖的主張一出，反對的力道就很強大，其中最具代表性的是徐朔方一系列文章，包括〈〈金瓶梅作者屠隆考〉質疑〉、〈〈金瓶梅作者屠隆考〉質疑之二〉、〈〈別頭巾文〉不能證明《金瓶梅》作者是屠隆〉[16]。徐朔方的主要論據有三：首先，笑話集《開卷一笑》更可能是清版，即清人託名李摯、屠隆的出版品；其次，就算《開卷一笑》爲明版，但參閱者不等於作者，而且〈別頭巾文〉也不見得是屠隆所作；再次，「笑笑先生」和「笑笑生」係兩個不同的概念。以上質疑均直擊屠隆說要害，雖然正反方後續辯論很多，但仍難有共識。

四、李開先

和屠隆說一樣，主張李開先爲《金瓶梅》作者的，也是幾位極有聲望的學人。

15 鄭閏：《金瓶梅和屠隆》（上海：學林出版社，一九九四年五月）。

16 徐朔方：《論《金瓶梅》的成書及其它》（濟南：齊魯書社，一九八八年一月）。徐朔方：《徐朔方《金瓶梅》研究精選集》（臺北：臺灣學生書局，二〇一五年六月）。

據聞，中國古典小說第一代研究者孫楷第，很早就曾推測《金瓶梅》作者是李開先。到了一九八〇年代，原本一直暗中支持此說的吳曉鈴，公開宣稱此一說法。他的理由包括：一、根據明代文獻，作者應該是嘉靖時人；二、根據小說的方言使用、小說內容的山東元素、以及蘭陵這個地名，可以綜合推測出作者是山東人；三、小說既然寫了不少北京，所以作者應該熟悉北京，而且應該任過京官；四、根據小說明顯的政治批判，作者宦途可能也與上級有過衝突；五、作者應該對民間文學相當熟稔。

徐朔方主張《金瓶梅》和《三國演義》、《水滸傳》、《西遊記》一樣，是一部世代累積型的集體創作；然而世代累積的集體創作都有一個「寫定者」，他推測《金瓶梅》的寫定者正是李開先（或李開先的崇信者），其論點後來體系化地呈現在長文〈《金瓶梅》成書新探〉[17]。吸引徐朔方往李開先這個方向思考，來自一個很誘人的發現——《金瓶梅》第七十回正宮〔端正好〕套曲（五支），係採用自李開先傳奇《寶劍記》第五十齣。而且，根據他的研究，作爲都是從《水滸傳》那裡進行改編、發揮的《金瓶梅》與《寶劍記》，兩者在思想傾向上頗爲近似。再加上李開先又符合嘉靖時人、籍貫山東、在京任官……等條件，因此得出李開先（或其崇信者）是《金瓶梅》寫定者（或寫定者之一）的「推測」。

李開先說得到著名學者王利器、趙景深、杜維沫、日下翠等人的附議，一時聲勢頗振。之後，卜鍵發現《李氏族譜》，考察李開先生平經歷，作出專書《《金瓶梅》作者李開先考》[18]，此書用吳敢的話講：「從《寶劍記》與《金瓶梅》、李開先與西門慶、清河寓意、蘭陵意旨等諸多小說內證方面，以及個人素質、作文風格、交遊類群等一些作者資質方面，集李開先說爲大成。」[19]然而，李開先說的命運和其他諸說一樣，很快引來反方的各種質疑。平心而論，徐溯方從《金瓶梅》引《寶劍記》找到小說作者的可能人選，其實是完全沒有因果關係的推敲，許建平問得好——誰說《金瓶梅》抄錄化用了某人的作品，小說作者（或寫定者）就一定是某人？而且，《金瓶梅》既然引用了極其大量的戲曲、話本、詩文及其他文獻，那麼從方法學上講，除了證明《金瓶梅》和《寶劍記》之間作者的可能聯繫，還必須排除《金瓶梅》和其他引用文獻之間作者的可能聯繫，如此的研究才算是有效力的[20]。

五、徐渭

當老一輩學者還在爭辯《金瓶梅》作者是山東人或江蘇人，新一代學者潘承玉卻把作者

17 前註引書均見收錄此文。

18 卜鍵：《《金瓶梅》作者李開先考》（蘭州：甘肅人民出版社，一九八八年六月）。

19 吳敢：《金瓶梅研究史》，頁一一四。

20 許建平：〈新時期《金瓶梅》研究述評〉，收入許建平：《許建平《金瓶梅》研究精選集》，頁六十一—七十七；又收入許建平：《明清文學論稿》，頁四四四—四六四。

人選指向浙江紹興的徐渭。事實上，關於小說作者爲紹興人的講法，首先來自袁中道《遊居柿錄》：「舊時京師，有一西門千戶，延一紹興老儒於家。老儒無事，逐日記其家淫蕩風月之事。」因此，徐渭說不能算是突發奇想。

潘承玉的徐渭說藉一本專著《金瓶梅新證》體現[21]，十餘篇文章分成三個層次，逐漸推敲出《金瓶梅》作者爲徐渭。第一層，他透過細緻的文本分析，得出作者是橫跨嘉靖、隆慶、萬曆朝（但主要活動在嘉靖朝）的文人，而且此人同時擅長戲曲和應用文書，可以純熟使用大江南北的方言，又有任職於邊關或抗敵的經歷。第二層，他論證出小說中的地理原型是紹興古城，加上書中不斷出現紹興酒、紹興民族和紹興方言，因此推論小說作者必然爲紹興人。第三層，他把書中幾個謎樣的符號如廿公、徐姓官員、清河縣、蘭陵、笑笑生進行破解，得出作者是「浙東紹興府山陰縣徐渭」的結論，繼而比勘《金瓶梅》文本和徐渭其他著作，更且找出徐渭「洩憤」的寫作動機，最終強化了徐渭作《金瓶梅》的可能。

解謎還原和穿鑿附會，往往一線之隔，徐渭說的最大爭議，在於他拆解廿公、清河、蘭陵等神秘符號以及推斷紹興爲小說地理原型時，運用了過多的想像力。所以即便潘著材料豐富，主張自成一家之言，也有學者附和其說，但是並沒有激起有意義的辯論。吳敢《金瓶梅研究史》：「潘承玉關於徐渭說與黃霖關於屠隆說、卜鍵關於李開先說、許建平關於王世貞說，在當今《金瓶梅》作者研究中，可以并稱爲四大說。」[22]細察其書，吳敢對潘承玉的徐滑說顯然有更大熱情，這是來自權威金學專家的重要背書。

六、王稚登

此說的提倡人是魯歌、馬征[23]。把作者問題轉到王稚登身上，也是回歸明代文獻的合理做法，一來王稚登係當年最早掌握《金瓶梅》抄本的人之一，二來他又是江蘇武進人。不過，魯歌、馬征接下來的論證並沒有凸出之處，包括主張小說選錄〈哀頭巾詩〉、〈祭頭巾文〉是爲了譏刺屠隆；小說中的內容與王稚登其他作品文脈相通；王稚登本人熟悉小說裡的山東方言、吳語和北京話；王稚登符合「嘉靖間大名士」、「世廟時一巨公」的身分；王稚登曾爲王世貞門客，故有以小說「指斥時事」的復仇動機；王稚登年少放蕩，晚年頗有追悔之意，這樣的經歷符合小說的主旨……等等。這些主張都不具備眞正的效力。

王稚登說曾經得到著名學者孫遜的支持，在沒有論證補充的前提下，孫遜當時曾說：

21 潘承玉：《金瓶梅新證》（合肥：黃山書社，一九九九年一月）。

22 吳敢：《金瓶梅研究史》，頁一一五。

23 魯歌、馬征：〈《金瓶梅》作者王稚登考〉，《社會科學研究》一九八八年第四期，頁九十三—一〇三。

「此說最新提出，估計會引起學術界的注意，其可能性當不在賈三近、屠隆說之下。」[24]遺憾的是，金學界對此迴響不大。附帶一提，魯歌在二〇〇九年改變了原來的說法，主張作者是「江蘇蘭陵（武進）民間才人」[25]。

上述六人之外，另有一批名單，被歸類爲「頗經論證者」，包括湯顯祖、馮夢龍、李先芳、沈德符、丁惟寧（及衍生出來的丁純、丁惟寧父子檔，丁純、丁惟寧、丁耀亢祖孫三代）、汪道昆、翟鑾、白悅等。剩下的則是「略有稽考者」，包括李漁、趙南星、盧楠、李贄、馮惟敏、謝榛、賈夢龍、蔡榮名、薛應旗、劉九、臧晉叔、蕭鳴鳳……等，眞的是族繁不及備載了。

第四節　「哥德巴赫猜想」又怎樣？

當《金瓶梅》作者候選名單多達七、八十人，既說明作者研究向來是金學熱點，也說明眞實答案離我們何等遙遠。因此有人說，《金瓶梅》作者研究乃是金學事業、乃至明代文學史的「哥德巴赫猜想」——即一個永遠無法被證明的猜想。然而，數學史上的哥德巴赫「猜想」，很可能是無法充分證明的「事實」；但這七、八十個《金瓶梅》作者候選名單，不無可能是無法充分證明的……「猜想」。

原因何在？一句話：缺乏直接證據，全是間接聯想比附。

著名小說史研究者陳大康，曾經在《金瓶梅》作者研究熱潮過後的二十一世紀初期，發表一篇論文〈《金瓶梅》作者如何考證？〉[26]。相較於幾年後，劉世德在一場演講一語雙關地貶抑《金瓶梅》作者研究爲「笑學」[27]，這篇文章其實發人省思。

陳文提到，明人關於《金瓶梅》作者問題，首先是謝肇淛、袁中道、屠本畯、沈德符四人留下的互相衝突的說法——包括金吾戚里的門客、紹興老儒、嘉靖間大名士，反映出明代第一批《金瓶梅》讀者對此莫衷一是，而且只能用「聞」、「相傳」來模糊處理作者問題。

24 孫遜、周楞伽：《漫話金瓶梅》（上海：上海古籍出版社，一九八八年十二月），頁三十四。

25 魯歌：〈《金瓶梅詞話》抄本於萬曆十九年冬到二十五年寫於江蘇——作者是江蘇「蘭陵」民間才人〉，收入魯歌：《魯歌《金瓶梅》研究精選集》（臺北：臺灣學生書局，二〇一五年六月），頁一—三十三。另可參該書〈後記〉，頁二一三—二一八。

26 陳大康：〈《金瓶梅》作者如何考證？〉，原載《文匯讀書周報》二〇〇四年二月六日，後收入陳大康：《古代小說研究及方法》（北京：中華書局，二〇〇六年十二月），頁三九〇—三九六。

27 劉世德：〈《金瓶梅》作者之謎〉，二〇〇七年二月二十五日在中國現代文學館的演講。

其次是萬曆四十五年《新刻金瓶梅詞話》問世，此版出現了欣欣子、東吳東珠客、廿公的序跋文字，其中欣欣子指出作者為「蘭陵笑笑生」，廿公指出小說乃「世廟時一巨公寓言」——然而可怪的是，抄本時代的讀者怎麼可能對作者是蘭陵人毫無所悉？又為什麼竟只能聽聞、相傳作者為大名士（世廟巨公）？所以，這幾篇序跋很可能是書坊主所為，並不可靠。陳大康說，從科學與邏輯上談，《金瓶梅》研究理應排除詞話本三篇序跋提供的線索，然而現狀卻是多數人因欣欣子的序在「蘭陵」上打轉。至於抄本時代讀者留下的作者線索，「嘉靖間大名士」因為可供尋找的人選最多，所以研究者採信的也最多；「紹興老儒」因為至少還有一個徐渭可以發揮，所以有點聲勢；「金吾戚里的門客」既莫名其妙又不著邊際，研究不易入手，所以鮮少人碰。

當然，欣欣子、東吳東珠客、廿公的序跋不能肯定就是書坊主操弄，所揭作者訊息也不見得完全無稽，這是陳大康略為武斷的地方。就算如此，歷來的作者考證確實還存在方法不科學的毛病，陳大康歸納出歷來作者研究較常用的十種方法——包括：取交集法、詩文印證法、署名推斷法、排斥法、綜合逼進法、聯想法、猜想法、破譯法、索隱法、順昌逆亡法——確實都有流於天真的傾向。陳大康在這裡並沒有訕笑之意，只是客觀指出《金瓶梅》作者研究的現象，所陳並不偏執。他甚且指出這些考證文章在邏輯上的三段論謬誤：

大前提：《金瓶梅》作者是「嘉靖間大名士」

小前提：×××是「嘉靖間大名士」

結論：×××是《金瓶梅》作者

如果把「嘉靖間大名士」代換成山東蘭陵人（或別的什麼），熟悉《金瓶梅》作者研究論述的人，都不免會心一笑吧。

簡單地說，在沒有直接證據的前提下，當代《金瓶梅》作者研究多只能從某個假設出發。問題在於，採取以上某幾種操作方式並得出勉可自圓其說的名單之後，一開始的假設條忽取得不需論證的「先驗」性格，參考答案於焉變成正確答案。換句話講，很多文章都是從「小心假設」開始，但經過比附和聯想，最後往往得出「大膽結論」。

然而，我們不必否定這數十年來的《金瓶梅》作者研究成果。中國古典小說這門學科奠基至今將近一個世紀，本來就是從文獻研究開始，然後才是文本研究與文化研究，因此前輩學人多置心力於作者、版本、成書等問題是很正常的，何況文獻研究乃文本研究與文化研究的根基。對此，陳大康也說：

> 應該指出，有的學者在重視《金瓶梅》本身研究的基礎上考證作者，而目的也

是爲了促進對作品的深入研究。盡管作者問題上的疑霧未能廓清，但他們鈎輯的豐富資料以及相應的整理、分析，推動了《金瓶梅》其他方面的研究，對人們了解明代社會的政治、經濟、民俗等都極爲有益。28

《金瓶梅》作者研究具有考證性質，論者往往要爬梳、比對、分析更多文獻，因此閱讀這些研究成果可以擴大我們的視野。

很多人相信眞理愈辯愈明，然而回到幾十年來的《金瓶梅》作者研究現況，看看一個又一個推陳出新的作者人選，必須承認，我們很可能永遠尋不出眞正的答案。即便如此，仍然應該尊重這些研究者的熱情，肯定他們在檢索文獻時所付出的辛勞，即便他們可能在方法上存在這樣或那樣的爭議。對作者問題猶感興趣的讀者，這些前行研究除了提供各種不同的研究徑路以爲參考，箇中引人質疑的方法或態度也能作爲反面借鏡。更重要的是，對作者問題不抱興趣的讀者，這些前行研究在客觀上也有別的價值，至少，它們爲《金瓶梅》的文本解釋提供無數的「想像」空間。

舉例來說，且不管《金瓶梅》的成書究竟是世代累積或文人獨創，分別從不同角度切入，自然可以得到完全不同的詮解。又如，且不管《金瓶梅》的作者究竟是大名士或下層文人，一旦爲作者預設不同的階級屬性，自然可以帶來完全不同的閱讀反應。更具體地說，不論作者是山東人、江蘇人或浙江人，是王世貞、賈三近、屠隆或者徐渭，他們各異的文化修養、精神風貌、著書動機，豈不是爲《金瓶梅》的文本解釋創造無限可能？在過去，我們相信小說只有一個標準答案，等待讀者揭開謎底；但在今天這個標舉多元的後現代社會，無妨相信小說其實存在無限多個參考答案，任憑讀者兀自想像建構。

舉一個《紅樓夢》的例子。甲戌本第一回脂批提到：「雪芹舊有《風月寶鑑》之書，乃其弟棠村序也。今棠村已逝，余睹新懷舊，故仍因之。」[29]這條脂批反映的訊息是，《紅樓夢》極可能係在《風月寶鑑》的基礎上改寫而成。從一九八〇年代至今，愈來愈多讀者認眞看待這個可能，但在缺乏直接證據、文本內證又沒有足夠效力的情況下，此說委實很難成爲的論。對於考證成癖的研究者來說，這是怎麼樣也繞不過去的問題；但對一般讀者來說，相信雪芹舊有《風月寶鑑》之書，相信從《風月寶鑑》到《紅樓夢》是作者自覺的蛻變，卻可以爲《紅樓夢》的文本詮釋創造無限空間。試想：一部只知書名而不知內容的小說，疑似「蟬蛻於穢」般變成《紅樓夢》，這個思路豈非爲讀者帶來無窮無盡的聯想？而各式各樣的

28 陳大康：〈《金瓶梅》作者如何考證？〉，收入陳大康：《古代小說研究及方法》，頁三九六。

29 清・曹雪芹著，清・脂硯齋評，鄧遂夫校訂：《脂硯齋重評石頭記甲戌校本（修訂五版）》（北京：作家出版社，二〇〇八年一月），頁八十六。

聯想豈不是更豐富了小說的內涵？

話說回來，每一個《金瓶梅》作者的候選名單，背後都可見研究者叩問眞理的熱情。然而擺在眼前的事實是，這樣的名單太多太長了，它不但讓讀者覺得無所適從，甚至不免想要否定其參考價值。然而，如果這些作者研究可以成爲鼓勵閱讀想像的翅膀，讓它們成爲擴大文本解釋的機緣，那麼，《金瓶梅》作者問題就算是「哥德巴赫猜想」，又有什麼關係呢？

第二章 成書、版本與續書

第一節　從抄本到刻本

前一章提到，《金瓶梅》的成書向來有兩種說法，少數人主張它是世代累積的集體創作，多數人則視其爲文人獨創。如果《金瓶梅》係世代累積的集體創作，那麼在這個故事於民間流傳之際，必有一個「寫定者」出來將龐大雜蕪的故事加以定型，並且使其初具案頭閱讀的審美標準；如果《金瓶梅》乃文人獨自發想的作品，作者從起始就依照一個他所服膺的小說形式——也許就是《三國演義》、《水滸傳》、《西遊記》開啓的那個小說形式——進行創作，如此同樣也要符合案頭閱讀的審美標準。根據文獻可知，大概萬曆二十四年（一五九六）起，在小範圍的文人圈開始傳閱一個《金瓶梅》的手抄本，此本雖然後來失傳，但它很可能是最接近寫定者、或最接近作者原創想法的本子。

《金瓶梅》流傳的最早紀錄，來自於袁宏道寫給董其昌的一封信：

一月前，石簣見過，劇譚五日。已乃放舟五湖，觀七十二峰絕勝處，游竟復返衙齋，摩霄極地，無所不談，病魔爲之少卻，獨恨坐無思白兄耳。《金瓶梅》從何得來？伏枕略觀，雲霞滿紙，勝於枚生〈七發〉多矣。後段在何處，抄竟當于何處倒換？幸一的示。1

根據錢伯城的考證，這封信作於萬曆二十四年，是目前爲止關於《金瓶梅》流通的最早訊息。信中提及，袁宏道從董其昌（號思白）那裡抄來了《金瓶梅》部分內容，讀罷覺得饒有興味，因此詢問小說自何處抄來、後半段又在何處。袁宏道另有一封寫給謝肇淛的信，也提到了《金瓶梅》：

> 仁兄近況何似？《金瓶梅》料已成誦，何久不見還也？弟山中差樂，今不得已，亦當出，不知佳晤何時？葡萄社光景，便已八年，歡場數人如雲逐海風，倏爾天末，亦有化爲異物者，可感也！2

這封信據考作於萬曆三十四年（一六〇六），此處是謝肇淛向袁宏道借了《金瓶梅》卻久不

1 明・袁宏道著，錢伯城箋校：《袁宏道集箋校》（上海：上海古籍出版社，二〇〇八年四月），卷六，「錦帆集之四——尺牘」，「董思白」條，頁二八九。

2 明・袁宏道著，錢伯城箋校：《袁宏道集箋校》，卷五十五，「未編稿之三——詩、尺牘」，「與謝在杭」條，頁一五九六—一五九七。

見還，因此袁宏道去信催討，兼發一些人生感慨。

從前述兩封信，可知袁宏道對《金瓶梅》頗爲激賞，否則他既不會贊其「雲霞滿紙，勝於枚生〈七發〉多矣」，更不會分別去信詢問小說全本下落、追討借出殘稿。事實上，在他另一部著作《觴政》，甚至把《金瓶梅》、《水滸傳》和其他詞曲作品視爲「逸典」，並且宣稱：「不熟此典者，保面甕腸，非飲徒也。」[3]不料，這個講法被同時代人屠本畯抓到毛病，因爲《金瓶梅》抄本流傳不廣，就連袁宏道也不能睹其全書，因此他消遣袁宏道（字中郎、號石公）也是「保面甕腸」：

> 屠本畯曰：不審古今名飲者曾見石公所稱「逸典」否？按《金瓶梅》流傳海內甚少，書帙與《水滸傳》相埒。相傳嘉靖時，有人爲陸都督炳誣奏，朝廷籍其家。其人沉冤，託之《金瓶梅》。王大司寇鳳洲先生家藏全書，今已失散。往年予過金壇，王太史宇泰出此，云以重貲購抄本二帙。予讀之，語句宛似羅貫中筆。復從王徵君百穀家又見抄本二帙，恨不得睹其全。如石公而存是書，不爲托之空言也。否則，石公未免保面甕腸。[4]

此外，這條材料還透露出其他《金瓶梅》抄本讀者，包括大文豪王世貞（號鳳洲）、文人王肯堂（字宇泰）、山人王穉登（字百穀）、以及屠本畯本人。有趣的是，除了曾經家藏全書的王世貞，王肯堂、王穉登、屠本畯也都是「保面甕腸」，因爲他們都只見抄本二帙而已。

袁宏道的弟弟袁中道（字小修），也是《金瓶梅》的讀者，他在萬曆四十二年（一六一四）的日記追憶：

往晤董太史思白，共說諸小說之佳者，思白曰：「近有一小說，名《金瓶梅》，極佳。」予私識之。後從中郎眞州，見此書之半，大約模寫兒女情態具備，乃從《水滸傳》潘金蓮演出一支。[5]

由此可知，早年董其昌推薦袁中道讀《金瓶梅》，袁便留心於此，萬曆二十六年

3 明・袁宏道著，錢伯城箋校：《袁宏道集箋校》，卷四十八，「觴政」，「十之掌故」條，頁一四一九。

4 明・屠本畯：《山林經濟籍》，轉引自阿英：〈《金瓶梅》雜話〉，收入《小說閑談》，《阿英全集》（合肥：安徽教育出版社，二〇〇三年七月），第七卷，頁三十一—三十五。

5 明・袁中道著，步問影校注：《游居柿錄》（上海：上海遠東出版社，一九九六年十二月），卷九，頁二一一—二一二。

（一五九八）在眞州，才從兄長袁宏道那裡「見此書之半」——只可惜同樣未睹全璧。

至於沈德符留下的文獻，則是一連提及袁宏道、袁中道、馮夢龍等晚明文人：

袁中郎《觴政》以《金瓶梅》配《水滸傳》爲外典，予恨未得見。丙午遇中郎京邸，問：「曾有全帙否？」曰：「第睹數卷，甚奇快。今惟麻城劉涎白承禧家有全本，蓋從其妻家徐文貞錄得者。」又三年，小修上公車，已攜有其書，因與借抄挈歸。吳友馮猶龍見之驚喜，慫恿書坊，以重價購刻。馬仲良時榷吳關，亦勸予應梓人之求，可以療饑。予曰：「此等書必遂有人板行，但一刻則家傳乍到，壞人心術，他日閻羅究詰始禍，何辭置對？吾豈以刀錐博泥犁哉？」仲良大以爲然，遂固篋之。未幾時，而吳中懸之國門矣。6

首先，沈德符一直無緣見到《金瓶梅》，到了萬曆三十四年丙午（一六〇六），沈向袁宏道打聽誰有《金瓶梅》全本，這時候的袁宏道仍然未能遍睹全書，只說麻城藏書家劉承禧（字涎白）有全本小說。其次，「又三年」，也就是萬曆三十七年（一六〇九），袁小修赴京會試時「已攜有其書」，看來袁氏兄弟在這時候已經有了《金瓶梅》全本7？再次，沈德符因此向袁小修借來全書抄挈，數年後並且帶著抄本南歸蘇州，遇到馮夢龍（字猶龍）和萬曆四十一年（一六一三）「時榷吳關」的馬仲良。沈德符拒絕了朋友們「應梓人之求」的付刻建議，「遂固篋之」，不料「未幾時」——大概也就是幾年之後——吳中（蘇州）一帶已見刻本問世。由於目前所見最早刻本《新刻金瓶梅詞話》，有萬曆四十五年（一六一七）東吳弄珠客的序，這兩個時間點倒是互相吻合。

沈德符這個抄本，確實曾在小範圍被傳閱，李日華萬曆四十三年（一六一五）的日記就提到「沈伯遠攜其伯景倩所藏《金瓶梅》小說來」——即他透過沈德符（字景倩）的侄子沈倩（字伯遠）看過《金瓶梅》，並且批評：「大抵市諢之極穢者耳，而鋒燄遠遜《水滸傳》。袁中郎極口贊之，亦好奇之過。」[8]不過，像李日華這樣的幸運兒並不多，謝肇淛〈金瓶梅跋〉就說：

> 此書向無鏤版，鈔寫流傳，參差散失，唯弇州家藏者最爲完好。余於袁中郎得

6 明．沈德符：《萬曆野獲編》（北京：中華書局，一九九七年十一月），卷二十五，「金瓶梅」條，頁六五二。

7 奇怪的是，前引袁小修在萬曆四十二年作的日記，口吻卻不像是已經讀到全本。

8 明．李日華著，屠友祥校注：《味水軒日記》（上海：上海遠東出版社，一九九六年十二月），頁四九六。

其十三，於丘諸誠得其十五，稍爲釐正，而闕所未備，以俟他日。9

謝肇淛〈金瓶梅跋〉大約作於萬曆四十四到四十五年（一六一六—一六一七），比前引屠本畯在《山林經濟籍》爲《觴政》作跋晚了十年，屠稱王世貞家藏書「今已失散」，謝卻說「最爲完好」，自有矛盾。不過要緊的是，謝肇淛再次凸顯《金瓶梅》抄本「參差散失」的事實，他自己也只能從袁宏道那裡「得其十三」、從丘志充（字諸誠）那裡「得其十五」。另外，薛岡的《天爵堂筆餘》也說：「往在都門，友人關西文吉士以抄本不全《金瓶梅》見示。……後二十年，友人包岩叟以刻本全書寄敝齋，予得盡覽。」10

綜上所述，明代萬曆年間這批《金瓶梅》抄本的讀者，大部分未能飽覽全書，而且僅沈德符、薛岡看到了後來的刻本。至於這個抄本所從何來？前引文獻提到僅王世貞、劉承禧家有藏全書，但是王家藏書很可能如屠本畯所言「今已失散」，劉家藏書則沒有任何出版消息（轉抄者如袁小修、沈德符看來也沒有涉入刊刻），所以萬曆四十五年的《新刻金瓶梅詞話》很可能和以上兩個抄本沒有直接關係。若是如此，後來這個刻本究竟怎麼來的？學界普遍的意見，可以劉輝的說法爲代表：

我們認爲，系坊賈看到有利可圖（王宇泰肯出重資購二帙抄本、馮夢龍又「慫

　　惥書坊，以重價刻」），拼集各種抄本不全匆匆付刻，未經文人作家重新加工寫定。11

這個推測可以從謝肇淛〈金瓶梅跋〉得到支撐，君不見謝氏從袁宏道那裡抄來十分之三、從丘志充那裡抄來十分之五以後——「稍為釐正，而闕所未備，以俟他日。」由此可見，書商要雜湊各色抄本以付刻並非難事。何況，沈德符早就發現第五十三到五十七回顯係陋儒贋作，小說後二十回的文脈也和前八十回相去頗大，更遑論全書有不少情節錯置、文氣不通、語言衝突等情形，所以後來這個刻本恐怕真是一部拼貼之作。

　　最後談一下抄本的書名問題。前面引述的明人文獻，提及小說一律用「金瓶梅」這個書名，然而《新刻金瓶梅詞話》欣欣子的序卻道「竊謂蘭陵笑笑生作《金瓶梅傳》」、廿公

9　明．謝肇淛，《小草齋文集》，卷二十四。收入《四庫全書存目叢書》（臺南：莊嚴文化事業公司，一九九七年六月），集部，第一七六冊，頁二七九。

10　明．薛岡：《天爵堂筆餘》，轉引自黃霖編：《金瓶梅資料彙編》（北京：中華書局，一九八七年三月），頁二三五。

11　劉輝：〈《金瓶梅》版本考〉，收入劉輝：《金瓶梅論集》（臺北：貫雅文化公司，一九九二年三月），頁一三八—一六八。

的跋也說「《金瓶梅傳》為世廟時一鉅公寓言」，似乎這刻本係據一個叫「金瓶梅傳」的抄本（或刻本）而來。對此，有些學者推測抄本時期的書名即為「金瓶梅傳」；另外一些學者則認為，在抄本《金瓶梅》和新刻本《新刻金瓶梅詞話》之間，恐怕有一個初刻本《金瓶梅傳》，後來才有人把「傳」字拿掉而逕冠上「詞話」二字。

第二節　詞話本、崇禎本、第一奇書本及滿蒙譯本

一、詞話本

《金瓶梅》抄本流傳二十年之後，總算出現了刻本。目前所見最早的刻本是《新刻金瓶梅詞話》，十卷本，一百回，此書有欣欣子序、東吳弄珠客序、廿公跋，其中東吳弄珠客序在文末落款「萬曆丁巳季冬東吳弄珠客漫書於金閶道中」——萬曆丁巳即萬曆四十五年（一六一七），是以這個刻本應當成於萬曆四十五年左右。唯，書名所謂「新刻」，可能係指此前有一「初刻」，如果初刻本成於萬曆四十五年，那麼目前所見這個「再版」的新刻本，必然要晚於萬曆四十五年，甚至不無可能遲至天啓年間（一六二一—一六二七）。不

過，「新刻」不一定即指再版，明代很多出版品都習慣在書名冠上「新刻」、「新鐫」字樣以吸引顧客，若是，此書刊刻年限應爲萬曆四十五年或稍晚。楊國玉根據明代帝諱及小說諱字，推斷此書刊於萬曆四十五年十二月至萬曆四十七年七月間，頗值參考[12]。後人習慣稱此本爲「詞話本」或「萬曆本」。

因爲清代風行「第一奇書本」，造成「詞話本」《金瓶梅》後來近乎失傳。一九三一年，山西發現木刻大本《新刻金瓶梅詞話》，隔年到了北平，經胡適、鄭振鐸等人鑒定後確認係早於「崇禎本」及「第一奇書本」的未見刻本，因此聲名大噪，被北平圖書館以九五〇銀元代價購回典藏（現藏於臺北故宮博物院）。一九三三年，著名學者馬廉採取集資登記方式，以「古佚小說刊行會」名義影印北平圖書館藏本《新刻金瓶梅詞話》一〇四部，附以王孝慈舊藏「崇禎本」插圖二百幅——此係「詞話本」第一次正式發行，唯北圖本原即缺第五十二回之七、八兩葉。自此之後，無論大陸、臺灣、香港出版商悉據「古佚小說刊行會」影印本重印，差別只在於五十二回之七、八兩葉或據「崇禎本」、或據日本「大安本」配

12 楊國玉：〈明代帝諱與《新刻金瓶梅詞話》刊本的諱字問題〉，收入陳益源主編：《二〇一二臺灣金瓶梅國際學術研討會論文集》（臺北：里仁書局，二〇一三年四月），頁三三九—三六〇；又收入楊國玉：《楊國玉《金瓶梅》研究精選集》（臺北：臺灣學生書局，二〇一五年六月），頁一二一—一三六。

補，有些重印本則另作校改。

所謂「大安本」是什麼呢？簡單地說，現存完整的《新刻金瓶梅詞話》有三套：一是前述一九三一年在中國山西發現、現藏臺北故宮博物院的本子；二是一九四一年發現、現藏日本日光山輪王寺慈眼堂的本子；三是一九六二年發現、原爲日本江戶時代德山藩主毛利氏棲息堂藏本、現藏日本周南市美術博物館的本子。一九六三年，日本大安株氏會社以「毛利本」（或稱棲息堂本）爲主，採用「日光本」（或稱慈眼堂本）五〇七個單面頁，再補上中土本第九十四回二個單面頁，「補配完整」影印出版，此即所謂的「大安本」。「大安本」一出，塡補了「古佚小說刊行會」影印本的缺頁問題，卷面又沒有中土藏本的墨改補整，因此很受學界重視。二〇一二年臺灣里仁書局翻印「大安本」，其中〈重印《新刻金瓶梅詞話》大安本說明〉即道：此本「爲學術界和讀書界所重」[13]。

「古佚小說刊行會」影印本的問題，不只在於缺了兩頁，也不全因爲它「隨處見墨改補整」，而是它沒有眞正做到忠於原著！一是原書大量批點文字僅迻錄了三分之一；二是原書某些校改文字、批點符號竟遭刪削；三是原書用朱筆覆改的文字內容，在轉用黑色影印後變得無法辨識遭塗抹的原字。所以，「古佚小說刊行會」影印本和目前藏在臺北故宮的本子實有差異。一九七八年，臺灣聯經出版公司影印《新刻金瓶梅詞話》，因係雙色套印，一度讓人以爲是據故宮藏本重印；不過經黃霖研究比較，發現其不但是據（傅斯年藏）「古佚小說刊行會」影印本重印，而且私下做了更多改動，反而嚴重失眞[14]。

至於故宮藏本、「毛利本」（棲息堂本）、「日光本」（慈眼堂本）哪一個好呢？根據黃霖的比對，三部《新刻金瓶梅詞話》的形式特徵基本一致，應可視爲同版，不過要以故宮藏本品相最佳。首先就缺頁來看，故宮藏本缺二葉，「毛利本」（棲息堂本）缺三葉，「日光本」（慈眼堂本）據長澤規矩也的說法缺了五葉[15]。其次就紙質和印刷而言，日本藏本因爲粗糙而顯得版面字跡容易斑駁、模糊、缺損，故宮藏本相對顯得清晰完整。再次則看保存狀況，日藏兩書都有蟲蛀或鼠害的問題，故宮藏本則是到今天都還完好——好到任何人隨時可以到故宮親自翻閱。因此，在故宮藏本品相最佳、保存完好，「古佚小說刊行會」影印本又未忠於原書的前提下，故宮實有責任將其藏本忠實地影印面世，如此方能「使『孤本不

13 明・蘭陵笑笑生：《金瓶梅詞話：株氏會社大安本》（臺北：里仁書局，二〇一二年八月）。

14 黃霖：〈毛利本《金瓶梅詞話》讀後〉、〈臺北故宮博物院藏《金瓶梅詞話》讀後〉，收入黃霖：《黃霖《金瓶梅》研究精選集》（臺北：臺灣學生書局，二〇一五年六月），頁一二七—一四〇、一四一—一四六。黃霖：〈關於《金瓶梅》詞話本的幾個問題〉，《文學遺產》二〇一五年第三期，頁十五—三十。

15 【日】長澤規矩也：〈《金瓶梅詞話》影印經過〉，收入黃霖、王國安編譯：《日本研究《金瓶梅》論文集》（濟南：齊魯書社，一九八九年十月），頁八十三—八十八。

孤』，『以一化萬』，使《金瓶梅》的出版與研究跨上一個新的臺階。」[16]

「詞話本」有欣欣子、東吳弄珠客、廿公留下的三篇序跋，相較之下，抄本應無任何序跋文字，「日光本」（慈眼堂本）無廿公跋，後來的「崇禎本」則無欣欣子序和廿公跋。前節提到，學界對於抄本和「詞話本」之間是否另有一個版本、以及現存《新刻金瓶梅詞話》是否爲初刻，一直存在很大歧異，因此對三篇序跋的著作權也有很大的爭議。有人認爲，在現存《新刻金瓶梅詞話》之前，不管是另一個版本或者僅僅爲此書的初刻，只有一篇東吳弄珠客的序，到了此書才又添上欣欣子序和廿公跋；也有人認爲，《新刻金瓶梅詞話》之前就已有這三篇文字；當然也有人認爲，這三篇序跋悉專門爲《新刻金瓶梅詞話》而作。

「詞話本」有幾個鮮明的特徵。

首先，它有明顯的說唱印記。一來，書名嵌有「詞話」二字，標明它具有元、明說唱藝術文本的屬性。二來，此書行文散韻交雜，除了用散文敘說故事，另外還有大量以韻文頌唱的套曲、小令、小曲及各式詩詞贊賦。況且，在說唱藝術、戲曲表演常見的人物登場「自報家門」形式，以及說書人動輒中斷敘事、兀自切換爲「看官聽說」模式的插話習慣，在這個本子也屢屢可見。因此，一直有學者主張：「詞話本」絕對是說唱藝術的底本！問題在於——前一章已經提到——至今沒有任何史料，可以證明小說故事曾被說書人或戲曲家公開講唱，所以，面對這個書名及書中大量的說唱藝術元素，較合理的說法是它乃一部「擬話本」

小說。

其次，它的描寫頗有「不厭精細」的傾向。學界一直懷疑，「詞話本」在明末付梓後不久即被「崇禎本」取代，一則是清初張竹坡付刻《第一奇書》只依據「崇禎本」，二則是清季又不見任何人提及此書，這說明「詞話本」在入清之後恐已絕跡。然而，「正是詞話本的發現和影印，人們才得以見到《金瓶梅》的眞面目。在與當時流傳的第一奇書本、古本的對比研究中，人們耳目一新，懷著極大的興趣，掀起了一個《金》書出版和研究的新浪潮。」[17]根據周鈞韜編《金瓶梅資料續編（一九一九—一九四九）》所收文章以觀，「詞話本」在一九三〇年代重見天日之後，有不少人視「詞話本」爲更有效力的社會史料，因此藉它來補充明代社會史、風俗史、戲曲史研究。夏志清說得好：「它那種耐心地描寫一個中國家庭卑俗而骯髒的日常瑣事，實在是一種革命性的改進，而在以後中國小說的發展中也後無來者。」[18]相較於《三國演義》、《水滸傳》和《西遊記》，「詞話本」《金瓶梅》最大的

16 黃霖：〈關於《金瓶梅》詞話本的幾個問題〉，《文學遺產》二〇一五年第三期，頁三十。

17 周鈞韜編：《金瓶梅資料續編（一九一九—一九四九）．前言》（北京：北京大學出版社，一九九一年一月）。

18 【美】夏志清著，胡益民等譯：《中國古典小說史論》（南昌：江西人民出版社，二〇〇一年九月），頁一七一。

特徵在於對日常生活的描寫不厭精細，可惜「崇禎本」及「第一奇書本」對很多瑣碎、重覆的細節進行刪節，除了最多人注意到的說唱內容，此外如飲食、男女、服飾內容也被大幅省略。

再次，從小說內容到編輯形式，多處可見矛盾、錯亂與草率。在小說時間方面，例如第二十六回寫清明將至，西門慶派來保和吳主管五月底起身去東京，獨留來旺在家，結果來旺遭西門慶搆陷，「哭哭啼啼從四月初旬離了清河縣，往徐州大道而來」，時間前後倒置。此外如官哥兒生辰、西門慶歲數、潘金蓮死期……前後矛盾不斷，怎麼也兜不起來，張竹坡辯護此係作者「特特錯亂其年譜」，正凸顯小說時間錯亂之事實。至於在故事邏輯方面，令人費解的也很多，例如第二十五回，才交代西門慶叫銀匠在家打造給蔡太師上壽用的四陽捧壽銀人，結果到第二十七回又交代了一次——同樣是說西門慶手邊銀兩不足，前者已見李瓶兒尋出體己物件解危，後者卻說西門慶將就買了兩件，除了重覆而且互相矛盾。至於此書的編輯出版，也顯得漫不經心，例如各回回目的上下兩句，非但多不對仗，甚至字數不一，可見連最基本的美學原則都不留心。上述這些現象，有可能是作者寫這部百回大書時力不從心，但更可能和書商拼湊不同抄本草草成書有關。

以上「詞話本」諸特徵，到了「崇禎本」及「第一奇書本」多有所改正。

二、崇禎本

明亡前夕，書市又出現一部《新刻繡像批評金瓶梅》，二十卷，一百回，卷首有東吳弄珠客〈金瓶梅序〉，有的亦見廿公跋，然俱無欣欣子序。此書最大特色是有精美插圖二百幅，部分圖上題有刻工姓名，據考多為活躍於天啓、崇禎年間新安（今安徽歙縣）木刻名手。再加上此本避明崇禎皇帝朱由檢諱，學界因此判斷此書係於崇禎年間刻印，因此簡稱「崇禎本」。有人因其繡像插圖精美，習慣稱其為「繡像本」。有人認為此版係據「詞話本」而來，又有評點文字，故主張稱其為「評改本」。亦有人基於此版大幅降低了「詞話本」說話元素，故主張呼其為「說散本」。以下本書統一簡稱其為「崇禎本」。

現今存世之「崇禎本」有十幾個本子，據王汝梅的研究，從版式上可分為兩類。一類是以北京大學圖書館藏本為代表，每半葉十行，行二十二字，東吳弄珠客序佔四葉，扉頁散佚，無欣欣子序及廿公跋。回首詩詞前有「詩曰」或「詞曰」等字樣。另一類以日本內閣文庫藏本為代表，每半葉十一行，行二十八字。扉頁題「新鐫繡像批評原本金瓶梅」。有東吳弄珠客序、廿公跋，但無欣欣子序。回首詩詞前多無「詩曰」或「詞曰」等字樣。此外，這些本子的眉批刻印行款亦間有不同。尤值一提的是王孝慈舊藏本，因為，前面提到一九三三年「古佚小說刊行會」影印北平圖書館藏本《新刻金瓶梅詞話》時，所附二百幅插圖即據王孝慈舊藏本而來，王汝梅甚至推測此即「崇禎本」原刊本！[19]

「崇禎本」和「詞話本」的關係，是《金瓶梅》版本研究的重大問題。雖然從常識上判斷，一個出於萬曆年間、一個出於崇禎年間，「崇禎本」係據「詞話本」改寫應無疑義；而且正如劉輝所指出，「崇禎本」對「詞話本」的修訂主要是刪削與刊落、修改與增飾[20]。持這種主張——即兩個版本是母子關係（或父子關係）——的研究者很多，最有力的論證支持有二：一是「詞話本」不避帝諱，「崇禎本」則明顯據「詞話本」文字避崇禎之諱，這說明「崇禎本」後出且係據「詞話本」修訂[21]；二是對照「崇禎本」各卷前題名及全書目錄前題名，可以發現部分卷前題名竟與「詞話本」完全相同，這無疑是「崇禎本」據「詞話本」修改時因輕忽而留下的痕跡[22]。不過，仍有少數學者主張兩個版本之間是兄弟關係，包括美國的韓南、浦安迪，臺灣的魏子雲及香港的梅節。他們大致的共識爲，「崇禎本」和「詞話本」都有各自的母本來源，兩個版本互不影響，大致上是平行發展。對此，本書還是選擇從衆，相信「崇禎本」後出爲實，而且確實據「詞話本」展開有意識的修訂。

至於「崇禎本」和「詞話本」的差異，大致可以從審美追求、內容調整及元素增減、題旨變化等方面來看。

首先，從「詞話本」到「崇禎本」，藝術美感相對提高了不少。前面提到，「詞話本」由於可能是書商拼湊不同抄本草草成書，所以各回回目上下兩句多不對仗，甚至字數不一，對此「崇禎本」悉數將之調整為筆齊正整，部分回目甚至還有提示閱讀路徑的意圖，這個舉措至少讓小說的「門面」稍微精緻些。其次是兩百幅繡像插圖，非但畫工精美、刻工絕倫，畫工和刻工對小說故事的理解甚至帶有文人視野[23]。另外則是評點文字，且不論這些評語的批評意向和藝術價值，至少它讓「崇禎本」成為晚明小說市場更有商品性和話題性的產物——形式精美、插圖秀麗、且提供閱讀指引。

其次是內容調整及元素增減。先看故事開篇結構，「詞話本」第一回回目是「景陽崗武松打虎　潘金蓮嫌夫賣風月」，標榜係繼承《水滸傳》而另起爐灶；第八十四回又寫吳月娘在清風山上險被寨主王英奸污，幸賴當時在山寨作客的宋江勸阻才免於危難，自然是嘗試

19 王汝梅：《金瓶梅版本史》（濟南：齊魯書社，二〇一五年十月），第三章，頁三十一—六十一。

20 劉輝：〈從詞話本到說散本——《金瓶梅》成書過程及作者問題研究〉，收入劉輝：《金瓶梅論集》，頁一—四十六。

21 黃霖：〈《金瓶梅》詞話本與崇禎本刊印的幾個問題〉，黃霖：《黃霖《金瓶梅》研究精選集》，頁一七七—一九二。

22 吳敢：《金瓶梅研究史》（鄭州：中州古籍出版社，二〇一五年六月），頁一三六—一三七。

23 曾鈺婷：《說圖——崇禎本《金瓶梅》繡像研究》（臺北：臺灣學生書局，二〇一四年九月），第五章，頁一三七—一七〇。

與《水滸》故事接合的努力。反觀「崇禎本」第一回回目改爲「西門慶熱結十兄弟 武二郎冷遇親哥嫂」，故事源頭由武松改爲西門慶，小說尾聲也不見吳月娘被王英綁架一段，整部小說頗有撇清《水滸傳》血緣的用意。再者，「詞話本」大量植入了詩詞、俗曲等韻文，又往往藉由「看官聽說」的形式發表議論，偶見大段抄寫佛家故事——這些向來被認爲是它的說唱印記。不過，以上特徵到了「崇禎本」俱被調整：充滿道德說教意味的回首詩詞，被宮體色彩（或閨怨傾向）的抒情詩所取代；流行歌曲歌詞遭到大幅刪削，引錄三首的變成只留一首，一首歌往往只剩開頭兩句，更甚者是僅留下曲名；引述寶卷故事只見開場而已；「看官聽說」的發揮也受到極大節制。總之，在「詞話本」那裡看似與情節無關的瑣碎，多遭「崇禎本」汰除。另外，「詞話本」一般認爲充斥許多山東方言，「崇禎本」則稍好。又，「詞話本」與「崇禎本」的五十三、五十四回差異頗大，對兩版本關係持不同主張者爲此論戰不歇。

再來是題旨變化。長期以來，學術界對《金瓶梅》兩個版本的差異，大抵只及於俗／雅藝術表現上，鮮少涉及題旨的討論。這是因爲小說主要人物及情節基本沒有更動，所以學者多以爲「崇禎本」僅僅意在剔除「詞話本」的枝蔓及瑣碎，如此自然沒有題旨翻轉的可能。早期學者曾留心推敲「崇禎本」不收欣欣子序的可能意圖，但尚不至於指證「崇禎本」果眞在題旨有所轉變，更遑論不收此序的原因怕有很多。後來有學者注意到，「崇禎本」把「詞話本」第一回開頭的「四貪詞」拿掉了，可惜很少人在這方面作出文章，唯獨李志宏看出端倪。他指出，「詞話本」敘事者在四貪詞之後特特標舉「情色」之罪，進而極力摹寫潘金蓮做爲「女禍」之種種；「崇禎本」則不只捨棄四貪詞，反而藉新的兩首開卷詩點出「財」、「色」之虛無本質，將敘事焦點由潘金蓮的女禍轉爲西門慶獨罪於財、色的因果報應上。進一步說：在預述性敘事框架的設置上，「詞話本」著重「情色」議題，「崇禎本」則移至「財色」議題。在故事類型的設定方面，「詞話本」沿襲「紅顏禍水」母題、強化情色爲禍的歷史意識、具有濃濃政治寓意，「崇禎本」則回歸到西門慶的欲望追逐、在天道循環中體現色空之思。在經世寓言的建構方面，「詞話本」體現小人禍國的政治諷諭思想，「崇禎本」則回到人生如夢的內在省思[24]。

最後談談「崇禎本」評點者。平心而論，學界對「崇禎本」確實的刊刻年代一無所知，對它是否眞如鄭振鐸所說係杭州版[25]也苦無證據，對改寫者究竟何人自然毫無所悉。同

24 李志宏：〈一樣「世情」，兩種「演義」——詞話本與說散本《金瓶梅》題旨比較〉，收入陳益源主編：《二〇一二臺灣金瓶梅國際學術研討會論文集》，頁二二七—二五七；又收入李志宏：《《金瓶梅》演義——儒學視野下的寓言闡釋》（臺北：臺灣學生書局，二〇一四年九月），第二章，頁三十七—五十六。

25 鄭振鐸：〈談《金瓶梅詞話》〉，原載《文學》第一卷第一期（一九三三年七月），今收錄於《鄭振鐸全集》（石家庄：花山文藝出版社，一九九八年十一月），第四卷，頁二二三—二四二。

理，研究者對「崇禎本」評點者的推敲只能淪於猜謎，於是晚明最富盛名的小說家馮夢龍和李漁，便成爲最多人的想像。相關「研究」，只能據評點的藝術主張、個性風格入手，泰半無從檢證；不過若從《金瓶梅》批評史、或從明清小說評點學的發展史來看，相關文章還是頗堪一讀。

三、第一奇書本

「崇禎本」之後，張竹坡於清康熙三十四年（一六九五）以《新刻繡像批評金瓶梅》爲底本，評點刊刻所謂《張竹坡批評第一奇書金瓶梅》，是爲「張評本」或「第一奇書本」。此本不但將《金瓶梅》推到四大奇書之首，而且附有張竹坡作的〈竹坡閑話〉、〈《金瓶梅》寓意說〉、〈苦孝說〉、〈第一奇書非淫書論〉、〈第一奇書《金瓶梅》趣談〉、〈雜錄〉、〈冷熱金針〉、〈批評第一奇書《金瓶梅》讀法〉、〈凡例〉、〈第一奇書目〉以及回前評、眉批、夾批共計十萬多字，是《金瓶梅》最完整的閱讀指南。或因如此，清代主要流行「第一奇書本」《金瓶梅》，目前存世者即高達數十種。魯迅當年作《中國小說史略》讀的也是「第一奇書本」。

吳敢《金瓶梅研究史》把存世的「第一奇書本」區分爲有回評與無回評兩個系列，並說這兩個系列還有幾個共同的現象：「有回評者均缺〈凡例〉、〈第一奇書非淫書論〉，無回評者不缺；有回評者有圖，無回評者無圖；均有也僅有謝頤序。」[26]至於它的原刻本，多數研究者認爲是康熙三十四年乙亥（一六九五）的皋鶴堂刊本。這個刊本中最受矚目的收藏，分別是現存大連圖書館及吉林大學圖書館的本子——兩者扉頁牌記「本衙藏板翻刻必究」，卷首謝頤序署「康熙歲次乙亥清明中浣，秦中覺天者謝頤題於皋鶴堂」。扉頁上端無題。框內右上方見「彭城張竹坡批評金瓶梅」，中間則書「第一奇書」，左下方則有「本衙藏板翻刻必究」。另裝兩冊摹刻自「崇禎本」之二百幅繡像。至於版式，書口爲「第一奇書」，無魚尾。正文半頁十行，行二十二字。正文第一回前有〈竹坡閑話〉等總評文字（唯缺〈凡例〉、〈第一奇書非淫書論〉），有回前評、眉批、夾批。

兩者皆刻印精良，不過，大連圖書館藏本應爲皇族世家藏書，因爲卷首蓋有恭親王藏書章。更重要的是，此本的〈《金瓶梅》寓意說〉多出二二七個字：

> 作者之意，曲如文螺，細如頭髮。不謂后古有一竹坡，爲之細細點出。作者于九泉下當滴淚以謝竹坡。竹坡又當酹酒以白天下錦繡才子，如我所說，豈非使

26 吳敢：《金瓶梅研究史》，頁一三九—一四〇。

> 作者之意，彰明較著也乎。竹坡彭城人，十五而孤，于今十載，流離風塵，諸苦備歷，游倦歸來。向日所爲密邇知交，今日皆成陌路。經思床頭金盡之語，忽忽不樂。偶睹金並起首云，親朋白眼，面目含酸，便是凌雲志氣，分外消磨，不禁爲之淚落如豆。乃拍案曰：有是哉，冷熱眞假，不我欺也。乃發心于乙亥正月人日批起，至本月廿七日告成。其中頗多草草，然予亦自信其眼照古人用意處，爲傳其金針之大意云爾。緣作寓意說，以弁于前。27

這段吉林大學圖書館藏本及其他早期諸本俱不見錄的文字，確定了張竹坡點評《金瓶梅》的具體時間：自康熙三十四年正月初七開始，同年三月廿七日完成。又，根據王汝梅的推斷，大連圖書館藏本的文字內容更接近「崇禎本」，很可能是張竹坡當年的初刻本；吉林大學圖書館藏本則係據此本復刻，唯評語文字及小說內文皆略有改動，這個工程應是由張竹坡的弟弟張道淵完成。28

無論就形式或內容來看，「第一奇書本」和「崇禎本」委實差異不大，比較明顯的是，「第一奇書本」的〈第一奇書目〉把全書百回上下兩句回目，各自壓縮成兩個字成爲簡目——例如第一回變成「熱結　冷遇」——但是由於各回開頭回目仍然保留「崇禎本」樣式，所以其實沒有特別感覺。既然如此，「第一奇書本」的研究價值就轉到張竹坡這個人，以及他生產的十萬多字《金瓶梅》評點。

張竹坡，名道深，字自得，號竹坡，江蘇彭城人，他在二十六歲那一年完成了對《金瓶梅》的評點。歷來學者對張竹坡的研究很多，但一直到吳敢發現乾隆四十二年（一七七七）刊本之《張氏族譜》後，張竹坡家世生平才被全面掌握，張竹坡研究又進到眞正學術的檔次，有興趣者可參吳敢《張竹坡與《金瓶梅》》（北京：文物出版社，二〇〇九年二月）、《吳敢《金瓶梅》研究精選集》（臺北：臺灣學生書局，二〇一五年六月）。至於張竹坡評

27 明．蘭陵笑笑生著，王汝梅校注：《皋鶴堂批評第一奇書金瓶梅》（長春：吉林大學出版社，一九九四年十月），頁十。此段文字係加拿大多倫多大學東亞系米列娜教授發現，後由王汝梅發佈，最早收入吉林大學出版社《皋鶴堂批評第一奇書金瓶梅》。

28 王汝梅：《金瓶梅版本史》，第七章，頁一〇四－一二八。王汝梅認爲大連圖書館藏本可能是「第一奇書本」原刊本之說法，得到金學界相當程度之認可，包括權威金學家黃霖。不過，黃霖在二〇一九年十月二十六、二十七日於河北師範大學召開之「第十五屆（石家庄）國際《金瓶梅》學術研討會」發表論文〈張評《金瓶梅》大連本是原刊嗎？〉，於衆多金學家面前對此說重新提出質疑——也推翻了自己過去的信念。黃文辨析大連圖書館藏本〈寓意說〉多出二二七字及〈凡例〉、〈第一奇書非淫書論〉兩篇文字的眞僞，並指出正文中大量正體字被改成俗體字、卷首圖像流於簡陋、評點中留下多種後出翻刻跡象……等等，論證大連圖書館藏本非但不是原刊本，反而還是刷印時間比較晚的本子。此一考證在大會上得到與會學者很大的迴響。

點的特色，相關研究亦多，概括起來不出以下幾點：一是凸顯《金瓶梅》作者發憤著述的本色，直指此係一部洩憤的世情書、一部史公文字，駁斥貶抑其爲淫書之主張。二是強調作者閱歷之於作品深度的重要性，舉凡寓意說、苦孝說、金針、讀法、閑話俱建立在作者於患難中生成之體會，所謂「作者無感慨，亦必不著書，一言盡之矣。」（〈批評第一奇書《金瓶梅》讀法〉）三是服膺現實主義創作原則，一方面極力稱道《金瓶梅》人物塑造之前無古人，一方面侈言誇贊《金瓶梅》細節描寫之鬼斧神工。四是喜談文法章法。當然，張竹坡又是一個過於主觀的人，例如他對吳月娘和孟玉樓截然不同的評價，有時也讓人很難苟同。此外他也好辯，尤其他對人名、地名或物件諧音雙關的聯想，也不盡然都有價值。

張竹坡之後是文龍的《金瓶梅》評點。文龍少嗜古代小說，光緒五年（一八七九）得到友人所贈在茲堂刊本《皋鶴堂批評第一奇書金瓶梅》，花了三年時間作出總計六萬多字的回評、眉批、旁批，今藏北京國家圖書館。文龍同樣才情縱橫，對張竹坡的非淫書論頗多繼承，不過他對張竹坡的「敵意」也很深，尤其對吳月娘的翻案可謂不遺餘力。

四、滿文本及蒙文本

有清一代，不論官方文書或他族文獻翻譯，均有賴滿文之力。非但漢文典籍多見滿文譯本，就連古典小說的滿文譯本也所在多有，甚至傳播到朝鮮、日本、蒙古、俄國和歐洲國家。有趣的是，康熙以來清朝政府屢頒「禁刊淫詞小說」之令，熟料始終擺脫不掉「淫書」惡諡的《金瓶梅》，卻早在康熙年間即有滿文譯本，而且，它恐怕還是官方「翻書房」的傑作。

滿文本《金瓶梅》可以分成刻本和抄本兩個系統。刻本，四十卷，卷前有一篇未署名之滿文序言，這篇序言並非漢文底本原有序言之滿文翻譯，乃是新作的一篇文字。全書由滿文錄寫，豎排，自左往右讀，若遇專有名詞則在旁邊標注漢字。有趣的是，在序文最末書有漢字「康熙四十七年五月穀旦序」，因知此本當出於康熙四十七年（一七〇八）。此刻本今藏北京國家圖書館（全），海內外有多家圖書館均見收藏（唯多不全）。至於抄本，則是針對刻本在滿文旁加注的漢文人名、地名、俗語等，或者強化或者刪卻，然多是殘抄本。

滿文本《金瓶梅》未署譯者姓名，然據昭槤《嘯亭續錄》所載，譯者當爲和素：

及定鼎後，設翻書房於太和門西廊下，擇揀旗員中諳習清文者充之，無定員。凡《資治通鑑》、《性理精義》、《古文淵鑒》諸書，皆翻譯清文以行。其深文奧義，無煩注釋，自能明晰，以爲一時之盛。有戶曹郎中和素者，翻譯絕精，其翻《西廂記》、《金瓶梅》諸書，疏櫛字句，咸中肯綮，人皆爭誦焉。[29]

29 清・昭槤：《嘯亭續錄》，卷一，「翻書房」條。轉引自黃霖編：《金瓶梅資料匯編》（北京：中華書局，一九八七年三月），頁二六二。

昭槤《嘯亭續錄》所載，經滋陽、季永海、王汝梅等學者分析[30]，基本判定可信。和素字存齋、純德，完顏氏，滿洲鑲黃旗人，是清代著名滿文翻譯家。推算起來，翻譯《金瓶梅》應該是經官署同意的工程，在當時的禁書政策下頗爲弔詭。倒是於和素之外，葉德均另外提出一個人選，其《戲曲小說叢考》引《批本隨園詩話》：「繙譯《金瓶梅》，即出徐蝶園手，其滿漢文爲本朝第一。蝶園姓舒穆魯，滿洲正白旗人。」[31]然譯者爲徐蝶園（徐元夢）之說，後來學者多不信。

那麼滿文本《金瓶梅》係據什麼底本翻譯呢？一般認爲，滿文譯本以「崇禎本」爲底本，但某些譯詞還是參照了「第一奇書本」。有學者因此提出一個更大膽的假設：「滿譯本《金瓶梅》底本，是崇禎本體系中的與張評本具有某些關係的某個漢文底本。該底本並非會校《崇禎本金瓶梅》中出現的國內外所藏的某個《金瓶梅》。」[32]

至於蒙文本《金瓶梅》，今藏蒙古國國立圖書館，據聞有七種本子，最早由俄羅斯著名漢學家李福清（Boris Riftin）提出。至於譯者，李福清說：

> 蒙古國立圖書館藏有一部名爲Jing ping mei kemekü bicig的六卷本。其中的一個抄本記錄如下：「遵勃格達欽（Bogdaqan）之命，達瓦（Dawa）依達姆（Idam）和其他人於一九一〇年從滿譯本翻譯此書。」這顯然並不是第一個蒙譯

本，因爲列寧格勒分類書目中也提到一本這樣的書，它是不晚於十九世紀中葉就被編入該書目的。[33]

此說後來基本成爲定論，近來又有學者嘗試比對滿文本和蒙文本《金瓶梅》的文字，結論亦然：「滿譯本的漏譯、誤譯、語序更換等之處，蒙譯本完全因襲。據此，可確定蒙古文譯本依據滿譯本爲底本翻譯。」[34]

30 滋陽：〈滿文《金瓶梅》〉，《吉林大學社會科學學報》一九八五年第五期，頁九十六。季永海：〈滿文本《金瓶梅》及其序言〉，《民族文學研究》二〇〇七年第四期，頁六十五─六十七。王汝梅：《金瓶梅版本史》，第九章，頁一三四─一四四。

31 葉德均：《戲曲小說叢考》（北京：中華書局，二〇〇四年十二月），頁六二一。

32 秀云：〈《金瓶梅》滿蒙譯本研究〉，臺北：「二〇一七《金瓶梅》青年學者論壇」，臺灣師範大學文學院、中國金瓶梅研究會主辦，二〇一七年四月二十七、二十八日。

33 【俄】布里斯．李福清：〈中國古典小說的蒙文譯本——嘗試性文獻綜述〉，收入【法】克勞婷．蘇爾夢編著：《中國傳統小說在亞洲》（北京：國際文化出版公司，一九八九年二月），頁九十九─一二九。

34 秀云：〈《金瓶梅》滿蒙譯本研究〉。

以上依次介紹《金瓶梅》「詞話本」、「崇禎本」、「第一奇書本」、滿文本、蒙文本，如果對上述原刊本及據以重刊之影印本、校訂本的樣式感興趣，或有意於當代外文譯本及各式各樣會校本，不妨參考以下兩部附圖的《金瓶梅》版本史（或書籍史）著作：一是史小軍、羅志歡編著之《《金瓶梅》版本知見錄：圖文版》（北京：國家圖書館出版社，二〇一六年十月）；一是邱華棟、張青松編著之《金瓶梅版本圖鑒》（北京：北京大學出版社，二〇一八年十月）。

第三節　清代的續書

續書是明清小說的特殊現象。《金瓶梅》續書廣義來講有五部，分別是已佚的《玉嬌麗》（或《玉嬌李》）、《續金瓶梅》、《三世報隔簾花影》、《三續金瓶梅》和《金屋夢》。由於學界大致認定「《續金瓶梅》與《隔簾花影》、《金屋夢》是一組《金瓶梅》的續書。」[35]所以嚴格來講，《金瓶梅》續書就只三部：一爲《玉嬌麗》（或《玉嬌李》），二爲《續金瓶梅》，三爲《三續金瓶梅》。

明人謝肇淛在〈金瓶梅跋〉曾提到《金瓶梅》有續書：「仿此者有《玉嬌麗》，然而乖彝敗度，君子無取焉。」[36]此外，同時代的沈德符也提到：好友袁中郎曾經「聽聞」一部名為《玉嬌李》的小說，和《金瓶梅》一樣出自名士之手，內容則與前書各設報應因果；至於他本人則在邱志充那裡看到首卷，稱贊該書「筆鋒恣橫酣暢，似尤勝《金瓶梅》」，可惜邱志充離京出守後此書不知去向[37]。然而無論是《玉嬌麗》或《玉嬌李》，很早即已失傳，所以如今可見《金瓶梅》第一部續書是《續金瓶梅》。

《續金瓶梅》，六十四回，舊題「紫陽道人」編，今已考定為丁耀亢在順治十八年（一六六二）六十三歲時所作[38]。故事上接《金瓶梅》第一百回，當時金軍入主中原，兵至清河，吳月娘帶著西門慶的遺腹子孝哥，由玳安、小玉夫婦伴著棄家逃難。由於兵馬倥傯，月娘和孝哥中途失散，歷經多年顛沛流離的生活，兩人並且先後出家，最後才得母子團聚。小說在這條主線之外，另有兩條支線——這一部分人物率皆為西門慶、潘金蓮、龐春梅、李瓶兒、陳經濟、花子虛等人輪迴轉世。一條是李瓶兒投胎至袁指揮家為女，取名常姐，後為

35 黃霖：《金瓶梅續書三種・前言》（濟南：齊魯書社，一九八八年八月），頁一。
36 明・謝肇淛，《小草齋文集》，卷二十四。收入《四庫全書存目叢書》，集部，第一七六冊，頁二七九。
37 明・沈德符：《萬曆野獲編》，卷二十五，「金瓶梅」條，頁六五二。
38 黃霖：《金瓶梅續書三種・前言》，頁五—六。

李師師拐騙爲妓，改名銀瓶。結果銀瓶被誘與浮浪子弟鄭玉卿私通，一起乘船逃往揚州，不料被鄭玉卿以一千兩賣予鹽商苗青，最後自縊香消玉殞。另一條是講潘金蓮托生至黎指揮家，取名金桂，春梅托生至孔千戶家，取名梅玉，兩人轉世之後依舊情如姐妹。末了金桂大病之後得了血症，註定一生不得享受愛欲滋味，只得削髮爲尼。梅玉則是誤信媒妁之言，錯嫁金朝王孫公子金二官人爲妾，結果竟遭孫雪娥轉世之元配夫人百般打罵，最後受金桂之助一同遁入空門。

丁耀亢在《續金瓶梅》卷首〈太上感應篇陰陽無字解序〉提到，因爲有感天下無道，所以除了自費重鋟御序頒行的《太上感應篇》，他還企圖藉小說《續金瓶梅》解天道之秘。不過對多數學者來說，小說大量插入宋金之戰的情節，根本是借宋金講明清。林辰就以爲，因果報應屬於倫理道德的範疇，諷明帝與清軍則是作者的政治立場，因此小說乃是「作者在盡情地宣揚因果報應觀念的同時，借對宋代君臣的褒貶，以抒發其對明代君臣的批判和對清兵暴虐的鞭撻。」[39]究竟丁耀亢是眞心宣揚三教思想，以小說作爲《太上感應篇》的註腳？還是披著釋、儒、道的外衣，泣奏明室孤臣孽子流不盡的血淚？讀者可以自己做主。然而不論目的是政治或宗教，丁耀亢一片「勸世」苦心，使得《續金瓶梅》降低了世情摹畫的比例，也減少了細節描寫的成績。或許，從丁耀亢打算以小說作爲《太上感應篇》註腳開始，從明朝政權搖搖欲墜的時候開始，就註定「世情化」的寫作方向將會被文人的「文以載道」使命給破壞。丁耀亢《續金瓶梅》重心根本不在摹寫世情，而在借題發揮。

《續金瓶梅》問世不久即遭查禁，改頭換面後的四橋居士《三世報隔簾花影》，旋在康熙年間刊行。此書四十八回，非但刪去《續金瓶梅》十六回篇幅，情節結構也大幅改動，甚至連人物姓名也盡皆置換，估計乃避禍考量。民國初年又有夢筆生《金屋夢》，六十回，一樣是抄錄《續金瓶梅》，不但改回《三世報隔簾花影》所刪內容，也汰除原書內《太上感應篇》等說教文字。是以學界認定《續金瓶梅》、《隔簾花影》、《金屋夢》爲同一組《金瓶梅》續書。

再看看《三續金瓶梅》，四十回，作者訥音居士，該書〈小引〉末署「時在道光元年歲次辛巳孟夏穀旦滕錄」[40]，故推估成書於道光元年（一八二一）。大凡續書寫作，動機不外對前作不滿，《三續金瓶梅》的寫作動機，一在彌補《金瓶梅》之遺憾，二在矯正《續金瓶梅》、《三世報隔簾花影》之過度。《金瓶梅》寫西門慶死後妻離子散、潘金蓮遭武松殺害祭兄，最終一干人等在地獄受盡苦刑，可是《續金瓶梅》、《三世報隔簾花影》對此很不

39 林辰：《明末清初小說述錄》（瀋陽：春風文藝出版社，一九八八年三月），頁三四八。

40 清・訥音居士：《三續金瓶梅・小引》（臺北：臺灣大英百科股份有限公司，一九九六年一月「思無邪匯寶」據北京大學圖書館藏道光元年抄本排印），頁三十八。

滿意：「但觀西門平生所爲，淫蕩無節，蠻橫已極，宜乎及身即受慘變，乃享厚福以終。至其報復，亦不過妻散財亡，家門冷落而止。似乎天道悠遠，所報不足以蔽其辜。此《隔簾花影》四十八卷所以繼正續兩編而作也。」[41]然而《三續金瓶梅》很不同意此說，認爲西門慶、龐春梅「不過淫慾過度，利心太重」[42]，讓其承受三世報應誠乃太過，因此欲「法前文筆意，反講快樂之事，令其事事如意，爲財色說法」[43]。

小說敘述西門慶死後七年，普靜禪師念其「原有善根，還有一段夙緣未了」，便助西門回陽與妻小重聚；接著又著土地公指引永福寺道堅和尚，用仙丹救活春梅，回家之後成爲西門慶的二房妻子。此後西門慶官復原職，又進錢財，更且接連再娶三房藍如玉（原何千戶娘子）、四房葛翠屏（原陳經濟娘子）、五房黃羞花（原王三官娘子）、六房馮金寶（原曾來西門家唱曲之麗春院妓女），重回舊日規模。至於原本在西門慶死後離開的夥計、奴僕、姘頭、妓女、幫閒，亦一個不差的先後回來尋親認主，並且各自引進親友加入西門慶的新生命。相較於《金瓶梅》原書，《三續金瓶梅》寫社會少而寫家庭多，這裡見不到西門慶於官場、商場的複雜往來，滿紙盡是一年四季因應大小節日而來的家宴酒席，以及西門慶與妻妾、婢女、僕婦、妓女、戲子、侍童日復一日的追歡取樂而已。

《三續金瓶梅》主張「反講快樂之事」，自敘創作動機只是「爲觀者哂之」、「以嘲一笑云爾」，既不同於「洩憤著書」的《金瓶梅》，也沒有《紅樓夢》「都云作者痴，誰解其中味」那種寄託無限的寫作特色，服膺的是通俗化、商品化的小說生產機制。如此一來，小說的人物屬性或社會內容必然向市井傾斜，取材、主題、思想也更有通俗性格，最終選擇以暴發的、變泰的男性想像取悅市場。《三續金瓶梅》裡的新版西門慶，爲讀者提供結合才子佳人小說與色情小說男性的理想圖像——西門慶和妻妾賞雪、畫雪、吟詩，在精美的花園樓房追歡取樂，是才子佳人小說裡綺麗風情，也是對《紅樓夢》的粗糙泡製；至於西門慶飲紅鉛呑三元丹，與各色婦人奸淫無休，而且幾乎都是三人、四人、五人「連床大會」，誠乃色情小說的變態想像。相較於《金瓶梅》的世故冷清，續書作者的歡喜快樂很容易察覺。

如果將續書視爲「再書寫」，那麼再書寫的載體既可以是小說，也可以是戲曲或曲藝，到今日它更可以是漫畫、電視或電影。

或許受限於題材，清代據《金瓶梅》改編的戲曲及曲藝作品目相當有限，遠不如《紅樓夢》蓬勃。以子弟書爲例，根據現藏天津圖書館、保存子弟書抄本目錄最多的《子弟書

41 清·四橋居士：《三世報隔簾花影·序》，收入清·丁耀亢等著，陸合、星月校點：《金瓶梅續書三種》。

42 清·訥音居士：《三續金瓶梅·自序》，頁三十五。

43 清·訥音居士：《三續金瓶梅·小引》，頁三十七。

目錄》所載，《金瓶梅》子弟書計有〈子虛入夢〉、〈哭官哥兒〉、〈升官圖〉、〈葡萄架〉、〈得鈔傲妻〉，〈不垂別淚〉（即〈遺春梅〉）、〈武松殺嫂〉、〈永福寺〉、〈舊院池館〉等九種[44]，比重上大約僅《紅樓夢》子弟書之四分之一[45]。有趣的是，相較於《紅樓夢》留有大量彈詞開篇、卻沒有產生成部大套的「書」[46]，《金瓶梅》反倒留下一部難得的彈詞作品《繡像金瓶梅傳》。

《繡像金瓶梅傳》是嘉慶二十五年（一八二〇）廢閑主人所作，現藏日本東京大學東洋文化研究所，爲道光二年（一八二二）漱芳軒刊本。該書封面題爲「雅調秘本南詞繡像金瓶梅」，正文之前的序、目錄、和插圖部分版心皆題「第一奇傳」，然而正文部分版心卻題「金瓶梅傳」，因此東洋文化研究所的藏書題錄爲「繡像金瓶梅傳」。封面特特標舉「雅調秘本南詞金瓶梅」，已經召告它是一部用南詞詮釋小說《金瓶梅》的曲藝文本，即一部曲藝化的《金瓶梅》。至於它藉以改寫的底本，則是張竹坡「第一奇書本」《金瓶梅》。

然而，南詞《繡像金瓶梅傳》有沒有改寫小說《金瓶梅》？乍看之下沒有，因爲它幾乎只是「轉譯」小說文字爲南詞劇本。但是因爲這個南詞本子在轉譯時「既隨便又用心」，所以在某種意義上也是另一種「再書寫」。

怎麼說它是「隨便」呢？南詞《繡像金瓶梅傳》同樣有一百回，但它用八十回篇幅卻講不完小說前四十回故事，剩餘二十回空間只能草草結果李瓶兒、西門慶、潘金蓮——如此一來，無論《金瓶梅》有什麼世態人情企圖，到《繡像金瓶梅傳》也變得支離破碎甚至橫遭刪除。如果說《金瓶梅》的重點之一，在於反省暴發之後的快速殞落，那麼《繡像金瓶梅傳》幾乎沒有機會處理這個命題，也沒有機會叩問其他更深層的議題。簡單說，這樣的隨便，使它自外於「世情書」傳統。至於又怎麼說它是「用心」呢？一方面，南詞編者多次宣示要節制情色描寫，可它除了未見刪盡（淨），還增補了新的細節，或引誘接受者竊聽，或鼓動接受者窺視，居心叵測地把人帶向風情無限的想望裡。另一方面，南詞《繡像金瓶梅傳》裡的潘金蓮，先是被抽取掉原著小說應當推敲的生存困境，又在正文裡強化她主動、急切於情欲滿足的風情萬種形象，再藉唐詩唱句補充她對性的渴求與貪婪，使她從原本小說裡受害婦人

44 轉引自崔蘊華：《書齋與書坊之間——清代子弟書研究》（北京：北京大學出版社，二〇〇五年八月），頁一二三。然而詳細數字恐怕不只如此，澤田瑞穗和方銘整理的《金瓶梅》書錄都載明有十一種，詳參【日】澤田瑞穗：〈增修《金瓶梅》研究資料要覽〉，收入黃霖、王國安編譯：《日本研究《金瓶梅》論文集》（濟南：齊魯書社，一九八九年十月），頁二九九—三五五；方銘編：《金瓶梅資料匯錄》（合肥：黃山書社，一九八六年九月），頁七二七—七二八。

45 學者認爲散在世界各地的《紅樓夢》子弟書應有四十種左右，請參王曉寧：〈《紅樓夢》子弟書研究述論〉，《紅樓夢學刊》二〇〇九年第一輯，頁二八六—三〇〇。

46 劉操南編著：《紅樓夢彈詞開篇集．前言》（北京：學苑出版社，二〇〇三年五月），頁三。

之世情「典型」，降格為南詞裡妖嬈女子之風情「概念」[47]。簡單說，這樣的用心，說明它既有意挑動男性讀者的情欲渴望，並且藉被高度風情化的潘金蓮滿足男性讀者的情欲想像。

總之，《金瓶梅》的清代續書中，如果小說《續金瓶梅》是借題發揮文人的宗教或政治關懷，小說《三續金瓶梅》及南詞《繡像金瓶梅傳》則是設計迎合讀者的暴發及變態想像。

47 胡衍南：〈南詞《繡像金瓶梅傳》對原著小說的接受〉，收入胡衍南：《紅樓夢後——清代中期世情小說研究》（臺北：五南圖書出版公司，二〇一七年四月），頁一七七—二一二。

第三章 文學史上的《金瓶梅》

第一節　魯迅標榜的「世情書」

清初康熙年間，兩衡堂刊本《三國志演義》有一篇託名李笠翁作的序，其中提到：「嘗聞吳郡馮子猶賞稱宇內四大奇書，曰《三國》、《水滸》、《西遊》及《金瓶梅》四種。余亦喜其賞稱爲近是。」[1]這個訊息說明：晚明小說家馮夢龍率先提出「四大奇書」的講法，從而得到清初著名小說家、戲曲家李漁的附和。很多人因此認爲，「四大奇書」的說法係由馮夢龍所創。不過也有人認爲，李漁與馮夢龍的生平恐怕沒有交集，此舉不無可能是李漁藉馮夢龍墊高自己的主張。更有人懷疑此序斷無可能係李漁親作，只是書商爲叢書宣傳所設的花招。

然而無論如何，「四大奇書」於清季頗見繼承，例如康熙年間劉廷璣《在園雜志》即接受了這個說法，進而強調：「若深切人情世務，無如《金瓶梅》，眞稱奇書。」[2]滿文本《金瓶梅》序也跟進：「如《三國演義》、《水滸》、《西遊記》、《金瓶梅》四種，固小說中之四大奇也，而《金瓶梅》于此爲尤奇焉。」[3]乾隆年間李綠園《歧路燈・自序》曰：「古有四大奇書之目，曰盲左，曰屈騷，曰漆莊，曰腐遷。迨於後世，則坊傭襲四大奇書之名，而以《三國》、《水滸》、《西遊》、《金瓶梅》冒之。」[4]嘉慶年間，閑齋老人爲臥閒草堂藏本《儒林外史》作的序亦提及：「古今稗官野史不下數百千種，而《三國志》、《西遊記》、《水滸傳》及《金瓶梅演義》，世稱四大奇書，人人樂得而觀之。」5

四大奇書標誌明代小說最高成就，但更重要的是，《三國演義》、《水滸傳》、《西遊記》和《金瓶梅》分別引領了明清歷史演義小說、英雄俠義小說、神魔小說和世情小說四個類型的創作風潮。這四者之中，歷史演義小說和英雄俠義小說並不易區分，魯迅《中國小說史略》將《三國演義》和《水滸傳》都視為「講史」的產物，後人關於這兩個小說類型的界義也往往互有重覆。在此之後是神魔小說，這個類型一直很容易辨識，畢竟以異類殊方為題材的敘事作品自古有之，不過在明代幾乎只於萬曆朝刮起一陣旋風，很快就被世情小說取而代之。如果把目光從明清擴大到整個古代，誠如林辰所說：「就一部完整的中國小說史而言，它的總趨勢，是沿著神話怪異——歷史演義——人情世態這條道路發展著，而且又以

1 清・李漁：《李漁全集》（杭州：浙江古籍出版社，一九九二年十月），第五冊，頁一一二。
2 清・劉廷璣撰，張守謙點校：《在園雜志》（北京：中華書局，二〇〇七年五月），頁八十四。
3 轉引自黃霖編：《金瓶梅資料匯編》（北京：中華書局，一九八七年三月），頁五。
4 轉引自黃霖編：《金瓶梅資料匯編》，頁二五七。
5 轉引自黃霖編：《金瓶梅資料匯編》，頁二五八。

人情世態爲其發展之頂端的。」[6]換句話講，無論從明清小說史或整部中國小說史來看，由《金瓶梅》發其端的世情小說，可謂晚明以來最有影響力的小說類型。

然而什麼是世情小說？又，爲什麼《金瓶梅》是世情小說？最早爲《金瓶梅》以降這批同性質小說命名的人是魯迅，他在一九二四年出版的《中國小說史略》，首度提出「世情書」、「人情小說」的概念：

> 當神魔小說盛行時，記人事者亦突起，其取材猶宋市人小說之「銀字兒」，大率爲離合悲歡及發跡變態之事，間雜因果報應，而不甚言靈怪，又緣描摹世態，見其炎涼，故或亦謂之「世情書」也。[7]

魯迅將中國古典小說分成「講神魔」與「記人事」兩類，如果從《中國小說史略》章節安排及分類觀念判斷，前者包括志怪故事與神魔小說，後者則包括講史與人情小說（——在魯迅的觀念裡，人情小說也就是世情書，本書統一以「世情小說」稱呼之[8]）。至於世情小說的取材，魯迅認爲和宋元說話家數中的「小說」家（即「銀字兒」）差不多，此既點出明清世情小說遠祖即宋元「小說」家，也遙指世情內涵即南宋耐得翁所謂「煙粉、靈怪、傳奇、說公案，皆是扑刀、桿棒及發跡變泰之事」[9]——他還補充這些「大率爲離合悲歡及發跡變態之事，間雜因果報應，而不甚言靈怪」。要緊的是接下來關鍵一句「描摹世態，見其炎涼」，顯然「世態」的描摹、「人情」的展現，才是魯迅命名的主要考量。

定義之後，接著他說：「諸世情書中，《金瓶梅》最有名。」然而小說好在哪裡呢？

6 林辰：《明末清初小說述錄》（瀋陽：春風文藝出版社，一九八八年三月），頁一。

7 魯迅：《中國小說史略》，第十九篇「明之人情小說（上）」，《魯迅全集》（北京：人民文學出版社，一九八一年十二月），第九卷，頁一七九—一八八。以下引文茲不贅註頁碼。

8 陳翠英：「雖然諸說意涵相去不遠，然而衡量『人情』、『世情』二詞，著一『世』字，似更能點出『俗世』、『現世』此一生活場景的現實意味，乃是直指當下人間、凡俗庶民俯仰其中的生命舞台，既非遙遙遠古，亦非殊方異域；『世情』一詞，亦能切合此類作品描摹世態百相、人情萬端的豐富內涵。」陳翠英：《世情小說之價值觀探論——以婚姻爲定位的考察》（臺北：國立臺灣大學，一九九六年六月），頁三。

9 根據南宋耐得翁《都城紀勝》的講法：「說話有四家。一者小說，謂之銀字兒，如煙粉、靈怪、傳奇、說公案，皆是扑刀、桿棒及發跡變泰之事。」王民信主編，西湖老人等撰：《西湖老人繁勝錄三種》（臺北：文海出版社，一九八一年六月），頁八十二。不過，宋元之際羅燁《醉翁談錄》的講法略有不同，小說家包括「靈怪、煙粉、傳奇、公案、兼扑刀、桿棒、妖術、神仙」。宋・羅燁：《醉翁談錄》（臺北：世界書局，一九八三年三月），甲集卷一，〈舌耕敘引〉，頁三。

> 作者之于世情，蓋誠極洞達，凡所形容，或條暢，或曲折，或刻露而盡相，或幽伏而含譏，或一時並寫兩面，使之相形，變幻之情，隨在顯見，同時說部，無以上之，故世以爲非王世貞不能作。

這段話說明，《金瓶梅》揭露的世情內涵極爲深刻，而這深刻則是建立在小說寫作的非凡技法上——「凡所形容，或條暢，或曲折，或刻露而盡相，或幽伏而含譏，或一時並寫兩面，使之相形，變幻之情，隨在顯見」。綜觀魯迅《中國小說史略》，這是絕無僅有之超高評價。

魯迅的說法並非獨創，清人劉廷璣早就提到：

> 降而至於「四大奇書」，則專事稗官，取一人一事爲主宰，旁及支引，累百卷或數十卷者。如《水滸》本施耐菴所著，一百八人，人各一傳，性情面貌，裝束舉止，儼有一人跳躍紙上。……再則《三國演義》。演義者，本有其事，而添設敷演，非無中生有者比也。……蓋《西游》爲證道之書……。若深切人情世務，無如《金瓶梅》，眞稱奇書。欲要止淫，以淫說法；欲要破迷，引迷入悟。其中家常日用，應酬世務，奸詐貪狡，諸惡皆作，果報昭然。而文心細如

牛毛繭絲，凡寫一人，始終口吻酷肖到底，掩卷讀之，但道數語，便能默會為何人。結構鋪張，針線縝密，一字不漏，又豈尋常筆墨可到者哉！10

劉廷璣的意思是，因為《金瓶梅》細節摹寫的功夫令讀者彷彿身歷其境、眼見其人，因此得以領略世態人情之深刻。滿文本《金瓶梅》的序也有相同感慨：

凡百回中以為百戒，每回無過結交朋黨、鑽營勾串、流連會飲、淫黷通奸、貪婪索取、強橫欺凌、巧計誆騙、忿怒行兇、作樂無休、訛賴誣害、挑唆離間而已，其于修身齊家、裨益于國之事一無所有。……將陋息編為萬世之戒，自常人之夫婦，以及僧道尼番、醫巫星相、卜術樂人、歌妓雜耍之徒，自買賣以及水陸諸物，自服用器皿以及謔浪笑談，于僻隅瑣屑毫無遺漏，其周詳備全，如親身眼前熟視歷經之彰也。誠可謂是書于四奇書之尤奇者矣。11

10 清．劉廷璣撰，張守謙點校：《在園雜志》，頁八十三—八十四。

11 轉引自黃霖編：《金瓶梅資料彙編》，頁五—六。

雖然小說內容全係無益於國之混帳情事，但各色人等、諸般生活細節簡直毫無遺漏、周詳備全，彷彿親見親歷，故可謂爲四大奇書之首。

綜上所述，雖然《金瓶梅》是一部「于修身齊家、裨益于國之事一無所有」、內容幾乎全是家庭生活及日常瑣碎的長篇小說，然而西門慶一家日常飲食、穿戴用度、起居遊憩等各種生活面向，都被作家以「不厭精細」的筆法摹寫下來，除了讓劉廷璣及滿文本《金瓶梅》的序作者驚呼連連，評點家張竹坡也說：「讀之似有一人親曾執筆，在清河縣前西門家裏，大大小小、前前後後、碟兒碗兒，一一記之，似眞有其事，不敢謂爲操筆伸紙做出來的。」[12]然而《金瓶梅》並非單純的家庭小說，西門慶是具流氓性格且集土豪、富商、官僚三種身分的暴發戶，因而他所建立的家室內容及所擁有的家庭生活，必然要緊密聯繫起當下浮華的物質社會。小說幾個序跋作者，很早就注意到這是一部「家庭—社會」型小說——亦即表面寫一人、一家、一族於日常生活的婚戀性愛倫常關係，實際卻意在描摹世態、見其炎涼的小說。東吳弄珠客即道：「借西門慶以描畫世之大淨，應伯爵以描畫世之小丑，諸淫婦以描畫世之丑婆淨婆，令人讀之汗下。蓋爲世戒，非爲世勸也。」廿公也認爲小說：「曲盡人間醜態」。謝肇淛也難掩驚奇地說：

書凡數百萬言，爲卷二十，始末不過數年事耳。其中朝埜之政務，官私之晉接，閨闥之媟語，市里之猥談，與夫勢交利合之態，心輸背笑之局，桑中濮上之期，尊罍枕席之語，駔驓之機械意智，粉黛之自媚爭妍，狎客之從臾逢迎，奴儓之稽唇淬語，窮極境象，駴意快心。譬之範工摶泥，妍媸老少，人鬼萬殊，不徒肖其貌，且並其神傳之。信稗官之上乘，鑪錘之妙手也。[13]

對此，魯迅說得更好：「緣西門慶故稱世家，爲縉紳，不惟交通權貴，即士類亦與周旋，著此一家，即罵盡諸色，蓋非獨描摹下流言行，加以筆伐而已。」西門慶出身市井，常與三教九流往來，暴發的他身上自然有著濃濃的市井氣味；雖然他也交通權貴，並與士類周旋，但小說顯然要藉他托出這些人的惡行劣跡，所以這些人身上從沒有一件正經故事。《金瓶梅》果然著此一家罵盡諸色，笑笑生先用細節化的描寫方式，換取讀者對西門慶家庭生活之眞實信賴，然後再藉西門慶的人際網絡，把他個人逞強賣弄的行爲聯繫起官員之貪婪放

12 清．張竹坡：〈批評第一奇書金瓶梅讀法〉，轉引自黃霖編：《金瓶梅資料彙編》，頁八十一。

13 明．謝肇淛，《小草齋文集》，卷二十四。收入《四庫全書存目叢書》（臺南：莊嚴文化事業公司，一九九七年六月），集部，第一七六冊，頁二七八—二七九。

縱，進而成就一幅明代社會沉淪腐敗的圖畫。也難怪，晚清文人將之歸爲「社會小說」——

> 《金瓶梅》一書，作者抱無窮冤抑，無限深痛，而又處黑暗之時代，無可與言，無從發洩，不得已藉小說以鳴之。其描寫當時之社會情狀，略見一斑。……又可以徵當時小人女子之情狀，人心思想之程度，眞正一社會小說，不得以淫書目之。[14]

從西門慶擴及芸芸眾生，從一人、一家、一族寫到一整個社會，《金瓶梅》的世情內容不只包括富豪家庭的生活細節，也包括浮華社會的諸種面向，這就是所謂「家庭—社會」型小說之最大特色。

如此一來，魯迅所謂「描摹世態，見其炎涼」可以這麼理解：「描摹世態」是世情小說的消極條件，「見其炎涼」是世情小說的積極目標。具體來講，小說是不是充分摹寫了日常生活，進而擴寫出社會內容，乃一部世情小說的文字工夫；如果因此還能夠反映人情冷暖，甚至從生命的本質、文化的內涵來反省個體的創造與侷限，體現出一定的思想深度，則是世情小說上上之作。明清世情小說符合魯迅深切期望的，大概只有《金瓶梅》和《紅樓夢》，在這期間或許有些作品能於世態摹寫上取得一點成績（例如《醒世姻緣傳》、《歧路燈》

等），但思想深度普遍不足（多半就是因果報應而已）[15]。到了《紅樓夢》問世以後，多數世情小說連描摹世態的消極條件都搆不著，更遑論反映人情炎涼了[16]。

很多學者主張，《金瓶梅》對世情的照應，可以從「詞話本」開篇勸人戒除酒、色、財、氣的「四貪詞」入手。一方面，全書對酒、色、財、氣有直接而具體的描述；另一方面，又有更多間接而抽象的辯證。換言之，小說有很具體的物質用度，也有很抽象的精神表現，同時展現世態人情的表層和深層面向。陳葆文就說：「《金瓶梅》作者實透過對『酒、色、財、氣』多重書寫的方式，除藉著小說人物形象、事件情節呈現此四項命題對於個人乃至家庭、社會的作用、影響，更藉由敘事時種種物質之書寫、精神世界之探索、情感狀態之流動加以辯證其意義。」[17]

14 清・狄平子：〈小說叢話〉，原載《新小說》第八號，一九〇四年。轉引自黃霖編：《金瓶梅資料彙編》，頁三〇三。

15 胡衍南：《金瓶梅到紅樓夢——明清長篇世情小說研究》（臺北：里仁書局，二〇〇九年二月）。

16 胡衍南：《紅樓夢後——清代中期世情小說研究》（臺北：五南圖書公司，二〇一七年四月）。

17 陳葆文：《酒色財氣金瓶梅》（臺北：聯合百科電子出版公司，二〇一五年十月），頁十五。

第二節　中國第一部「小說」（novel）

魯迅「世情書」的講法，將《金瓶梅》墊到一個非常的高度，然而其發展軌跡及所謂「描摹世態，見其炎涼」之身分印記，其實暗合歐洲在十八世紀以後興起的小說（novel）。換句話講，如果以歐洲小說史——特別是較早成熟的英國小說史爲對照座標，《金瓶梅》堪稱是中國第一部（西方意義下的）「小說」（novel）。

歐洲敘事文學傳統源遠流長，從早期的希臘羅馬神話，到中世紀的英雄史詩和騎士傳奇，再到文藝復興以後的莎士比亞戲劇，簡單說是一個韻文的、詩性的、傳奇的、宗教化的寫作潮流。要到十七世紀以後，才緩慢蘊釀出另一個散文的、理性的、寫實的、世俗化的寫作潮流，並且最早在十八世紀英國，出現由笛福（Daniel Defoe）、理查遜（Samuel Richardson）、菲爾丁（Henry Fielding）創造出來的新型態敘事文學——小說（novel）。這個說法來自伊恩．瓦特（Ian P. Watt）《小說的興起》（*The Rise of the Novel*），他認爲笛福、理查遜、菲爾丁乍似巧合地，創造了一個不同於以往的新興文學形式，雖然這些作家當時並沒有爲這創舉冠上新名稱，但是到了十八世紀後期，小說（novel）一詞已經廣泛用來指稱他們的作品。

瓦特《小說的興起》是研究英國小說的權威著作，後繼論者很難不受它的影響，蔣承勇《英國小說發展史》即提到：

這本書是我們討論英國十八世紀小說時幾乎無法迴避的里程式的重要專著，盡管我們並不全盤接受瓦特的各種論斷，卻贊同它的下述觀點：笛福、理查遜和菲爾丁等人的作品最早並最典型地代表了現代小說最主要的問題意識和藝術特徵——即對「個人」的關注，以及有意識地採用「形式現實主義」的表現手法。……

瓦特把小說的興起與個人主義思想的興起（他論及的其他兩個重要因素是中產階級地位上升和廣泛讀者群的形成）聯繫在一起，認爲小說表達了「特定個人在特定時間、地點的特有經驗」。[18]

瓦特的學說可以簡單歸納爲以下四個方面。首先，十八世紀英國小說呼應了歐陸稍早的哲學現實主義主張——在認識論上反對普遍性（generality）和重視個別性

18 蔣承勇等：《英國小說發展史》（杭州：浙江大學出版社，二〇〇六年三月），頁四十。

（particularity），在方法論上則由一個免於傳統信念之個人來檢視其特殊經驗。因此，回到小說創作，最重要的條件即是忠於個人經驗，尤其是具有原創性（originality）與新奇性（novel）的個人經驗。其次，在這個前提底下，小說作者自然轉而至現實生活取材，不再仰賴傳統提供的豐富養分——笛福和理察遜即被標榜為英國文學史上「首次不取材於神話、歷史、傳奇，或以前的文學作品的大作家」。再次，這一套「形式現實主義」還包括：賦予人物完整而眞實的姓名、人物和事件被安排在特定的時空下展開、具體生動地交代特定環境下的物件和細節、以及選擇散文文體以增添敘事完整性和眞實感。最後，可能也是最重要的一點，小說基本上是資本主義城市市民的產物，一方面它處處體現資本主義的價值觀念，另一方面它又是城市市民獨特的審美選擇。[19]

瓦特（及其他學者）建構出來的英國小說史（及歐洲小說史），大抵即是從以上幾個方面解釋小說的興起。如果將這個軌跡——尤其是問題意識和藝術特徵——對照起中國敘事文學，很容易可以發現《金瓶梅》的關鍵性。

首先，關於作家個性與作品取材問題。本書第一章已經提到，就成書方式而言，四大奇書中的《三國演義》、《水滸傳》、《西遊記》都屬於世代累積型集體創作，唯獨《金瓶梅》是第一部文人獨創作品。世代累積型集體創作即便有一個「寫定者」，然而此寫定者係在前人無數心血下組織、整理文本，所能展現的個性必然遠遜於文人獨創作品，因此就個性化的角度而論，《金瓶梅》自要勝出其他三部奇書。此外，《三國演義》取材自文人史書和民間講史，《水滸傳》取材自說話、戲曲等各種傳奇性文本，《西遊記》取材自神話、傳說和民間講史，它們和英國文學史上的喬叟（Geoffrey Chaucer）、史賓塞（Edmund Spenser）、莎士比亞（William Shakespeare）、米爾頓（John Milton）等大師一樣都依傍傳統。唯有《金瓶梅》不同，雖然它看似從《水滸傳》截取一段故事而後借題發揮，但其內容卻完完全全是具體的社會生活，相對來說更具原創性、新奇性和個別性。畢竟，集土豪、富商、官僚三位一體的暴發戶西門慶，其撒漫性格和逞強心理，正是小說中包括妻妾爭寵、姘頭逢迎、妓女籠絡、朋友幫襯、官府勾結……等一切混帳故事的根本基礎，這個鮮活的主角與其他人物牽引出一段段與眾不同的權力關係，串連起來就是複雜又獨特的明代中葉社會圖像。

其次，「形式現實主義」的特點也可以在《金瓶梅》看到。在人物的獨特性部分，作家不只提供人物更具體的姓名和身家信息，並且讓形象更見血肉，性格更顯複雜。在環境刻畫部分，作家不再只是泛泛、模糊地交代一個概念化的時空，從開封府到清河縣、從永福寺到

19 詳參：【英】伊恩P．瓦特著，高原、董紅鈞譯：《小說的興起》（北京：三聯書店，一九九二年六月）；【英】艾恩．瓦特著，魯燕萍譯：《小說的興起》（臺北：桂冠圖書公司，二〇〇二年二月）。

獅子街、從西門家的後花園到藏春塢，無論城市地景或居家環境一應鉅細靡遺，其中所涉水陸諸物、珍玩俗器更是鋪天蓋地而來，其中的物質文化含量遠勝其他幾部奇書。如果說，人物的獨特性和環境的細節化是小說之最大特徵，那麼從明人謝肇淛到清人張竹坡、劉廷璣早就告訴我們，《金瓶梅》如何讓讀者覺得人物簡直栩栩如生，所見彷彿身歷其境。然而，更絕的還是散文敘事魅力。一方面，就其散文風格而言，誠如楊義所說，《金瓶梅》一變《三國演義》以來中國小說的敘事語言系統：「《三國》的典雅，《水滸》的說書口吻的歷練，在這裡都被市井社會的一派村腔野調淹沒了。」小說「夾渾帶素的市井腔調，表明了敘事語言由市井進入書面所散發著的原生態活力。」[20]另一方面，就其敘事特色而言，相較於依賴宏大敘事或英雄傳奇的另外幾部奇書，它拖沓繁複的生活書寫、不厭精細的日常交代、瑣碎鬆散的結構鋪排、世故冷靜卻又規矩老套的說書人聲調、捨故事情節導向轉就人物性格導向等等的重心移轉，更是前所未見的敘事特徵。

再則，如果歐洲小說既是資本主義意識形態的喉舌，又是新興城市市民獨占的審美新寵，那麼成書於明代萬曆年間的《金瓶梅》，既不見成熟的資本主義生產方式，也沒有伴隨而生的城市市民，據此論證《金瓶梅》代表著中國小說的興起，豈不牽強？

半個世紀以前，學界曾經有過關於中國社會性質的討論，其中對於明代中期以後是否出現資本主義萌芽曾引發不少激辯[21]。然而，中國社會性質的討論不一定要依照歐洲走過的經驗加以定位，拋開「中國資本主義萌芽」這個思維框架，明代自嘉靖朝以後出現大量的商人及商業活動確屬事實。例如嘉靖朝的何良俊便說：「昔日逐末之人尚少，今去農而改業為工商者，三倍於前矣。」[22]當然，這些人不一定真能成功棄農為商，或是轉為城市手工業者，但是顯然有愈來愈多的人口向城市移動，此既為城市提供大量的待業勞動者，也為小商人階層的形成創造條件。事實上，有很多文獻顯示出小生產者一躍而為富商的情況，尤其是江南一帶的紡織業，活躍於嘉靖、隆慶、萬曆朝的張瀚就說：「余嘗總覽市利，大都東南之利，莫大於羅綺絹紵，而三吳為最。」[23]他自己也提到一個例子：「毅庵祖家道中微，以酤酒為業。……因罷酤酒業，購機一張，織諸色紵幣，備極精工。每一下機，人爭鬻之，計獲利當五之一。……自是家業大饒。後四祖繼業，各富至數萬金。」[24]同樣的例子也發生在萬曆時

20 楊義：《中國古典小說史論》（北京：中國社會科學出版社，一九九五年十二月），頁三四九。

21 詳參中國人民大學中國歷史教研室編：《中國資本主義萌芽問題討論集》（北京：三聯書店，一九五七年三月）。

22 明．何良俊：《四友齋叢說》（北京：中華書局，一九九七年十一月），卷十三「史九」，頁一一二。

23 明．張瀚撰，盛冬鈴點校：《松窗夢語》（北京：中華書局，一九九七年十一月），卷四，「商賈記」，頁八十五。

24 同前註，卷六，「異聞記」，頁一一九。

蘇州某潘姓人家：「潘氏起機房織手，至名守謙者，始大富至百萬。」[25]而且這種情形不限於尋常百姓之家，同時代的于慎行就說：「吳人以織作爲業，即士大夫家，多以紡績求利，其俗勤嗇好殖，以故富庶。」[26]總而言之，明代中期以降，確實有著空前蓬勃的商業活動[27]。

商人作爲社會新貴，除了階級地位足以與士人比肩，也開始走進文學史成爲作家筆下的要角。明代小說最具體而強大的商人形象，就是《金瓶梅》裡的西門慶，這個人物的階級屬性雖然不易判斷，但他終究是一個商人，不論是封建商人、新興商人或者官商（官僚資本家）——

大體說來，對西門慶形象的認識總歸有四種意見：一是以游國恩《中國文學史》爲代表的集「地主、惡霸、商人」三位一體形象說；二是以盧興基爲代表的新興商人形象說；三是以陳詔爲代表的官商形象說；四是以孫遜爲代表的官商和新興商人混合形象說。綜觀這四種意見，他們有一個共同點，即都認爲西門慶形象的主要內涵是一個商人，他的全部活動是以經商爲基礎，官僚的身份不過是屏障輔助而已，這些結論都未免偏頗。……更確切地說，他應是十六世紀晚明資本主義萌芽時期官僚資本家的典型。[28]

一般只注意到，西門慶原是清河縣的破落戶財主，縣門前開著個生藥鋪，後來發跡有錢，專在縣裡與人把攬說事過錢，交通官吏。至於後來發財致富、加官進爵的手段，一是接收婦人帶進門的嫁粧，累積發家所需資本；二是勾結官府，結交權貴，創造自身更大利益。從西門慶巧取豪奪、放高利貸的行爲來看，確實和傳統商人的獲利行徑並無二致，但是眞正令他變泰的本業，主要還是商業經營。西門慶兼採行商和坐賈，除了長途販運，同時設店經營；由於遥赴產地採購，中間不經客販轉運，加上貨物乃是開店自賣，因此獲利十分可觀。這些經過在小說中其實都有還算清楚的描寫，只可惜讀者太在意他致富的不正當面，導致正當經理的一面就給忽略了。

伴隨侈靡相高的世風、放蕩爲快的人情，《金瓶梅》把西門慶送上文學史舞臺。雖然

25 明・沈德符：《萬曆野獲編》（北京：中華書局，一九九七年十一月），卷二十八，「守土吏狎妓」條，頁七一三。

26 明・于愼行撰，呂景琳點校：《穀山筆麈》（北京：中華書局，一九九七年十一月），卷四「相鑒」，頁三十九。

27 相關專著甚多，此處略舉兩例，請參韓大成：《明代社會經濟初探》（北京：人民出版社，一九八六年六月）；傅衣淩：《明清時代商人及商業資本》（臺北：谷風出版社，一九八六年十二月）。

28 霍現俊：〈西門慶形象新探〉，《明清小說研究》一九九八年第一期，頁一一四—一二二。

作家不盡然欣賞這號人物，但以一部近百萬字的小說寫其短暫的七、八年風華，即便談不上什麼「重商主義」，但在展現明代商人能耐和魅力的同時，將商業行爲合理化那一套話語已悄然形成。所以，不論明代中期商業活動的性質和資本主義萌芽是否相符，用瓦特的話來說——《金瓶梅》和笛福《魯賓遜飄流記》一樣，都是藉由「經濟人」（economic man）闡釋經濟方面的個人主義觀點。

遺憾的是，關於明代小說讀者的史料至今始終匱乏，因此無從判斷《金瓶梅》的讀者屬性。然而可以確定的是，明代中期由於還未出現以商人、手工業者和中產階級爲主體的城市市民，所以《金瓶梅》的讀者應該還是文人，最廣義的文人階層。

如此一來，便很容易理解西方漢學家對《金瓶梅》的如是評價——

> 在中國，《金瓶梅》因一向被目爲放縱的色情文學而聲名狼籍。但在現代，學者們探討這部小說時已帶有較多的同情，把它看作是第一部眞正的中國小說和一部深邃的自然主義作品。就題材而言，《金瓶梅》無疑是中國小說發展史上的一個里程碑：它開始擺脫歷史和傳奇的影響，去獨立處理一個屬於自己的創造世界，裡邊的人物均是世俗男女，生活在一個眞正的、毫無英雄主義和崇高氣息的中產階級的環境裡。雖然色情小說早已有人寫過，但它那種耐心地描寫

一個中國家庭卑俗而骯髒的日常瑣事，實在是一種革命性的改進，而在以後中國小說的發展中也後無來者。[29]

夏志清的立論比較簡單，但仍然提到《金瓶梅》作爲「第一部眞正的中國小說」的兩個理由：一是它擺脫歷史和傳奇的影響，直接從現實生活中取材；二是它願意以不厭精細的方式耐心地描寫日常瑣事。這個主張，咸信還是以瓦特《小說的興起》爲推論參考。

同樣的思考也影響了中國學者，羅德榮即從這個地方入手，發現《金瓶梅》在創作上有三大歷史性突破：一是將作品現實之醜引進小說世界，在對醜的審美過程中，將生活的醜昇華爲藝術的美；二是運用情境化和情理化的描寫方式，促使人物性格形態，由傳奇化的典型向生活化的典型邁進；三是採用「家庭—社會」型敘事模式，以及縱橫組合的敘事筆法，拓展小說的描繪空間。他認爲這些藝術創新引發了小說觀念的深刻變革，《金瓶梅》的偉大貢獻正在於此[30]。簡單地說，揮別傳奇性，追求寫實性，正是學者以爲《金瓶梅》堪稱中國第

29 【美】夏志清著，胡益民等譯，陳正發校：《中國古典小說史論》（南昌：江西人民出版社，二〇〇一年九月），頁一七〇—一七一。

30 羅德榮：〈從傳奇到寫實——《金瓶梅》小說觀念的歷史性突破〉，《湖北大學學報》（哲學社會科學版），第二十八卷第四期，二〇〇一年七月，頁七十二—七十六。

一部小說（novel）的理論根據。至於王增斌則直接以瓦特《小說的興起》爲鑒照對象，指出《金瓶梅》的問世「標志著中國現實主義小說（眞正意義上的小說）的眞正開始」。並且說，《金瓶梅》的問世「使中國小說眞正擺脫歷史和英雄對其長期的濃重光照，向著自己獨具的領域——現實人生，開拓疆土，朝著自己獨特的文化格局的方向發展，從而揭開了中國古典小說向近現代意義上小說轉折的序幕，昭示著中國小說發展的新方向。」31

前一節提到，滿文本《金瓶梅》的序宣稱《金瓶梅》爲四大奇書之「尤奇」者，這和西方漢學家視《金瓶梅》爲中國第一部小說（novel），兩者的理由可以互爲對照。

第三節　性描寫與豔情小說？

《金瓶梅》既擺脫了歷史演義及英雄傳奇慣有的神聖命題及宏大敘事，改以細節化寫作方式搬演日常生活瑣碎情事，不免要將世態人情諸種風貌娓娓道出，於是作爲人倫大欲之飲食、男女兩項，便在書中佔有極高比例。問題在於：《金瓶梅》的風月筆墨實在不少，而且往往細摹性交過程男女雙方心理及生理反應，故一開始便引來「誨淫」的批判聲浪，評價這部小說也成一大難題。

《金瓶梅》最初以抄本形式在少數文人間流傳時，其中的性描寫便已引起很大注意。袁小修的日記提到董其昌曾對他說：「近有一小說，名《金瓶梅》，極佳。」但因書中太多「淫蕩風月之事」，所以董氏認為「決當焚之」[32]。後來沈德符從袁小修那裡借來此書，據他說，好友馮夢龍讀了之後忍不住慫恿書商重價購刻，馬仲良也勸沈德符應梓人之請讓小說出版，可是沈氏卻不同意，其理由是：「此等書必遂有人板行，但一刻則家傳戶到，壞人心術，他日閻羅究詰始禍，何辭置對，吾豈以刀錐博泥犁哉？」[33]即便如此，此書不久即見刻本，而且果然引來更多的「誨淫」批評，例如薛岡《天爵堂筆餘》就說：「此雖有為之作，天地間豈容有此一種穢書？當急投秦火！」[34]

萬曆丁巳年《新刻金瓶梅詞話》的序跋作者，對「誨淫」批評像是有備而來。欣欣子一開始就說作者「寄意於時俗，蓋有謂也。」接著說《金瓶梅》「語句新奇，膾炙人口，無

31 王增斌：〈《金瓶梅》文學估值與明清世情小說之流變〉，《山西教育學院學報》第二卷第三期，一九九九年九月，頁三—九。

32 明·袁中道著，步問影校注：《游居柿錄》（上海：上海遠東出版社，一九九六年十二月），卷九，頁二一二。

33 明·沈德符：《萬曆野獲編》，卷二十五，「金瓶梅」條，頁六五二。

34 轉引自黃霖編：《金瓶梅資料匯編》，頁二三五。

非明人倫，戒淫奔，分淑慝，化善惡，知盛衰消長之機，取報應輪迴之事」，很顯然是提出另一套作書旨趣，藉以沖淡逐漸發酵的「淫書」說法。欣欣子也承認小說內容「未免語涉俚俗，氣含脂粉」，但他的解釋是：「關雎之作，樂而不淫。」而且「房中之事，人皆好之，人皆惡之。人非堯舜聖賢，鮮不爲所耽。」何況淫人妻子，妻子淫人，書中人最後大半領受報應，所以他在結語部分再度強調：「笑笑生作此傳者蓋有所謂也。」由此看來，就算欣欣子的序不是爲了反擊「誨淫」批判，起碼也是預料小說必遭非議，所以乾脆先行消毒。東吳弄珠客的講法也和欣欣子一樣，他雖然開場即道：「《金瓶梅》，穢書也！」但緊接著強調：「然作者亦自有意，蓋爲世戒，非爲世勸也。」值得注意的一段話是：「讀《金瓶梅》而生憐憫心者，菩薩也；生畏懼心者，君子也；生歡喜心者，小人也；生效法心者，乃禽獸耳！」一面承認書中性描寫涉及淫詞穢語，一面又歸類出幾種不同的閱讀反應，意指那些把《金瓶梅》讀成「淫書」的人是自己心態出了問題。廿公一樣先強調《金瓶梅》「蓋有所刺也」，他並且說書中演繹因果，足見作者大慈悲，因而此書流行乃是功德無量矣。看他怒斥那些批評者：「不知者竟目爲淫書，不惟不知作者之旨，併亦冤卻流行者之心矣。」顯然在廿公寫這篇跋之前，《金瓶梅》早就被冠上「淫書」之名。

雖然《金瓶梅》一傳世即遭有心人士目爲「淫書」，但是除了小說序跋作者極力維護，文人讀者也有所補充。本書第二章提到，早在小說傳抄階段，袁宏道就說《金瓶梅》

「雲霞滿紙」[35]，他並且視《金瓶梅》為「逸典」，並侈稱「不熟此典者，保面甕腸，非飲徒也。」[36]後來張無咎（疑即馮夢龍）在《北宋三遂平妖傳》的序也說：「他如《玉嬌梨》、《金瓶梅》，另辟幽蹊，曲中奏雅，然一方之言，一家之政，可謂奇書，無當巨覽，其《水滸》之亞乎！」[37]清代宋起鳳《稗說》則謂：「書雖極意通俗，而其才開闔排蕩，變化神奇，于平常日用機巧百出，晚代第一種文字也。」[38]他們或驚訝於敘述的細針密線，或慨嘆於情節的出人意想，總之《金瓶梅》引發了驚奇快慰的閱讀反應。不過，當時也有人覺得小說只是滿足了人們的「好奇」心理，例如李日華就說：《金瓶梅》「大抵市諢之極穢者，……袁中郎極口贊之，亦好奇之過。」[39]袁小修也對乃兄的好奇不以為然：「此書誨

35 明．袁宏道著，錢伯城箋校：《袁宏道集箋校》（上海：上海古籍出版社，二〇〇八年四月），卷六，「錦帆集之四——尺牘」，「董思白」條，頁二八九。
36 明．袁宏道著，錢伯城箋校：《袁宏道集箋校》，卷四十八，「觴政」，「十之掌故」條，頁一四一九。
37 高洪鈞輯，《馮夢龍集》（石家庄：河北人民出版社，一九九二年三月），頁六十四。
38 轉引自黃霖編：《金瓶梅資料匯編》，頁二三七。
39 明．李日華著，屠友祥校注：《味水軒日記》（上海：上海遠東出版社，一九九六年十二月），頁四九六。

淫，有名教之思者，何必務為新奇以驚愚而蠹俗乎？」[40]

有清一代對《金瓶梅》的捍衛亦很積極。張竹坡在〈竹坡閒話〉提到作者的著書動機：「此仁人志士、孝子悌弟，不得於時，上不能問諸天，下不能告諸人，悲憤鳴邑，而作穢言以泄其憤也。」又說作家的針砭重心乃是「獨罪財色」[41]。接著他在〈金瓶梅寓意說〉指出小說人物故事「大半寓言」，並且在此大談「依山點石」之妙、「借海湯波」之旨，等於是將「詞話本」序跋作者沒有明白交代的「蓋有所謂」提出一套解釋。另外〈苦孝說〉雖然讓人嗅到濃濃的封建君子腐朽道德氣味，仔細讀來也頗不知所云，但他其實意在扭轉「誨淫」陳說，企圖將小說從「敗德」導向「崇德」，藉「苦孝說」以駁「淫書」論。至於〈第一奇書非淫書論〉則正式對「淫書」說發起攻擊：「不意世之看者，不以為懲勸之韋絃，反以為行樂之符節，所以目為淫書，不知淫者自見其為淫耳。」[42]看起來是繼承了東吳弄珠客的講法。除了張竹坡，劉廷璣的說法是：「欲要止淫，以淫說法；欲要破迷，引迷入悟。」[43]繼承了廿公在《金瓶梅》跋裡的主張，批評讀者只看表面，不能體會作者的苦心孤詣。同樣的觀點也反映在文龍的《金瓶梅》回評，第一回開首便見他說：「《金瓶梅》淫書也，亦戒淫書也。」[44]

除了強調《金瓶梅》另有著書動機，他們也標榜《金瓶梅》「奇快」的審美反應。由於前一節對此已有交代，這裡也就不再贅述。

明清兩代文人面對「誨淫」批評，大抵上是朝凸顯作者寓意、標榜作品藝術兩方面努力。一方面強調《金瓶梅》具有嚴肅的寫作動機（洩憤、苦孝）、深邃的寓意（蓋有所謂、蓋爲世戒，蓋有所刺、以淫止淫），另一方面又試圖把讀者目光移向《金瓶梅》周詳備全的筆法、牛毛繭絲的文心，以及如見其人、如臨其境的閱讀感受，冀望雙管齊下以沖淡「淫書」形象。不過平心而論，明清文人並沒有針對《金瓶梅》的性描寫提出夠合理的解釋，也沒有將《金瓶梅》和眞正的淫書進行區隔。

一直到魯迅，這個任務才有具體進展。他說：

故就文辭與意象以觀《金瓶梅》，則不外描寫世情，盡其情僞，又緣衰世，萬事不綱，爰發苦言，每極峻急，然亦時涉隱曲，猥黷者多。後或略其他文，專注此點，因予惡謚，謂之「淫書」；而在當時，實亦時尚。

40 明·袁中道著，步問影校注：《游居杮錄》，卷九，頁二一二。

41 轉引自黃霖編：《金瓶梅資料匯編》，頁五十六—五十八。

42 轉引自黃霖編：《金瓶梅資料匯編》，頁六十四。

43 清·劉廷璣撰，張守謙點校：《在園雜志》，頁八十四。

44 轉引自黃霖編：《金瓶梅資料匯編》，頁四一一。

魯迅先把《金瓶梅》定位成人情小說及世情書，其特色及主旨爲「描摹世態，見其炎涼」。其次感慨作者正逢亂世，所以小說內容不免「時涉隱曲，猥黷者多」；無奈衆人專注此點，略其他文，以致此書一向有誨淫罪名。然而怎麼說這是「時尚」呢？他說：

> 成化時，方士李孜僧繼曉已以獻房中術驟貴，至嘉靖間而陶仲文以進紅鉛得幸於世宗，官至特進光祿大夫柱國少師少傅少保禮部尚書恭誠伯。於是頹風漸及士流，都御史盛端明布政使參議顧可學皆以進士起家，而俱藉「秋石方」致大位。瞬息顯榮，世俗所企羨，僥幸者多竭智力以求奇方，世間乃漸不以縱談閨幃方藥之事爲恥。風氣既變，並及文林，故自方士進用以來，方藥盛，妖心興，而小說亦多神魔之談，且每敘床第之事也。

原來《金瓶梅》誕生於方士「以藉獻房中術驟貴」的時代，不只獻藥頹風從皇宮「漸及士流」，而且淫邪歪風「並及士林」，因此「小說亦多神魔之談，且每敘床第之事」。魯迅所謂「實亦時尚」，既指當時的社會風氣，也指當時的創作風氣。換句話說，《金瓶梅》「詞話本」成書及流傳的明萬曆年間，一方面社會上充斥「性獵奇」的風氣，《金瓶梅》的性描寫乃時代風氣的產物；一方面書市業已有不少「淫書」，除了比《金瓶梅》早一個世紀的

《如意君傳》，萬曆朝中後期至少還有《痴婆子傳》、《繡榻野史》、《浪史》等書。

魯迅接下來又說：

然《金瓶梅》作者能文，故雖間雜猥詞，而其他佳處自在，至於末流，則著意所寫，專在性交，又越常情，如有狂疾，惟《肉蒲團》意想頗似李漁，較為出類而已。其尤下者則意欲媟語，而未能文，乃作小書，刊佈於世，中經禁斷，今多不傳。

他在這裡強調兩點：首先，《金瓶梅》雖間雜猥詞，但其他佳處自在；其次，那些「末流」之作「著意所寫，專在性交，又越常情，如有狂疾」，令人不忍卒睹（惟《肉蒲團》稍有成績）。魯迅既和前代文人一樣，提醒讀者《金瓶梅》傑出的藝術成就；但又發前人所未發，找到區隔《金瓶梅》和眞正淫書的依據——這十六字箴言誠可謂一針見血。

魯迅之後，現當代學者對《金瓶梅》性描寫的討論日多。最保守的做法是，既肯定《金瓶梅》的藝術成就，反對「淫書」惡諡，但卻批評小說中的性描寫是敗筆，有嚴重缺陷、趣味低下、完全是動物層次。例如劉輝說：

我認爲《金瓶梅》中的性行爲描寫，大致有三種情況：一是與刻畫人物性格密不可分；二是爲寫性而寫性，帶有嚴重的低級欣賞情趣，其韻文部分的肆意渲染尤甚，成爲贅疣，把這一部分刪去，對這部小說的美學價值不會有絲毫影響；三是重覆雷同過多，完全可以一筆帶過。即便是第一種情況，裡面也摻雜了一些純動物性的露骨描寫，亦可刪削。因而，從總體看，《金瓶梅》中的性行爲描寫，是不成功的，恰是這部作品的嚴重缺陷。45

折衷一點的說法是，承認性欲乃人類文化賴以生存及發展的基本形式之一，小說家基於現實主義的信念必然不能迴避性描寫，何況作家有意藉此批判晚明社會之浮華放任。不過，作家的性意識係由時代所決定，扭曲的時代必然只能提供扭曲的性意識。例如李時人說：

性描寫是《金瓶梅》有機的不可忽視的組成部分；性描寫是《金瓶梅》對小說藝術的開拓，也是《金瓶梅》重要的表現手段；《金瓶梅》性描寫的問題不在客觀展示，而在於主觀態度，其種種偏差產生的根本原因在於作者的性意識。46

然而亦見少數學者以更正向的角度，重新估量《金瓶梅》的風月筆墨，認定小說的性描寫別有文學上考慮。例如康正果：

> 與大多數明清淫穢小說的突出區別在於，《金瓶梅》中的性描寫並不是小說的唯一內容，不是那種沒完沒了的色情連續劇。從這部小說的整體結構看，對性交場面的安排，對於這一方面的內容在敘述上的詳略、疏密、顯隱、熱冷，作者均有特殊的考慮。可以肯定地說，作爲西門慶生活的一大樂趣，性活動始終同他滿足其他貪欲的追求緊密地聯繫在一起，並同樣被納入了由盛到衰的總趨勢。[47]

平心而論，自古以來那種一面肯定《金瓶梅》是傑作，一面嫌其性描寫失之猥褻的矛盾

45 劉輝：〈《金瓶梅》的歷史命運與現實評價——之一：非淫書辨〉，收入劉輝：《金瓶梅論集》，頁三二四。

46 李時人：〈論《金瓶梅》的性描寫〉，收入張國星主編：《中國古代小說中的性描寫》（天津：百花文藝出版社，一九九三年三月，頁二一三。

47 康正果：《重審風月鑑——性與中國古典文學》（臺北：麥田出版公司，一九九六年一月），頁二六八—二六九。

反應，多半源於道德意識作祟。《金瓶梅》中的性描寫除了「實亦時尚」，除了在布局上自有用意，它還是人物性格的補充，以及社會關係（包括兩性權力關係）的展現。說它是人物性格的補充，係從文學批評的角度思考，小說中具有關鍵戲分的婦女至少二十人以上，在有限的篇幅裡要區隔出衆姝差異誠爲難事，因此即便寫婦女服飾、飲饌、閨情是基於寫實的必要，但在這些看似自然主義的描寫中，尤可偷渡對於人物性格的補充。至於說它是社會關係及權力關係的展現，君不見作家把西門慶對性的嚮往，和他對財富權力的追逐聯繫在一起？君不見每個婦女對性的不同態度，正對照者她們各異的生存處境？所以，《金瓶梅》先是藉閨闈風情思考世俗男女的生命悲喜，進而用床笫之私隱喻晚明社會的人欲橫流。《金瓶梅》性描寫不是作家的失誤，而是作家之故意，笑笑生用直接的態度處理這個題材，這和他用相同的方式寫西門慶流連於飲饌珍饈、得意於潑天富貴是一樣的道理。相關的論證，在本書後面幾章談人物魅力、進行文本導讀的時候，將有發揮。

猶需一提的是，直到今天，學界並沒有眞正釐清《金瓶梅》和「淫書」——也就是所謂豔情小說或色情小說之間的差別。雖然魯迅早就提示我們：同樣受到《如意君傳》的影響，《金瓶梅》是「描摹世態，見其炎涼」之世情小說，《痴婆子傳》、《繡榻野史》、《浪史》是「著意所寫，專在性交，又越常情，如有狂疾」之豔情小說；《金瓶梅》的性描寫比重不足全書百分之二，《痴婆子傳》、《繡榻野史》、《浪史》則以性交活動爲唯一內容，且全篇盡是露骨、過度的性描寫。何況，不只魯迅稱讚「《金瓶梅》作者能文」，孫楷第更批評《繡榻野史》「文甚短淺」、《浪史》「文甚荒率」48。很遺憾的，第一代小說史研究者對世情小說/豔情小說能文/不能文的論斷，後人好像沒有眞正想清楚，除了社會大衆依然混淆《金瓶梅》和豔情小說的界線，即便金學家也有人主張視《金瓶梅》爲色情小說49。

《金瓶梅》作爲一部世情小說，即便是風月筆墨，在寫實的用意以外猶有補充人物形象性格、交代人物存在處境、提點人物社會關係的企圖。但是與《金瓶梅》同一時期的豔情小說，除了對人物形象的豐富性、人物言行的合理性等文藝指標毫不關心，更對小說可以追求的哲學或社會學使命不感興趣，所以它們和《金瓶梅》的距離相當遙遠。《金瓶梅》藉西門慶寫出一個暴發商人、乃至一個暴發社會在追逐與耗損之間的辯證，藉衆婦寫出女性個人、乃至女性集體在權力關係下的委屈和爲難。反觀豔情小說，只一味誇大陽具崇拜心理，男人

48 孫楷第：《日本東京所見小說書目》（北京：人民文學出版社，一九八一年十月），頁六十八—六十九。

49 杜貴晨：〈關於「偉大的色情小說《金瓶梅》」——從高羅佩如是說談起〉，收入黃霖、杜明德主編：《《金瓶梅》臨清——第六屆國際《金瓶梅》學術討論會論文集》（濟南：齊魯書社，二〇〇八年六月），頁一八五—二〇〇。杜貴晨：〈再論「偉大的色情小說《金瓶梅》」——中國十六世紀性與「婚姻的鏡子」〉，《明清小說研究》二〇一七年第二期，頁一一一—一三二。

一股勁地想要淫遍天下，婦人的形象淪爲害饞癆痞的水性揚花，小說除了性交全無其他內容可言。總而言之，無論從什麼角度看，《金瓶梅》和豔情小說都不能混爲一談。

第四節　兩部《金瓶梅》、兩種世情小說寫作模式

第二章介紹《金瓶梅》的版本，提及此書存在兩個主要的版本類型：「詞話本」及「崇禎本」。過去曾有學者提出「兩部《金瓶梅》，兩種文學」的看法[50]，可惜不受重視，多數學者並不覺得兩者之間的差異值得大驚小怪。然而。本書不只同意「兩部《金瓶梅》，兩種文學」，甚至進一步主張「兩部《金瓶梅》，兩種世情書寫」——因爲，兩部《金瓶梅》的現象不只是「金學」範疇，而且是明清世情小說史研究的範疇，不但「詞話本」和「崇禎本」分別提供（或啓發）兩種不同的世情小說寫作模式，而且這反映出晚明到清初俗／雅兩條文學路線的辯證嘗試。

《金瓶梅》「詞話本」和「崇禎本」的差異，在第二章曾經就審美追求、內容調整及元素增減、題旨變化三個方面略述，以下爲了方便起見，改用條列的方式整理出幾個明顯的特點（不含題旨變化）。

一，在各回回目方面，「詞話本」每回兩句，既不對偶，字數也不整，反觀「崇禎本」則是比齊正整。二，在開篇結構方面，「詞話本」第一回回目是「景陽崗武松打虎　潘金蓮嫌夫賣風月」，顯然繼承自《水滸傳》而後才起爐灶；第八十四回又寫吳月娘在清風山上險被寨主王英奸污，幸賴當時在山寨作客的宋江勸阻才免於危難，自然是嘗試與《水滸》故事接合的努力。反觀「崇禎本」第一回回目則是「西門慶熱結十兄弟　武二郎冷遇親哥嫂」，故事源頭由武松改為西門慶，小說尾聲也不見吳月娘被王英綁架一段，整部小說基本上無涉於《水滸傳》。三，「詞話本」一般認為充斥許多山東方言，「崇禎本」較無這種現象。四，沈德符當初所謂「陋儒補以入刻」、「膚淺鄙俚，時作吳語」、「前後血脈亦絕不貫串」的第五十三回至五十七回[51]，「詞話本」在五十三、五十四回確實如沈德符所述充滿矛盾混亂，然「崇禎本」反而清爽連貫許多。五，「詞話本」大量植入了詩詞、俗曲等韻文，又往往藉由「看官聽說」的形式發表議論，偶見大段抄寫佛家故事；「崇禎本」的回首詩詞則被全面改換，俗曲經刪削後往往只見曲名（最多附上第一句歌詞），引述寶卷故事經常只是起頭而已，「看官聽說」的發揮也受到了節制，總之在「詞話本」那裡看似與情節無

50 陳遼：〈兩部《金瓶梅》，兩種文學〉，吉林大學中國文化研究所編：《金瓶梅藝術世界》（長春：吉林大學出版社，一九九一年七月），頁五十五－六十六。

51 明・沈德符：《萬曆野獲編》，「金瓶梅」條，頁六五二。

關的瑣碎文字在「崇禎本」都避開了。

除了小說開篇布局的寫法，兩個版本最明顯的形式差異，不外是回目、回首詩詞、以及說唱文本。關於回目，撇開目錄和正文前回目的文字差異不談——因爲這的確是明顯的編輯疏失——「詞話本」回目的混亂反映出作者的漫不經心。雖然有人認爲，此係由於「它未經嚴肅認眞的加工整理，而是由不同鈔本拼湊一起付刻的。」[52]但是不要忘了，「詞話本」回目不只是字數不整而已，它還不重對仗，尤其未能積極凸顯出該回要旨。是故此說即便成立，也只證明就連這些抄本、乃至於源頭那個最原始的祖本，從一開始就未留心於回目的整齊對仗，更遑論精確地點出該回內容關鍵。如此一來，鄭振鐸所謂「保存渾樸的古風」，恐怕是比較貼切地還原了「詞話本」回目的民間性格，因爲它確實是一個毫不精緻的產物。相較之下，「崇禎本」就顯得十分在乎回目的藝術性和思想性，它不滿足於最低限度的形式美感（字數統一、對偶工整），甚且冀望於最大可能的閱讀指引（點出該回內容精要）。所以，「崇禎本」顯然是針對「詞話本」的一種「加力」作用，它的回目性格從民間走向文人、從世俗走向文雅。

不只回目如此，回首詩詞的變動也一樣具有意義，田曉菲便是因此判斷兩個版本在美學原則上的差異。她認爲「詞話本」明朗直白，喜歡藉卷首詩詞進行道德說教；「崇禎本」則朦朧含蓄，喜歡透過卷首詩詞給予抒情性的暗示——「或者對回中正文進行全面渲染，或者進行富於反諷性的對照。」[53]此說誠然中肯，但是「崇禎本」之於「詞話本」，它的否定道德勸誡、選擇抒情性暗示，究竟是要揚棄什麼、又要表現什麼呢？

「詞話本」的道德勸誡，看來固然像是儒家文人「文以載道」的基本信仰，但是由於摹世、警世、勸世意圖的回首詩詞竟佔六成以上，這個過度的比重，反而使得苦心孤詣的作者更像一個喋喋不休、以說書爲生的市井老叟。因爲這個形象非常強大，而且又無所不在，所以不是帶領讀者跟他一起領會世態無常、生命有定，就只能迫使讀者不得不逃到他的對立面追歡取樂、舉一反三，如此一來小說閱讀的其他可能便被犧牲了。「崇禎本」的做法，看來首先是要盡可能把這位說書先生給藏起來，雖然不能剔除所有說書痕跡，但留下來的講唱元素大致已合理化，即起碼符合小說這個文類的內在需求。除了前面提到過的例子，另一個觀察指標是「詞話本」的「看官聽說」在「崇禎本」減少了三分之一，後者把那些突兀的個人議論、可有可無的說明性文字都刪除了[54]，只留下和人物或情節發展有關的部分。其次，

52 劉輝：〈從詞話本到說散本——《金瓶梅》成書過程及作者問題研究〉，《金瓶梅論集》，頁三。

53 【美】田曉菲：《秋水堂論金瓶梅》（天津：天津人民出版社，二〇〇三年一月），頁七十八。

54 例如「詞話本」第十八回「看官聽說」強調西門慶不該只聽金蓮枕邊言語即疏遠月娘、「詞話本」第七十回「看官聽說」批評奸臣當道，在「崇禎本」都遭到刪除的命運。另外像「詞話本」第二十七回，有一段「說話的，世上有三等人怕熱……」，「崇禎本」也因爲和小說內文沒有直接關係而捨棄了。

敘事者成爲一個對世情了然於胸、卻又超然於世情之外的哲學家，既承認酒色財氣的誘惑力道，也悲憫於世間男女由色生情所引發的一切苦惱。因爲在移開回首的勸誡詩篇之後，讀者可以比較不受干擾地察覺——西門慶猶有眞情、潘金蓮其實無奈、應伯爵終究可憐，書中人物所有的貪婪欺罔，不都還是爲了幸福的到來？而且回首詩詞的指涉變得模糊，最多淪爲各種「暗示」以後，讀者於小說人物的判斷不再限於唯一標準，書中的世態人情於焉有從各個角度理解的空間。再則，敘事者還變成一個開始願意關心女性命運的男性。毫無疑問，《金瓶梅》不但是小說史上第一次著力描寫女性，而且是一次描寫許多女性；但重要的是，在撤開閱讀的道德壓力之後，「崇禎本」其實藉高達五、六十首的回首抒情詩，以及爲數也還不少的樂曲、戲曲，提醒讀者正視女性處境之艱難，這在小說史上也是空前的！有學者認爲，從《金瓶梅》到明末清初的世情小說到《紅樓夢》，可以看到從寫貌到寫才、從寫欲到寫情、從寫理想到寫才女悲劇的變化[55]。然而，「崇禎本」《金瓶梅》早就開始珍惜女性了。

從另外一個角度講，「崇禎本」這些指涉曖昧的抒情詩詞，雖然和明代小說曉暢直快的敘事形成調性衝突，但卻符合傳統詩歌含蓄蘊藉的風格。從文學史範疇講，以小說、戲劇爲主的敘事文學在發展過程中，明顯的和以詩、詞爲主的抒情文學分庭抗禮，進而形成兩大不同的文學風格。從小說史範疇講，自元末《三國演義》用既淺白又典雅、半白話半文言的語言來寫作，到明代中葉《金瓶梅詞話》主要用市井社會、村夫俗婦的俚白口語來寫作，後者顯然更是一意孤行地往「棄雅從俗」的路上遠颺。問題是，這一場革命固然有支持者，也必然有反對者；既然小說、戲劇一類通俗文學到了明末仍然遇到正統文人的反彈，孰料在小說創作／閱讀的陣營裡不會有人也擔心《金瓶梅》把大夥兒拉得太遠？因此當《金瓶梅》的敘事悖離詩學傳統、甚至往相反的極端愈走愈遠的時候，「崇禎本」回首的抒情詩在客觀上等於減弱正文叛逃的力道，嘗試讓小說在溫柔敦厚／明朗直白兩個極端之間做一點調和（但還不是平衡）。從這個角度思考「崇禎本」大幅刪落、修改說唱文本，更能了解「崇禎本」的用意並不在於「製造」一個用來牟利的簡本，而是提供符合另一種美學主張的選擇。「詞話本」大膽安排小說人物唱出自己的心聲，激越而直接的情感流露固然令人動容，但在某些時候、對某些讀者而言，它反而因爲過於煽情而顯得做作了；反觀「崇禎本」要不將之撤去、要不改由敘事者負責說明，雖然情感的表現不再痛快淋漓，但是受壓抑的、被節制的情緒也許更能激起讀者的想像，共鳴轉而遁入更幽深的地方了。

「崇禎本」整體的思想意識也大不同於「詞話本」。關於這一點，田曉菲根據兩部小說第一回的回首詩詞，提出了她的觀察：

55 雷勇：〈明末清初世情小說對《紅樓夢》的影響〉，《紅樓夢學刊》二〇〇三年第三期，頁六十六—七十八。

> 我以爲，比較繡像本和詞話本，可以說它們之間最突出的差別是詞話本偏向於儒家「文以載道」的教化思想：在這一思想框架中，《金瓶梅》的故事被當做一個典型的道德寓言，警告世人貪淫與貪財的惡果；而繡像本所強調的，則是塵世萬物之痛苦與空虛，並在這種富有佛教精神的思想背景之下，喚醒讀者對生命——生與死本身的反省，從而對自己、對自己的同類，產生同情與慈悲。[56]

這樣的觀察相當準確，唯一可以補充的是：「詞話本」所反映的「儒家」文以載道教化思想，其實是入世的、世俗化（非理想化）的儒家；「崇禎本」欲藉「佛教」精神召喚人們的同情與慈悲，其實也是既出世又入世的、世俗化（非教義上）的佛教。在明代那樣一個「人情以放蕩爲快，世風以侈靡相高」的社會，儒釋兩者其實都被那股世俗的力量給吸納進去，同時也重新修正過往對生命的解釋。根據兩部《金瓶梅》所看到的差異是：浸淫於晚明澆漓世風下的儒家文人，終究對世態人情感到恐懼和害怕，反倒佛教中人可以從世態人情得到理解和同情。

「崇禎本」這一系列的變革，主觀上也許有向「詞話本」挑戰的意圖，可惜沒有文獻材料可以證明。不過保守一點講，這倒是（某個）晚明文人爲小說寫作、尤其是爲世情小說寫作提供的新選擇，他（們）告訴世人在「詞話本」之外猶有「崇禎本」這種可能。所以，兩部《金瓶梅》，指的是「詞話本」、「崇禎本」各有不同美學趣味的世情書寫特色。既然存在兩種世情書寫，那麼接下來的問題是，晚明以降的長篇世情小說，是否因兩部《金瓶梅》而形成兩種寫作模式？

衆所周知，《金瓶梅》——此處特別指「詞話本」《金瓶梅》——和《紅樓夢》雖同屬「以家族（家庭）生活爲背景」的「家庭—社會」型世情小說，但其實各有獨特的寫作風格。第一，在人物形象及其所映照出的世態人情內容方面，《金瓶梅》藉土豪、富商、官僚三位一體的暴發戶西門慶，著力寫城市生活和市井風情；《紅樓夢》則藉和皇室有姻親、權力、利益往來的大觀園主人，極意摹寫上流社會和貴族風雅。第二，在小說的語言文字方面，《金瓶梅》以韻散交雜的形式、俚俗淺白的行文風格、村腔野調的人物對話來吸引時人的目光；《紅樓夢》則以詩化的散文取代市井的腔調、以朦朧的詩歌替換俚俗的小曲，顯得更有詩趣、更具哲思、更見禪意。第三，在小說的敘事特色方面，《金瓶梅》的敘述主體是一個苦口婆心、喋喋不休的說書人，並且形成拖沓繁複的生活書寫、不厭精細的日常交代、瑣碎鬆散的結構鋪排；《紅樓夢》的敘述主體換成有著深厚文化素養的智性文人，更懂得修飾、剪裁、提煉日常生活內容。第四，在小說呈現的思想意識方面，《金瓶梅》主要談果報

56 【美】田曉菲：《秋水堂論金瓶梅．前言》，頁六。

輪迴，儒家思想之外處處可見民間信仰痕跡；《紅樓夢》卻意圖經營「色即是空」的終極思考，作品因此染上一層佛教的色彩。

回來「崇禎本」《金瓶梅》，很顯然的，編者在極有限的更動範圍內，試圖把小說變得更文人化也更案頭化了，小說由通俗導向轉爲文雅導向。在人物性格、命運不能更動，故事重心、結局不能改變的前題下，它讓小說的語言文字更加俐落秀慧，讓小說的敘事結構更加活潑流暢，尤其盡可能用近代意義的小說敘事者形象，沖淡原本的說書人陳腐習氣[57]。這個「棄俗從雅」的嘗試，反映出晚明文人對宋元以降、脫胎於說唱藝術的世情小說那一整套敘述模式的反省——通俗小說不一定非「俗」不可，也容有「雅」的可能！在「崇禎本」《金瓶梅》的基礎上，清初才子佳人小說和稍後的《林蘭香》，都成爲挑戰「詞話本」《金瓶梅》的新勢力。至於《紅樓夢》則更不必說，有學者指出，「崇禎本」把抒情詩詞、說唱文本當作人物之間、作者和讀者之間的外人不容易懂的一種傳達意義的工具，且又因爲提示有限使得箇中寓意曖昧難明的這種作法，其實大大影響了清代包括曹雪芹在內的小說家[58]。更何況，曹雪芹對大觀園群芳的關照，雖不能說是受到「崇禎本」《金瓶梅》的影響，但「崇禎本」回首詩詞牽引讀者把重心放在女性、而不是西門慶身上，不也早《林蘭香》、《紅樓夢》一大步嗎？

但是就在同時，另有一批世情小說作者追隨「詞話本」《金瓶梅》。例如拿「詞話本」《金瓶梅》、《續金瓶梅》、《醒世姻緣傳》互爲對照，首先發現小說主要人物的階級屬性都很接近，所描繪的世態人情也以市井風貌爲主。其次，小說敘事者都有說書人的特徵，所以三部小說的語言文字都極盡俚俗淺白，也都避不掉敘事拖沓、結構鬆散的「通病」。再次是因果報應思想，成爲三部小說共同的精神指標。如此一來，當「崇禎本」《金瓶梅》準備挑戰「詞話本」《金瓶梅》，同時期的《續金瓶梅》逕以「詞話本」《金瓶梅》傳人的面目問世；當《林蘭香》選擇靠向「崇禎本」《金瓶梅》，同時期的《醒世姻緣傳》反而以「詞話本」《金瓶梅》集大成者的姿態出現。如果到《紅樓夢》才正式形塑一股有別於《金瓶梅詞話》的世情小說寫作模式，那麼從明朝萬曆年間到清朝乾隆年間，世情小說寫

57 劉輝〈《金瓶梅》版本考〉：「修改寫定者的著眼點和立足點，主要是改變民間說唱『詞話』這一特徵。……經過這樣的刪削之後，面目大爲改觀：濃厚的詞話說唱氣息大大的減弱了，沖淡了；無關緊要的人物也略去了；不必要的枝蔓亦砍掉了，使故事情節發展更爲緊湊，行文愈加整潔，更加符合小說的美學要求。」收入劉輝：《金瓶梅論集》，頁一三八—一六八。

58 【美】陸大偉：〈中國傳統小說中說唱文學的非寫實性引用——《金瓶梅詞話》的模型及其影響〉，中國金瓶梅學會編：《金瓶梅研究》第四輯（南京：江蘇古籍出版社，一九九三年七月），頁二二一—二五三。

作一直存在雅/俗兩股發展力量。59

簡單地講，長篇世情小說起點是明中葉的《新刻金瓶梅詞話》——即「詞話本」《金瓶梅》。到了明清之際，一方面有《續金瓶梅》繼承仿效，另一方面則見「崇禎本」《金瓶梅》向文雅調整的嘗試，這顯然是一種俗與雅的拉扯。再到清初康雍年間，一方面有更加俚俗的《醒世姻緣傳》，另一方面又見更趨風雅的《林蘭香》（及才子佳人小說），說明這種俗與雅的拉扯仍在持續。大抵要到乾隆年間的《紅樓夢》，我們才可以宣布這個「棄俗從雅」的目標實際達成；但是清代中葉以後的世情小說生產，又回到比較通俗的風貌和直白的筆法60。

因此可以說：我們不只擁有一部《金瓶梅》，而是擁有兩部《金瓶梅》！而且正因爲有兩部《金瓶梅》，所以明清世情小說開展出兩種不同的寫作模式！就這段軌跡以觀之，晚明至清初的文人在俗/雅之間反覆試驗，到《紅樓夢》選擇回到「詞話本」《金瓶梅》的對立面，但是清代中期世情小說又決定離開《紅樓夢》。要緊的是，在《金瓶梅》和《紅樓夢》之間，在俗/雅兩種世情小說寫作模式之間，不存在藝術高下問題，也沒有誰優誰劣的問題。流於通俗是一種選擇，趨向文雅也是一種選擇。毛髮畢現、直接暴露是一種表現方式，朦朧節制、含蓄蘊藉也是一種表現方式。畢竟兩者都只是某個風格、某種模式、各自服膺某個文藝思想罷了。

過去學者習慣說《金瓶梅》和《紅樓夢》是世情小說兩個高峰，但是不客氣地講，《紅樓夢》這半壁江山，多少要分點功勞給「崇禎本」《金瓶梅》。

59 關於這兩個系列的世情小說研究，詳參胡衍南：《金瓶梅到紅樓夢——明清長篇世情小說研究》。

60 關於清代中期世情小說寫作的趨勢，詳參胡衍南：《紅樓夢後——清代中期世情小說研究》。

第四章 《金瓶梅》的人物魅力（上）

敘事文學最重要的元素是人物和故事，小說亦不例外，然而讀者更偏重哪一個呢？回顧（廣義的）中國小說史可以發現，在很長一段時間裡，讀者的審美期待主要偏好故事，尤其是怪奇之談。例如魏晉南北朝志怪及唐代傳奇，從名稱上即見古人對「怪」、「奇」新聞特別感到興趣。然而，什麼樣的故事最能引發讀者興趣？《韓非子．外儲說左上》早有「畫鬼容易，畫犬馬難」之說1，由於人們驚懼於異類又罕有異類接觸經驗，因此，「超現實」的異類故事自六朝以來一直流行。但在另一方面，人們對超出自己生活範圍的經驗世界也很感興趣，多數讀者對帝王貴族、俠客強盜的生活內容充滿想像，因此「類現實」的英雄傳奇自唐代以來也很蓬勃。在這個情況下，作者對人物描寫多不認眞，因爲人物只是故事情節的附庸。

即便到了明代，這個情況依舊沒有太大改變，《三國演義》、《水滸傳》描寫的是超出讀者生活範圍的經驗世界的故事，《西遊記》描寫的是涵蓋仙域、魔域、聖域的異類故事，因此即便奇書作者較以往更留意於人物形象，但是經營重心仍在故事的「奇」。

《金瓶梅》卻不同，它不像此前幾部奇書，沉醉於「超現實」的異類故事或「類現實」的英雄傳奇，反倒另闢蹊徑，從現實生活中取材，提供讀者一個並非怪誕、也不稀奇的日常生活帳簿。這麼一來，《金瓶梅》等於挑戰了長久以往讀者對怪奇故事的審美期待，因此必須提供讀者其他審美補償。作者的努力有二：一是強化對人物形象以及性格的描寫，二是強化對環境物件乃至細節的描寫。這就是前一章提到的，《金瓶梅》讓讀者彷彿眼見其人、身歷其境，所以滿文本《金瓶梅》序文才會發出感慨：「自常人之夫婦，以及僧道尼番、醫巫星相、卜術樂人、歌妓雜耍之徒，自買賣以及水陸諸物，自服用器皿以及謔浪笑談，于僻隅瑣屑毫無遺漏，其周詳備全，如親身眼前熟視歷經之彰也。」[2]這說明《金瓶梅》在人物刻畫和物件摹寫都取得空前的成就。

接下來兩章，便先談談《金瓶梅》的人物魅力。

第一節　天地第一嫖客：西門慶

雖然《金瓶梅》的書名，是從小說中三個女主角潘「金」蓮、李「瓶」兒、龐春

1 《韓非子・外儲說左上》：「客有爲齊王畫者，齊王問曰：『畫孰最難者？』曰：『犬馬難。』『孰易者？』曰：『鬼魅最易。』夫犬馬者，人所知也，旦暮罄於前，不可類之，故難。鬼魅，無形者，不罄於前，故易之也。」《韓非子》校注組編寫，周勛初修訂：《韓非子校注（修訂本）》（南京：鳳凰出版社，二〇〇九年八月），頁三〇七。

2 轉引自黃霖編：《金瓶梅資料彙編》（北京：中華書局，一九八七年三月），頁五—六。

「梅」的名字各取一字而成，但不要忘了，三姝分別爲西門慶的愛妾和寵婢，全書係以暴發變泰的西門慶爲中心展開各色人際網絡及社會關係，因此最重要的角色自然是西門慶。

小說第二回提到，西門慶「原是清河縣一個破落戶財主，就縣門前開著個生藥鋪」。後來因爲發跡有錢，「專在縣裡管些公事，與人把攬說事過錢，交通官吏」，鄉里都稱他做「西門大官人」。接下來十餘回，西門慶接連把孟玉樓、潘金蓮、李瓶兒幾個婦人都娶來家，憑仗孟玉樓及李瓶兒的嫁妝，西門慶財富快速累積，幾個商鋪也擴大了規模。不過，他再怎麼有錢有勢，終只是個清河縣小土豪，離開縣城也就沒有呼風喚雨的本事。小說第十七回，親家陳洪因提都楊戩的案子牽連出事，進而禍延西門慶，但他藉由賄賂宰相蔡京先逃過這場株連，到了第三十回，甚至列銜山東提刑所的理刑副千戶。自此之後，西門慶不再只是一個鄉里土豪，而是交通朝中權貴、決定人民生死的國家官僚。後來在蔡京庇蔭下，西門慶於第七十回升爲提刑所正千戶，並且得以入朝面見聖容，成爲一個連太監、要臣都想結交的熱門新貴。

一介土豪藉由政治投資，搖身成爲提刑長官，但他其實更多商人本色。看看「詞話本」第六十九回媒婆文嫂如何形容西門慶：

> 縣門前西門大老爹，如今現在提刑院做掌刑千户，家中放官吏債，開四五處鋪

面：緞子鋪、生藥鋪、紬絹鋪、絨線鋪，外邊江湖又走標船，揚州興販鹽引，東平府上納香蠟；夥計主管約有數十。東京蔡太師是他乾爺，朱太尉是他衛主，翟管家是他親家。巡撫、巡按都與他相交，知府、知縣是不消說。家中田連阡陌，米爛陳倉；赤的是金，白的是銀，圓的是珠，光的是寶。[3]

所謂「放官吏債」，書中雖不見具體說明，但應和他經營的「解當鋪」一樣，都是某種高利貸形式。至於四、五家鋪子，其中的緞子鋪、絨線鋪最爲可貴，因爲當時絲織已從農村手工業中分離出來，屬於高消費的明星產業。至於所謂江湖上走「標船」，指的正是長途販運，即不經他手直接赴產地採購，因此貨物出脫後的利潤極大。例如他派夥計支鹽賣出以後，一面派韓道國赴杭州，織來十大箱、價值一萬兩銀的緞絹；一面又命來保到南京辦貨，批來二十大箱、價值推斷也有二萬銀兩的緞絹。到揚州支了鹽，在湖州等地賣出，其中獲利自然可觀；後來又從當地辦來絲綢什貨，直接在自己經營的店鋪賣出，箇中利益更無法估算。所以說，西門慶的財產之所以能迅速積累，主要依賴此類長途販運的收入。不過，媒婆特別提

3 明．蘭陵笑笑生原著，梅節校訂，陳詔、黃霖注釋：《夢梅館校本金瓶梅詞話》（臺北：里仁書局，二〇一三年二月），頁一一一九－一一二〇。以下引文若未註明，均係根據「詞話本」，出處亦同，不另贅註頁碼。

到西門慶現居掌刑（副）千戶，和朝中及地方官吏交善，既做朝廷買賣（「東平府上納香蠟」），又能買通官吏獲取暴利（「揚州興販鹽引」），說明西門慶的政治版圖促使他成為富甲一方的巨賈。曾有學者分析，從事長途販運的商人，必須具備資本雄厚、信息靈通、熟悉官府、武裝保護等要件[4]，土豪、富商、官僚三位一體的暴發戶西門慶大抵不差。

至於西門慶的財富究竟有多少？從第七十九回他彌留之際對月娘的交代，可以看出端倪：

> 我死後，緞子鋪是五萬銀子本錢，有你喬親家爹那邊多少本利，都找與他。教傅夥計把貨賣一宗交一宗，休要開了。賁四絨線鋪，本銀六千五百兩；吳二舅紬絨鋪是五千兩，都賣盡了貨物，收了來家。又李三討了批來，也不消做了，教你應二叔拿了別人家做去罷。李三、黃四身上還欠五百兩本錢，一百五十兩利錢未算，討來發送我。你只和傅夥計，守著家門這兩個鋪子罷！印子鋪占用銀二萬兩，生藥鋪五千兩。韓夥計、來保松江船上四千兩。開了河，你早起身往下邊接船去，接了來家，賣了銀子，交進來你娘兒們盤纏。前邊劉學官還少我二百兩，華主簿少我五十兩，門外徐四鋪內，還本利欠我三百四十兩，都有合同見在，上緊使人催去。到日後，對門并獅子街兩處房子，都賣了罷，只怕

你娘兒們顧攬不過來。

根據這番交代，再配合各回述說過的各項成本及進帳，西門慶總家產粗估起來應有十萬兩。十萬兩究竟算不算多？明人謝肇淛提到：「富室之稱雄者，江南則推新安，江北則推山右。新安大賈，魚鹽爲業，藏鏹有至百萬者，其他二、三十萬則中賈耳。山右或鹽或絲，其富甚於新安，新安奢而山右儉也。」[5]這麼來看，西門慶顯然稱不上「大賈」。然而短短七、八年間，財產可以快速累積到十萬兩，誠屬不易。

也就是說，西門慶從《水滸傳》時期的流氓，到《金瓶梅》已變成土豪、富商、官僚三位一體的暴發戶。西門慶血液裡，既有土豪的揮霍撒漫，也有商人的算計小心，更見官僚的意氣風發。然而這一切的一切，都要回到一個事實，即，西門慶是在短短幾年間建立起事業版圖，小說主要也是寫他這幾年間的發跡變泰，所以，西門慶最主要的身分特徵是暴發戶——土豪、富商、官僚三位一體的暴發戶！因此在揮霍撒漫、算計小心、意氣風發之外，這

4 韓大成：《明代城市研究》（北京：中國人民大學出版社，一九九一年九月），頁一六二—一六三。

5 明・謝肇淛撰，傅成校點：《五雜俎》，收入上海古籍出版社編：《歷代筆記小說大觀》（上海：上海古籍出版社，二〇〇七年二月），頁一五五六。

個角色最外顯的性格是得意、賣弄、逞強！平心而論，這般角色在之前小說史堪稱絕無僅有，遑論是在長篇小說這樣一個大型舞臺登場，此係一絕。有趣的是，作家展現這個角色性格特點時，更喜歡藉由西門慶「嫖客」形象予以點睛，這個土豪、富商、官僚三位一體暴發戶陽剛和陰弱的面向，在他征服各色女子的同時都被著意凸顯出來，此又一絕。

首先，作爲一名暴發戶，西門慶常禁不住要炫耀、賣弄、放縱自己的財富和權勢，此乃人性使然。例如第三十一回，當他獲派山東提刑所理刑副千戶，「一面使人做官帽。又喚趙裁率領四五個裁縫，在家來裁剪尺頭，攢造衣服。又叫了許多匠人，釘了七八條都是四指寬玲瓏雲母、犀角、鶴頂紅、玳瑁、魚骨香帶。」正在亂時，應伯爵和吳典恩來向西門慶借鈔，西門慶一逕賣弄說道：「你看我尋的這幾條帶如何？」伯爵抓住他的心理極口奉承誇獎，並問西門慶使了多少銀子才得這個寶貝，果然西門慶得意非常地述了來由，高興之下便承應了吳典恩借銀一事。幾天之後，輒見西門慶「每日騎著大白馬，頭戴烏紗，身穿五彩灑線猱頭獅子補子員領，四指大寬萌金茄楠香帶，粉底皂靴，排軍喝道，張打著大黑扇，前呼後擁，何止十數人跟隨，在街上搖擺。」

西門慶喜歡巴結權貴，例如第三十六回，新科狀元蔡蘊及同榜進士安忱到臨清打秋風，西門慶先是差人拿拜帖上船，送上一分「嗄程，酒麪雞鵝嗄飯鹽醬之類」，次日則在家擺酒宴，叫四個唱的，臨走送蔡狀元「金緞一端，領絹二端，合香五百，白金一百兩」，安進士也有「色緞一端，領絹一端，合香三百，白金三十兩」。再如第四十九回，已經成爲御史的蔡蘊帶陝西巡按御史宋盤同來臨清，西門慶又是各送一大張桌席的厚禮：「兩罈酒，兩牽羊，兩對金絲花，兩疋緞紅，一副金臺盤，兩把銀執壺，十個銀酒杯，兩個銀折盂，一雙牙箸。」以上既是奉承也是炫富。所以，到了第七十八回，西門慶財富和權力均達頂峰之際，應伯爵領著李三對西門慶說買賣，來者本意只要西門慶和張二官各出五千兩銀子，兩家合著做一宗朝廷的古器買賣，只見西門慶不以爲然地說道：「此是我與人家打夥兒做，我自家做了罷。敢量我拿不出這一二萬銀子來？」

西門慶對自己的財富和權力有高度自覺，他因此刻意爲所欲爲，至少在性愛方面。第五十七回，便見他大剌剌地炫耀著自己的威風：

咱聞那佛祖西天，也止不過要黃金鋪地；陰司十殿，也要些楮鏹營求。咱只消盡這家私廣爲善事，就使強奸了嫦娥，和奸了織女，拐了許飛瓊，盜了西王母的女兒，也不減我潑天富貴！

來自財富和權力的信心，讓他有淫遍天下婦人的願望，這一點潘金蓮看得最清楚，第六十一回她說：

若是信著你意兒，把天下老婆都耍遍了罷。賊沒羞的貨，一個大眼裡火行貨子！你早是個漢子，若是個老婆，就養遍街，遍巷，屬皮匠的，縫著的就絢。

「逢著的就上！」金蓮這般形容著實傳神。「自幼常在三街四巷養婆娘」的西門慶，早培養出一種「嫖客」性格。第四十九回得到胡僧給的春藥後——得春藥自然是他暴發般加官、致富的隱喻——其嫖客性格更加被激化，接連尋王六兒、李瓶兒、潘金蓮、李桂姐、吳月娘、鄭愛月兒「試藥」，難怪張竹坡在第五十二回回評說他「自喜梵僧之藥，欲賣弄精神！」[6]而且愈到後來，更擴大了性交對象和性交想像，另外加入如意兒、林太太、賁四媳婦和來爵媳婦，並且妄想王三官娘子黃氏和何千戶娘子藍氏，儼然成為天地第一的嫖客，死前十回尤其荒唐。作者在第七十八回冷冷地說：「西門慶但知爭名奪利，縱意奢淫，殊不知天道惡盈，鬼錄來追，死限臨頭。」正是說明這暴發戶的放縱全都基於逞強和賣弄心理。

其次，輕易到手的財富和官銜，也強化西門慶的征服欲和占有欲。不過，這方面的性格特質在商場和政壇看不太出來，作家全藉由性事表現。

西門慶的性征服和性占有，主要表現在近乎凌虐的性愛「遊戲」，最明顯的例子是在婦人身上「燒香」。這個殘忍的遊戲於小說出現四次，分別是第八回對潘金蓮、第六十一回對王六兒、以及第七十八回對林太太和如意兒。且看對如意兒這個例子：

西門慶見丫鬟都不在屋裡，在炕上斜靠著背，扯開白綾吊的絨褲子，露出那話來，帶著銀托子，教他用口吮咂。……咂弄夠一頓飯時，西門慶道：「我兒，我心裡要在你身上燒炷香兒。」老婆道：「隨爹你揀著燒炷香兒。」西門慶令他關上房門，把裙子脫了，上炕來仰臥在枕上，底下穿著新做的大紅潞紬褲兒，褪下一隻褲腿來。西門慶袖內還有燒林氏剩下的三個燒酒浸的香馬兒，撇去他抹胸兒，一個坐在他心口內，一個坐在他小肚兒底下，一個安在他毯蓋子上，用安息香一齊點著。那話下邊便插進牝中，低著頭看著拽，只顧沒稜露腦，往來送進不已，又取過鏡臺來，傍邊照看。須臾，那香燒到肉跟前，婦人蹙眉齧齒，忍其疼痛，口裡顫聲柔語，哼成一塊，沒口子叫：「達達，爹爹，罷了，我了……好難忍也！」

西門慶所燒的是「燒酒浸的香馬兒」，顯而易見，這對婦人而言是一項痛苦的肉體折磨，但對西門慶來說卻是一種滿意的心理享受。西門慶藉著這個性愛「遊戲」，一面宣誓男性對女性的身體占有，一面強調男性之於女性的主宰地位——他有絕對權力使用家長式暴力來操

6 轉引自黃霖編：《金瓶梅資料彙編》，頁一六七。

控、凌虐伴侶的肉體和尊嚴。

性征服和性占有，有時是用具懲戒意涵的性交活動來表現，最著名的莫過於第二十七回葡萄架下那一幕。這場戲發生於炎炎夏日，西門慶和潘金蓮兩個在葡萄架下喝酒並投壺耍子，婦人給酒灌得醉了，就這麼自在地睡將起來——「脫的上下沒條絲，仰臥於衽席之上，腳下穿著大紅鞋兒，手弄白紗扇兒搖涼」。結果西門慶淫心觸動，「先將腳指挑弄其花心，挑的淫津流出，如蝸之吐涎」。接著「把他兩條腳帶解下來，拴其雙足，吊在兩邊葡萄架兒上」，粗暴地進行性交。又忽地把婦人丟下，任其尷尬地吊在葡萄架下，之後回來，玩起所謂「投肉壺」的遊戲——拿李子投擲婦人的陰道，後來甚至把一個李子放在陰戶內。幾經折磨，潘金蓮總算知道西門慶在懲罰自己，於是求饒：「我曉的你惱我，爲李瓶兒故意使這促恰來奈何我！今日經著你手段，再不敢惹你了！」西門慶這才滿意笑道：「小淫婦兒，你知道，就好說話兒了。」

讀到這裡，細心的讀者也就發現，之前西門慶對潘金蓮說的那句話——「我把這小淫婦，不看世界面上就肏死了！」——原來不是一句戲言，根本是一個警告：潘金蓮永遠不能爲李瓶兒肚中的生命爭風吃醋。但西門慶嘴裡放過潘金蓮，無意識裡或許沒有，接下來的性交因爲用力過猛，導致婦人「目瞑氣息，微有聲嘶，舌尖冰冷，四肢不收，軃然於衽席之上矣」。待她甦醒過來，嬌泣向西門慶訴道：「我的達達，你今日怎的這般大惡？險不喪了奴之性命。今後再不可這般所爲。」到了這個時候，她總算曉得漢子施加於她身上的懲罰——原來男人可以隨心所欲對女人施予家長式暴力，尤其是以「性凌虐」的形式。女性主義學者對此看得十分深刻：

這一回揭示了西門慶對潘金蓮的處罰（因爲潘竟敢在他面前向懷了他孩子的寵妾挑釁）。而弔詭的是他處罰的方式正是透過「性」的技巧，也就是金蓮從他那兒得取權力的技巧——以致幾乎「肏死她」。這是一種反規範的處罰方式：透過重複的折磨技巧來「矯正」別人的「侵犯」；但後者的「言語刺傷」不留痕跡，而前者的「矯正」卻可導致對方的身體傷殘。[7]

西門慶的風流帳簿，除了妻妾和妓女，還有不少屬於非法通奸。姑且不論後來嫁入西門府的潘金蓮和李瓶兒——她們都是背著原夫和西門慶有染——這本帳上的通奸對象多爲家人媳婦，包括來旺兒老婆宋惠蓮、韓道國老婆王六兒、來爵兒老婆惠元以及賁四老婆等等，都是西門慶仗著家長之尊與財富之勢，半勾半誘刮上手的婦人。不過在家人媳婦之外，西門慶偷

7 丁乃非：〈鞦韆．腳帶．紅睡鞋〉，收入張小虹編：《性別研究讀本》（臺北：麥田出版社，一九九八年八月），頁五十五—五十六。

情王招宣府林太太就不一樣了。王家祖上是太原節度邠陽郡王，既是「報國勛功並斗山」的官宦之家，又標榜「傳家節操同松竹」。林太太著了西門慶的道之後，不只身子任其擺佈，甚至要兒子拜奸夫爲義父，敗德行徑自然玷污了招宣府那塊「節義堂」牌匾。但是反過來看，西門慶偷期官夫人林太太，覬覦少夫人王三官娘子黃氏，更象徵暴發戶對政治權貴的一種想像性征服與占有。第三十六回寫西門慶自謙「在下卑官武職，何得號稱」，堅持不肯對蔡狀元透露自己字號；全書到處見他對進士、太監、御史前倨後恭；暴發戶的本分、節制、甚至自卑，在林太太身上都得到了替代性補償。

再則，西門慶的性征服和性占有欲望，在很多時候更反映出他無意識裡「去勢」恐懼。

例如第十九回寫西門慶娶李瓶兒來家，因記恨先前婦人私嫁蔣竹山一節，連著三天不進「新人」房裡，惹得婦人上吊。之後雖救了下來，可西門慶罰她脫光衣服跪地，拿馬鞭準備執行家長懲戒。接下來——

（西門慶）又問道：「淫婦你過來，我問你：我比蔣太醫那廝誰強？」婦人道：「他拿甚麼來比你！你是個天，他是塊磚，你在三十三天之上，他在九十九地之下。休說你仗義疏財，敲金擊玉，伶牙俐齒，穿羅著錦，行三坐五

——這等爲人上之人，只你每日吃用稀奇之物，他在世幾百年還沒曾看見哩！他拿甚麼來比你？你是醫奴的藥一般，一經你手，教奴沒日沒夜只是想你。」

一席話才說完，西門慶歡喜無盡，立刻丟了鞭子，好生把婦人拉起來穿上衣裳。表面上，西門慶不滿婦人找了一個其貌不揚的人入贅，並且資助這厮開生藥舖和他打擂台；但骨子裡，他氣的是李瓶兒挫了他的「雄風」，到他手裡的婦人怎麼可能轉投別的漢子？結果李瓶兒聰明，一句「一經你手，教奴沒日沒夜只是想你」揮去了男人心中的疑雲，既肯定他的性交品質，又確認他的經濟地位，西門慶豈能不滿意？

到第七十八回，西門慶早已榮升提刑正千戶，並且家財萬貫。這會子西門慶和奶媽如意兒交歡之餘，要求在婦人身上燒香，待那香燒到肉根前，婦人蹙眉齧齒苦苦告饒，這時候——

西門慶便叫道：「章四兒淫婦，你是誰的老婆？」婦人道：「我是爹的老婆。」西門慶教與他：「你說是熊旺的老婆，今日屬了我的親達達了。」那婦人回應道：「淫婦原是熊旺的老婆，今日屬了我的親達達了！」西門慶又問道：「我會合不會？」婦人道：「達達會合毯。」兩個淫聲艷語，無般言語不說出來。西門慶那話粗大，撐的婦人牝户滿滿，使往來出入，帶的花心紅如鸚鵡舌，黑似蝙蝠翅一般，翻覆可愛。西門慶於是把他兩股，扳抱在懷內，四體交匝，兩相迎湊，那話盡沒至根，不容毫髮。婦人瞪目失聲，淫水流下。西門慶情濃樂極，精邈如湧泉。

這場「遊戲」的一開始，西門慶要如意兒爲其口交，承諾賞她一件「好妝花緞子比甲兒」，已可見兩者間的權力關係。接下來，西門慶要求如意兒讓他在她身上燒香，則是用傷害女性身體的方式考驗其忠貞。再接著，西門慶丟了一個自己寫好的腳本給如意兒，婦人只消宣稱自己是因西門慶的性能力而離開丈夫熊旺，燒香所帶來的肌膚之苦就可以結束。在這過程中，讀者除了看到無依婦人的辛酸，更看到男性家長在無意識裡的性焦慮——西門慶即便本就徹底擁有如意兒（及其他妻妾），他仍要一再確認這個事實，以確認自己性交能力的方式。然而這同時反映出暴發戶在無意識裡更深層的政經焦慮——即便西門慶在商場、政壇春風得意，既有銀子也有權力，他仍要透過性交成就來反覆驗證這個事實。換句話講，作者在這裡隱隱托出西門慶無意識領域的「去勢」焦慮，既擔心失去性能力，也擔心失去在家庭裡的統治力，更擔心失去在官場及商界的主宰力。西門慶死前幾回，是他攀向人生權力高峰的精采時刻，作家卻寫其陷入無休止的性愛追求，表面上看純然只是放縱逞強，孰知他不是陷入自己也不知道的「去勢」焦慮呢？箇中情節的言外之意實在發人深省。

長久以來，人們對西門慶的理解，始終停留在《水滸傳》那個不事生產、淫人妻女的刻板印象。殊不知，《金瓶梅》的西門慶已成為土豪、富商、官僚三位一體暴發戶，他的性冒險雖然持續未歇，但其目的和意義不再只是感官的滿足和追逐，反而折射更多存在處境——包括對權力及財富的良好自覺，以及對毀滅和失勢的恐怖無意識。離開《水滸傳》那個概念化的「奸夫」西門慶，《金瓶梅》的西門慶形象更見血肉，唯有確實掌握他的暴發戶本色，並且留意他於性事之所以逞強賣弄的緣由，才能真正感受作家刻畫這個人物的巨大成功。

第二節 「金」瓶梅：潘金蓮

和西門慶一樣，潘金蓮也是先在《水滸傳》登場，看第二十四回——

那清河縣裏有一個大户人家，有個使女，小名喚做潘金蓮，年方二十餘歲，頗有些顏色。因為那個大户要纏他，這女使只是去告主人婆，意下不肯依從。那個大户以此恨記於心，卻倒賠些房奩，不要武大一文錢，白白地嫁與他。自從武大娶得那婦人之後，清河縣裏有幾個奸詐的浮浪子弟們，卻來他家裏薅惱。原來這婦人見武大身材短矮，人物猥猚，不會風流，這婆娘倒諸般好，爲頭的愛偷漢子。8

「爲頭的愛偷漢子」，潘金蓮在《水滸傳》成了天生「淫婦」。接著她情挑武松不成，反遭西門慶設局勾引——

且說西門慶自在房裏，便斟酒來勸那婦人，卻把袖子在卓上一拂，把那雙筯拂落地下。也是緣法湊巧，那雙筯正落在婦人脚邊。西門慶連忙蹲身下去拾。只見那婦人尖尖的一雙小脚兒，正蹺在筯邊。西門慶且不拾筯，便去那婦人繡花鞋兒上捏一把。那婦人便笑將起來，說道：「官人休要囉唕！你有心，奴亦有意，你眞個要勾搭我？」西門慶便跪下道：「只是娘子作成小生。」那婦人便把西門慶摟將起來。當時兩個就王婆房裡，脫衣解帶，共枕同歡。

很少人注意到，潘金蓮的本質到《金瓶梅》已有微妙變化。首先，《金瓶梅》補充了潘金蓮的出身——九歲被母親賣到王招宣府裡習學彈唱，自小「就會描眉畫眼，傅粉施朱，梳一個纏髻兒，著一件扣身衫子，做張做勢，喬模喬樣。」原來潘金蓮後來的張狂，是受招宣府敗壞風氣所影響。其次，王招宣死後，潘媽媽爭將出來，竟又轉賣至張大戶家，結果十八歲的她先被張大戶收用，而大戶又佯將婦人嫁與武大爲妻，以便私下時常廝會。作爲別人私有財產的潘金蓮，被命運安排在老色鬼和丑侏儒之間，毫無自主權力，委實可憐。再則，雖然「詞話本」依然強調潘金蓮「爲頭的一件愛偷漢子」，但是「崇禎本」卻把這一句話刪掉了，原因可能是，這和《金瓶梅》後文寫婦人主動出錢讓武大典房的情節互相矛盾。此正如田曉菲所強調：「在古典文學裡面，往往以一個女人是否能獻出自己的首飾供丈夫花用或者供家用來判斷她的賢惠，若依照這個標準，則金蓮實在是賢惠有志氣的婦人，而且她也並不留戀被浮浪子弟攬擾的生活。」9

再留意西門慶勾搭潘金蓮這一段，「詞話本」雖然基本照搬《水滸傳》文字，可是「崇禎本」卻做了有意味的改動——

8 明・施耐菴、羅貫中著：《水滸全傳》（臺北：萬年青書店，一九七九年九月），頁三五五—三五六。以下引文悉出此本，不另贅註頁碼。

9 【美】田曉菲：《秋水堂論金瓶梅》（天津：天津人民出版社，二〇〇三年一月），頁七。

西門慶笑著道：「娘子不與小人安放，小人偏要自己安放。」一面伸手隔桌子搭到床炕上去，卻故意把桌上一拂，拂落一隻筯來。卻也是姻緣湊著，那隻筯兒剛落在金蓮裙下。西門慶一面斟酒勸那婦人，婦人笑著不理他。他卻又待拿起筯子起來，讓他吃菜兒。尋來尋去不見了一隻。這金蓮一面低著頭，把腳尖兒踢著，笑道：「這不是你的筯兒！」西門慶聽說，走過金蓮這邊來道：「原來在此。」蹲下身去，且不拾筯，便去他繡花鞋頭上只一捏。那婦人笑將起來，說道：「怎這的羅唣！我要叫起來哩！」西門慶便雙膝跪下說道：「娘子可憐小人則箇！」一面說著，一面便摸他褲子。婦人叉開手道：「你這歪廝纏人，我卻要大耳刮子打的呢！」西門慶笑道：「娘子打死了小人，也得箇好處。」于是不繇分說，抱到王婆床炕上，脫衣解帶，共枕同歡。卻說這婦人自從與張大戶勾搭，這老兒是軟如鼻涕膿如醬的一件東西，幾時得箇爽利！就是嫁了武大，看官試想，三寸丁的物事，能有多少力量？今番遇了西門慶，風月久慣，本事高強的，如何不喜？[10]

這裡一是添加因失筯而衍生的調情細節。二是把潘金蓮在《水滸傳》和《金瓶梅》「詞話本」都說過的那句話「你有心，奴亦有意，你真個要勾搭我？」改成「我要叫起來哩！」而且補上一句「你這歪廝纏人，我卻要大耳刮子打的呢！」雖然仍是半推半就的嬌滴風情，至少沒有立即表態。三是原書寫「那婦人便把西門慶摟將起來」，主動的一方是潘金蓮；但這裡卻是西門慶「不繇分說，（將婦人）抱到王婆床炕上」，猴急的人換成西門慶。第四是「崇禎本」敘事者的補充說明：潘金蓮從來沒有遇見過眞正的、年輕的、力量的男人，一經比較，她才算懂得男女究竟是怎麼一回事，作爲女子的立場也因此出現變化。

從《水滸傳》裡概念化的天生淫婦，到《金瓶梅》形象化、受命運擺弄的婦人，潘金蓮的性格、心思和所作所爲其實都有合理的基礎。

很多讀者覺得，嫁入西門府後的潘金蓮，對其母潘姥姥幾乎一無敬重，此舉甚至連貼身丫頭都看不下去。然而讀者不妨試問：如果自己同樣九歲被母親賣到富貴人家學唱，好不容易取得自由身，又二度被賣到大戶人家爲婢，如何能對母親存有敬意？夏志清說得好：「作爲一個老色鬼的玩物、作爲一個與『七吋侏儒』的可笑婚姻的受害者，她曾一直是那些被侮辱與被損害者中的一員。」[11]但是不要忘了，淪爲張大戶的性玩物，下嫁給「三寸丁、谷樹

10 齊煙、汝梅校點：《新刻繡像批評金瓶梅會校本》（香港：三聯書店，一九九一年六月），頁五十六－五十七。以下引「崇禎本」悉據此本，不另贅註頁碼。

11 【美】夏志清著，胡益民等譯，陳正發校：《中國古典小說史論》（南昌：江西人民出版社，二〇〇一年九月），頁一九〇。

皮」武大，潘金蓮原本是認命的。她雖然早在王招宣府學會描眉畫眼、弄粉塗朱、做張做致、喬模喬樣的本領，但每天不過於武大出門後，在簾下嗑瓜子兒，「一徑把那一對小金蓮故露出來」勾引浮浪子弟，況最終還是自己拿錢出來搬離是非之地。武松的出現，為潘金蓮打開一扇窗，「身材凜凜、相貌堂堂、身上恰似有千百斤力氣」的他，自然遠比張大戶、武大郎具備男性持質。雖然武都頭嚴拒了兄嫂的求愛，但是誠如田曉菲提醒，武松先前對潘金蓮的態度是有些曖昧的，金蓮的勇氣或多或少受到武松的「暗示」[12]。如果說武松的出現，讓潘金蓮對命運的自主有所醒悟，那麼西門慶的出現，則給了她第二次的機會。西門慶另有一種紈褲子弟魅力：「也有二十五、六年紀，生的十分博浪：頭上戴著纓子帽兒，金玲瓏簪兒，金井玉欄杆圈兒，長腰身穿綠羅褶兒；腳下細結底陳橋鞋兒，清水布襪兒；腿上勒著兩扇玄色挑絲護膝兒；手裡搖著灑金川扇兒。越顯出張生般龐兒，潘安的貌兒。」這樣一個可意人兒，風風流流丟一個眼神給金蓮，這婦人怎能承受得住？何況他又在王婆的計謀下，把潘金蓮騙到了手。

潘金蓮的「墮落」始於勾引武松，成於偷期西門慶。也可以說，潘金蓮的「情欲自主」由武松啓發，最後則要歸於西門慶的引誘。潘金蓮絕不是什麼天生的淫婦，作為被侮辱者與被損害者，武松是她第一個見識到的真男人；出軌西門慶也不只因貪歡性事，背後更有小女子對真正愛情的渴望、對正常家庭的幻想。此時潘金蓮最大的錯誤在於，她以為（和西門慶一起）了斷武大的性命，就可以嫁入一個體面的富貴家庭，擁有一個愛她的風流夫君。然而當她成爲西門慶第五個小妾，她才驚覺根本不存在完全的佔有，她必須和其他妻妾、各色妓女、甚至來路不明的婦女分享男人，所以自西門慶流連煙花、有意包養李桂姐的時候起，潘金蓮性格也開始轉變。一方面，她要擅用自己唯一的籌碼，透過美色以及積極的性交服務，拉攏漢子的心；另一方面，她要竭盡所能武裝自己，時時刻刻算計可能危及她地位的妻妾、妓女和姘婦。

關於潘金蓮的美貌，第九回寫她嫁入西門慶家的第二天，梳妝打扮出來拜見其他妻妾，透過正宮吳月娘的眼睛這麼形容——

月娘在坐上仔細定睛觀看，這婦人年紀不上二十五六，生的這樣標致，但見：「眉似初春柳葉，常含著雨恨雲愁；臉如三月桃花，暗帶著風情月意。纖腰嬝娜，拘束的燕懶鶯慵；檀口輕盈，勾引得蜂狂蝶亂。玉貌妖嬈花解語，芳容窈窕玉生香。」吳月娘從頭看到腳，風流往下跑；從腳看到頭，風流往上流。論風流，如水晶盤內走明珠；語態度，似紅杏枝頭籠曉日。看了一回，口中不

12 【美】田曉菲：《秋水堂論金瓶梅》，頁三。

言，心內暗道：「小廝們家來，只說武大怎樣一個老婆，不曾看見；今日見了果然生的標致，怪不的俺那強人愛他。」

至於性交服務，潘金蓮和西門慶聯手演出的幾個「經典」段落，包括醉臥翡翠軒、蘭湯邀午戰、暢後庭之美、以及從品簫發展出來的吞精與溺尿，處處都可見得她的用心。例如第二十七回，潘金蓮醉臥翡翠軒是——「脫的上下沒條絲，仰臥於衽席之上。腳下穿著大紅鞋兒，手弄白紗扇兒搖涼。」再如第二十九回蘭湯邀午戰是——「原來婦人因前日西門慶在翡翠軒誇獎李瓶兒身上白淨，就暗暗將茉莉花蕊兒攪酥油定粉，把身上都搽遍了，搽的白膩光滑，異香可掬，使西門慶見了愛他，欲奪其寵。」西門慶見他身體雪白，止著紅綃抹胸兒，蓋著紅紗衾，穿著新做的兩隻大紅睡鞋，果然淫心頓起，「同浴蘭湯，共效魚水之歡」。再看第五十一回，她一邊爲西門慶口交，一邊張致地說：「你怎的不教李瓶兒替你咂來？」對比第五十二回，一向厭惡肛交的她爲了取悅西門慶，也只能「蹙眉隱忍，口中咬汗巾子難捱」。以上四役，全是衝著李瓶兒（或她肚裡的孩子）而來。此外，一旦遇到強勁的競爭對手，潘金蓮也往往加碼演出。例如李瓶兒死後，奶子如意兒頂了主母缺，小說在第七十二、七十三、七十四幾回，金蓮的床上「功夫」眞謂細膩之至，除了小心翼翼、曲意承歡，甚且吞精嚥尿——難怪「崇禎本」無名氏評點者如此消遣婦人：「糞且有嘗之者，況溺乎！吾以此為金蓮解嘲可乎？」13

性交服務之外，為了維繫家中地位，潘金蓮對競爭對手也很殘酷。其實在嫁入西門家之前，藥鴆親夫武大、虐待繼女迎兒已經令人印象深刻——關於前者，婦人灌了武大砒霜下肚，「怕他掙扎，便跳上床來，騎在武大身上，把手緊緊地按住被角……。那武大當時哎了兩聲，喘息了一回，腸胃迸斷，嗚呼哀哉，身體動不得了。」關於後者，迎兒因餓偷吃了一顆餃子，婦人「於是不由分說，把這小妮子跣剝去了身上衣服，拿馬鞭子下手打了二三十下。」最後，還是迎兒「舒著臉，被婦人尖指甲掐了兩道血口子，纔饒了他。」所以，按照潘金蓮嫁來西門家的順序，包括激打孫雪娥、挑撥吳月娘與李瓶兒不合、逼使宋惠蓮含羞自縊、懷妒忌拷打秋菊、養貓謀害官哥兒……等等情節，委實心狠手辣，幾乎沒有讀者願意同情她。然而夏志清曾經提醒：「她生來就是奴隸，她的殘暴是奴隸的殘暴：在自私裡表現出卑鄙，在為安全和權力爭鬥中表現出奸詐，對待情敵和仇人表現出殘酷。」14也就是說，潘金蓮的乖違行徑，既要從她的階級出身來理解，也要從她的生存困境來理解。尤其不要忘了，潘金蓮有一個永遠落後其他妻妾的先天弱勢——她幾乎沒有娘家！也幾乎沒有私產！每

13 齊煙、汝梅校點：《新刻繡像批評金瓶梅會校本》，頁九九七—九九八。

14 【美】夏志清著，胡益民等譯，陳正發校：《中國古典小說史論》，頁一九〇。

一次潘姥姥到西門府，都像是來蹭飯的，扮相也極其寒酸，潘金蓮雖有親娘卻無娘家，遑論大房吳月娘是清河縣左衛吳千戶之女。又，小說常寫潘金蓮克扣小人銀兩，可她過門時完全沒有陪嫁。前夫武大賣炊餅能有幾個錢？何況婦人已把僅有的釵梳給武大拿去典房了。君不見，當西門慶忙到忘了娶潘金蓮來家，婦人拿什麼盼著漢子？也就是「一扇籠三十個餃子」而已。然而孟玉樓和李瓶兒呢，可是帶著忒多箱籠和數不盡金銀財寶嫁過來，潘金蓮卻連日常用度都必須靠克扣攢下。當然，這也包括在床第之間討些恩惠，例如前面提到第五十二回婦人同意漢子肛交——

婦人在下，蹙眉隱忍，口中咬汗子難捱，叫道：「達達慢著些，這個比不的前頭，撐得裡頭熱炙火燎，疼起來。」這西門慶叫道：「好心肝，你叫著達達不妨事，到明日買一套好顏色妝花紗衣服與你穿。」婦人道：「那衣服倒也有在，我昨日見李桂姐穿的，那五色線掐羊皮金挑的，油鵝黃銀條紗裙子倒好看，說是裡邊買的。他每都有，只我沒這條裙子。倒不知多少銀子，你倒買一條我穿罷了！」西門慶道：「不打緊，我到明日替你買。」

可以批評無恥，然也眞是可憐。

潘金蓮雖然賣力，仍不免有技窮之憾，畢竟宋惠蓮方死，官哥兒即生；及官哥兒死，李瓶兒亦死，但如意兒又頂了上來，從頭到尾都讓潘金蓮疲於奔命。而且這還只是家中情事，西門慶外頭養的王六兒，她還管不著呢，這個在第三十七回就被西門慶包占的婦人，一直到第七十九回西門慶瀕死前夕才曝光。無怪乎張竹坡要在〈批評第一奇書金瓶梅讀法〉第二十一消遣她：「去掉一個，又來一個，金蓮雖善固寵，巧於制人，於此能不技窮袖手，其奈之何？」[15]

也許因為這樣，她偶爾也找小廝（琴童）解饞，甚而挑逗女婿（陳經濟），但是懾於西門慶淫威，倒也還算節制。然而西門慶一死，潘金蓮過去一切努力都白搭，她不再需要討漢子歡心，也不再有妻妾鬥爭必要，這時候的她，才開始眞正過起日子來。最具體的表現，便是對自己公開情欲——

這小夥兒站在炕上，把那話弄的硬硬的，直豎的一條棍，隔窗眼裡舒過來。……（婦人）一面向腰裡摸出面青銅小鏡兒來，放在窗欞上，假做勻臉照鏡。一面用朱唇吞裹吮咂他那話，吮咂的這小郎君一點靈犀灌頂，滿腔春意融

15 轉引自黃霖編：《金瓶梅資料彙編》，頁七十。

心。正是：自有內事迎郎意，殷勤愛把紫簫吹。原來婦人做作如此，若有人看見，只說他照鏡勻臉兒，不顯其事。其淫蠱顯然，通無廉恥！正哂在熱鬧處，忽聽的有人走的腳步兒響。這婦人連忙摘下鏡子，走過一邊。經濟便把那話抽回去。（第八十二回）

吃得酒濃上來，婦人嬌眼乜斜，烏雲半軃，取出西門慶淫器包兒。裡面包著相思套、顫聲嬌、銀托子、勉鈴一弄兒淫器，教經濟使。在燈光影下，婦人便赤身露體，仰臥在一張醉翁椅兒上，經濟亦脱的上下沒條絲，也對坐一椅，拿春意二十四解本兒，在燈下照著樣兒行事。婦人便叫春梅：「你在後邊推著你姐夫，只怕他身子乏了。」那春梅眞個在身後推送。經濟那話，插入婦人牝中，往來抽送，十分暢美，不可盡言。（第八十三回）

這兩處，可說是《金瓶梅》末二十回最不堪、最露骨的性事畫面，作者幾乎把潘金蓮的淫給寫盡。前一個例子正如作者說的，簡直就是「淫蠱顯然，通無廉恥」；後一個例子更不必說，西門慶的淫器包兒、西門慶的春宮畫本兒、西門慶的行房習性、西門慶的女人，全讓陳經濟給接收了！甚至連此處的場景，都和葡萄架下有異曲同工之妙。這說明潘金蓮的「性欲自主」，已經到了不可收拾的境地，後來被月娘賣在王婆那裡時又刮上王潮兒，甚至誤以為來殺她的武松回心轉意要愛她，都是一樣道理。

長久以來，讀者透過《水滸傳》理解潘金蓮，只當她是天生「淫婦」，「爲頭的愛偷漢子」，以至於紅杏出牆西門慶、毒死親夫武大郎。接著再透過《金瓶梅》，補充了她挑撥妻妾、害人孩兒、通奸女婿等惡跡，看似更加坐實她「文學史第一淫婦」的地位。不過如同前文所述，《金瓶梅》並不接受《水滸傳》那個概念化的淫婦形象，作者透過獨到的改寫告訴讀者，潘金蓮在二十歲以前是個被母親販賣、先染了王招宣府壞習性、又被張大戶玩弄擺佈的奴隸——典型的被侮辱與被損害者。武松及西門慶的出現，給了她脫離這種命運的機會，即便代價是得罪武松、藥鴆武大。然而命運再次跟她開了玩笑，嫁入西門府後她必須付出更多努力才能存活下來，因此她面對西門慶時變得更像淫婦，面對妻妾家人則變得更加殘暴——畢竟她沒有後路，沒有娘家也沒有私產，更不提還有個不知道的仇人（武松）在等著殺她。

這麼說完全沒有爲潘金蓮脫罪的意思，只是提醒讀者，潘金蓮所作所爲是經過作家合理設計的。她確實殘忍，確實心機，確實自私，這些都不必否認。她違反法律的行徑（不論是明著或暗著殺人），違反道德的作爲（不管情況是輕或重），也都毋須爲其辯解。但是從文學藝術的角度看，必須承認作家依據現實主義創作原則，爲這個角色提供了足夠的正當性——如此一來，即便讀者依然討厭潘金蓮，但至少有機會可以理解潘金蓮。總之，潘金蓮的文學史意義在於，一個自幼被隔絕於幸福之外的婦人，一旦生命有了轉機，她會如何義無反顧地去爭取它？又要如何憑恃原始本能存活下來？而這樣的義無反顧和原始本能，如何在保全、成就她幸福的同時，又把她還原成一頭冷血的獸？這是作家刻畫這個人物的難得成績。

尤其，《金瓶梅》的苦心根本鮮爲後人察覺，別的不說，光是清代中期據小說改編的南詞作品《繡像金瓶梅傳》，潘金蓮即又變回那個概念化的淫婦，這也只能讓人徒呼負負了[16]。

第三節　金「瓶」梅：李瓶兒

《金瓶梅》有幾個被設計來和潘金蓮互爲映襯的角色。一是白玉蓮，當初她和潘金蓮同時由張大戶買進門，金蓮學琵琶，她學箏；金蓮膚色略黑，她「生得白淨」。不過在小說故事還沒開始，玉蓮就先死了，用田曉菲的話講：「她的早死使她免除了許多的玷污，隱隱寫出金蓮愈越陷越深、一往不返的沉淪。」[17]二是宋惠蓮，此姝本名金蓮，同樣出身市井，是賣棺材宋仁的女兒。當先賣在蔡通判家房裡使喚，「因壞了事出來」，嫁與廚役蔣聰，接著被西門慶家人來旺兒偷了，不久蔣聰橫死，來旺兒便把她娶來並引進西門府工作。「月娘因他叫金蓮，不好稱呼，遂改名惠蓮」。除了名字和出身，作家更有意強調她們近似的形象和性格：「比金蓮腳還小些兒。性明敏，善機變，會妝飾，龍江虎浪，就是嘲漢子的班頭，壞家風的領袖。」不料和潘金蓮疊映重影的宋惠蓮，竟因得西門慶寵而成爲潘金蓮眼中盯，出場五回就被逼得上吊自殺。三是龐春梅，她原爲吳月娘房裡使著的丫頭，後派往伏侍潘金蓮。由於很早便被西門慶收用，金蓮與她情同姊妹，愛護有加。小說前八十餘回寫盡二姝沆瀣一氣，擠兌旁人；金蓮死後，春梅成爲周守備府夫人，在很多方面複製著金蓮的想法和行徑，故爲有意味的映襯角色。

但是，全書處處與潘金蓮對看、最能與潘金蓮撐起戲劇張力者，非李瓶兒莫屬。張竹坡在〈批評第一奇書金瓶梅讀法〉第十六提到：

> 《金瓶》內正經寫六個婦人，而其實止寫得四個：月娘、玉樓、金蓮、瓶兒是也。然月娘則以大綱，故寫之。玉樓雖寫，則全以高才被屈，滿肚牢騷，故又另出一機軸寫之。然則以不得不寫寫月娘，以不肯一樣寫寫玉樓，是全非正寫

16 胡衍南：《紅樓夢後——清代中期世情小說研究》（臺北：五南圖書公司，二〇一七年四月），頁一七七—二一二。

17 【美】田曉菲：《秋水堂論金瓶梅》，頁二一。

也。其正寫者，惟瓶兒、金蓮。然而寫瓶兒，又每以不言寫之。夫以不言寫之，是以不寫處寫之。以不寫處寫之，是其寫處單在金蓮也。單寫金蓮，宜乎金蓮之惡，冠於眾人也。吁！文人之筆，可懼哉！[18]

其意是說，作家寫李瓶兒往往是「以不寫處寫之」，在濃墨重筆單寫潘金蓮的時候，紙背幽幽透出關於李瓶兒的種種。且不談在人物寫作技法上，是否眞如張竹坡所言兩者互爲表裡；這兩個女人的事蹟，尤其是嫁給西門慶前的故事，確實頗有異曲同工之妙。

在入西門府之前，潘金蓮先遭張大戶收用，後來嫁給武大。李瓶兒的故事要長一些，先是梁中書家小妾，後來嫁給花太監侄兒花子虛爲妻，被西門慶勾引後，花子虛死，復因誤會而招贅醫生蔣竹山，西門慶等於是她嫁的第四個男人。因此很多人覺得，「青春版」李瓶兒要比潘金蓮風流。至於背夫通奸，潘金蓮初識西門慶時，雖然見他「生的風流浮浪，語言甜淨，更加幾分留戀」，心裡巴望「不想這段姻緣，卻在他身上」。可潘金蓮終究是被動在王婆設下的局裡，半推半就地讓西門慶刮上了手。李瓶兒不同，西門慶到花子虛家等候同往妓院，李瓶兒先是「半露嬌容」出來迎接，接著央說「好歹看奴之面，勸他早些來家」，晚夕回來雖連對西門慶說兩次「看奴薄面」云云，但又意味深長道出「奴恩有重報，不敢有忘」。作者怕讀者這兒沒看懂，馬上補充——「這西門慶是頭上打一下，腳底板響的人，積年風月中行走，甚麼事兒不知道？可可今日婦人到明明開了一條大路，教他入港。」果不其然，幾日之後，李瓶兒把西門慶請到自己的「鮫銷帳內」，雲雨追歡。因此很多人覺得，同樣是通奸，李瓶兒遠比潘金蓮主動得多。再談殺夫，武大郎雖係因潘金蓮灌下砒霜毒發身亡，但卻是先遭西門慶飛腳踢中心窩，服藥鴆殺也是王婆計策，潘金蓮只是最後下手的人。花子虛因一場莫名官司，大半財產被李瓶兒拐進西門慶口袋，出獄後得了傷寒，瓶兒又未積極延醫治病，間接謀害親夫，其罪與金蓮不相上下，張竹坡在〈批評第一奇書金瓶梅讀法〉第五十一就批評她：「氣死子虛，迎奸轉嫁，亦去金蓮不遠。」[19]

如此這般，一個比潘金蓮還要「壞」的女人，卻在嫁給西門慶後變了樣。光看第二十回寫洞房花燭夜的次日，李瓶兒拜見諸妻妾，月娘房裡的丫頭玉簫竟當衆取笑她——「你老人家會告的好水災！」「你老人家鄉里裡媽媽拜千佛，昨日磕頭磕夠了！」「你老人家會叫的好達達！」公開消遣瓶兒昨晚遭罰、痛哭告饒、磕頭求恕、以及性事高潮反應，然而瓶兒也只「羞的臉上一塊紅，一塊白，站又站不得，坐又坐不住，半日回房去了」。面對不斷給她小鞋穿、不斷挖坑誘她跳的潘金蓮，李瓶兒從來沒有爲難過她，反而更加豁達大度。第

18 轉引自黃霖編：《金瓶梅資料彙編》，頁六十八。

19 轉引自黃霖編：《金瓶梅資料彙編》，頁八十。

三十八回寫潘金蓮盼西門慶進屋不成，衝著李瓶兒屋裡「雪夜弄琵琶」，「李瓶兒見他這等臉酸，把西門慶攛掇過他這邊歇了。」即便後來潘金蓮用計害了兒子官哥兒，李瓶兒也不向西門慶揭發，第六十二回臨終前，只見她悄悄向月娘泣訴：「娘到明日生下哥兒，好生看養著，與他爹做個根蒂兒，休要似奴心粗，吃人暗算了！」又，除了一一安排房裡丫頭和奶媽後路，甚至不要西門慶在她喪事上多花錢，說：「你休要信著人，使那憨錢。將就使十來兩銀子，買副熟料材兒，把我埋在先頭大娘墳旁，只休把我燒化了，就是夫妻之情。早晚我就搶些漿水，也方便些。你若偌多人口，往後還要過日子哩！」把西門慶感動得「如刀剜肝膽，劍挫身心相似」，哭道：「我西門慶就窮死了，也不肯虧負了你！」總而言之，第六十四回小廝玳安一番話，很能反映家人眼中的李瓶兒形象：

玳安道：「是便說起，俺這過世的六娘，性格兒這一家子都不如他，又有謙讓，又和氣，見了人只是一面兒笑。俺們下人，自來也不曾呵俺們一呵，并沒失口罵俺們一句『奴才』，要的誓也沒賭一個。使俺們買東西，只拈塊兒。俺們但說：『娘，拿等子你稱稱，俺們好使。』他便笑道：『拿去罷，稱甚麼。你不圖落圖甚麼來？只要替我買值著。』這一家子，那個不借他銀使？只有借出來，沒有個還進去的。還也罷，不還也罷。俺大娘和俺三娘使錢也好，只是五娘和二娘慳吝些。他當家，俺們就遭瘟來，會把腿磨細了！會勝買東西，也不與你個足數。綁著鬼，一錢銀子拿出來只稱九分半，著緊只九分，俺們莫不賠出來？」

簡單地說，「青春版」李瓶兒形象孟浪，「少婦版」李瓶兒變得溫良恭儉讓，前後矛盾，被不少人視爲小說敗筆。然而，如果讀的認眞一點，並且像前面對待潘金蓮一樣多些理解和同情，會發現李瓶兒委實也有可憐之處，前後性格轉變也未必不好掌握。

首先，嫁給西門慶之前的李瓶兒，顯然並不幸福。小說第十回寫到，嫁與大名府梁中書家爲妾時期，「梁中書乃東京蔡太師女婿。夫人性甚嫉妒，婢妾打死者，都埋在後花園中。這李氏只在外邊書房內住，有養娘扶侍。」也就是說，在正宮夫人既妒且悍的前提下，作爲小妾的李瓶兒明顯遭到冷落。後來李逵殺入梁中書府，瓶兒帶著金銀財寶到東京投親，甫由御前班直升廣南鎮守的花太監，便替侄兒花子虛將之娶爲正室。然而這段婚姻實有蹊蹺，花子虛和李瓶兒似乎沒有夫妻之實，男子終日在外尋花問柳，把一個美豔妻子拋閃在家。小說第十三回寫西門慶到花子虛家——

不想花子虛不在家了，他渾家李瓶兒，夏月間戴著銀絲䯼髻，金鑲紫瑛墜子，藕絲對衿衫，白紗挑線鑲邊裙；裙邊露一對紅鴛鳳嘴，尖尖趫趫立在二門裡臺基上，手中正拿一隻紗綠潞紬鞋扇。那西門慶三不知，正進門，兩個撞了個滿懷。這西門慶留心已久，雖故莊上見了一面，不曾細玩其詳。於是對面見了一面：人生的甚是白淨，五短身材，瓜子面皮，生的細彎彎兩道眉兒。不覺魂飛天外，魄散九霄，忙向前深深的作揖。

令西門慶好生覬覦的婦人，其夫竟然對之無動於衷，這個反常，到第十七回由瓶兒口中透出些許消息。那時西門慶和李瓶兒雲雨一回，令婦人替其口交，醉中戲問婦人過去與花子虛幹此事不幹——

婦人道：「他逐日睡生夢死，奴那裡耐煩和他幹這營生！他每日只在外邊胡撞，就來家，奴等閑也不和他沾身。況且老公公在時，和他另在一間房睡著，我還把他罵的狗血噴了頭。好不好，對老公公說了，要打躺棍兒也不算人。甚麼材料兒，奴與他這般頑耍，可不砢磣殺奴罷了！誰似冤家這般可奴之意，就是醫奴的藥一般。白日黑夜，教奴只是想你。」

原來花太監在世的時候，李瓶兒即和花子虛分房而睡，加上花太監死後把大部分財產留給李瓶兒（而非親侄兒花子虛），隱約提示讀者李瓶兒其實是花太監的女人！因此即便叔叔過世，做侄兒的也不能取而代之，花子虛才終日混跡青樓。然而，一個失去性能力的老太監，能帶給李瓶兒什麼歡愉？即便他有從內府畫出來的春宮圖，兩人按圖所驥，眞不知是過乾癮還是瞎折騰了。

梁中書因妻擅妒而不常眷顧，花太監因性無能而止於撩撥，花子虛或因懼而遠避其他溫柔鄉，這三個男人都不曾給過李瓶兒足夠的「性」福！所以——和潘金蓮一樣——當西門慶走進她的生命，兩人發生眞正的性關係，李瓶兒有理由下決心改變命運，這也是她第一次爲自己命運做出決定。第十三回提及西門慶告訴潘金蓮，說李瓶兒怎的「生得白淨，身軟如綿花瓜子一般，好風月，又善飲。俺兩個帳子裡放著菓盒，看牌飲酒，常頑耍半夜不睡。」又說兩人如何點著燈，看著春宮圖行事，可見瓶兒眞是一晌貪歡，要把過去的欠缺都給補足，把過去的裝假全部坐實。難怪前引第十七回她在交歡時對西門慶說：「誰似冤家這般可奴之意，就是醫奴的藥一般。白日黑夜，教奴只是想你。」第十九回寫她被西門慶家法伺候時又說：「你是醫奴的藥一般，一經你手，教奴沒日沒夜，只是想你。」

從潘金蓮到李瓶兒，作家委婉提出一個古人不恥點破的問題——性歡愉是夫妻關係重要的構成！婦人在不識歡愉滋味的前提下，也許還能相安無事，一旦領會箇中三昧，情感投射就有可能產生變化。明代中後期以降的豔情小說，包括最著名的《肉蒲團》，都喜歡以此做爲情節突破口，這些小說中的「豪放女」不少都是這麼轉變來。不過，這個認知的提出及附和，一直都是男性作家和男性讀者，不論是否爲客觀事實，它終究是男性的看法！

其次，輾轉於梁中書、花太監和花子虛之間的李瓶兒，和孟玉樓一樣，想要一個「家」，一個有男人在場、由男人做主的家。孟玉樓原是布販楊宗錫之妻，守寡一年多，手裡也有不少銀鈔珠寶，經媒婆薛嫂說合，毅然決然下嫁西門慶。西門慶死後，寡居一年多，經媒婆陶媽媽說媒，都三十七歲的她仍決定再嫁李衙內。小說第九十一回寫到——

（孟玉樓）心內暗度：「況男子漢已死，奴身邊又無所出，雖故大娘有孩兒，到明日長大了，各肉兒各疼，歸他娘去了，閃的我樹倒無陰，竹籃兒打水。」又見月娘自有了孝哥兒，心腸兒都改變，不似往時，「我不如往前進一步，尋上個葉落歸根之處，還只顧傻傻的守些甚麼？到沒的躭閣了奴的青春，辜負了奴的年少！」

與其「樹倒無陰，竹籃兒打水」，不如「往前進一步，尋上個葉落歸根之處」，小說中（相對的）正面人物孟玉樓一連做了兩次示範，而且被作者演繹成合乎情理的現實判斷，何況李瓶兒？嫁梁中書爲妾卻只能在外邊書房內住，成爲花太監的女人更要靠花子虛掩人耳目，李瓶兒在這般「不正常」的家庭連女主人都不是，只淪爲附屬與陪賓。因此，第十五回才寫西門慶元宵節攜妻妾「笑賞玩燈樓」，下一回馬上見李瓶兒磕頭懇求：「拙夫已故，舉眼無親。今日此杯酒，只靠官人與奴作個主兒。休要嫌奴醜陋，奴情願與官人鋪床疊被，與衆位娘子作個姊妹，奴死也甘心。不知官人心下如何？」語罷滿面是淚。不只如此，兩人猜枚喝酒吃了一回，同樣的話李瓶兒又來一遍，語罷同樣淚眼紛紛。

所以當西門慶受親家牽連，每日大門緊閉徐圖避禍，李瓶兒第一個反應是「許多東西，丟在他家，尋思半晌，暗中跌腳」——這盤棋下錯了！於是就在從蔣太醫口中得知消息的同時，她很快便決定重組另一個家庭，畢竟他自認識西門慶起，就開始盼望有個正常的家。眼前這個男人雖然二十九歲了，鰥居，又只是個郎中，分明「生的五短身才，人物飄逸，極是個輕浮狂詐的人」，但至少「語言活動，一團謙恭」，於是當下便決定招贅進來，並且很快湊上三百兩銀子，與男人開一個門面兩間的生藥鋪。

不過，李瓶兒想的是和一個「眞正的」男人，共組一個「正常的」家庭，沒想到蔣竹山也談不上「眞正的」男人，看第十九回——

卻說李瓶兒招贅了蔣竹山，約兩月光景。初時蔣竹山圖婦人喜歡，修合了些戲藥，縣門前買了些甚麼景東人事、美女相思套之類，實指望打動婦人心。不想婦人曾在西門慶手裡狂風驟雨都經過的，往往幹事不稱其意，漸漸頗生憎惡，反被婦人把淫器之物，都用石砸的稀爛，都丟掉了。又說：「你本蝴鱔，腰裡無力，平白買將這行貨子來戲弄老娘！我把你當塊肉兒，原來是個中看不中吃蠟槍頭，死王八！」罵的竹山狗血噴了臉。被婦人半夜三更趕到前邊鋪子裡睡。於是一心只想西門慶，不許他進房中來。

這又繞回來說明，一個正常家庭的和諧，還是繫於夫妻性關係的美好。尤其是已然領會性歡愉滋味的那一方，對於夫妻性關係的期待更加強烈。李瓶兒因為「曾在西門慶手裡狂風驟雨都經過的」，所以一開始把蔣竹山「當塊肉兒」，一旦發現對方竟只是個「中看不中吃蠟槍頭，死王八」，這段關係也就命懸一線，果然沒幾日，李瓶兒就把蔣竹山趕出家門。後來李瓶兒嫁入西門慶家，被男人以家法伺候，西門慶審問時的第一句話是：「我比蔣太醫那廝誰強？」面對一語雙關的飆問，李瓶兒答的非常聰明，先凸出西門慶的經濟力，接著表揚西門慶的性能力──「你是醫奴的藥一般，一經你手，教奴沒日沒夜，只是想你。」果然，小說接著寫道：「只這一句話，把西門慶歡喜無盡。」

再次，關於李瓶兒嫁入西門家前後性格不一的說法，也不公允。瓶兒初入西門府時，因先前私嫁蔣竹山錯踏一步，所以自覺理虧；又因幸福的夢想失而復得，所以小心翼翼。待她立穩腳根，也許會變回先前那個樣子，甚至成爲另一個潘金蓮。但任誰都沒想到，瓶兒竟那麼快有了孩子，於是（準）母親的身分取代了原本戀人或妻妾的身分，她對自己也有了不同定位。前面提到孟玉樓感慨：「月娘自有了孝哥兒，心腸兒都改變，不似往時。」月娘可以改變，瓶兒爲什麼不行？畢竟，婦人只要有了子嗣，好好守著孩兒，將來自然可以「母以子貴」，再不需要同金蓮一樣扮演妓女般的角色，也不需要介入妻妾之間的勾心鬥角。退一百步講，這一切或許也沒有那麼心機，畢竟升格爲母親的女人，所思所想自然要和以前不同。君不見原本耽美性愛，與西門慶「洞房」那夜還風情萬種的李瓶兒，很快便對性事減了興趣。自第二十七回「私語翡翠軒」落幕以來，小說唯一描寫的造愛場景，便是第五十回於月事期間和西門慶行房。雖然自得子之後，西門慶對她十分寵愛，時常要往她房裡去睡，可她總一而再地把漢子趕出，要他往潘金蓮那裡歇去。

只是自官哥兒夭折之後，李瓶兒就一蹶不振，這一方面是母親痛失愛子的椎心撞擊使然，另一方面也因爲她身子大不如前，不能再有酣暢的性關係，失去了「東山再起」的條件。所以自第五十九回官哥兒死，李瓶兒便日逐凋萎，撐到第六十二回即香消玉殞。有些學者十分看重李瓶兒對西門慶的影響力——「西門慶如此用心地對待一個女人，一生中唯李瓶兒一人而已。……李瓶兒用自己一生的時間，終於讓一個從來不懂得愛的人學會了對愛的感受和表達。」[20]其實，西門慶也只是和李瓶兒一樣，在升格爲父親時自覺到身分有些許變化，因此在李瓶兒生前及初亡時節好生愛惜罷了。

第四節　金瓶「梅」：龐春梅

相較於潘金蓮和李瓶兒，龐春梅的戲分相對要少一些。從身分看，她不過是西門慶收用過且專寵的「丫頭」，頂多被視爲「準」小妾，作家對她的關注自不能超越潘金蓮和李瓶兒，甚至不如其他妻妾。但是若從張竹坡的角度看，「春梅欲留之爲炎涼翻案，故不得不留其身分，而止用影寫也」[21]，這個角色設計在於爲世態炎涼翻案，所以前八十多回只能點到爲止，最後十餘回才是她的大舞臺。不過，這仍是一個令人印象深刻的小說人物，除了作者寫她每一面都明襯或暗結潘金蓮，而且「爲炎涼翻案」的功能設計也頗對讀者脾胃。

關於後者，清代以來對龐春梅形象的接受和理解，主要集中在她被吳月娘賣離家後的幾個橋段。若就清代據《金瓶梅》改編的曲藝作品「子弟書」以觀之，現藏天津圖書館、保存子弟書抄本目錄最多的《子弟書目錄》共載《金瓶梅》子弟書九種，分別是〈子虛入夢〉、〈哭官哥兒〉、〈升官圖〉、〈葡萄架〉、〈得鈔傲妻〉、〈不垂別淚〉（即〈遺春梅〉）、〈武松殺嫂〉、〈永福寺〉、〈舊院池館〉[22]，其中〈不垂別淚〉（〈遺春梅〉）、〈永福寺〉、〈舊院池館〉都是講龐春梅的故事，而且都是小說第八十五回以後的故事。它包括第八十五回吳月娘賤賣春梅時，吩咐小玉：「教他罄身兒出去，休要他帶出衣裳去了。」金蓮聞訊傷心哭泣，春梅反倒說道：「等奴出去，不與衣裳也罷，自古好男不吃分時飯，好女不穿嫁時衣！」當下拜辭金蓮和小玉，灑淚而別。金蓮原要春梅拜辭月娘衆人，然而「這春梅跟定薛嫂，頭也不回，揚長決裂出大門去了。」其次是第八十九回寫春梅和月娘、玉樓及大衿子在永福寺巧遇，然而已成爲守備夫人的春梅，先讓大妗子轉上便磕下頭去，慌的大妗子還禮不迭說道：「姐姐今非昔比，折殺老身！」春梅竟道：「好大妗子，如何說這話？奴不是那樣人！尊卑上下，自然之理。」接著向月娘、玉樓行家奴之禮磕

20 曾慶雨：《雲霞滿紙情與性——讀《金瓶》說女人》（上海：東方出版中心，二〇一九年八月），頁四十三。

21 清・張竹坡：〈批評第一奇書金瓶梅讀法〉，第五十一，轉引自黃霖編：《金瓶梅資料彙編》，頁八十。

22 轉引自崔蘊華：《書齋與書坊之間——清代子弟書研究》（北京：北京大學出版社，二〇〇五年八月），頁一二三。

了四個頭，月娘道：「姐姐，你自從出了家門，在府中，一向奴多缺禮，沒曾看你，你休怪。」春梅竟道：「好奶奶，奴那裡出身，豈敢說怪？」最後是第九十六回寫春梅遊舊家池館，央月娘「引我往俺娘那邊花園山子下走走」，結果看了半日盡是「垣牆欹損，臺榭歪斜。兩邊畫壁長青苔，滿地花磚生碧草。山前怪石，遭塌毀不顯嵯峨；亭內涼床，被滲漏已無框檔。」令人不勝唏噓。

這三個橋段組合成的春梅形象，可能是一般讀者印象最深的部分：面對月娘極盡羞辱式的趕出家門，她不垂別淚、揚長而去；成爲守備夫人後巧遇昔日舊主，而且正是當初賤賣她、羞辱她的主子，但她講禮數，不忘出身，周到且一派從容地行禮磕頭；至於重遊舊家池館，乃係盛裝打扮、衣錦榮歸的守備夫人，試圖召喚過往未果而衍生出濃濃悲愁，讓人在樓起樓塌、旋起旋滅之間體悟生命短暫、好景不常。如果再加上她慷慨給孝哥兒送禮、瀟灑爲月娘打贏官司……，這個形象的春梅還眞如張竹坡所說，爲世態炎涼下了新的註腳。

不過，前八十餘回的龐春梅雖然「止用影寫也」，但同樣引人注目。張竹坡說的好：「於同作丫環時，必用幾遍筆墨，描寫春梅心高志大，氣象不同。……因要他於污泥中，爲後文翻案，故不得不先爲之抬高身分也。」[23]意思是說：相較其他丫頭，春梅戲分要多一些；其他人性格溫順，春梅則心高志大。龐春梅是西門慶用十六兩銀子，託媒人薛婆買來的丫頭，原供吳月娘房裡使喚。第九回潘金蓮嫁來，西門慶改命春梅伏侍金蓮，並趕著她叫娘。到了第十回，西門慶因為春梅「性聰慧，喜謔浪，善應對，生的有幾分顏色」，徵得潘金蓮同意便收用了這妮子。潘金蓮自此一力抬舉，不讓她上鍋抹灶，只叫他鋪床疊被、遞送茶水。「衣服首飾，揀心愛的與他，纏的兩隻腳小小的。」

沒有讀過小說的人很難理解，龐春梅在小說前大半部最讓人印象深刻、甚至最令人喜愛的橋段，竟然都是她猖狂囂張跋扈般罵人、或心高志大氣傲的作態那些情節。

說到春梅罵人，最經典的兩幕，從小說回目即可見得，分別是第二十二回「春梅正色罵李銘」和第七十五回「春梅毀罵申二姐」。但是在此之前，婦人已經十分猖獗。前面提到，春梅在第十回被西門慶收用，並因此得到金蓮抬舉。第十一回，春梅因吃金蓮說了幾句，沒處出氣，到後邊廚房捶檯拍盤，惹來西門慶第四房老婆、負責上灶的孫雪娥戲了一句：「怪行貨子！想漢子便別處去想，怎的在這裡硬氣？」不想春梅聽了暴跳起來，說：「那個歪廝纏說我哄漢子！」這是奴才明擺著對主子發飆。結果雪娥沒有回嘴，但春梅卻跑到金蓮那裡，加油添醋地挑撥道：「他還說娘教爹收了我，和娘捎一幫兒哄漢子。」當晚西門慶在潘金蓮房裡歇宿，次日早起想吃荷花餅和銀絲鮓湯，命人去廚房要雪娥整治，結果雪娥不耐煩

23 清・張竹坡：〈批評第一奇書金瓶梅讀法〉，第十七，轉引自黃霖編：《金瓶梅資料彙編》，頁六十八—六十九。

抱怨了兩句，春梅即不忿地回道：「沒的扯毯淡！主子不使了來問你，那個好來問你要？有沒，俺們到前邊只說的一聲兒，有那些聲氣的！」雪娥道：「主子奴才，常遠似這等硬氣、有時道著！」春梅道：「中有時道使時道，沒的把俺娘兒兩個別變了罷！」除了接二連三回嘴雪娥，春梅並轉到前邊對西門慶和潘金蓮告狀：「倒被小院兒裡的千奴才、萬奴才罵了我恁一頓。」一聲「小院兒裡的」，顯出春梅根本沒把雪娥視爲主子。結果，西門慶不由分說地到廚房踢了雪娥幾腳，罵道：「賊歪剌骨，我使他來要餅，你如何罵他？你罵他奴才，你如何不溺胞尿把你自家照照！」此回回目雖是「金蓮激打孫雪娥」，然而事實上，誠爲春梅激使西門慶對孫雪娥先踢後打。西門慶的言行，爲兩人地位定了調：龐春梅雖爲奴才實乃寵婢，孫雪娥雖爲主子實乃廚娘。張竹坡在此回回評也說：此回「是爲春梅作一番出落描寫也。寫春梅全帶三分傲氣，方與後文作照。」[24]

至於第二十二回，寫樂工李銘在西門慶家教演春梅琵琶，結果因爲喝了點酒，李銘把春梅的手略按重了些，惹得春梅怪叫起來，罵道：

> 好賊王八！你怎的捻我的手，調戲我？賊少死的王八，你還不知道我是誰哩？一日好酒好肉，越發養活的那王八靈聖兒出來了，平白捻我的手來了。賊王八，你錯下這個鍬撅了，你問聲兒去，在我手裡你來弄鬼！爹來家等我說了，

> 把你這賊王八一條棍攆的離門離户！沒你這王八，學不成唱了？愁本司三院尋不出王八來？撅臭了你這王八了！

小說接著寫道：「被他千王八萬王八，罵的李銘拿著衣服往外，金命水命，走投無命。」春梅這裡一口氣罵了李銘八個「王八」，她盛怒的原因在於，這個樂工竟然「不知道我是誰」，就好比之前孫雪娥不知道她是誰一樣！接下來她一轉身，回去對著潘金蓮、孟玉樓、李瓶兒等人再罵一遍：

> 情知是誰，叵耐李銘那王八！爹臨去，好意吩咐小廝，留下一桌菜并粳米粥兒與他吃。也有玉簫他們，你推我，我打你，頑成一塊，對著王八雌牙露嘴的，狂的有些摺兒也怎的。頑了一回，都往大姐那邊廂房裡去了。王八見無人，儘力向我手上捻了一下。吃的醉醉的，看著我嗤嗤待笑。我饒了他！那王八見我吆喝罵起來，他就即夾著衣裳往外走了。剛纔打與賊王八兩個耳刮子纔好！賊王八，你也看個人兒行事。我不是那不三不四的邪皮行貨，教你這王八在我手

24 轉引自黃霖編：《金瓶梅資料彙編》，頁一二一。

裡弄鬼。我把王八臉打綠了！

又是一連八個「王八」，而且再次強調了自己身分——非但不是「那不三不四的邪皮行貨」，還是受主子器重的準小妾呢！

張竹坡於此回回評提到，小說在此之前，「春梅之心高志大氣傲，已隨處寫出」。此回之所以再來一次，自有協同金蓮攻擊（李銘的姊姊）妓女李桂姐之用意，然而就凸出春梅性格而論，「借李銘一襯，則春梅矜尚自許、圭角崖岸、誇大負氣，數語皆見。」[25]有趣的是，春梅這一段痛罵，很可能對《紅樓夢》起到影響，至少脂硯齋採取對看的角度。《紅樓夢》第六十六回寫到柳湘蓮爲尤三姐事向寶玉抱怨，提及賈府上下都不乾淨，他自己不做這「剩忘八」。此處夾了一條脂批：「奇極之文，極趣之文！《金瓶梅》中有云『把忘八的臉打綠了』，已奇之至。此云『剩忘八』，豈不更奇？」[26]脂硯齋的意思是，《金瓶梅》有綠王八，《紅樓夢》有剩王八，都是出奇文字。

再看第七十五回，這裡寫到如意兒、迎春趁主子不在家，請潘姥姥、春梅酒菜，郁大姐彈唱；那廂則是申二姐伴著大妗子、西門大姐、三個姑子在上房喝茶。春梅使小廝叫申二姐來唱〈挂眞兒〉，申二姐覺得春梅只是個丫頭沒資格使喚她，結果春梅「三尸神暴跳，五臟氣衝天，一點紅從耳畔起」，一陣風走到上房指著申二姐大罵：

你怎麼對著小廝說我，那裡又鑽出個大姑娘來了？稀罕他，也敢來叫我！你是甚麼總兵官娘子，不敢叫你？俺們在那毛裡夾著來，是你抬舉起來？如今從新鑽出來了！你無非只是個走千家門、萬家户賊狗攮的瞎淫婦！你來俺家，纔走了多少時兒，就敢恁量視人家？你會曉的甚麼好成樣的套數唱？左右是那幾句東溝籬、西溝耙，油嘴狗舌，不上紙筆的那胡歌淫詞，就拿班做勢起來！真個就來了俺家本司三院唱的老婆，不知見過多少，稀罕你這個兒？韓道國那淫婦家興你，俺這裡不興你！你就學與那淫婦，我也不怕你。好不好，趁早兒去——賈媽媽與我離門離户！

西門府內階級身分和實際地位落差最大的兩人，分別是孫雪娥和龐春梅。雪娥雖然名義上是西門慶第四房老婆，但因原爲元配陳氏的陪嫁丫頭，又負責廚務，尤其不得西門慶歡喜，所以其實際地位只在妻妾和婢女之間。例如潘金蓮、李瓶兒見了月娘叫聲「姐姐」，雪娥卻得尊稱爲「娘」；衆妻妾向西門慶請安時，唯雪娥磕完頭後還要再給月娘磕頭；丫頭小玉稱潘

25 轉引自黃霖編：《金瓶梅資料彙編》，頁一三七。

26 清·曹雪芹著，清·脂硯齋評，鄧遂夫校訂：《脂硯齋重評石頭記庚辰校本（修訂四版）》（北京：作家出版社，二〇一〇年五月），頁九五三。

金蓮爲「五娘」，見了雪娥卻只喚一聲「姑娘」。春梅正好相反，雖然是買進來的丫頭，但因被西門慶收用且專寵，又得潘金蓮一力庇護，所以家人自知她的實際地位也在妻妾和婢女之間，影響力遠高過雪娥。所以這回小廝春鴻去請申二姐時說：「俺『大姑娘』前邊叫你唱個兒與他聽去哩。」然而申大姐不知箇中高低，誤以爲家中只西門慶的女兒西門大姐是「大姑娘」，因此才會回問：「你大姑在這裏，又有個大姑娘出來了？」也才會道：「你春梅姑娘他稀罕怎的，也來叫的我？」《金瓶梅》全書不斷凸顯雪娥和春梅的衝突，都是爲了墊高春梅，第七十五回這裡也不例外。

至於春梅作態，有時係因心高志大而憤憤不平，更多則是得主寵愛而氣傲拿喬。關於前者，第二十九回「吳神仙貴賤相人」堪爲典型，針對吳神仙相春梅「必得貴夫而生子」、「早年必戴珠冠」，吳月娘認爲實在「相不著」，她說：「相春梅後日也生貴子，或者只怕你用了他，各人子孫也看不見。我只不信說他春梅後來戴珠冠，有夫人之分。端的咱家又沒官，那討珠冠來？就有珠冠，也輪不到他頭上！」關於春梅「得貴夫而生子」的可能，月娘並不排除，只是吃味而已；至於「戴珠冠」之說，月娘基於她對封建宗法和階級倫常的認知，確實可以合理懷疑（準）小妾戴珠冠的機率。只不過春梅卻回得好——

> 那道士平白說戴珠冠，教大娘說「有珠冠只怕輪不到他頭上」。常言道：凡人

不可貌相，海水不可斗量。從來旋的不圓砍的圓，各人裙帶上衣食，怎麼料得定？莫不長遠只在你家做奴才罷！

即便奴婢出身，春梅對自己的發達仍有期望，至少，她不像別的奴婢一樣認命，甚而自輕自賤。這個角色的性格，很適合拿來對照《紅樓夢》的晴雯——「霽月難逢，彩雲易散，心比天高，身為下賤，風流靈巧招人怨。壽夭多因誹謗生，多情公子空牽念。」27

說到不肯認命，春梅對自輕自賤的同伴也頗不以為然，第四十六回有個很好的例子。這回寫元宵佳節，西門慶打發吳月娘等妻妾赴吳大妗子家吃酒，自己則在大門首安放桌席擺酒設宴。結果家人賁四的老婆打聽月娘不在，知道春梅、玉簫、迎春、蘭香四個大丫頭是西門慶貼身答應且得寵的姐兒，因此大節下安排許多菜蔬菓品，差女兒請她們到家裡散心坐坐，不想「唯二」留在家中的妻妾李嬌兒和孫雪娥都不敢做主。幾個丫頭想去得很，賁四嫂子又不斷差女兒來請，於是眾人打算央李嬌兒問西門慶放他們去。這時候春梅倒有反應了——

那春梅坐著紋絲兒也不動，反罵玉簫等：「都是那沒見世面的行貨子！縱沒見

27 同前註，頁一二四。

酒席，也聞些氣兒來！我就去不成，也不到央及他家去！一個個鬼攛揞的也似，不知忙的是甚麼？你教我有半個眼兒看的上！」那迎春、玉簫、蘭香都穿上衣裳，打扮的齊齊整整出來，又不敢去。這春梅又只顧坐著不動身。

這兒有意思的是，春梅覺得家人老婆安下的一個小席，值得爭先恐後、非去不可嗎？即便這是大節底下，即便姐兒們年輕貪玩，但左不過就是賁四嫂子的小宴。更要緊的是，李嬌兒算什麼主子？人老珠黃早失恩寵不說，又一向和金蓮不睦，春梅自無求她的道理。雖然，這僵局最終由小廝書童化解，然而作者此一設計，倒是讓讀者又一次見識春梅氣傲。

如果有人以爲，春梅氣焰再盛、罵詈再毒，對象也不過是小廝、丫頭、樂師、歌妓乃至於失寵的妻妾，那就錯了，小說寫春梅最拿喬作勢的幾處，對象往往是西門慶。例如第三十四回，西門慶晚夕到李瓶兒屋裡喝金華酒，春梅此時進來央西門慶著人打燈籠接回潘金蓮，結果，瓶兒一連幾次邀她同飲佳釀都遭拒絕，西門慶把手中吃的那盞「木樨芝麻薰筍泡茶」遞與春梅，她也只是「似有如無，接在手裡，只呷了一口，就放下了。」非常狂妄，委實囂張。第四十一回更離譜，西門慶命春梅等四個大丫頭，過兩日一起跟妻妾們到喬大戶家作客，不想春梅竟說不去，理由是：「娘們都新裁了衣裳，陪侍衆官戶娘子，便好看。俺們一個一個，只像燒煳卷子一般，平白出去惹人家笑話！」西門慶答應了，道：「連大姐帶你四個，每人都替你裁三件。一套緞子衣裳，一件遍地錦比甲。」可春梅仍不滿意，說：「我不比與他。我還問你要件白綾襖兒，搭襯著大紅遍地錦比甲兒穿。」春梅不只要求服飾規格要比照西門慶的女兒，甚至還有比肩妻妾之意。這西門慶也同意了，道：「你要，不打緊。少不的也與你大姐裁一件。」西門慶於是拿鑰匙開樓門，許了春梅大紅遍地錦比甲兒，又一疋白綾裁了兩件白綾對衿襖兒。春梅方才喜歡了，陪侍西門慶在屋吃了一日酒。

這就是前八十餘回那個囂張跋扈、氣傲燄盛、拿喬作勢的龐春梅，然而正因爲她「身爲下賤」卻「心比天高」，讀者對其惡行惡狀反倒有較多同情。何況在她目空一切的同時，卻又忠心護著主子潘金蓮；在她不斷霸凌婢女秋菊的同時，卻又一直默默關照潘姥姥。簡單地說，她雖然狂妄，至少仍有原則；她即便輕佻，至少猶見眞情。這是春梅不令人討厭，反而讓人同情甚至喜愛的緣故。由於作者早早埋下她心高志大的伏筆，所以最後十幾回要寫「位卑者的逆襲」，也就分外値得期待。可偏偏作者沒有讓她循舊的套路復仇，反而安排她「以德報怨」——用不忘出身、不計前嫌、禮數周到、落落大方的姿態收服仇人。不論作者本意，究竟是否如張竹坡所說，在於爲世態炎涼翻案；但春梅前後形象的高度反差，確實在讀者接受上起到很好的反饋，清代子弟書對此津津樂道即爲明證。

最後一提，小說前八十餘回並沒有著墨春梅的性欲，依照情節邏輯判斷，從遭西門慶收用，到遮掩金蓮私僕情事，以至於讓陳經濟雨露均霑，春梅一切全看在金蓮的分上。不過有意思的是，嫁入守備府、從奴婢變成主子之後，她對性的態度也由被動轉為主動，不但安排陳經濟府中住下，甚至因為禁不住欲念勾搭家中下人，乃至於最後淫死床上，這個轉變雖然讓人感到意外，不過從第八十五回她和潘金蓮的一段對話，倒是可以清楚看出她的想法：

春梅道：「……人生在世，且風流了一日是一日。」於是篩上酒來，遞一鍾與婦人，說：「娘，且吃一杯兒暖酒，解解愁悶！」因見階下兩隻犬兒交戀在一處，說道：「畜生尚有如此之樂，何況人而反不如此乎？」

好一個「人生在世，且風流了一日是一日。」春梅在西門慶家六、七年，眼看一個家子興起、眼看一個家子就這麼敗散，心中自有恁多感受。因此拚著家裡沒了男人，她勸解金蓮把心放開懷些，左右月娘管不到她們。何況日後嫁入守備府成了主子，男人又成天在外征戰，這時的她當然儘顧著自己歡愉。就如同她說，狗兒尚且懂得追求交合的快樂，人們又何苦自縛手腳呢？因此她即便因為淫欲無度，生出骨蒸癆病症，卻仍舊貪淫不已。

可惜受限於篇幅，作家對春梅的心理轉變沒有做好藝術交代，足稱敗筆。但是寫春梅在性交過程中快樂的死去，也成這個角色的一絕。

第五章
《金瓶梅》的人物魅力（下）

前一章討論了西門慶、潘金蓮、李瓶兒、龐春梅共四個《金瓶梅》主要人物，事實上，西門慶前後有過八個妻妾，包括：元配陳氏，生了女兒西門大姐，西門慶登場時即已故去；繼室吳月娘，清河縣左衛吳千戶之女，嫁給西門慶作爲繼配正室；第二房妾李嬌兒，妓女出身；第三房妾卓丟兒，也是妓女出身，西門慶甫出場即亡故；接序頂上三房的孟玉樓，原爲布販楊宗錫之妻，守寡一年後，帶了上千兩銀子及二十餘擔陪嫁來到西門慶家；第四房妾孫雪娥，原爲元配陳氏的陪嫁丫頭，因有姿色，西門慶與他帶了鬏髻，排行第四；接下來才是五房的潘金蓮和六房的李瓶兒。前章花了不少篇幅談潘金蓮和李瓶兒，本章再分別介紹其他幾位妻妾，尤其是較有指標性的吳月娘和孟玉樓。

八個妻妾之外，西門慶還染指家中丫頭、孩子乳娘、家人媳婦和夥計媳婦。丫頭除了前一章提到的春梅，還包括迎春、繡春、蘭香；孩子乳娘指的是如意兒；家人媳婦則有來旺妻宋蕙蓮、來爵妻惠元以及賁四妻子；夥計媳婦則是韓道國妻子王六兒。至於外頭的姘婦，除了王招宣夫人林太太，另有妓女李桂姐、吳銀兒、鄭愛月兒。在這一串名單中，作家對宋蕙蓮、王六兒、林太太、如意兒及幾位妓女有比較多的著墨，本章因此對她們做一點討論。

《金瓶梅》寫人物的魅力並非止於西門慶及其妻妾、姘婦和妓女，它另外爲中國小說史開創一個新的人物類型——幫閒。就字面意思上來看，「幫閒」指的是幫人打發閒散時光之徒，魯迅說得很傳神：「那些會念書會下棋會畫畫的人，陪主人念念書，下下棋，畫幾筆畫，這叫做幫閒，也就是篾片。」[1]具體來講，幫閒指的是陪同貴族、官僚、富人消遣玩樂之人，他們如果被豢養在豪門權貴之家則爲「清客」，否則就是豪門權貴在外結交的兄弟朋友。《金瓶梅》「詞話本」在第十回交代西門慶這些兄弟朋友：

如今花太監死了，一分錢都在子虛手裡。每日同朋友在院中行走，與西門慶都是會中朋友。西門慶是個大哥，第二個姓應，雙名伯爵，原是開紬絹鋪的應員外兒子，沒了本錢，跌落下來，專在本司三院幫嫖貼食，會一腳好氣毬，雙陸棋子，件件皆通。第三個姓謝，名希大，字子純，亦是幫閒勤兒；會一手好琵琶，每日無營運，專在院中吃些風流茶飯。還有個祝日念、孫寡嘴、吳典恩、雲裡手、常時節、蔔志道、白來搶，共十個朋友。蔔志道故了，花子虛補了。每月會在一處，叫兩個唱的，花攢錦簇頑耍。眾人見花子虛乃是內臣家勤兒，手裡使錢撒漫，都亂撮合他在院中請婊子，整三五夜不歸家。

1 魯迅：〈幫忙文學與幫閒文學〉，收入《集外集拾遺》，《魯迅全集》（北京：人民文學出版社，一九八一年十二月），第七卷，頁三八二—三八四。

至於《金瓶梅》「崇禎本」則在開頭第一回就寫「西門慶熱結十弟兄」，把前一段文字進行小幅增補，但同樣強調西門慶身邊圍著一票假弟兄之名的幫閒朋友。這些幫閒朋友中，以應伯爵最得西門慶信賴和喜愛，這個人物堪稱中國小說史上第一個鮮活生動的市井幫閒，清代許多小說寫到幫閒子弟總可見得他的身影，因此本章也要特別討論這個角色。

第一節　西門慶其他妻妾

先談大房娘子吳月娘。

西門慶在元配陳氏身故後，娶了清河縣左衛吳千戶之女吳月娘為繼室。吳月娘雖然出身五品武官之家，但估計家中並不富裕，加上年已二十四歲，若是如此下嫁商人當塡房也不算吃虧。小說第九回寫潘金蓮嫁到西門慶家，借她的眼睛交代月娘相貌：「生的面若銀盆，眼如杏子，舉止溫柔，持重寡言。」模樣應當還算周正。至於第二回寫西門慶娶她來家之後——「又常與勾欄裡的李嬌兒打熱，今也娶在家裡。南街子又占著窠子卓二姐，名卓丟兒，包了些時，也娶來家居住。專一嫖風戲月，調占良人婦女。娶到家中，稍不中意，就令媒人賣了；一個月倒在媒人家去二十餘遍。」反映月娘只能配合西門慶，當一個賢良大度、順夫容妾的正頭娘子。果不其然，西門慶接下來娶孟玉樓、潘金蓮都沒問過她；娶李瓶兒前雖然問了，但因她勸阻反遭西門慶罵「不賢良的淫婦」。

閱讀吳月娘的重心，在於她如何扮演暴發戶西門慶的正妻——雖然她只是頂了原配的缺，即潘金蓮口中「後生老婆」——並思考她在善挑撥又工心計的潘金蓮和因生子而得寵的李瓶兒之間，以及在西門慶荒唐複雜的性關係和社會關係底下，究竟是什麼樣的存在處境。

由於清代流行「第一奇書本」《金瓶梅》，所以讀者很難不受張竹坡影響，偏執地覺得吳月娘是一個「奸險好人」[2]。張竹坡認爲作家寫吳月娘之罪全用隱筆，最主要理由在〈批評第一奇書金瓶梅讀法〉第二十四都提到了：首先是西門慶並非爲子嗣而千金買妾，反而如盜賊般殺人之夫、劫人之妻，對此月娘還「自以好好先生爲賢，其爲心尚可問哉」？其次是「引賊入室」之罪，她讓女婿陳經濟混跡於女眷之間，毫不避嫌，導致穢亂家風。再次則批評月娘「爲一知學好而不知禮之婦人也」，西門慶不讀書，吳月娘也只以聽尼姑宣卷爲益事，「家常舉動全無舉案之風，而徒多眉眼之處」，爲善卻不知禮，夫妻、妻妾之間毫無敬重反倒處處算計，終究遺害無窮[3]。

2 清・張竹坡：〈批評第一奇書金瓶梅讀法〉，第三十二，轉引自黃霖編：《金瓶梅資料彙編》（北京：中華書局，一九八七年三月），頁七十四。

3 轉引自黃霖編：《金瓶梅資料彙編》，頁七十二。

除了「引賊入室」，張竹坡的批評其實過於嚴苛。事實證明，吳月娘不可能管得了西門慶，以一個年齡偏大且家道中落的武官女兒身分下嫁暴發戶商人，順從夫婿幾乎是這門婚嫁不言自明的共識。更何況妻妾各懷鬼胎，男人又非公正無私，維持家中表面和諧、不激化各式各樣人際矛盾，大概就是這個文化的婦人所能做好的事，賢良名聲反倒還在其次。至於讀不讀書、知禮與否，則流於男性腐儒之見，尼姑、道婆是閨閣女子認識世界的有限視窗，即便她們傳遞的知識訊息多麼爭議、她們提供的人生圖景多麼虛妄，男人實在沒有立場批評市井婦人不讀經、不學史、不知禮。因此剩下的問題只在於：吳月娘是不是「陰險」好人？

受到張竹坡影響，很多人會舉第二十一回吳月娘雪夜焚香祝禱的例子。之前受潘金蓮挑撥，吳月娘因李瓶兒之故已有幾個月不和自己男人講話。那晚西門慶從妓院歸家，大約一更天氣，見儀門半掩半開，懷疑必有蹺蹊，於是潛身立於儀門內粉壁前悄悄聽覷——

> 只見小玉出來穿廊下放桌兒。原來吳月娘自從西門慶與他反目不說話以來，每月吃齋三次，逢七焚香拜鬥，夜杳祝禱穹蒼，保佑夫主早早回心，齊理家事，早生一子，以爲終身之計。西門慶還不知。只見丫鬟小玉放畢香桌兒，少頃，月娘整衣出房，向天井內滿爐炷了香，望空深深禮拜，祝道：「妾身吳氏，作配西門。奈因夫主流戀煙花，中年無子。妾等妻妾六人，俱無所出，缺少墳前

拜掃之人；妾夙夜憂心，恐無所托。是以瞞著兒夫，發心每逢七夜於星月之下，祝贊三光，要祈保佑兒夫，早早回心，棄卻繁華，齊心家事。不拘妾等六人之中，早見嗣息，以爲終身之計，乃妾之素願也！」

西門慶當下覺得：「原來一向我錯惱了他。原來他一片心都爲我好，倒還是正經夫妻。」對於這個橋段，很多人覺得是月娘作戲，何況作者接下去寫夫妻兩人對著陽具捕風捉月，應別有諷刺之意。然而不要忘了，吳月娘如此這般「每月吃齋三次，逢七焚香拜鬥，夜沓祝禱穹蒼」，已經持續好幾個月，很難說她是掐好時間、算準西門慶一更天回來，才故意說這番話給他聽。更不必提，作爲一名浪子的正妻，盼望夫主早早回心、齊理家事、添下一子根本極合情理。

前一章討論春梅時提到，月娘係以近乎羞辱的方式將其賤賣，因此才有春梅不垂別淚、重逢永福寺、遊舊院池館等炎涼故事，讀者在激賞春梅大氣的同時也對比出月娘小性。然而很少人認眞想過，作爲西門慶「正經夫妻」、賢良的正頭娘子，若要維持家中表面和諧，她最大的挑戰便是潘金蓮和龐春梅這一對主僕。且不論金蓮如何敗壞閨閣秩序，舉凡春梅激打孫雪娥、毀罵申二姐、掩飾潘金蓮此等囂張跋扈、心高氣傲的行徑，非但超出她自己身分，也威脅吳月娘主母地位。西門慶在世的時候，她對家中妻妾及奴僕各種非分、悖逆、僭越之舉只能忍氣吞聲，佯裝無視，因爲夫君縱容這些事情不斷發生；西門慶死後，她發現自己護衛這個家的能力太微弱了，區區一個下人來保就可以將這個家賣掉大半，所以，把「亂源」潘金蓮和龐春梅掃地出門，將無心守寡的李嬌兒和孟玉樓送走別嫁，讓家中成員變得比簡單還簡單、比純粹還純粹，是她唯一會做的事。這一切無關報仇，也並非她生性陰險。

有學者這麼形容：在西門府的女人中，潘金蓮是性欲的象徵，李瓶兒是情愛的象徵，吳月娘則是婚姻的象徵[4]。對此，潘金蓮是不是只能象徵性欲，李瓶兒是不是眞能代表情愛，容有辯論空間；然而吳月娘作爲一個接受封建教育、見識平庸、努力恪守「婦德」的正妻，她的委曲、妒忌、無能、畏縮雖然令人同情或引人討厭，但也堪稱傳統婚姻制度下的典型。

吳月娘之外，另一個重要妻妾是孟玉樓。

張竹坡在〈批評第一奇書金瓶梅讀法〉第三十二，有段不一定精到、但卻令人印象深刻的人物概括：

西門是混帳惡人。吳月娘是奸險好人。玉樓是乖人。金蓮不是人。瓶兒是癡人。春梅是狂人。敬濟是浮浪小人。嬌兒是死人。雪娥是蠢人。宋蕙蓮是不識高低的人。如意兒是頂缺之人。若王六兒與林太太等，直與李桂姐輩一流，總是不得叫做人。而伯爵、希大輩，皆是沒良心的人。兼之蔡太師、蔡狀元、宋御史，皆是枉為人也。[5]

孟玉樓「乖人」之論，幾乎是張竹坡對《金瓶梅》全書人物的最高評價。他甚至在〈竹坡閑話〉說：「夫終不能一暢吾志，是其言愈毒，而心愈悲，所謂含酸抱阮以此，固知玉樓一人，作者之自喻也。」[6]在〈金瓶梅寓意說〉又道：「至其寫玉樓一人，則又作者經濟學問，色色自喻皆到。」[7]張竹坡根本認為孟玉樓是《金瓶梅》作者的自喻自況。他用「苦孝」、「奇酸」來解釋作者著書動機，〈竹坡閑話〉開篇便聲明此書係「仁人志士、孝子悌弟，不得於時，上不能問諸天，下不能告諸人，悲憤嗚唈，而作穢言以泄其憤也」[8]。因她對孟玉樓的理解也是一樣邏輯，如同〈批評第一奇書金瓶梅讀法〉第十六所說：「玉樓雖

4 曾慶雨：《雲霞滿紙情與性——讀《金瓶》說女人》（上海：東方出版中心，二〇一九年八月），頁八十一。
5 轉引自黃霖編：《金瓶梅資料彙編》，頁七十四。
6 轉引自黃霖編：《金瓶梅資料彙編》，頁五十六。
7 轉引自黃霖編：《金瓶梅資料彙編》，頁六十一。
8 轉引自黃霖編：《金瓶梅資料彙編》，頁五十六。

寫，則全以高才被屈，滿肚牢騷，故又另出一機軸寫之。」[9]玉樓根本在示範受屈的高潔之士如何於亂世自處。

張竹坡對孟玉樓的解釋或許能自圓其說，但即便不這麼閱讀孟玉樓，此一角色引發的「問題意識」依然令人津津樂道。一來，以寡婦的身分，孟玉樓前後兩次自行做主改嫁，她的盤算是爲了什麼？決心又來自哪裡？二則，作爲西門慶妻妾中位分、相貌、財富既不特別好但也不怎麼壞的「中庸」女子，她究竟用什麼手腕，竟能既保全自己、又不禍及他人？

孟玉樓是西門慶妻妾中，唯一出身商人家庭者，她不只是清河縣「南門外販布楊家的正頭娘子」，還有一個搞長途販運的弟弟孟銳[10]。商人家庭出身的背景，讓孟玉樓在「賣生藥、放官吏債西門大官人」和「大街坊尚推官兒子尚舉人」兩者之間，不同流俗地選擇「棄文就商」。其實孟玉樓可以守寡，她「手裡有一分好錢」，又有理家才能，待把小叔拉拔大了，長嫂若母的她等著享福即可。然而，要一個死了丈夫、沒有子嗣的女人，把幸福寄託於長大成人後知恩圖報的小叔，畢竟流於天眞。與其抱著千兩銀子孤老一生，她寧可自己是有丈夫的女人，生活在一個有男人做主的家庭，而且最好是有錢有勢、足以供養她保護她的家庭。因此，在母舅張四提醒她嫁去只能做小、西門慶房裡有三四個老婆、又傳聞他挑販人口時，孟玉樓簡直是振振有辭地反駁，還胸有成竹地說「奴過去自有個道理」，顯然早已經過精打細算。同理，西門慶死後，孟玉樓原也打算守寡，但在李衙內託媒人來提親時，她又重新估量了局勢，體認到與其「樹倒無陰，竹籃兒打水」，不如「往前進一步，尋上個葉落歸根之處」，因此在三十七歲嫁了第三個丈夫。孟玉樓可以當有情有義的婦人，但是一旦機會降臨，她會撥起商人的算盤，理智計算自己最務實的利益。

離開楊家，嫁西門慶為妾，不能只是命運的孤注一擲，還必須有手段、懂經營。在作家筆下，孟玉樓的綜合條件顯得不好不壞、不高不低。她最吃虧的是年齡，孟玉樓非但為妻妾中最長，甚至還比西門慶大兩歲。論尊卑，排行第三的她永遠趕不過大房吳月娘。論財富，大概只有李瓶兒的十分之一。論姿色，西門慶眼中的孟玉樓：「長挑身材粉粧玉琢，模樣兒不肥不瘦，身段兒不短不長。面上稀稀有幾點微麻，生得天然俏麗，裙下映一對金蓮小腳。」可她的性吸引力不及潘金蓮和李瓶兒，西門慶娶進門後雖然「一連在她房中歇了三夜」，但是後來幾乎未聞閨房歡樂。皮膚白皙卻不及李瓶兒，一對小腳賽不過潘金蓮；何況既沒有六娘的死心塌地，也不如五娘的工於心計。

9 轉引自黃霖編：《金瓶梅資料彙編》，頁六十八。

10 「詞話本」第六十七回提到，才二十六歲的孟二舅向姊姊和姊夫辭行，準備往川廣販雜貨去。西門慶問他幾時動身？去多少時？他說：「出月初二日準起身。定不的年歲，還到荊州買紙，川廣販香蠟，著緊一二年也不定。販畢貨，就來家了。此去從河南、陝西、漢中去，回來打水路，從峽江、荊州那條路來，往回七八千里地。」

雖然處於最尷尬的妻妾位階，孟玉樓卻有最智慧的人際手腕。首先他從不托大，向來安分認命，張竹坡〈批評第一奇書金瓶梅讀法〉第二十八說：

內中獨寫玉樓有結果，何也？蓋勸瓶兒、金蓮二婦也。言不幸所天不壽，自己雖不能守，亦且靜處金閨，令媒妁說合事成。雖不免扇墳之誚，然猶是孀婦常情。及嫁而紈扇多悲，亦須寬心忍耐，安於數命，此玉樓俏心腸高諸婦一著。春梅一味托大，玉樓一味膽小，故後日成就，春梅必竟有失身受嗜欲之危，而玉樓則一勞而永逸也。[11]

張四舅力阻孟玉樓嫁給西門慶時，她就決定「寬心忍耐，安於數命」過日子，既沒有春梅般托大，但也談不上膽小，自有其處世之道。一方面，她尊重吳月娘的大房地位，在吳月娘與西門慶嘔氣、與李瓶兒僵持、與潘金蓮較量的時候，她往往既同情大房處境，又鼓勵月娘拿出正頭娘子的氣度來。例如第二十回所言：「姐姐在上，不該我說。你是個一家之主，不爭你與他爹兩個不說話，就是俺們不好張主的，下邊孩子們也沒投奔。」另一方面，對於自己看不順眼的人事，諸如被西門慶慣壞的家人媳婦宋惠蓮、一時得意忘形的四房妻妾孫雪娥，孟玉樓很少直接出手，只消找潘金蓮嚼嚼舌根就能整治對方。例如第二十六回就見她打小報告，果然潘金蓮聽了忿氣滿懷，說道：「真個由他，我就不信了！今日與你說好話：我若教賊奴才淫婦與西門慶做了第七個老婆，我不是喇嘴說，就把『潘』字掉過來哩！」再一方面，遇到敏感或不好表態的事，她也很懂得置身事外，一推三不知。例如第三十回潘金蓮批評李瓶兒產子來路不明，孟玉樓「只低著頭弄裙子，並不作聲應答他」。第五十五回潘金蓮和陳經濟「一連親了幾個嘴，咂的舌頭一片聲響」，結果「正在熱鬧間，不想那玉樓冷眼瞧破」，然而此事從未見她張揚開來。

「中庸」的孟玉樓既不爭勝好強，也無害人之心。她努力維持妻妾間的和諧與平衡，但並非全出於道德倫理的善意，而是如此才容易找到她安身立命的位置，畢竟寡婦再嫁圖的只是穩當。不過第七十五回寫含酸一夜，作者卻藉這場性愛透露一個消息：即便與人無爭的孟玉樓，也同樣有著愛欲。看她口中吐出這酸溜溜的話：

> 要吃藥，往別人房裡去吃。你這裡且做甚麼哩，卻這等胡作做！你見我不死，來攛掇上路兒來了？緊教人疼的魂兒也沒了，還要那等掇弄人！虧你也下般的，誰耐煩和你兩個只顧涎纏！

11 轉引自黃霖編：《金瓶梅資料彙編》，頁七十三—七十四。

雖然只是輕輕點觸，卻反映出她對漢子只在別房行走的苦悶。畢竟人非草木，豈能無動於衷。

西門慶六個妻妾，還有二房李嬌兒及四房孫雪娥。

李嬌兒原是勾欄裡賣唱的妓女，和另一個妓女卓丟兒一前一後被西門慶娶來家。李嬌兒的形象，在第九回潘金蓮初嫁到時有過形容：「生的肌膚豐肥，身體沉重，人前多咳嗽，上床懶追陪；雖數名妓者之稱，而風月多不及金蓮也。」看起來是肉重身肥，徐娘半老，不但身體有些病症，而且失去了性吸引力。李嬌兒戲分不多，張竹坡評其爲「死人」，指她既無活力又不具影響力。作家設計這個角色，還是從其妓女身分著眼，一來寫她老大嫁作商人婦，因出身低賤只能低調、安靜地陪襯在其他妻妾旁邊。且不說月娘等人經常有意無意譏其出身，連西門慶都能當衆把她房裡偷盜財物的丫頭攆出門，絲毫不留情面。從紅牌妓女回歸商人家庭，其中身分轉換的悲哀沒有人懂，就連自己的侄兒、頗得西門慶寵愛的妓女李桂姐也是一樣，只見其兀自批評阿姨懦弱：「你也忒不長俊。要著是我，怎教他把我房裡丫頭對衆撈慅一頓撈子？……你是好欺負的，就鼻子口裡沒些氣兒？」二來，即便遭人輕賤，李嬌兒仍有妓家貪財無義的本色，所以西門慶瀕死之際，獨她與潘金蓮不肯許願求上天保佑；西門慶死後，她不只拐盜財物、與吳二舅暗通款曲，並且成爲第一個出走別嫁的妻妾。這個角色僅有的張力，在她嚷亂一場嫁到張二官府後總算呈現出來，這個妓女揭開了西門府「樹倒猢猻散」的序曲。

孫雪娥原為元配陳氏的陪嫁丫頭，出身微賤，分不過通房，何必安排她當四房妻妾呢？張竹坡認為，「夫以西門之惡，不寫其妻作娼，何以報惡人」。然而安排吳月娘為娼於心不忍，李嬌兒本即妓女，潘金蓮自有冤家債主，「故用寫雪娥以至於為娼，以總張西門之報，且暗結宋惠蓮一段公案」，這是作者的菩薩心腸[12]。不過，這個角色還有她巨大的功能性——不斷被設計來對襯書中其他重要人物。例如她在西門慶面前極其作賤，顯現西門慶之於她的權力關係；在吳月娘面前賠盡小心，坐實妻／妾、主母／奴才之間的等級鴻溝；在潘金蓮面前處處挨打，反映一個家庭裡得勢與失勢的遙遠距離；在龐春梅面前唾面自乾，映襯出假主子的委屈無奈。張竹坡罵她「蠢人」絕不冤枉，宋惠蓮一句話就點出她的「毛病」：「我養漢養主子，強如你養奴才！」藉著這層性關係，孫雪娥的品格遭貶抑得極為卑下，西門慶死後她和僕人來旺「私奔」，更見「崇禎本」評點家笑話：「私奔乃千古才子佳人偶為奇事，豈愚夫愚婦所可效也，雪娥、來旺亦其敗也。」[13]作者這樣的設計，讓孫雪娥幾乎得不到讀者的同情。然而在西門府裡，她終究是一個活生生的人，一個有感知能力的人。第

12 清・張竹坡撰：〈批評第一奇書金瓶梅讀法〉，第十八，轉引自黃霖編：《金瓶梅資料彙編》，頁六十九。

13 明・佚名撰，齊煙、汝梅校點：《新刻繡像批評金瓶梅會校本》，第九十回，頁一二八三。

五十八回西門慶難得臨幸一夜，她不能高興一下，假裝自己眞是「四娘」？既然連假裝都不行，「假主子」找個「眞奴才」取暖又有什麼可笑？這樣一個情欲壓抑、生活苦悶的人能有什麼選擇？

第二節　姘婦與妓女

討論完西門慶的妻妾，接下來談談其他女人。西門慶以男性家長身分，對家中婦人頗多染指，收用的丫頭包括春梅、迎春、繡春、蘭香，可惜春梅之外幾人都沒有特別的形象和功能，這裡姑且放過。至於存在姦情的家人媳婦和夥計媳婦，宋蕙蓮和王六兒都性格凸出、角色鮮明，反觀來爵妻子及賁四妻子戲分較少，大致是供西門慶「消火」用的一次性產品，本節也就不論。倒是乳娘如意兒係張竹坡口中「頂缺之人」，在李瓶兒死後頗見描寫，一定要談。至於外頭的姘婦，主要是王招宣夫人林太太，和妓女李桂姐、吳銀兒、鄭愛月兒。

先談宋惠蓮。此姝本名金蓮，同樣出身市井，讀者因此很容易察覺她和潘金蓮形象疊映。兩人同樣「性明敏，善機變，會妝飾」，只不過宋惠蓮的年紀更輕、三寸金蓮更小。她嫁給西門慶家僕來旺一月有餘，看見玉樓、金蓮衆人打扮，也學著「把鬏髻墊的高高的，梳的虛籠籠的頭髮，把水鬢描的長長的，在上邊遞茶遞水」，很快便被西門慶睃在眼裡，並且引誘成奸。起初，潘金蓮爲討西門慶歡欣，加上宋惠蓮「每日只在金蓮房裡把小意兒貼戀」，所以倒還相安無事。直到出差回家的來旺得知奸情，醉中侈言：「我教他白刀子進去，紅刀子出來。好不好，把潘家那淫婦也殺了，我也只是個死。」潘金蓮才開始決定對付來旺和惠蓮。果然西門慶搆陷來旺入獄，經審判遭遞解徐州，宋惠蓮聞訊懸梁自縊被人救下，之後金蓮又挑撥雪娥及惠蓮相互辱罵，到此時「這婦人忍氣不過，尋了兩條腳帶，拴在門楹上，自縊身死，亡年二十五歲。」

臺灣作家侯文詠，把宋惠蓮比擬爲「誤入野獸叢林的小白兔」，對於婦人在這場爭吵後走向絕路，他有一個頗值參考的說法：

> 相對整個世界的黑暗，與西門慶之間的慾火所能提供的光熱顯得如此微弱、短暫。在吵完這場架後，宋惠蓮不只在看不見的「意義世界」找不到出路，她甚至在「現實世界」裡的任何一個階層，任何一個角落，也都失去可以容身的立足之地了。[14]

14 侯文詠：《沒有神的所在——私房閱讀《金瓶梅》》（臺北：皇冠文化出版公司，二〇〇九年七月），頁一九五—一九六。

作者安排宋惠蓮的目的，大抵正如張竹坡在第二十六回回評所說：「于此先寫一宋惠蓮，爲金蓮預彰其惡，小試其道，以爲瓶兒前車也。」而且作者寫惠蓮之死，不在聞來旺遭遞解之信時即死，而在與雪娥鬥氣後才死，「是惠蓮之死，金蓮死之，非惠蓮之自死也。」[15]此說殆無疑義，作者的設計也很成功，只是讀者不免要問：一個在蔡通判家「壞了事出來」，嫁給廚役蔣聰之後讓來旺「刮上了」，再嫁來旺之後又與西門慶有奸，這樣一個水性揚花的女人，做什麼爲來旺尋死？

宋惠蓮偷人，多是被動勾引，且有貪玩的成分；但從通姦來旺到通姦西門慶，顯然還有滿足虛榮的花心。惠蓮自從和西門慶私通——

> 常在門首成兩價拿銀錢買剪截花翠汗巾之類，甚至瓜子兒四五升量進去，教與各房丫鬟並眾人吃。頭上治的珠子箍兒，金燈籠墜子，黃烘烘的。衣服底下穿著紅潞紬褲兒，線納護膝。又大袖子袖著香茶木穉，香桶子三四個，帶在身邊。現一日也花消二三錢銀子，都是西門慶背地與他的。

雖然活像潘金蓮分身，但從她賣在蔡通判家房裡使喚，到嫁給蔣聰、來旺爲妻，始終都是奴才（及奴才的女人），潘金蓮卻不折不扣是她的主子。宋惠蓮「仗西門慶背地和他勾搭，把家中大小都看不到眼裡。逐日與玉樓、金蓮、李瓶兒、西門大姐、春梅在一處頑耍。」但從沒想過要變成主子。宋惠蓮愛美，跟女主人一樣愛美，喜歡蹭在女主人身邊一塊過日子，但沒眞正想過造次。有一回孟玉樓惱了罵她：「你這媳婦子，俺們在這裡擲骰兒，插嘴插舌，有你甚麼說處？」她馬上退回奴才的位階。宋惠蓮的理想生活也就是這樣——有個丈夫，偶爾和主子偷期並從那兒得些錢鈔，成天打扮得漂漂亮亮跟著主母們一起玩耍歡樂。這樣的圖景必須瞞著丈夫，但若連累丈夫受害生罪，她還是覺得愧疚。宋惠蓮並不愛西門慶，也不想失義於自己丈夫，所以她對西門慶虛情假意以求交換來旺的身家平安。到頭來發現自己終究是男人的玩物，運命始終懸於主子股掌之間，既因爲羞愧、也因爲認分所以選擇赴死。作者藉這個分身預告了她和正主的差異——形象那麼相似的兩個人，惠蓮知恥，金蓮卻是相反。何況，惠蓮還是個奴才呢！

接下來談王六兒。這婦人出場，是因東京蔡太師府裡大管家翟謙要娶二房，西門慶因此差媒婆尋個好女子，不想對象就是他絨線鋪夥計韓道國的女兒韓愛姐。第三十七回寫西門慶到韓道國家——

15 轉引自黃霖編：《金瓶梅資料彙編》，頁一四二。

王六兒引著女兒愛姐出來拜見，這西門慶且不看他女兒，不轉睛只看婦人。見他上穿著紫綾襖兒，玄色緞紅比甲，玉色裙子，下邊顯著趫趫的兩隻腳兒，穿著老鴉緞子羊皮金雲頭鞋兒。生的長挑身材，紫膛色瓜子臉，描的水鬢長長的。

西門慶「心搖目蕩，不能定止」，於是存心勾搭，後來婦人成爲他在外頭最看重的姘婦。《金瓶梅》寫西門慶性交，多落在潘金蓮和王六兒身上，王六兒究竟有什麼本事？清代評點家文龍早就點出：

後寫六兒之淫，合金蓮、瓶兒、惠蓮、書童諸人而兼之者也。上口下口，前門後門，山東所謂三開箱者，原不自六兒始，亦不至六兒終，而六兒實備於一身。[16]

這裡是說，除了傳統的性器官交合方式，王六兒還擅長口交和肛交，這兩個「毛病」恰好撞在西門慶心坎上。過去有學者指出，《金瓶梅》刪節本刪去了王六兒的「毛病」，才導致西門慶對王六兒的偏愛變成不可解釋[17]，也是這個道理。

然而，與其著眼於王六兒的性技巧和西門慶的性癖好，還不如回到張竹坡所說：「西門於六兒，借財圖色，而王六兒，亦借色求財。」[18]西門慶仗著財能奪色，床笫之間特別膽大妄爲；王六兒決心以色易財，枕席之上尤其殷勤服從。拿第三十八回那場性事爲例，西門慶準備了銀托子、相思套、硫黃圈、藥煮的白綾帶子、懸玉環、封臍膏、勉鈴等一弄兒淫器要打動婦人，結果王六兒照單全收，性交過程更是體貼萬分，一會兒說：「達達，我只怕你蹲的腿酸，拿過枕頭來，你墊著坐，等我淫婦自家動罷！」一會兒又說：「只怕你不自在，你把淫婦腿吊著肏，你看好不好？」才蹲跪在他面前，捧起那話兒便吮吞起來；復又倒轉身子，和西門慶兩個幹後庭花。一陣淫聲浪語叫達達後，西門慶一泄如注，拽出那話來還讓婦人替他把精液吮咂淨了。小說固然寫出王六兒的淫，但能讓西門慶道出「我和你明日生死難開」，又大方給她錢鈔及頭面衣服，甚至爲其買婢買房，進而同意把攬說事，關鍵絕不在於婦人的交合技巧，而是心思。

16 此爲文龍在第三十七回的回評，轉引自黃霖編：《金瓶梅資料彙編》，頁四四九。

17 田秉鍔：〈金瓶梅性描寫思辯〉，收入張國星主編：《中國古代小說中的性描寫》（天津：百花文藝出版社，一九九三年三月），頁二二四—二四四。

18 清·張竹坡撰：〈批評第一奇書金瓶梅讀法〉，第二十三，轉引自黃霖編：《金瓶梅資料彙編》，頁七十一。

潘金蓮和王六兒都是深諳枕邊風月的婦人，同樣自覺地掌握身體，然而潘金蓮更多是爲了塡補個人情感欲望，王六兒則是用以交換「對於家庭的最大的錢財收益」[19]。說王六兒的「借色求財」沒有問題，說她用身體交換整個家庭利益，似乎言過其實？不過，王六兒的確在韓道國送女兒完婚回來後，主動道出姦情始末，結果夫妻倆都同意「怎麼趕的這個道路」！第五十九回寫韓道國販貨來家，作者交代：「夫婦二人飲了幾杯闊別之酒，收拾就寢。是夜歡娛無度，不必用說。」第八十一回又寫韓道國販貨回家，與老婆商量西門慶身故一事，竟然還是王六兒提議拐走銀子上東京投奔女兒。更不說第九十八回，韓道國一家三口淪落臨清大碼頭，依舊靠老婆賣身賺錢，「謂之隱名娼妓，今時呼爲私窠子是也」。

如何理解這對夫妻？也許可以和「崇禎本」評點家一樣說法：「老婆偷人，難得道國亦不氣苦。予嘗謂好色甚於好財，觀此則好財又甚於好色矣。」[20]然而不得不承認，兩人之間畢竟情深意重。或許，這就是市井社會的生存邏輯：只要能守護這個家，何仿我遭人淫、汝受人侮？如此一來，誰說韓道國和王六兒之間不也是一種「幸福」？

再來談談乳娘如意兒。這婦人是第三十回西門慶兒子出世時，被吳月娘以六兩銀子買來，時年三十，只比西門慶小一歲。第六十二回李瓶兒死後，如意兒爲了留下來，無人處常在西門慶跟前遞茶遞水，果然第六十五回西門慶夜裡一時興動，「摟過脖子就親了個嘴，遞舌頭在他口內。老婆就咂起來，一聲兒不言語。」於是令婦人脫去衣裳上炕同睡，兩人雲雨一處。此時如意兒挑明道：「小媳婦情願不出爹家門，隨爹收用便了。」西門慶囑其用心伏侍，「當下這老婆枕席之間無不奉承，顛鸞倒鳳，隨手而轉」，令西門慶十分歡喜。之後在第六十七回，西門慶酒後又來瓶兒房裡睡，如意兒一邊頻獻慇勤，一邊不忘在西門慶耳邊說道：「奴婢男子漢已沒了，早晚爹不嫌醜陋，只看奴婢一眼兒就夠了。」接下來第七十五回又得臨幸，西門慶這回開口了：「你若有造化，也生長一男半女，我就扶你起來，與我做一房小，就頂你娘的窩兒，你心下如何？」如意兒道：「奴男子漢已是沒了，娘家又沒人，奴情願一心只伏侍爹。再有甚麼二心，就死了不出爹這門。」這西門慶見他言語兒投著機會，又有和李瓶兒一樣的白淨皮肉兒，加上頗知風月，心中越發喜歡。

必須一提，相較於西門慶淫過的家人媳婦及夥計媳婦，如意兒要算是比較正經的。例如宋惠蓮，已知她先在蔡通判家壞了事，嫁給蔣聰後又和來旺有首尾。再如王六兒，則是舊與小叔有奸，韓道國凡鋪中上宿，「他便時常走來，與婦人吃酒，到晚夕刮涎就不去了。」至於賁四嫂子，「原來奶子出身，與賁四私通，被拐出來，占為妻子」，私下又與小廝玳安傳出姦情。還有來爵媳婦惠元：「這老婆當初在王皇親家，因是養了主子，被家人不忿嚷鬧，

19 林偉淑：《《金瓶梅》女性身體書寫的敘事意義》（臺北：臺灣學生書局，二〇一七年二月），頁一五一。

20 明．佚名撰，齊煙、汝梅校點：《新刻繡像批評金瓶梅會校本》，第三十八回，頁四九七。

打發出來。」以上諸人都是西門慶先行勾引，然而她們本即行爲不檢，所以一拍即合。如意兒不同，她原是小人家媳婦兒，因「新近丟了孩兒，不上一個月。男子漢當軍，過不的，恐出征去無人養贍，只要六兩銀子，要賣他。」並無劣行前科。然而爲了能夠留在西門府，她不但主動勾搭主子，並且使出渾身解數賣弄風月——不只口交、吮精，甚至任西門慶溺尿在她嘴裡、隨西門慶揀她身子燒香。一個小戶人家出身、沒有不良記錄的婦女，竟只因餵哺的工作丟了、主母又接著抱病亡故，淪落成一個用身體謀活路的可憐人。她「犯賤」是爲了求生存，因此讓人份外同情。

攀上枝頭的如意兒，在某些地方倒和宋惠蓮相似。例如第六十五回才和西門慶睡了一次，自恃得寵，「就不同往日，打扮喬模喬樣，在丫鬟夥兒內說也有，笑也有。」第六十七回睡了第二次，便開始「問西門慶討蔥白紬子，做披襖兒與娘穿孝」，西門慶一一許他，更且「瞞著月娘，背地銀錢、衣服、首飾甚麼不與他」。到了第七十五回，已經對主子品頭論足了：

（西門慶）誇道：「我的兒，你達達不愛你別的，只愛你這好白淨皮肉兒，與你娘的一般樣兒。我摟著你，就如同摟著他一般！」如意兒笑道：「爹沒的說，還是娘的身上白。我見五娘雖好模樣兒，也中中兒的紅白肉色兒，不如後邊大娘、三娘到白淨肉色兒，三娘只是多幾個麻兒。倒是他雪姑娘生的清秀，又白淨，五短身子兒。」

這大概是「麻雀變鳳凰」後的通性，然而如意兒相對穩當些，並不輕易挑釁家中女主人，也不敢讓西門慶爲難。第七十四回她見西門慶偏著潘金蓮：「（她）嘴頭子雖利害，倒也沒什麼心。」馬上見風轉舵地說：「前日我和他嚷了，第二日爹到家，就和我說好話。」不過，如意兒之所以沒有遭潘金蓮毒手，除了因她相對低調，主要還是西門慶在第七十九回就身亡的緣故。

接下來，把目光轉向府外的女人，先看看西門慶死前十回才出場的林太太。

林太太是已故王招宣的夫人，「今年不上四十歲，生的好不喬樣，描眉畫眼，打扮狐狸也似。」極好風月，平昔由媒婆文嫂替她做牽頭。林太太有個不成才的兒子王三官，終日流連妓院，現正佔著西門慶乾女兒、麗春院妓女李桂姐，反倒把東京六黃太尉侄女兒、一個「上畫般標致」的老婆抛閃在家，甚至逼得「爲他也上了兩三遭吊」。妓女鄭愛月兒向西門慶透露這些訊息後說：「爹難得先刮剌上了他娘，不愁媳婦兒不是你的。」李桂姐乃鄭愛月兒競爭對手，鄭氏這一石二鳥之計，同時懲治了李桂姐和王三官。結果西門慶先得手林太太，接著納王三官爲義子，本還覬覦王三官娘子黃氏，只可惜在第七十八回「兩戰林太太」

後不久即一命嗚呼！

潘金蓮從九歲被賣在王招宣府裡，到十五歲王招宣死了又被母親轉賣張大戶。張竹坡批評「金蓮不是人」，認爲小說寫林太太是爲了交代金蓮這六年在什麼環境生長，「作者蓋深惡金蓮，而並惡及其出身之處，故寫林太太也。」[21]不過在今日學者看來，西門慶「鏖戰」林太太，意圖染指王三官娘子，另有挑戰豪門、攻克貴冑的象徵意義，田曉菲就說：西門慶藉著征服林太太，等於征服招宣府「世代簪纓、先朝將相」的高貴社會地位，這是他結交再多權貴、累積再多財富也搆不著的世家地位[22]。第六十九回寫文嫂導引西門慶到王招宣府後堂，西門慶掀開簾櫳而入。只見——

> 裡面燈燭熒煌，正面供養著他祖爺太原節度邠陽郡王王景崇的影身圖，穿著大紅團龍蟒衣玉帶，虎皮校椅，坐著觀看兵書，有若關王之像，只是髯須短些；傍邊列著鎗刀弓矢。迎門朱紅匾上書「節義堂」三字。兩壁書畫丹青，琴書瀟灑。左右泥金隸書一聯：「傳家節操同松竹，報國勛功并斗山。」

這幅圖象背後的權貴底蘊，完全不是土豪、富商、官僚三位一體的「暴發戶」所能望其項背。接著，西門慶進入林太太房內，但見——

簾幙垂紅，地平上氈毹匝地，麝蘭香靄，氣暖如春。繡榻則斗帳雲橫，錦屏則軒轅月映。婦人頭上戴著金絲翠葉冠兒，身穿白綾寬袖襖兒，沉香色遍地金妝花緞子鶴氅，大紅宮錦寬襴裙子，老鴉白綾高底扣花鞋兒。

這通身尊貴氣派，西門慶妻妾、家人老婆、妓院粉頭同樣望塵莫及。不過，西門慶在林太太房內說道：「尊家乃世代簪纓，先朝將相，何等人家！」固是眞心。然而他隨後奸淫王招宣夫人，令王招宣兒子爲認賊作父，用其精血玷污了世家貴族的宗法倫理，也是事實。

不論係因作者深惡金蓮，故醜其出身之處；還是小說反映了明代中葉以後，暴發商人一躍而爲社會主體的事實。最難堪的地方在於，縉紳之家、功勛之後的敗德不倫，竟然是由妓女公諸於世，林太太比起鄭愛月兒簡直不遑多讓！當鄭愛月兒向西門慶這個「富而多詐奸邪輩，壓善欺良酒色徒」，告以林太太乃「綺閣中好色的嬌娘，深閨內𠩄毬的菩薩」這個巧宗兒，西門慶後來那句「何等人家！」便顯得份外諷刺。誠然，從封建貴族階級道德崩壞的角

21 清・張竹坡：〈批評第一奇書金瓶梅讀法〉，第二十三，轉引自黃霖編：《金瓶梅資料彙編》，頁七十一。

22 【美】田曉菲：《秋水堂論金瓶梅》（天津：天津人民出版社，二〇〇三年一月），頁二〇五。

度來看，林太太委實很難獲得同情，尤其當讀者看她荒唐地要兒子拜奸夫爲義父，胡亂地答應西門慶在自己身上燒香。不過，純粹回歸人性、回到個體情感需求的層面來看，林太太的「自由」誠遠不如前面提到的宋惠蓮、王六兒、賁四嫂子及來爵媳婦。

最後看看和西門慶往來的幾名妓女。

西門慶先後娶了八個婦人來家，其中就有李嬌兒、卓丟兒出身青樓，果然是專一嫖風戲月的浮浪子弟。李、卓之後再有妓女登場是小說第十一回，這回作者介紹了以西門慶爲首的「十兄弟」，當日輪到花子虛在家擺酒會茶——「東家安席，西門慶居首席。一個粉頭，兩個妓女，琵琶箏阮，在席前彈唱。端的說不盡梨園嬌艷，色藝雙全。」酒過三巡、歌吟兩套之後，西門慶問起花子虛粉頭來歷，只見應伯爵跳出來說分曉：

> 大官人多忘事，就不認的了。這擽箏的是花二哥令翠，勾欄後巷吳銀兒；那撥阮的，是朱毛頭的女兒朱愛愛；這彈琵琶的，是二條巷李三媽的女兒，李桂卿的妹子，小名叫做桂姐。你家中現放著他親姑娘，大官人如何推不認的？

三人之中，吳銀兒和李桂姐是貫穿全書，且見證西門慶這五、六年暴發風光的妓女。吳銀兒現正被花子虛包養，李桂姐則在這場兄弟會後被西門慶梳籠。

李桂姐最符合一般讀者對妓女的想像，其言語伶俐、拿喬做態、趨炎附勢、不知羞恥等特質，可謂凌駕諸妓之上。西門慶最初留戀於桂姐，乃因其「說話兒乖覺伶變」，故初次見面就到院中歇了一宿，並在次日即拿五十兩銀子梳籠她。此後爲桂姐所迷，一連半個月不曾回家；之後爲討粉頭歡喜，更剪了金蓮一綹頭髮，任她放在鞋底每日踩踏。誰知每月另得二十兩銀子定錢的李桂姐，私下又接了杭州販紬絹的丁相公兒子丁二官人，被西門慶瞧見後，「一手把吃酒桌子掀倒，碟兒盞兒打的粉碎。喝令跟馬的平安、玳安、畫童、琴童四個小廝上來，不由分說，把李家門窗戶壁床帳都打碎了。」賭誓再不踏進麗春院。接著西門慶任官提刑副千戶，李桂姐竟拜大房吳月娘爲乾娘，且爲賣弄身分，一會兒吩咐丫頭：「玉簫姐，累你，有茶倒一甌子來我吃。」「小玉姐，你有水盛些來我洗這手。」一會兒又指使衆妓：「銀姐，你三個拿樂器來唱個曲兒與娘聽，我先唱過了。」好不得意。後來王三官娘子黃氏因丈夫流連煙花，狀告其叔東京六黃太尉，於是官府把幫嫖的一干人等從李桂姐家帶走，她自己則奔至西門慶家求情。這下接到第五十二回西門慶與李桂姐一場狼狽的性交——在那頓豐盛的宴席中，西門慶拉著來家的李桂姐往藏春塢走，雪洞裡關上門便成其美事。西門並非有意於桂姐，一方面是剛得胡僧藥急欲賣弄本事，另一方面是權作擺平桂姐災厄的報酬。對李桂姐而言，淪落在山洞替人試藥並抵消人情，已經非常難堪；不想這一幕竟讓應伯爵當場撞見，並遭這花子強按住親個嘴兒，粉頭在這票幫閒面前擺出的高傲姿態，頓時化爲一齣荒謬鬧劇。

相較之下，和李桂姐同時登場的吳銀兒，兩人命運在那一頁翻過後反轉。李桂姐成功攀上西門慶這條線，吳銀兒卻因花子虛病故，妓家事業明裡暗裡不斷遭李桂姐擠兌。最明顯的轉折在第三十二回，李桂姐趨炎認親，拜西門慶大房娘子吳月娘爲乾娘，自此即不斷給吳銀兒小鞋穿。後經應伯爵指點，吳銀兒於第四十二回拜西門慶六房娘子李瓶兒爲乾娘，從此吳銀兒有了自己的戲，讓讀者見識到妓家不同於李桂姐的另一面。幾個令人印象深刻的橋段是：第四十四回，李桂姐和吳銀兒留宿西門慶家，當晚西門慶本欲到李瓶兒房裡睡，不想卻被李瓶兒攛掇到潘金蓮房裡，之後「母女」兩人你一鍾我一盞，說了一夜心事。第四十五回，吳月娘欲留下兩個「女兒」晚夕伴衆娘子「走百病」，結果這廂是李瓶兒趕著回家，那廂卻是吳銀兒自願留下來。後來李瓶兒備下「一套上色織金緞子衣服，兩方銷金汗巾兒，一兩銀子」，只見吳銀兒推卻了衣服，反倒要一件舊的白綾襖兒，於是瓶兒拿一疋整白綾來，要銀兒教裁縫裁兩件好襖兒。第五十九回官哥兒情況不妙，小廝接了吳銀兒來家陪李瓶兒，官哥夭亡後吳銀兒更是隨侍在側，甚至拉著她手勸道：「娘，少哭了。哥哥已是抛閃了你去了，那裡再哭得活？你須自解自嘆，休要只顧煩惱了。」第六十二回李瓶兒病危，西門慶意欲叫吳銀兒來家陪伴李瓶兒，李瓶兒貼心地拒絕了，理由竟是不想誤了妓家生意。但是從第六十四回西門慶和應伯爵的對話，得知吳銀兒於李瓶兒發喪後，在西門慶家住了很久；第六十八回寫西門慶在鄭愛月兒家會了吳銀兒，看她頭上戴著白縐髻，才知道吳銀兒這一向都在爲李瓶兒帶孝[23]。以上種種，說明妓家兩樣風景，一個無情，一個有義，對照起來使小說更加好看。

既有李桂姐與吳銀兒這樣的「一體兩面」，其他如朱愛愛、鄭愛香兒、韓金釧兒、韓玉釧兒、董嬌兒等妓女就很難有鮮明獨特的形象，多半跟著李桂姐或吳銀兒一起出場。倒是鄭愛香兒的妹妹鄭愛月兒，雖然遲至第五十八回才登場，但是馬上吸引西門慶的注意。這回寫西門慶生日，幾天前預先叫上鄭愛月兒、齊香兒、董嬌兒、洪四兒四個唱的來家，沒想偏偏鄭愛月兒不到，惹得西門慶大怒，叫排軍要把妓女拿來。後來鄭愛月兒到了，「穿著紫紗衫兒，白紗挑線裙子，頭上鳳釵半卸，寶髻玲瓏，腰肢嬝娜，猶如楊柳輕盈；花貌娉婷，好似芙蓉艷麗。」西門慶斥問：「我叫你，如何不來？這等可惡，敢量我拿不得你來！」結果鄭愛月兒磕了頭起來，「一聲兒也不言語，笑著同衆人一直往後邊去了」，如同沒事人一般。然而西門慶不只沒有苛責，過兩天，還特地到院中鄭愛月兒家，先由姊姊鄭愛香兒和老鴇和接待奉茶，接著才引進後邊——

23 必須一提，花子虛生前冷落瓶兒，可謂全爲吳銀兒之故，所以李瓶兒和吳銀兒交好仍有嘲諷性質。

原來鄭愛香兒家，門面四間，到底五層房子。轉過軟壁，就是竹槍籬，三間大院子，兩邊四間廂房。上首一明兩暗，三間正房，就是鄭愛月兒的房。——他姐姐愛香兒的房，在後邊第四層住。——但見簾櫳香靄，進入明間內，供養著一軸海潮觀音；兩旁挂四軸美人，按春、夏、秋、冬：惜花春起早，愛月夜眠遲，掬水月在手，弄花香滿衣。上面挂著一聯：「卷簾邀月入，諧瑟待雲來。」上首列四張東坡椅，兩邊安二條琴光漆春凳。西門慶坐下，看見上面楷書「愛月軒」三字。坐了半日，忽聽簾櫳響處，鄭愛月兒出來：不戴鬏髻，頭上挽著一窩絲杭州攢，梳的黑鬖鬖光油油的烏雲；露著四鬢，雲鬢堆縱猶若輕烟密霧，都用飛金巧貼；帶著翠梅花鈿兒，周圍金累絲簪兒齊插，後鬢鳳釵半卸；耳邊帶著紫瑛石墜子；上著白藕絲對衿仙裳，下穿紫綃翠紋裙，腳下露一雙紅鴛鳳嘴；胸前搖琱瑺寶玉玲瓏；正面貼三顆翠面花兒，越顯那芙蓉粉面；四周圍香風縹緲，偏相襯楊柳纖腰。

張竹坡說：「其寫月兒，則另用香溫玉軟之筆，見西門一味粗鄙，雖章台春色，猶不能細心領略，故寫月兒，又反襯西門也。」[24]認爲鄭愛月兒這個角色設計，意在藉妓女的靈性慧黠凸顯西門慶之粗鄙俗氣。如果說李桂姐心機，吳銀兒情義，那麼把鄭愛月兒寫得性靈文雅，確實可收區隔之效，至於是否眞要藉此反襯西門之俗鄙，倒不那麼重要了。

如前所述，鄭愛月兒的主要功能在第六十八回「賣俏透蜜意」，因爲她向西門慶透露王三官母親好風月、妻子上畫般標致，才成功借西門慶之手拆散了王三官和李桂姐。但更有意思的是，縉紳之家、功勛之後的敗德不倫竟由妓女向暴發商人揭露，這角色倒成明代社會階級升降的見證者。

第三節　幫閒：應伯爵

一連看了那麼多婦人，最後回來見識《金瓶梅》中最獨特的群體——那些蹭在富貴人家身邊幫嫖貼食的幫閒。這樣一個集體形象，在西門慶「十兄弟」登場不久即被作者彰顯出來，小說第十二回寫西門慶留戀妓女李桂姐，衆兄弟終日哄著他在麗春院喝酒調笑，這時粉頭一個笑話揭穿幫閒「白嚼」的心理，幾個人只好湊錢還出東道。只見應伯爵向頭上，扳下一根一錢重的鬧銀耳斡兒來；謝希大一對鍍金網巾圈，秤了秤只九分半；祝日念袖中掏出一

24 清・張竹坡撰：〈批評第一奇書金瓶梅讀法〉，第二十二，轉引自黃霖編：《金瓶梅資料彙編》，頁七十。

方舊汗巾兒，算兩百文長錢；孫寡嘴腰間解下一條白布男裙，當兩壺半罈酒；常時節無以爲敬，問西門慶借了一錢成色銀子。妓家街上買一錢螃蟹、一錢銀子豬肉，宰一隻雞，又賠出些小菜，大盤小碗拿上來後，說時遲那時快——

人人動嘴，個個低頭。遮天映日，猶如蝗蝻一齊來；擠眼掇肩，好似餓牢纔打出。這個搶風膀臂，如經年未見酒和肴；那個連三筷子，成歲不逢筵與席。一個汗流滿面，恰似與雞骨朵有冤仇；一個油抹唇邊，恨不把豬毛皮連唾咽。吃片時，杯盤狼藉；啖良久，箸子縱橫。杯盤狼藉，如水洗之光滑；箸子縱橫，似打磨之乾淨。這個稱爲食王元帥，那個號作淨盤將軍。酒壺翻曬又重斟，盤饌已無還去探。正是：珍羞百味片時休，果然都送入五臟廟。

這些酒食出在自己身上，爲了撈本，幫閒們爭先恐後的舉措可以理解。類似情景於小說隨處可見，第五十二回便見應伯爵、謝希大在西門慶家聯手狠了七碗醬汁鹵肉麵，然而他們可都是吃了早飯才過來的。第四十二回寫西門慶吩咐廚下安排飯食給謝希大，菜色除春盤小菜，還有兩碗稀爛下飯、一碗川肉粉湯、兩碗白米飯，結果謝希大不但獨自一人吃了個裡外乾淨，「剩下些汁湯兒，還泡了碗吃了。」真正是個吃貨。而且往往有吃還有得拿，例如第四十六回：「伯爵與希大二人整吃了一日，頂顙吃不下去。見西門慶在椅子上打盹，趕眼錯把菓碟兒帶減碟倒在袖子裡，都收拾了個淨光。」當然，最經典的一幕是西門慶死後，第八十回讓人見識到這些兄弟們打的算盤：

> 伯爵先開口說道：「大官人沒了，今二七光景。你我相交一場，當時也曾吃過他的，也曾用過他的，也曾使過他的，也曾借過他的，也曾嚼他過的。今日他沒了，莫非推不知道？灑土也瞇瞇後人眼睛兒，不然，他就到五閻王根前，也不饒你我了。你我如今這等計較，每人各出一錢銀子，七人共湊上七錢。使一錢六分，連花兒買上一張桌面，五碗湯飯，五碟菓子；使了一錢，一付三牲；使了一錢五分，一瓶酒；使了五分，一盤冥紙香燭；使了二錢，買一個軸子，再求水先生作一篇祭文；使一錢二分銀子顧人抬了去大官人靈前。眾人祭奠了，咱還便益：又討了他值七分銀一條孝絹，拿到家做裙腰子；他莫不白放咱們出來？咱還吃他一陣；到明日出殯，出頭饒飽餐一頓，每人還得他半張靠山桌面，來家與老婆孩子吃，省兩三日買燒餅錢。這個好不好？」眾人都道：「哥說的是！」

看他們如此認眞，再讀讀水秀才諷刺他們寫的祭文，幫閒騙吃騙喝的行徑令人印象深刻。

幫閒中形象最鮮明的正是應伯爵，他原爲開綢緞鋪應員外的第二個兒子，因賠了本錢跌落下來，專在本司三院幫嫖貼食，因此人們給他起了一個渾名「應花子」。此人會一腿好氣毬，雙陸棋子，件件皆通。「崇禎本」第一回提到吳月娘對這群幫閒的反感：「你也便別要說起這干人，那一箇是那有良心的行貨！無過每日來勾使的遊魂撞屍。」然而西門慶聽了頗不耐煩，回道：「依你說，這些兄弟們沒有好人。別的倒也罷了，自我這應二哥這一箇人，本心又好，又知趣著人，使著他，沒有一箇不依順的，做事又十分停當。」在這段評價中，「知趣」是核心關鍵，投主子所喜不能淪爲一味奉承巴結，時機、火候、深淺都必須恰到好處。

第十六回寫花子虛死後，李瓶兒急著想嫁西門慶，然而西門慶顧慮婦人孝服未滿，唯恐花家大伯會有意見。趁著百日燒靈，西門慶確定花家人不成問題，因此滿心歡喜。此時，在過道內偷聽的應伯爵跳出來表態——

「哥，你可成個人！有這等事，就挂口不對兄弟們說聲兒？就是花大有些甚說話，哥只吩咐俺們一聲，等俺們和他說，不怕他不依。他若敢道個不是，俺們就與他結一個大疙瘩。端的不知哥這親事成了不曾？哥一一告訴俺們。比來相交朋友做甚麼？哥若有使令俺們處，兄弟情願火裡火去，水裡水去；願不求同日生，只求同日死！弟兄們這等待你，哥，你不說個道理，還只顧瞞著不說。」

表面上是怪罪門門慶放著兄弟不用，其實是拐個彎告訴西門慶：不論你幹什麼偷雞摸狗的勾當，兄弟們永遠支持。果然，西門慶才剛娶李瓶兒進門，第二十回的會親酒宴，這廝見李瓶兒出來上拜，恨不得多生出幾張口來誇獎奉承——

說道：「我這嫂子，端的寰中少有，蓋世無雙！休說德性溫良，舉止沉重；只這一表人物，普天之下也尋不出來。那裡有哥這樣大福？俺們今日得見嫂子一面，明日死也得好處！」

其他妻妾聽了，自然「罵扯淡輕嘴的囚根子不絕」。不過沒有關係，應伯爵這話原本就只說給西門慶聽。同理，第六十二回寫李瓶兒病危，西門慶花三百二十兩銀買了一付棺材板，分明奢靡太過，但既然他說「這板也看得過了」，應伯爵也忙著喝采：「原說是姻緣板。大抵一物還有一主。嫂子嫁哥一場，今日情受這副材板夠了。」西門慶就想爲李瓶兒做點什麼，應伯爵只是將主子的行爲合理化。然而婦人終究死了，西門慶傷心欲絕，茶水不進，飯也不吃，逼的小廝趕忙去把應伯爵和謝希大請來家。結果應伯爵一到——「進門撲倒靈前地下，哭了半日，只哭：『我的有仁義的嫂子！』」雖然馬上惹來潘金蓮和孟玉樓罵道：「賊油嘴的囚根子，俺們都是沒仁義的！」但是西門慶聽了卻很受用。[25]

這裡有一段作家的精心安排——因爲西門慶不吃飯，小廝玳安自作主張派人請應伯爵和謝希大來，吳月娘聞訊很不開心，罵道：「硶說嘴的囚根子！你是你爹肚裡蛔蟲？俺們這幾個老婆，倒不如你了！你怎的就知道他兩個來纔吃飯？結果玳安回答的妙：「娘們不知，爹的好朋友，大小酒席兒，那遭少了他兩個？爹三錢，他也是三錢，爹二星，他也是二星。爹隨問怎的著了惱，只他到，略說兩句話兒，爹就眉花眼笑的。」果然，聽西門慶訴其衷腸之後，應伯爵對其曉以大義，結果呢——

> 當時被伯爵一席話，說的西門慶心地透徹，茅塞頓開，也不哭了。須臾，拿上茶來吃了，便喚玳安：「後邊說去，看飯來，我和你應二爹、溫師父、謝爹吃。」伯爵道：「哥原來還未吃飯哩。」西門慶道：「自後你去了，亂了一夜，到如今誰嘗甚麼兒來！」伯爵道：「哥，你還不吃飯，這個就糊突了。常言道：寧可折本，休要饑損。《孝經》上不說的：教民無以死傷生，毀不滅

性。死的自死了，存者還要過日子。哥要做個張主！」正是：數語撥開君子路，片言提醒夢中人。

西門慶那句「自從你去了……」很有意思，有應伯爵在，西門慶就覺得日子好過些，如同他對吳月娘說的：「使著他，沒有一箇不依順的，做事又十分停當。」所以，才剛辦完李瓶兒喪事，第六十七回開篇便見西門慶一早吩咐小廝：「你去叫來安兒，請你應二爹去。」

前面這個例子，反映出幫閒知趣於主子對女人的愛。除此之外，應伯爵對西門慶暴發後的志得意滿，尤其是那股逞強賣弄心理，掌握得更加到位。第三十一回寫西門慶出任山東提刑副千戶，差人製做官帽，攢造官服，「又叫了許多匠人，釘了七八條都是四尺寬玲瓏雲母、犀角、鶴頂紅、玳瑁、魚骨香帶」。一日早上西門慶在捲棚看匠人釘帶，應伯爵帶吳典恩來向西門慶借銀子，吃完茶，應伯爵並不提借銀之事，走下來看匠人釘帶。西門慶見他拿

25 有學者認爲，下嫁西門慶之前的李瓶兒何來「德性溫良，舉止沉重」？李瓶兒又如何是「有仁義的嫂子」？因此推論應伯爵此舉「是對西門慶和李瓶兒的反諷」。詳參王平：《蘭陵笑笑生與《金瓶梅》》（鄭州：中州古籍出版社，二〇一八年九月），頁一六五。不過，應伯爵在全書始終沒有諷刺西門慶及其妻妾的動機，他無論說什麼話都只圖順西門慶之意，上述王平的講法純粹提供讀者參考。

起帶來看，便一徑賣弄，說道：「你看我尋的這幾條帶如何？」伯爵極口稱贊誇獎——

說道：「虧哥那裡尋的，都是一條賽一條的好帶！難得這般寬大。別的倒也罷了，只這條犀角帶并鶴頂紅，就是滿京城拿著銀子也尋不出來。不是面獎，說是東京衛主老爺玉帶金帶空有，也沒這條犀角帶。這是水犀角，不是旱犀角。旱犀角不值錢。水犀角號作通天犀，你不信，取一碗水，把犀角安放在水內，分水為兩處，此為無價之寶。又夜間燃火照千里，火光通宵不滅。」

一個好的幫閒不只要「會一腿好氣毬，雙陸棋子，件件皆通」，不只要「陪主人念念書，下下棋，畫幾筆畫」，還要見過世面，具備豐富的生活知識，懂得賞鑑古玩珍奇。應伯爵因為識貨，所以曉得犀角帶乃稀罕之物；然而為了巧妙奉承，除了佯稱其為無價之寶，還要故意一問：「哥，你使了多少銀子尋的？」西門慶得意之餘，要他估估價值，這時伯爵又滑頭地說：「這個有甚行款，我們怎麼估得出來！」西門慶於是更得意了——

西門慶道：「我對你說了罷，此帶是大街上王招宣府裡的帶。昨日晚間，一個人聽見我這裡要帶，巴巴來對我說。我著賁四拿了七十兩銀子，再三回了他這

> 條帶來。他家還張致不肯，定要一百兩。」伯爵道：「且難得這等寬樣好看。哥，你到明日繫出去，甚是霍綽。就是你同僚間，見了也愛。」於是誇美了一回，坐下。

同樣的例子在第七十三回，應伯爵看見西門慶白綾襖子上，「罩著青緞五彩飛魚蟒衣，張爪舞牙，頭角崢嶸，揚鬚鼓鬣，金碧掩映，蟠在身上」，諕了一跳，便問此物何來。西門慶笑著要他猜，伯爵說如何猜得著，原來這是西門慶到東京的時候，何太監把自己的飛魚蟒衣送給他。結果伯爵極口誇獎：「這花衣服，少說也值幾個錢兒。此是哥的先兆，到明日高轉，做到都督上，愁沒玉帶蟒衣，何況飛魚？穿著界兒去了！」

除了象徵提刑官權威身分的犀角帶、反映政壇新貴尊崇地位的飛魚蟒衣，應伯爵對暴發商人的日常用度也很有認識。別的不說，單論吃他就是一個專家。第五十四回講應伯爵做東請眾兄弟吃酒，包括「蒜燒荔枝肉、蔥白椒料桂皮煮的爛羊肉、燒魚、燒雞、酥鴨、熟肚」在內，大部分的酒菜其實都是他調理出來的——「原來伯爵在各家吃轉來，都學了這些好烹庖了，所以色色俱精，無物不妙。」第三十四回更有一個很好的例子，只見應伯爵來西門慶家，主人興緻高昂地開了一罈木樨荷花酒，並交代廚下把「糟鰣魚」蒸來吃。然而在這之前，西門慶才送了兩尾鰣魚給應伯爵，因此他說：

伯爵舉手道：「我還沒謝的哥。昨日蒙哥送了那兩尾好鰣魚與我，送了一尾與家兄去；剩下一尾，對房下說拿刀兒劈開，送了一段與小女；餘者打成窄窄的塊兒，拿他原舊紅糟兒培著，再澆些香油，安放在一個磁罐內，留著我一早一晚吃飯兒。或遇有個人客兒來，蒸恁一碟兒上去，也不枉辜負了哥的盛情。」

兩尾鰣魚，竟讓他珍重若是，讀者自然充滿好奇。到了第五十二回，寫應伯爵同謝希大在西門慶家整吃一日，正在暢快飲酒中間，伯爵拿筷子撥了半段鰣魚給樂工李銘，說道：「我見你今年還沒食這個哩，且嘗新著。」結果——

西門慶道：「怪狗才，都拿與他吃罷了，又留下做甚麼？」伯爵道：「等住回吃的酒闌上來，餓了，我不會吃飯兒？你們那裡曉得，江南此魚，一年只過一遭兒！吃到牙縫兒裡，剔出來都是香的。好容易！公道說，就是朝廷還沒吃哩！不是哥這裡，誰家有？」

據說：「魚之美者：鰣魚，四月出，時郭公鳥鳴，捕魚者以此候之。魚遊江底，最惜其鱗，才掛網，即隨水而上，甫出水，死矣。鱗如銀，纖明可愛，女工以爲花靨。」[26]應伯爵一面珍惜此物，同時也不「忘本」——除了西門大官人府上，哪裡容易得此鮮物！當然，應伯爵說「就是朝廷還沒吃哩」也不假，因為清初江寧織造曹寅向宮中進貢鰣魚二百尾，還只是醃漬的呢[27]！

蹭吃蹭喝，靠無賴；逗主子開心滿意，要識趣；找縫子賺一點中人錢，則要機運和手段。第三十一回，吳典恩託應伯爵向西門慶借一百兩銀子，應伯爵從中得了十兩「保頭錢」。第三十三回，應伯爵介紹湖州客人何官兒發賣五百兩銀子絲線，被西門慶把價錢壓到四百五十兩，「誰知伯爵背地與何官兒砸殺了，只四百二十兩銀子，打了三十兩背公。」明明實賺三十兩銀子，他又騙另一個中間人來保說只得九兩銀，兩人平分之後，應伯爵實得二十五兩半銀錢。更荒謬的是，借錢要抽成倒也罷，還錢時竟還要些好處？第六十七回寫李智、黃四找西門慶還一千兩銀子，同時又拜託西門慶處理一宗官司，然而因為跳過了應伯爵，竟被要脅擺一桌酒讓他和兄弟們快活一日。

如此這般趨利之徒，在主子倒下之後，自然也能很快做出反應。第七十九回寫李三和西

26 明・顧起元撰，孔一校點：《客座贅語》，收入上海古籍出版社編：《明代筆記小說大觀》（上海：上海古籍出版社，二〇〇七年二月），頁一二〇二。

27 伊永文：《明清飲食研究》（臺北：洪葉文化事業公司，一九九八年二月），頁二八七。

門慶家人來爵、春鴻在宋御史那裡討得古器的批文回來，回程路上聽聞主子已死，便決定騙稱未得到這個批文，逕把這個批文帶到張二官府投奔。結果小廝春鴻倒有良心，回家把這消息轉稟吳大舅，結果應伯爵自願出面解決。然而他的做法是，私下教李三送二十兩銀子給吳大舅遮掩此事，最後自己夥同李三、黃四一起投靠張二官。「應伯爵無日不在他那邊趨奉，把西門慶家中大小之事，盡告訴與他。」所以，張二官先娶了西門慶的二房李嬌兒，又連同徐內相承接了東平府的古器買賣，又向東京尋人情打算討西門慶提刑千戶這個缺，甚至差一點把潘金蓮買來！就在這時候，作者忍不住對應伯爵代表的幫閒子弟發出具體批評：

看官聽說：但凡世上幫閑子弟，極是勢利小人。見他家豪富，希圖衣食，便竭力承奉，稱功誦德；或肯撒漫使用，說是疏財仗義，慷慨丈夫。脅肩諂笑，獻子出妻，無所不至。一見那門庭冷落，便唇譏腹誹，說他外務，不肯成家立業；祖宗不幸，有此敗兒！就是平日深恩，視如陌路。當初西門慶待應伯爵如膠似漆，賽過同胞弟兄，那一日不吃他的，穿他的，受用他的？身死未幾，骨肉尚熱，便做出許多不義之事！

應伯爵這個等級的幫閒，其實有其社會意義。簡單地說，由於他們都有一定的文化水平（念過一點書），只是家道中衰跌落下來（不外小商人或小官吏家庭出身），社會經濟結構的變動迫使他們離開了原本的社會位階。然而失去了生產力的他們，靠自己舊有的文化水平、社會閱歷，再加上無盡的小心、世故、精明、狡黠，才能令有錢有勢的官人留他們在身邊湊趣解悶，為了生計倒也無可奈何。只是可憐之人必有可惡之處，讀應伯爵一干幫閒的故事，正是既讓人覺得可憐，又讓人忿忿不平了。

第六章 《金瓶梅》的細節描寫

本書第三章，曾經引錄滿文本《金瓶梅》這一段序文：

凡百回中以爲百戒，每回無過結交朋黨、鑽營勾串、流連會飲、淫黷通奸、貪婪索取、強橫欺凌、巧計誆騙、忿怒行兇、作樂無休、訛賴誣害、挑唆離間而已，其于修身齊家、裨益于國之事一無所有。……將陋息編爲萬世之戒，自常人之夫婦，以及僧道尼番、醫巫星相、卜術樂人、歌妓雜耍之徒，自買賣以及水陸諸物，自服用器皿以及謔浪笑談，于僻隅瑣屑毫無遺漏，其周詳備全，如親身眼前熟視歷經之彰也。誠可謂是書于四奇書之尤奇者矣。1

這裡強調，《金瓶梅》對各色人物面貌、諸般生活細節，幾乎毫無遺漏、周詳備全。前兩章已對小說重要人物進行討論，本章接著看看作者於細節描寫的功力。限於篇幅，以下僅就飲食、服飾、節慶描寫加以檢閱。

第一節　飲食

《金瓶梅》的飲食描寫，主要集中在第二十到八十回。因爲《金瓶梅》敘述以西門慶爲中心，所以要到第十九回將李瓶兒娶進門，整個西門家族才算正式成形。就在西門慶佯用家法整治李瓶兒、實則恩愛繾綣一夜之後，比較細節化的飲食描寫在第二十回出現：

兩個睡到次日飯時，李瓶兒恰待起來臨鏡梳頭，只見迎春後邊拿將來四小碟甜醬瓜茄，細巧菜蔬，一甌炖爛鴿子雛兒，一甌黃韭乳餅，并醋燒白菜，一碟火薰肉，一碟紅糟鰣魚，兩銀鑲甌兒白生生軟香稻粳米飯兒，兩雙牙箸。婦人先漱了口，陪西門慶吃上半盞兒，就教迎春將昨日剩的銀壺裡金華酒篩來。

同理，西門慶於第七十九回死去以後，故事失去了飲饌享受的主體，所以除第九十四回出現一段春梅要「雞尖兒湯」吃的說明，其他飲食段落幾乎乏善可陳。

一、主食與菜餚

《金瓶梅》的主食，主要指飯粥、麵食、糕餅，其他雜糧製品相對少見。米飯通常伴隨其他菜餚出場，稻種則偏好「上新軟稻粳米飯」。除了剛才提到的第二十回，看看第四十五

1 轉引自黃霖編：《金瓶梅資料彙編》（北京：中華書局，一九八七年三月），頁五—六。

回的菜單，先是四碟小菜：「一碟美甘甘十香瓜茄、一碟甜孜孜五方豆豉、一碟香噴噴的橘醬、一碟紅馥馥的糟筍」。再來是四大碗下飯：「一碗火燎羊頭、一碗鹵炖的炙鴨、一碗黃芽菜并𤆵的餛飩雞蛋湯、一碗山藥燴的紅肉圓子」。最後配上「一盞上新白米飯兒」。第七十六回也是一樣，西門慶拉著春梅吃飯，內容是「一碗燒豬頭，一碗炖爛羊肉，一碗熬雞，一碗煎焯鮮魚」，下酒小菜「海蜇、豆芽菜、肉鮓、蝦米」，西門慶另外吩咐「把肉鮓打上幾個雞旦，加上酸筍、韮菜，和上一大碗香噴噴餛飩湯」，又烤了一盒菓餡餅兒，配上白米飯吃。

米飯之外，西門慶家的早餐偏好粥食，小說第十一回寫西門慶早起要吃荷花餅、銀絲鮓湯，惹來孫雪娥在廚下抱怨：「預備下粥兒不吃，平白新生發起要餅和湯。」顯然平日早餐以粥爲主。果然第六十三回提到，西門慶和友朋一起吃早餐，吳月娘特別吩咐小廝到廚房拿甌粥給西門慶，因爲他「清早晨不吃飯」。又如第六十七回，西門慶捨牛奶不用，反而吃粥。事實上許多地方都提到，當西門慶早上要到衙門辦公、或是另有要務時，常見他匆匆吃了粥出門。這些粥食多半十分精緻，第二十二回是甜美的「榛松栗子菓仁、玫瑰白糖粥兒」；第四十五、六十一、六十七回是香噴噴的「軟稻粳米粥兒」；第五十二回是醒酒解毒的「綠豆白米水飯」[2]；第七十九回則是「十香甜醬瓜茄，粳粟米粥兒」。

麥子是稻米以外的主要食材，可吃麵在《金瓶梅》並不多見。一次在第四十二回，謝希大於西門家吃了一碗「[火川]肉粉湯」（不過它也可能是米製品）。一次在第四十九回，西門慶招待胡僧的菜餚裡有一道「鱔魚麵」。另一次在第五十二回，應伯爵、謝希大到西門慶家吃早餐：「一碟十香瓜茄，一碟五方豆豉，一碟醬油浸的鮮花椒，一碟糖蒜」，下人端上蒜汁和一大碗豬肉鹵，白麵上來後「各人自取澆鹵，傾上蒜醋」。其他麵食還有饅頭、包子、水餃、扁食、燒賣、荷花餅等等。《金瓶梅》的糕餅樣式很多，有時也充作主食，例如第十一、二十一回都提到西門慶早上「在房中吃餅」。除了偶爾會以菜餚形式出現，例如「黃韭乳餅」、「春不老蒸乳餅」，多數時候作爲甜食或茶食，這一部分留待後文再談。

主食之後接著看菜餚。《金瓶梅》飲食場景雖多，不過正式筵席反而多用「烹龍庖鳳」、「瓊漿玉液」一類套語囫圇帶過[3]。然而明代富豪的飲饌自有一定規模，明人何良俊

2 水飯很可能是粥，但也有人認爲是「泡飯」，參李舒：〈水飯考辨〉，收入《潘金蓮的餃子：穿越《金瓶梅》體會人欲本色，究竟美食底蘊》（臺北：聯經出版公司，二〇一八年九月），頁一六一－一六四。

3 例如第十回，西門慶置宴芙蓉庭，筵席內容描寫全用套語：「香焚寶鼎，花插金瓶。器列象州之古玩，簾開合浦之明珠。水晶盤內，高堆火棗交梨；碧玉杯中，滿泛瓊漿玉液。烹龍肝，炮鳳腑，果然下箸了萬錢；黑熊掌，紫駝蹄，酒後獻來香滿座。更有那軟炊紅蓮香稻，細膾通印子魚。伊魴洛鯉，誠然貴似牛羊；龍眼荔枝，信是東南佳味。碾破鳳團，白玉甌中翻碧浪；斟來瓊液，紫金壺內噴清香。畢竟壓賽孟嘗君，只此敢欺石崇富。」

就記載，富豪宴客的基本排場是水陸菜餚十品——

余小時見人家請客，只是菓五色肴五品而已。惟大賓或新親過門，則添蝦蟹蜆蛤三四物，亦歲中不一二次也。今尋常燕會，動輒必用十肴，且水陸畢陳，或覓遠方珍品，求以相勝。前有一士夫請趙循齋，殺鵝三十餘頭，遂至形於奏牘。近一士夫請袁澤門，聞殽品計百餘樣，鴿子斑鳩之類皆有。4

《金瓶梅》同樣反映了這般風俗，第六十八回安郎中帶大批隨從拜訪西門慶，不一時擺桌放飯，菜色是：「春盛案酒，一色十六碗，都是炖爛下飯：雞蹄、鵝鴨、鮮魚、羊頭、肚肺、血臟、鮓湯之類；純白上新軟稻粳飯，用銀鑲甌兒盛著，裡面沙糖、榛、松、瓜仁拌著飯。」第四十七回西門慶邀主官夏提刑來家，雖然只用寥寥數語寫過，仍可看見類似的規模：「各樣雞、蹄、鵝、鴨、鮮魚下飯，就是十六碗。吃了飯，收了家伙去，就是吃酒的各樣菜蔬出來，小金把鍾兒，銀臺盤兒，金鑲象牙箸兒。」

菜餚的細節描寫都在日常餐飲，看第二十二回這頓早飯：

說著，兩個小廝放桌兒，拿粥來吃。就是四個鹹食，十樣小菜兒，四碗炖爛下飯：一碗蹄子，一碗鴿子雛兒，一碗春不老蒸乳餅，一碗餛飩雞兒。銀鑲甌兒粳米投著各樣榛松栗子菓仁、玫瑰白糖粥兒。

再看第七十五回這頓宵夜：

迎春連忙放桌兒，拿菜兒。如意兒道：「姐，你揭開盒子，等我揀兩樣兒與爹下酒。」於是燈下揀了一碟鴨子肉，一碟鴿子雛兒，一碟銀絲鮓、一碟掐的銀苗豆芽菜，一碟黃芽韭和的海蜇，一碟燒臟肉釀腸兒，一碟黃炒的銀魚，一碟春不老炒冬笋，兩眼春槅。

再看看第二十一回西門慶賞賜給樂工的食物：

那李銘跪在地下，滿飲三杯。西門慶又在桌上拿了一碟鼓蓬蓬白麪蒸餅，一碗

4 明．何良俊：《四友齋叢說》（北京：中華書局，一九九七年十一月），卷三十四，「正俗一」，頁三一四。

韭菜酸笋蛤蜊湯，一盤子肥肥的大片水晶鵝，一碟香噴噴曬乾的巴子肉，一碟子柳蒸的勒鮝魚，一碟奶罐子酪酥伴的鴿子雛兒，用盤子托著與李銘。

前引三例可見西門慶家飲食用度的規模。作者娓娓道來，有利讀者「按圖索驥」，刺激口腔分泌唾沫。

作爲一部摹寫日常生活的世情小說，《金瓶梅》經常可見大段落飲饌場景，第六十七回即是一例。這天西門慶睡到日上三竿，直到應伯爵來，才起身活動筋骨。這時，小廝先拿了兩盞「酥油白糖熬的牛奶子」。梳頭之後，左右放桌拿粥上來，四個小菜是：「一碗炖爛蹄子，一碗黃芽韭炒驢肉，一碗鮓炒餛飩雞，一碗炖爛鴿子雛兒」。吃完早餐，杯盤羅列，篩上酒來。吃了一巡，黃四到府關說，事罷，西門慶另外打開一罈雙料麻姑酒，小廝端出八碗下飯：「一碗黃熬山藥雞，一碗臊子韭，一碗山藥肉圓子，一碗炖爛羊頭，一碗燒豬肉，一碗肚肺羹，一碗血臟湯，一碗牛肚兒，一碗爆炒豬腰子」；外加兩大盤「玫瑰鵝油燙麪蒸餅兒」。美食當前，大夥聽曲、行令、說笑。不一會兒，下人又拿了幾碟點心水果，包括：「一碟菓餡餅，一碟頂皮酥，一碟炒栗子，一碟曬乾棗，一碟榛仁，一碟瓜仁，一碟雪梨，一碟蘋婆，一碟風菱，一碟荸薺，一碟酥油泡螺，一碟黑黑的團兒，用橘葉裹著」。既有各式下飯案酒，又有各色點心果品，在座無不開懷暢飲，幾人直吃至夜黑方散。

妓院飲食也不含糊。先看第五十九回，西門慶特意到鄭愛月兒家，才與妓女調笑不久，即見丫鬟進來安放桌面。四個小翠碟兒裝著精製的「銀絲細菜，割切香芹、鱘絲、鰉鮓、鳳脯、鸞羹」，以及「賽團圓、如明月、薄如紙、白如雪、香甜可口」的「酥油和蜜餞麻椒鹽荷花細餅」。旁邊燒著苦豔豔的「桂花木樨茶」。稍後擺上酒來，又是「十二碟菓仁減碟，細巧品類」。同樣的地點，第六十八回換作黃四請西門慶、應伯爵，湯飯上來，端的是「黃芽韭燒賣，八寶攢湯，姜醋碟兒」；茶斟上來，每人一盞「瓜仁栗絲鹽筍芝麻玫瑰香茶」。說笑中間，廚下割獻「豕蹄」一頂，並四碗下飯：「羊蹄黃芽、臊子韭、肚肺羹、血臟之類」。第七十七回是西門慶隻身赴會，丫鬟擺上四碟細巧菜蔬，以及「黃芽韮菜肉包的一寸大的水角兒」。與粉頭調情說話中間，丫鬟又拿上幾樣細菓碟兒，「都是減碟，菓仁、風菱、鮮柑、螳螂、雪梨、蘋婆、蚫螺、冰糖橙丁之類」。

西門慶飲食既精且豐，不過從未見他暴飲暴食，第五十二回寫應伯爵、謝希大一頓早餐狠食七碗醬汁鹵肉麵，西門慶卻「兩碗還吃不了」。小說即便寫西門府終日流連會飲，其中必定穿插各式關說談判、心機較量、挑唆離間、謔浪笑談、聽曲猜謎，唯獨第四十九回寫西門慶接待胡僧來家吃飯，正逢李嬌兒生日所以廚房餚饌下飯都有，於是出現全書飲食密度最高的一段文字——

先綽邊兒放了四碟菓子，四碟小菜，又是四碟案酒：一碟頭魚，一碟糟鴨，一碟烏皮雞，一碟舞鱸公。又拿上四樣下飯來：一碟羊角葱𤆀炒的核桃肉，一碟細切的餄餎樣子肉，一碟肥肥的羊貫腸，一碟光溜溜的滑鰍。次又拿了一道湯飯出來，一個碗內兩個肉圓子，夾著一條花筋滾子肉，名喚一龍戲二珠湯；一大盤裂破頭高裝肉包子。西門慶讓胡僧吃了，教琴童拿過團靶鈎頭雞脖壺來，打開腰州精制的紅泥頭，一股一股邈出滋陰摔白酒來，傾在那倒垂蓮蓬高腳鍾內，遞與胡僧。那胡僧接放口內，一吸而飲之。隨即又是兩樣添換上來：一碟寸扎的騎馬腸兒，一碟子腌臘鵝脖子。又是兩樣艷物與胡僧下酒：一碟子癲葡萄，一碟流心紅李子。落後又是一大碗鱔魚麪，與菜卷兒一齊拿上來，與胡僧打散。

由於胡僧外形被作家摹寫得宛如男根，他又給了西門慶壯陽春藥，因此這段文字或也藏有性的暗示？

二、點心與茶酒

相較於下飯、案酒，小說中點心非常多樣，既有糕餅一類的米、麵食品，也有糖製品及奶油製品，另外還可見新鮮水果和各式乾菓（仁）、蜜餞。它們有時在宴席一開始登場，例如第四十三回寫女眷宴客：先擺下茶來，接著「每桌四十碟，都是各樣茶果甜食、美口菜蔬、蒸酥點心、細巧油酥餅饊」，然後才上桌正式用膳。有時候則在飯菜收去後才亮相，例如第五十八回寫西門慶做生日：當天宅裡貴客川流不息，入夜席散，西門慶又留下自家親朋重新開宴，並差人添換盤碟、拿出點心菓品「蜜餞減碟、榛松菓仁、紅菱雪藕、蓮子荸薺、酥油蚫螺、冰糖霜梅、玫瑰餅」。

說到吃飯喝酒，明清之際作家李漁說：「果者酒之讎，茶者酒之敵，嗜酒之人必不嗜茶與果，此定數也。」[5]可是在《金瓶梅》，除見酒茶齊行，點心菓品也是下酒良伴。例如第四十二回寫歡慶元宵，西門慶和幾個朋友一起喝酒玩耍，吳月娘吩附小廝和排軍擡來四個攢盒，多是美味糖食細巧菓品，包括：「黃烘烘金橙，紅馥馥石榴，甜磂磂橄欖，青翠翠蘋婆，香噴噴水梨；又有純蜜蓋柿，透糖大棗，酥油松餅，芝麻象眼，骨牌減煠、蜜潤絛環；也有柳葉糖，牛皮纏。」竟然全是鮮果、蜜餞、甜食。同樣的情形還有第四十四回，李瓶兒、吳銀兒在房中用酒，桌上除了「一碟糟蹄子筋，一碟鹹雞，一碟爓雞蛋，一碟炒的豆

5 清・李漁撰，張立注：《閑情偶寄》（西安：陝西人民出版社，一九九八年五月），卷六，「飲饌部」，「肉食第三」，頁二一二。

芽菜拌海蜇」等下酒小菜，另外也準備了一盒細巧菓仁，以及一盒菓餡餅。由此可知，除了作爲正式宴會的配角，點心菓品也可以是下酒美味。

女眷顯然比男人更愛這類食品，婦人房中總有點心巧果。例如第十八回寫陳經濟到潘金蓮房裡討茶，金蓮就叫春梅：「揀妝裡拿我吃的那蒸酥菓餡餅兒來，與你姐夫吃。」再者，彼此間饋贈賞賜，也頗偏好此物。例如第六十二回吳月娘來李瓶兒房中探病，親自拿著一小盒「鮮蘋婆」進來；第四十五回月娘賞賜給吳銀兒的物品，是「一盒元宵，一盒細茶食」；第七十八回玳安建議賁四老婆送禮給吳月娘：「他平昔好吃蒸酥，你買一錢銀子菓餡蒸酥、一盒好大壯瓜子送進去。」又，女眷間聚會交誼，端上來的多半也是這些，第四十一回寫西門慶家眷赴喬大娘子家，結果「放桌兒擺茶，無非是蒸煠細巧茶食，菓餡點心，酥菓甜食，諸般菜蔬。擺設甚是整齊。」此外，點心果品也是素饌、素供的大宗。例如第三十九回寫眾女眷在家聽姑子講因果，月娘備下的素饌是：「四碟素菜兒，兩碟鹹食兒，四碟兒糖薄脆、蒸酥、菊花餅、扳搭饊子。」第七十八回寫李瓶兒靈前供奉的是：「樹菓柑子，石榴蘋婆，雪梨鮮菓，蒸酥點心，饊子麻花。」

《金瓶梅》糕餅類點心，出現最頻繁的是蒸酥菓餡餅兒，不過最能刺激讀者嗅覺的，或許是香茶木樨餅兒、菊花餅兒、檀香餅、鳳香餅兒、以及比較普遍的玫瑰花餅。花餅是在餅中添加花香、花蜜或花瓣，這類餅品似乎也是宮中美食。李詡《戒庵老人漫筆》即載：「南京舊制，木犀開時造餅，有揀花舍人五百名。」[6]除了各式各樣的餅，小說還提到棗兒糕、乾糕、裹餡涼糕，以及糖品如柳葉糖、牛皮纏等等。

在這些點心中，唯一可以跟人物聯繫起來的是酥油蚫螺，它第一次出現在第五十八回——

這應伯爵看見酥油蚫螺，渾白與粉紅兩樣，上面都沾著飛金。就先揀了一個放在口內，如甘露灑心，入口而化。說道：「倒好吃。」西門慶道：「我的兒，你倒肯吃，此是你六娘親手揀的。」

接下來是第六十七回——

（應伯爵）又拿起泡螺兒來問鄭春：「這泡螺果然是你家月姐親手揀的？」那鄭春跪下說：「二爹，莫不小的敢說謊？不知月姐費了多少心，揀了這幾個兒

6 明・李詡撰，魏連科點校：《戒庵老人漫筆》（北京：中華書局，一九九七年十二月），卷一，「揀花舍人」，頁四。

> 來孝順爹。」伯爵道：「可也虧他，上頭紋溜就相螺螄兒一般，粉紅、純白兩樣兒。」西門慶道：「我見此物，不免又使我傷心。惟有死了的六娘他會揀，他沒了，如今家中誰會弄他！」伯爵道：「我頭裡不說的，我愁甚麼，死了一個女兒會揀泡螺兒孝順我，如今又鑽出個女兒會揀了！偏你也會尋，尋的都是妙人兒！」西門慶笑的兩眼沒縫兒，趕著伯爵打，說：「你這狗才，單管只胡說！」

原本李瓶兒擅製酥油鮑螺，不想婦人竟死了，惹得西門慶睹物思人。妙就妙在幫閒在旁提醒：死了一個不又鑽出一個？新死了愛妾的西門慶頓時釋懷。美食在這裡既能擬人，又能寄情；可以象徵，可以見證。

酥油鮑螺乃是擬物形立名，根據晚明美食家張岱的講法，可能是一種乳製品：

> 乳酪自駔儈爲之，氣味已失，再無佳理。余自豢一牛，夜取乳置盆盎，比曉，乳花簇起尺許，用銅鐺煮之，瀹蘭雪汁，乳斤和汁四甌，百沸之，玉液珠膠，雪腴霜膩，吹氣勝蘭，沁入肺腑，自是天供。或用鶴觴花露入甑蒸之，以熱妙；或用豆粉攙和漉之成腐，以冷妙。或煎酥，或作皮，或縛餅，或酒凝，或鹽醃，或醋捉，無不佳妙。而蘇州過小拙和以蔗漿霜，熬之、濾之、鑽之、掇

之、印之為帶骨鮑螺，天下稱至味。7

緊接各式乳製品作法之後，張岱介紹號稱天下至味的「帶骨鮑螺」，顯然「鮑螺」（泡螺、蚫螺）是個乳製品。

其他像蜜餞、菓仁和各色水果，此處限於篇幅不再贅述。

俗話說：「風流茶說合，酒是色媒人。」《金瓶梅》裡飲酒活動非常頻繁，小說具體交代的酒種也相當豐富，其中出現最多的是金華酒、南酒、麻姑酒、以及葡萄酒。另外則有茉莉（花）酒、藥五香酒、白酒、（木樨）荷花酒、竹葉清藥酒、菊花酒、南燒酒、老酒、豆酒、河清酒、金酒、浙江酒、甜酒、魯酒、黃米酒、橄欖酒、雄黃酒等等。有學者將《金瓶梅》常見的酒分成穀物類、果物類、花草類、動物類8，其實依小說敘事的功能而分，大致是金華酒、葡萄酒、蒸餾酒、自造酒四大項。

金華酒又稱南酒、浙（江）酒，它在《金瓶梅》佔的比例幾近半數，是西門府女眷飲酒

7 明・張岱：《陶庵夢憶》（臺北：漢京文化事業公司，一九八四年三月），卷四，「乳酪」，頁三十四—三十五。

8 陳偉明：〈從《金瓶梅》看明代酒文化〉，《農業考古》二〇〇〇年第三期，頁二三五—二三八、二四一。

第一選擇，他自己也常陪妻妾一起享用。明人馮時化《酒史》這麼提到金花（華）酒：「浙江金華府造，近時京師嘉尚。」[9]說明金華酒係浙江出產，並且在北方十分盛行。至於金華酒的特性，第三十四回即見李瓶兒對春梅說：「好甜金華酒，你吃鍾兒。」第三十五回寫衆家眷吃螃蟹，潘金蓮快嘴說道：「吃螃蟹，得些金華酒吃纔好。」足見它是一種味甜、性暖的釀製黃酒。另外，小說在第七十二回寫道：「安老爹差人送分資來了，又抬了兩罈金華酒，……拿帖兒進去，……上寫道：……浙酒二樽，少助待客之需。……西門慶見……，兩罈南酒，滿心歡喜。」另外麻姑酒產自江西，也是當時天下名酒之一，明人顧起元對它的評價很高[10]，其性質似乎和金華酒類似，都是味甜、性溫的釀製黃酒。

葡萄酒則是西門慶的最愛，它也是《金瓶梅》唯一可見的水果酒，據史料所載似是緣自西域。馮時化《酒史》說：「大宛國造，唐憲宗曾賜李絳。」[11]據說這種酒喝了還有益體魄，明代著名的養生典籍《遵生八牋》即道：「行功導引之時，引一、二杯，百脈流暢，氣運無滯，助道所當不廢。」[12]至於蒸餾酒（包括白酒、燒酒），雖然常見西門慶飲用，但幾乎都是用來搭配春藥。因爲在第四十九回，胡僧送獨門春藥給西門慶時吩咐：「每次只一粒，不可多了。用燒酒送下。」所以爲了試驗胡僧的春藥，西門慶在第五十回才叫人去買南燒酒。再看第七十九回，潘金蓮也是拿燒酒把三丸胡僧藥送到西門慶口內，接著行房讓西門慶「精盡繼之以血」。

金華酒、葡萄酒、蒸餾酒之外，其餘出現的幾乎都是私人自造酒。其中最多的是各式花酒，包括菊花酒、荷花酒、木樨荷花酒、茉莉花酒，明人高濂《遵生八牋》記載：「菊花酒：十月採甘菊花，去蒂，只取花二斤，擇淨入醅內攪勻，次早榨則味香清冽。凡一切有香之花，如桂花、蘭花、薔薇皆可倣此爲之。」[13] 然而這些花酒的製法是蒸餾還是釀造，在小說及相關文獻並不容易辨認，鄭培凱根據第六十一回西門慶喝菊花酒前「先攙一瓶涼水，以去其蓼辣之性」，以及第二十一回西門慶命小廝「前邊廂房有雙料茉莉酒，提兩罈攙著些這（金華）酒吃」，推斷《金瓶梅》的花酒都是釀造黃酒[14]，頗爲可信。此外像藥五香酒、竹

9 明・馮時化：《酒史》（北京：中華書局，一九八五年北京新一版），卷上，酒品第二，「諸酒名附」條，頁十二。

10 明・顧起元：《客座贅語》（北京：中華書局，一九九七年十一月），卷九，「酒三則」，頁三〇三—三〇五。

11 明・馮時化：《酒史》，卷上，酒品第二，「諸酒名附」條，頁十一。

12 明・高濂：《遵生八牋》（臺北：臺灣商務印書館，一九七九年），〈飲饌服食牋〉，中卷，醞造類，「葡萄酒」，頁三十五 a。

13 明・高濂：《遵生八牋》，〈飲饌服食牋〉，中卷，醞造類，「菊花酒」，頁三十七 b。

14 鄭培凱：〈金瓶梅詞話與明人飲酒風尚〉，徐朔方編選，沈亨壽等翻譯：《金瓶梅西方論文集》（上海：上海古籍出版社，一九八七年七月），頁四十九—八十七。

葉清藥酒都是滋補養身之用，大致上也是私造酒。

《金瓶梅》出現茶的次數很多，尤其「詞話本」對茶的內容交代特別詳盡，包括胡桃松子泡茶、福仁泡茶、蜜餞金橙（子）泡茶、清茶、鹽笋芝蔴木樨泡茶、鹽笋芝蔴薰筍泡茶、菓仁泡茶、瓜仁泡茶、玫瑰潑鹵瓜仁泡茶、江南鳳團雀舌牙茶、六安茶、木樨金橙泡茶、木樨清豆泡茶、胡桃夾鹽笋泡茶、燻豆子撒的茶、桂花木樨茶、八寶青豆木樨泡茶、瓜仁栗絲鹽笋芝蔴玫瑰香茶、土豆泡茶、芫荽芝蔴茶、茉莉花茶、薑茶等等15。以上除了江南鳳團雀舌牙茶、六安茶和所謂清茶，多數是茶水加上香料或各式乾鮮菓品沖製而成，好幾個地方直接說是「泡茶」，也有人稱其爲「雜茶」16，現代一點的講法是「加味茶」。其中最特別是第七十二回，小說寫潘金蓮在房中磕瓜子等西門慶，見他進來，「婦人從新用纖手抹盞邊水漬，點了一盞濃濃艷艷芝麻、鹽笋、栗絲、瓜仁、核桃仁夾春不老、海青拿天鵝、木樨玫瑰潑滷六安雀舌芽茶。」這是全書摻入物最多的一道茶飲料。

不過這種飲法頗受文人詬病，他們認爲如此一來茶葉盡失原味，明人屠隆就說：

> 茶有眞香，有佳味，有正色，烹點之際不宜以珍果香草奪之。奪其香者，松子、柑橙、木香、梅花、茉莉、薔薇、木樨之類是也；奪其味者，番桃、楊梅之類是也。凡飲佳茶，去果方覺清絕，襍之則無辨矣。若必曰所宜，核桃、榛

子、杏仁、欖仁、菱米、栗子、雞豆、銀杏、新笋、蓮肉之類，精製或可用也。17

屠隆這裡所謂易奪茶香者，《金瓶梅》幾乎全用上了，而且比番桃、楊梅更易奪茶味者，例如蜜餞、鹽筍、芝麻、鹹櫻桃等又常在小說裏泡茶來喝。由此觀之，如果說《金瓶梅》「詞話本」反映了當時某種飲食習性，那麼明人顯然相當喜愛這種飲法，至少作者本人對此情有獨鍾。明人高濂同樣反對以花拌茶：

若上二種芽茶，除以清泉烹外，花香雜果俱不容入。人有好以花拌茶者，此用

15 有學者將《金瓶梅》常見的茶分成以花果入茶、以調味品入茶、以蔬品入茶三大類，見陳偉明：〈雜談《金瓶梅》與明代茶文化〉，《農業考古》一九九八年第二期，頁四十二—四十四、六十八。

16 邵萬寬、章國超：《金瓶梅飲食譜》（濟南：山東畫報出版社，二〇〇七年二月），頁二四〇—二四三。

17 明．屠隆：《考槃餘事》（北京：中華書局，一九八五年北京新一版），卷三，「擇果」，頁六十三。

> 平等細茶拌之，庶茶味不減，花香盈頰，終不脫俗。……木樨、茉莉、玫瑰、薔薇、蘭蕙、橘花、梔子、木香、梅花皆可作茶。諸花開時，摘其半含半放蕊之香氣全者，量其茶葉多少，摘花爲拌。花多則太香而脫茶韻，花少則不香而不盡美。三停茶葉一停花始稱。假如木樨花，須去其枝蒂及塵垢蟲蟻，用磁罐一層花一層茶相間填滿。紙箬封固入鍋，重湯煮之，取出待冷，用紙封裹，置火上焙乾收用。諸花倣此。[18]

他雖然不同意花香雜果拌入茶中，但也和屠隆一樣，接受了民衆的口味喜好。

令人不解的是，《金瓶梅》「崇禎本」卻把上述茶款進行改寫，不是把「加味茶」減化成「茶」（例如第十五回的「玫瑰潑鹵瓜仁泡茶」、第六十一回的「八寶青豆木樨泡茶」都被減化爲「茶」），就是把調味比較豐富的茶略減其味（例如第二十一回的「木樨金橙茶」被減化成「木樨茶」、第六十八回的「瓜仁栗絲鹽筍芝麻玫瑰香茶」被減化成「瓜仁香茶」）。「崇禎本」爲什麼把「詞話本」各色茶飲變成簡簡單單一盞（清）茶呢？理由可能是精簡文字，因爲「崇禎本」對茶器——包括茶盤、茶鍾、茶盞、茶匙等都一概省略。但是，「詞話本」強調這些茶飲料是「濃濃豔豔」，反映出它係加了恁多香料菓品；又云西門慶喝了之後「美味香甜，滿心欣喜」，足見小說人物（和作者）對茶飲料的興趣勝過單品茗茶。因此當「崇禎本」將「茶飲料」減化為「茶」，等於平空改變小說人物的飲茶習慣，原著這個特色（和作者的情有獨鍾）於焉遭到抹煞。

除了飲茶，「崇禎本」最不可思議的刪減，是針對潘金蓮嗑瓜子而來。「詞話本」第一回寫潘金蓮登場，就見其「簾子下嗑瓜子兒」的輕浮形象；接下來作者三番兩次寫潘金蓮嗑瓜子兒，到了小說後半段，甚至寫她把嗑好的瓜子仁兒哺與西門慶吃。然而「崇禎本」無名氏評點除了在第一回夾批「好消遣」一語，又在第十五回眉批「金蓮輕佻處曲曲摹盡」，顯然評點家注意到「詞話本」係有心設計，但「崇禎本」偏偏全面刪卻第十五回以後所有嗑瓜子兒、餵哺瓜子仁兒的文字，等於放棄「詞話本」加諸潘金蓮這一點睛之筆！

舉一反三，見微知著，《金瓶梅》細節描寫的成就只限於「詞話本」。「崇禎本」為了讓小說敘事變拖沓為流暢，盡其所能地刪其雜蕪、去其瑣碎，代價是在某些地方改變了原著的設計，誠乃一大憾事。讀者若想領略小說於僻隅瑣屑處毫無遺漏、周詳備全的藝術工夫，或想把小說當作十六世紀的社會風俗史看待，強烈建議選擇「詞話本」。

18 明・高濂撰：《遵生八牋》，〈飲饌服食牋〉上卷，茶泉類，「藏茶」條，頁十一b—十二b。

第二節　服飾

談起《金瓶梅》「不厭精細」的描寫工夫，除了飲食，服飾也讓人印象深刻。之前小說交代服飾往往使用韻文套語，而且較少顧及形象及性格的補充，到了《金瓶梅》則完全不同

《金瓶梅詞話》作為世情小說的奠基之作，在人物服飾描寫方面，顯示了不同以往的氣象：首先，超越了《三國演義》和《水滸傳》的程式化格局，幾乎完全擯棄了韻文形式的服飾描寫；其次，眞實細膩地描繪了小說人物生活情境中的服飾，顯示出人物的身份、地位、修養、氣質等相關內容，是研究明代服飾的重要資料，是瞭望明代社會風尚的窗口，是凸現性格、豐富形象的重要手段。[19]

《金瓶梅》的服飾描寫因為詳盡，最值得注目的地方有三：一是凸顯明季服色僭越之濫；二是在反映奢華風尚之餘，又不忘區隔角色身分；三是用來點睛人物。

一、違制僭法

關於書中人物服飾穿著僭越禮法的現象，在本書第五章，就已經提到兩個非常鮮明的例子。一是第三十一回，寫西門慶甫出任山東提刑副千戶，忙差人製做官帽、攢造官服，一日「叫了許多匠人，釘了七八條都是四尺寬玲瓏雲母、犀角、鶴頂紅、玳瑁、魚骨香帶」，結果被上門說事的應伯爵瞧見其中這條「犀角帶」，贊其爲「滿京城拿著銀子也尋不出來」的無價之寶。然而自明太祖建國以來，對於區別官員品階的腰帶（及其他服飾裝扮）早有嚴格規定：「文武官常服。洪武三年定，凡常朝視事，以烏紗帽、團領衫、束帶爲公服。其帶，一品玉，二品花犀，三品金鈒花，四品素金，五品銀鈒花，六品、七品素銀，八品、九品烏角。」[20]五品官西門慶佩戴二品官專屬的犀角帶，而且還是更值錢的水犀角，充分反映明代中葉以後官服僭越之濫。

二是第七十三回，寫西門慶罩著何太監送他的「青緞五彩飛魚蟒衣」，謊了應伯爵一

19 顏湘君：《中國古代小說服飾描寫研究》（上海：上海書店出版社，二〇〇七年八月），頁一二二。

20 清・張廷玉等撰：《明史》（北京：中華書局，一九八七年十一月），志第四十三，輿服三，頁一六三七。

跳，忙問此物何來。應伯爵為什麼驚訝呢？其實在明太祖制定文武官員服飾制度以來，一直都聞動戚大臣越禮犯分情事，然而歷代帝王對服飾制度仍很堅持，尤其是特別尊貴如蟒衣者。據《明英宗實錄》，英宗曾對工部大臣說：「官民服飾皆有定制，今聞有僭用織繡蟒龍、飛魚、鬥牛及違禁花樣者，爾工部其通諭之。此後敢有仍蹈前非者，工匠處斬，家口發充邊軍，服用之人，亦重罪不宥。」據《明憲宗實錄》，憲宗亦曾詔令官民人等不許僭用服色花樣。又據《明孝宗實錄》，孝宗朝針對內外官僭乞蟒衣、服用蟒衣、私製蟒衣之情事頗多禁止，弘治十三年更直接下諭：「蟒衣之賜，係朝廷特恩，而勳等一概援例濫請，實為煩瀆。今後有如此者，必罪不恕。」[21]然而內外官向朝廷乞賜蟒衣的風氣顯然未絕，僭用蟒衣、飛魚、鬥牛之服者應該很多，否則，《金瓶梅》何以在第七十一回寫何太監身穿皇帝御賜之「綠絨蟒衣」？第三十一回何以寫管磚廠、看皇庄兩個太監「穿過肩蟒」？第七十八回又何以寫西門慶著「天青飛魚氅衣」綽耀抖擻？

西門慶的「犀角帶」和「青緞五彩飛魚蟒衣」，因有識貨的應伯爵在旁說明，讀者很快可以注意到它們的珍貴，也不難領略此一服飾所反映的服色僭越之風。然而小說中女眷亦有衣著違禁情事，只是在花團緊簇下不易察覺，特別是關於「補服」（補子）。

補服是明清品官之服，也稱章服，指的是帝王、大臣、各級官員（及命婦）所穿著之用以明辨等級的服飾。補服是指在服裝的胸前、背後裝綴以補子，用不同的禽、獸紋飾來標識並區分官員（及命婦）的等級地位，故亦多稱為補子、胸背、背胸[22]。一般來講，文官（及命婦）飾以禽，武官（及命婦）飾以獸，洪武二十四年明定紋樣如下：

> 二十四年定，公、侯、駙馬、伯服，繡麒麟、白澤。文官一品仙鶴，二品錦雞，三品孔雀，四品雲雁，五品白鷴，六品鷺鷥，七品鸂鶒，八品黃鸝，九品鵪鶉；雜職練鵲；風憲官獬廌。武官一品、二品獅子，三品、四品虎豹，五品熊羆，六品、七品彪，八品犀牛，九品海馬。[23]

小說第四十回寫「粧丫頭金蓮市愛」，不但逗一家妻妾開心，西門慶也因此淫心蕩漾，晚上便進了潘金蓮房裡。趁漢子歡喜，婦人便開口向他討新衣服：「大姐姐他們都有衣裳穿，我老道只自知數的那幾件子，沒件好當眼的。你把南邊新治來那衣服，一家分散幾件

21 以上悉轉引自王熹：《明代服飾研究》（北京：中國書店，二〇一三年八月），頁一〇四—一〇六。

22 王淵：《服裝紋樣中的等級制度：中國明清補服的形與制》（北京：中國紡織出版社，二〇一六年五月），頁一—十六。

23 清・張廷玉等撰：《明史》，志第四十三，輿服三，頁一六三八。

子，裁與俺們穿了罷。」西門慶應允，到次日便開了箱櫃，「打開出南邊織造的夾板羅緞尺頭來」，使小廝叫趙裁縫帶了幾個人來，取出剪尺——

先裁月娘的：一件大紅遍地錦五彩妝花通袖百獸朝麒麟補子緞袍兒，一件玄色五彩遍地錦葫蘆樣鸞鳳穿花羅袍；一套大紅緞子遍地金通袖麒麟補子襖兒，翠藍寬拖遍地金裙；一套沉香色妝花補子遍地錦羅襖兒，大紅金枝綠葉百花拖泥裙。其餘李嬌兒、孟玉樓、潘金蓮、李瓶兒四個，都裁了一件大紅五彩通袖妝花錦雞緞子袍兒，兩套妝花羅緞衣服。孫雪娥只是兩套，就沒與他袍兒。

這段文字有兩處值得留意，一是充分反映妻妾六人的尊卑之分：吳月娘係正妻，所以得兩套大紅通袖遍地錦袍兒、四套妝花衣服；李嬌兒、孟玉樓、潘金蓮、李瓶兒四人次一級，故得一件妝花通袖袍兒、兩套妝花羅緞衣服；孫雪娥位最卑，所以沒有袍兒穿。二是幾位婦人的袍兒頗見學問，月娘的兩件都有麒麟紋樣，其他婦人則是錦雞紋樣。按照前引《明史・輿服志》所載，公、侯、駙馬、伯服（及命婦）方可服麒麟補子，二品文官（及命婦）方可服錦雞補子，西門慶讓裁縫給妻妾製作繡有麒麟、錦雞的袍兒，自然是僭越禮制。

然而這也不只出現在西門慶家，第七十八回便見何千戶娘子藍氏：「打扮的如粉妝玉琢，頭上珠翠堆滿，鳳翹雙插，身穿大紅通袖五彩妝花四獸麒麟袍兒，繫著金鑲碧玉帶，下襯著花錦藍裙。」第九十六回亦見周守備夫人龐春梅：「戴著滿頭珠翠，金鳳頭面釵梳，胡珠環子；身穿大紅通袖四獸朝麒麟袍兒，翠藍十樣錦百花裙，玉玎璫禁步，束著金帶；腳下大紅繡花白綾高底鞋兒。」千戶娘子、守備夫人竟也服麒麟補子，足見這般僭用十分普遍。有研究者主張：「吳月娘等僭用麒麟補子不治罪，且社會引為時尚，由此可以推斷這必定是一個服飾較為寬鬆的時代，時間斷限為景泰至嘉靖朝之間，更確切在正德朝。」[24]可供參考。

前引諸例都是對朝廷服飾規定的僭越，除此之外，還有更多對社會風氣、對約定俗成之服飾習慣的違背與挑戰。例如明代女人用來包罩頭髮的鬏髻，《金瓶梅》交代婦人服飾時經常提到，其中也可看見一些悖反常理的例子。例如西門慶剛勾搭上宋惠蓮時，讓婦人予取予求，除了多給她銀子、衣服、汗巾、首飾、香茶，甚至許她銀絲鬏髻——

婦人道：「爹，你許我編鬏髻，怎的還不替我編？恁時候不戴到幾時戴？只教我成日戴這頭髮殼子兒。」西門慶道：「不打緊，到明日將八兩銀子，往銀匠

24 黃強：《另一只眼看金瓶梅》（北京：中國文學出版社，二〇〇六年九月），頁三。

家替你拔絲去。」西門慶又道：「怕你大娘問，怎生回答？」老婆道：「不打緊，我自有話打發他，只說問我姨娘家借來戴戴，怕怎的？」

一般家庭的婦女，只能戴用頭髮編的䯼髻，例如第二回潘金蓮出場時，「頭上戴著黑油油頭髮䯼髻」。富貴人家的婢僕自然也差不多，所以這裡看到的宋惠蓮「成日戴這頭髮殼子兒」。宋惠蓮因為得寵，便央求西門慶給他找銀匠打一副銀絲䯼髻。銀絲䯼髻是有錢人家婦女戴的，西門慶捨得花這八兩銀子，但他為什麼怕正妻察覺過問呢？原因很簡單，西門慶家是主子才能戴銀絲䯼髻的，宋惠蓮一個家人老婆卻戴起它，豈不惹人議論？果然，銀匠還來不及製好，䯼髻尚來不及戴上，這話便傳到孟玉樓耳裡，令她難得發了好大脾氣，看第二十六回——

孟玉樓早已知道，轉來告潘金蓮，說他爹怎的早晚要放來旺兒出來，另替他娶一個；怎的要買對門喬家房子，把媳婦子吊到那裡去，與他三間房住；又買個丫頭扶侍他，與他編銀絲䯼髻，打頭面。一五一十說了一遍：「就和你我等輩一般，其麼張致！大姐姐也就不管管兒？」

孟玉樓認爲，一旦宋惠蓮戴起銀絲鬏髻，身分就是「和你我等輩一般」，因此挑唆潘金蓮把宋惠蓮逼到絕境。誠然：「一頂銀絲鬏髻能夠影響人的生死，說明這『殼子兒』作爲一個女人社會地位的絕對象徵，是多麼的重要。」[25]

二、奢華的差異性

《金瓶梅》在女性服飾裝扮上十分用心，除了鋪寫時尙，而且盡量做出區隔。例如第三回寫西門慶第二次見到潘金蓮：「西門慶睁眼看著那婦人：雲鬟疊翠，粉面生春；上穿白夏布衫兒，桃紅裙子，藍比甲；正在房裡做衣服。見西門慶過來，便把頭低了。」這兒交代得簡單，是因爲作爲賣炊餅武大的女人，居家常服就是這般規模。到第十九回，潘金蓮嫁來西門慶家已有一段時日，衣著打扮自不一樣：「（西門慶）因看見婦人上穿沉香色水緯羅對衿衫兒，玉色縐紗眉子。下著白碾光絹挑線裙子，裙邊大紅光素緞子白綾高底羊皮金雲頭鞋兒。頭上銀絲鬏髻，金鑲玉蟾宮折桂分心，翠梅鈿兒，雲鬢簪著許多花翠，越顯出紅馥馥朱唇，白膩膩粉臉，不覺淫心輒起，攙著他兩隻手兒，摟抱在一處親嘴。」

25 孟暉：《潘金蓮的髮型》（南京：江蘇人民出版社，二〇〇五年二月），頁三十八。

再看看西門慶最喜歡的妓女鄭愛月兒。第五十八回她初登場，和另外三個唱的一齊向西門慶磕頭：「那鄭愛月兒穿著紫紗衫兒，白紗挑線裙子，頭上鳳釵半卸，寶髻玲瓏，腰肢嬝娜，猶如楊柳輕盈；花貌娉婷，好似芙蓉艷麗。」已經引起西門慶高度興趣。隔天西門慶就要造訪鄭家，第五十九回寫他坐了半日，終於盼到粉頭出來，只見她：「不戴鬏髻，頭上挽著一窩絲杭州攢，梳的黑鬖鬖光油油的烏雲；露著四鬢，雲鬢堆縱猶若輕烟密霧，都用飛金巧貼；帶著翠梅花鈿兒，周圍金累絲簪兒齊插，後鬢鳳釵半卸；耳邊帶著紫瑛石墜子；上著白藕絲對衿仙裳，下穿紫綃翠紋裙，腳下露一雙紅鴛鳳嘴，胸前搖璚瑲寶玉玲瓏；正面貼三顆翠面花兒，越顯那芙蓉粉面；四周圍香風縹緲，偏相襯楊柳纖腰。」這段描寫本書第五章已經引錄。第六十八回則是：「上著烟裡火迴紋錦對衿襖兒，鵝黃杭絹點翠縷金裙，妝花膝褲，大紅鳳嘴鞋兒。燈下海獺臥兔兒，越顯的粉濃濃雪白的臉兒，猶賽美人兒一般。」第七十七回的她又是別樣風情：「頭挽一窩絲杭州攢，翠梅花鈿兒，金鈒釵梳，海獺臥兔兒。打扮的霧靄雲鬟，粉妝玉琢。上穿白綾襖兒，綠遍地錦比甲，下著六幅湘紋裙子。高高顯一對小小金蓮，猶如新月，狀若蛾眉；好似羅浮仙子臨凡境，巫山神女降世間。」

除了寫個別婦人前後裝扮不同，《金瓶梅》很多時候還要寫同一時間衆姝爭奇鬥豔，這就考驗作者區隔彼此穿衣風格的功力。例如第十五回「佳人笑賞玩燈樓」：

吳月娘穿著大紅妝花通袖襖兒，嬌綠緞裙，貂鼠皮襖；李嬌兒、孟玉樓、潘金蓮都是白綾襖兒，藍緞裙；李嬌兒是沉香色遍地金比甲；孟玉樓是綠遍地金比甲，潘金蓮是大紅遍地金比甲；頭上珠翠堆盈，鳳釵半卸，鬢後挑著許多各色燈籠兒。俱搭伏定樓窗，往下觀看。見那燈市中人烟湊集，十分熱鬧。

再如第五十六回，寫西門慶和妻妾在後花園玩耍：

只見西門慶頭戴著忠靖冠，身穿柳綠緯羅直身，粉頭靴兒。月娘上穿柳綠杭絹對衿襖兒，淺藍水紬裙子，金紅鳳頭高底鞋兒。孟玉樓上穿鴉青緞子襖兒，鵝黃紬裙子，桃紅素羅羊皮金滾口高底鞋兒。潘金蓮上穿著銀紅縐紗白絹裡對衿衫子，豆綠沿邊金紅心比甲兒，白杭絹畫拖裙子，粉紅花羅高底鞋兒。只有李瓶兒上穿素青杭絹大衿襖兒，月白熟絹裙子，淺藍玄羅高底鞋兒。四個妖妖嬈嬈，伴著西門慶尋花問柳，好不快活。

然而在更多時候，作者必須於衆姝中凸顯一人，標舉出因位分高低而形成的服飾差異。這部分用心，自然全在吳月娘身上。前引第四十回寫西門慶爲妻妾裁製衣裳，已見西門慶並不因潘金蓮、李瓶兒受寵而失了公允，他沒有忘記吳月娘作為正妻應該得到的尊榮，所以吳月娘衣裳的質與量均數倍於李嬌兒、孟玉樓、潘金蓮、李瓶兒四人。不僅如此，第四十三回寫吳月娘率眾妾迎接喬太太到訪，她除了穿上那件新製綴有百獸朝麒麟紋樣的緞袍兒，整體氣勢也壓過其他妻妾：

吳月娘這裡穿大紅五彩遍地錦百獸朝麒麟緞子通袖袍兒，腰束金鑲寶石鬧妝；頭上寶髻巍峨，鳳釵雙插，珠翠堆滿；胸前繡帶垂金，項牌錯落；裙邊禁步明珠，與李嬌兒、孟玉樓、潘金蓮、李瓶兒，孫雪娥一個個打扮的似粉妝玉琢，錦繡耀目，都出二門迎接。

這種只寫月娘，放過其他婦人不寫的方式，在第七十五回也可見得：

這五個婦人會定了，都是白䯼髻，珠子箍兒，用翠藍銷金綾汗巾兒搭著，頭上珠翠堆滿；銀紅織金緞子對衿襖兒，藍緞子裙兒。惟吳月娘戴著白縐紗金梁冠兒，海獺臥兔兒，珠子箍兒，胡珠環子，上穿著沉香色遍地金妝花補子襖兒，紗綠遍地金裙。

妻妾「都」怎麼裝扮、「惟」月娘如何如何的句型，在同一回還有一次：「月娘便穿著銀鼠皮襖，藕合緞襖兒，翠藍裙兒；李嬌兒等都是貂鼠皮襖，白綾襖兒，紫丁香色織金裙子。」另一個例子，是拿吳月娘和孟玉樓、潘金蓮對比，箇中氣派明顯可辨，看第七十八回：

吳大舅於是拜畢西門慶，月娘出來，與他哥磕頭。頭戴翡白縐紗金梁冠兒，海獺臥兔，白綾對衿襖兒，沉香色遍地金比甲，玉色綾寬襴裙。耳邊二珠環兒，金鳳釵梳，胸前帶著金三事搽領兒，裙邊紫遍地金八條穗子的荷包，五色鑰匙線帶兒，紫遍地金扣花白綾高底鞋兒，打扮的鮮鮮兒的，向前花枝招颭，繡帶飄飄，插燭也似磕了四個頭。慌的大舅忙還半禮，說道：「姐姐，兩禮兒罷！」……不想孟玉樓與潘金蓮兩個都在屋裡，聽見嚷吳大舅進來，連忙走出來與大舅磕頭：都是海獺臥兔兒，白綾襖兒，玉色挑線裙子；一個綠遍地金比甲兒，一個是紫遍地金比甲兒；頭上戴的都是鬏髻，玉樓帶的是環子，金蓮是青寶石墜子；下邊尖尖趫趫顯露金蓮。與吳大舅磕了頭，徑往各人房裡去了。

令人遺憾的是，以上這些服飾描寫全出於「詞話本」，它們到了「崇禎本」大部分遭到腰斬、甚至整段移除的命運。

「崇禎本」對「詞話本」服飾描寫的刪減，理由應當和削落飲食描寫一樣，都是希望創造更精簡、更明快的敘事風格。單就「崇禎本」來看，讀者可能眞會覺得全書顯得清爽流暢，然而如果有機會對照「詞話本」文字，不免發現有些被移除的文字原有用意。例如第七十八回，西門慶要吃任醫官給他的延壽丹，於是到如意兒處討人乳——

那如意兒，節間頭上戴著黃霜霜簪環，滿頭花翠，勒著翠藍銷金汗巾，藍紬子襖兒，玉色雲緞披襖兒，黃綿紬裙子，腳下沙綠潞紬白綾高底鞋兒，妝點打扮比昔時不同；手上戴著四個烏銀戒指兒，坐在傍邊打發吃了藥，又與西門慶斟酒布菜兒。

不想這一大段文字，「崇禎本」將之縮減爲：「那如意兒節間打扮著，連忙擠乳，打發吃了藥。」原書提到如意兒「妝點打扮比昔時不同」，這可不只因爲正逢過年，而是婦人自李瓶兒死後一路在枕席間討好西門慶，早自男人那裡得了不少頭面服飾。更重要的，西門慶在第七十五回承諾一得子嗣即扶她作妾，如意兒從孩子的奶媽到有望成爲西門妻眷。既添了不少漂亮行頭，又有飛上枝頭之樂，那麼「詞話本」寫她盛裝示人、笑傲奴婢才是正理，可惜「崇禎本」對此完全不察。

又，前引第七十八回「詞話本」有一段吳月娘盛裝見吳大舅的文字，也遭「崇禎本」悉數移除。吳月娘即將爲西門慶產下一子，日前和潘金蓮的嘔氣又占上風，大段服飾描寫頗有彰顯吳月娘家中地位的用意，可惜「崇禎本」也不領情。

類似例子很多，或者說，「詞話本」亟寫婦人服飾當都有如是匠心。例如「詞話本」第六十一回寫西門慶到韓道國家作客，結果王六兒打扮出來：「頭上銀絲䯼髻，翠藍縐紗羊皮金滾邊的箍兒，周圍插碎金草蟲啄針兒；白杭絹對衿兒，玉色水緯羅比甲兒，鵝黃挑線裙子；腳上老鴉青光素緞子高底鞋兒，羊皮金緝的雲頭兒；耳邊金丁香兒：打扮的十分精致。」這裡「崇禎本」一字未提。其實婦人自第三十七回被西門慶勾搭，一路不知得了多少好處，這身裝扮豈不說明她的春風得意？否則回頭看看第三十七回王六兒模樣：「見他上穿著紫綾襖兒，玄色緞紅比甲，玉色裙子，下邊顯著趫趫的兩隻腳兒，穿著老鴉緞子羊皮金雲頭鞋兒。生的長挑身材，紫膛色瓜子臉，描的水鬢長長的。」從第三十七回到第六十一回，王六兒豈不是更精於打點自己？

再看「詞話本」第六十七回寫潘金蓮溜進西門慶書房：「潘金蓮上穿黑青回紋錦對衿衫兒，泥金眉子，一溜擦五道金三川鈕扣兒；下著紗裙，內襯潞紬裙，羊皮金滾邊。面前垂一雙合歡鮫綃鸂鶒帶；下邊尖尖趫趫錦紅膝褲下顯一對金蓮；頭上寶髻雲鬟，打扮如粉妝玉琢，耳邊帶著青寶石墜子。」這一大段「崇禎本」也全部省略。誰不知，通身鮮麗、新潮時尙正是婦人一以貫之的努力，下文寫她和西門慶卿卿我我，尤其交代「西門慶見他頭上戴金赤虎分心，香雲上圍著翠梅花鈿兒，後鬢上珠翹錯落，興不可遏」——不正說明她「秀色可餐」？要不再回頭看看如第三回的潘金蓮：「雲鬟疊翠，粉面生春；上穿白夏布衫兒，桃紅裙子，藍比甲；正在房裡做衣服。」婦人服飾的今昔之比，不能說沒有一點意義吧！

從以上諸例來看，「崇禎本」爲了精簡小說敘述，反倒犧牲另一種文學性。更不必說其大幅刊落的後果，也使得研究《金瓶梅》服飾只能完全仰仗「詞話本」。

三、點睛

前面已然提到，作家寫服飾必然要照應人物身分、地位、運勢差別。最極端的例子可能是龐春梅，從西門慶寵婢到守備夫人，其服裝打扮完全是不同檔次——例如前面提到她身穿「大紅通袖四獸朝麒麟袍兒」。然而小說在一些細微處，也藉服飾爲人物當下處境點睛，如能察覺這層設計，或許更能佩服作者的精心。

例如第二十二回寫宋惠蓮剛進西門府，便被西門慶睃在眼裡，打定主意要調戲這婦人。一日，月娘著人打發酒菜湯飯點心給西門慶吃——

> 西門慶因打簾內看見惠蓮身上穿著紅袖對衿襖、紫絹裙子，在席上斟酒，故意問玉簫：「那個穿紅襖的是誰？」玉簫回道：「是新娶的來旺兒的媳婦子惠蓮。」西門慶道：「這媳婦子怎的紅襖配著紫裙子？怪模怪樣。到明日對你娘說，另與他一條別的顏色裙子，配著穿。」

西門慶私通宋惠蓮之後，「背地不算與他衣服、汗巾、首飾、香茶之類，只銀子成兩家帶在身邊，在門首買花翠胭粉，漸漸顯露，打扮的比往日不同。」第二十三回是她買胭粉花翠的情節：「婦人立在二層門裡，打開箱兒揀，要了他兩對鬢花大翠，又是兩方紫綾閃色銷金汗巾兒，共該他七錢五分銀子。」之後又強調一次：「頭上治的珠子箍兒，金燈籠墜子，黃烘烘的。衣服底下穿著紅潞紬褲兒，線納護膝。又大袖子袖著香茶木樨，香桶子三四個，帶在身邊。」到了第二十四回，元宵節一簇男女上大街逛花燈、放花炮、走百病，先寫惠蓮特別回屋裡——「換了一套綠閃紅緞子對衿襖兒，白挑線裙子。又用一方紅銷金汗巾子搭著頭，額角上貼著飛金，三個香茶翠面花兒，金燈籠墜子，出來跟著衆人走百病兒。」接著寫她一路上只顧和陳經濟調戲，落了花翠又忙拾花翠，掉了鞋子且扶人兜鞋，惹得玉樓罵上兩句，才知她是套著潘金蓮的鞋子穿——

> 惠蓮於是摟起裙子來，與玉樓看。看見他穿著兩雙紅鞋在腳上，用紗綠線帶兒扎著褲腿，一聲兒也不言語。

一個家人老婆如此張揚放肆，玉樓顯然是看出什麼不對勁。然後就是第二十五回女眷打鞦韆，潘金蓮、孟玉樓、李瓶兒完了換春梅及西門大姐打，再來是玉簫和惠蓮兩個打立鞦韆——

> 這惠蓮手挽彩繩，身子站的直屢屢，腳跐定下邊畫板。也不用人推送，那鞦韆飛起在半天雲裡，然後抱地飛將下來，端的恰似飛仙一般，甚可人愛。月娘看見，對玉樓、李瓶兒說：「你看，媳婦子他到會打。」正說著，被一陣風過來，把他裙子刮起，裡邊露見大紅潞紬褲兒，扎著臟頭紗綠褲腿兒，好五色納紗護膝，銀紅線帶兒。玉樓指與月娘瞧，月娘笑罵了一句「賊成精的」，就罷了。這裡月娘眾人打鞦韆不題。

從「衣服底下穿著紅潞紬褲兒，線納護膝」，終日在門首買胭粉、花翠、汗巾；到走百病時「穿著兩雙紅鞋在腳上，用紗綠線帶兒扎著褲腿」，被孟玉樓看在眼裡。宋惠蓮因巴上西門慶而日逐得意的心，隨著「飛起在半天雲裡」的鞦韆愈盪愈高。這時候，被一陣風刮起的裙下風光——「大紅潞紬褲兒，扎著臟頭紗綠褲腿兒，好五色納紗護膝，銀紅線帶兒」——成了非常點睛的意象。她那顆爭勝、愛美、貪歡的心，全隨著這些紅紅綠綠暴露在眾人之前。果然，在這場鞦韆會後，惠蓮的運勢開始走低，第二十六回就見她自縊了！

華麗的服飾外，《金瓶梅》有些小物倒也別有意致，例如汗巾。剛才提到惠蓮買了兩方「紫綾閃色銷金汗巾」，第五十一回寫陳經濟替妻子西門大姐買汗巾，李瓶兒也要他捎三方汗巾來：「我要一方老金黃銷金點翠穿花鳳汗巾。」又：「我還要一方銀紅綾銷江牙海水嵌八寶汗巾兒；又是一方閃色芝麻花銷金汗巾兒。」然後潘金蓮說：「我沒銀子，只要兩方兒夠了。要一方玉色綾瑣子地兒銷金汗巾兒。」陳經濟聽了消遣金蓮：「你又不是老人家，白刺刺的，要他做甚麼？」金蓮雖然回嘴「等我往後吃孝戴！」但第二方的花色就變得異常複雜：「我要嬌滴滴紫葡萄顏色四川綾汗巾兒，上銷金，間點翠，十樣錦，同心結，方勝地兒，一個方勝兒裡面一對兒喜相逢，兩邊欄子兒都是纓絡珍珠碎八寶兒。」看來兩位婦人都有自己獨特的品味，不過學者侯會提醒：這一幕是「潘金蓮在好勝心與癟錢袋之間的掙扎」[26]！潘金

26 侯會：《從西門慶讀懂有錢人：看金瓶梅中的經濟百態》（臺北：遠流出版公司，二〇一八年三月），頁一二三。

蓮因爲經濟窘迫，所以原本只打算買兩方便宜的素汗巾，然而因爲遭到陳經濟質疑，所以臨時改口換一條樣式格外複雜的。汗巾看似平常小物，但在這裡卻有點睛之效，提示了金蓮的拮据和要強。

另外像第五十九回，西門慶先由袖中取出「白綾雙欄子汗巾」，「上一頭栓著三事挑牙兒，一頭束著金穿心盒兒」。妓女鄭愛月兒伸手往西門慶袖子裡掏，又掏出個「紫縐紗汗巾」，上栓著一副揀金挑牙兒。粉頭拿在手中觀看，覺得甚是可愛，接著說道：「我見桂姐和吳銀兒都拿著這樣汗巾兒，原來是你與他的。」西門慶道：「是我揚州船上帶來的。不是我與他，誰與他的？你若愛，與了你罷。到明日，再送一副與你姐姐。」西門慶知道女人鍾情此類小物，故早買下一批揚州來的紫縐紗汗巾，看來這幾個妓女都很喜歡。然而在拉拉扯扯、慊慊慨慨之間，西門慶欲遮掩的是穿心盒內的物事——它既非妓女以爲的香茶，也不是西門慶口中的補藥，而是胡僧處得來的春藥！汗巾在這兒又有點睛之效。

可惜「詞話本」這些心思，到了「崇禎本」幾乎都是刪除的命運。

讀過小說的當會同意，《金瓶梅》有所謂「色彩心理學」，因爲作者很早就提示西門慶對白/紅色差的性迷戀心理。西門慶喜歡婦人有一身白皙肌膚，他對李瓶兒、孟玉樓、如意兒雪瑩瑩的身體都曾不吝贊美。此外，西門慶又特別鍾情於紅鞋，不但在宋惠蓮死後收藏婦人一雙「大紅四季花嵌八寶緞子白綾平底繡花鞋」，「詞話本」第二十八回更直接對潘金蓮說：「我的兒，你到明日再做一雙兒穿在腳上。你不知，親達一心只喜歡穿紅鞋兒，看著心裡愛。」「崇禎本」此回也一樣寫法。此番白/紅對比顯現出來的情欲張力，作家在第二十九回呈現得最明顯，西門慶一看見潘金蓮「赤露玉體，止著紅綃抹胸兒，蓋著紅紗衾，枕石鴛鴦枕，在涼席之上睡思正濃」，不覺淫心頓起便欲交合。為什麼「淫心頓起」？「詞話本」有說明：

> 原來婦人因前日西門慶在翡翠軒誇獎李瓶兒身上白淨，就暗暗將茉莉花蕊兒攪酥油定粉，把身上都搽遍了，搽的白膩光滑，異香可掬，使西門慶見了愛他，以奪其寵。西門慶於是見他身體雪白，穿著新做的兩隻大紅睡鞋。一面蹲踞在上，兩手兜其股極力而提之，垂首觀其出入之勢。

「崇禎本」這段文字亦無出入。總之，這場「蘭湯午戰」的起點，正是西門慶被潘金蓮白身子/紅睡鞋的色彩反差，給挑起無意識裡的性愛欲望。這般欲望在「詞話本」不斷被撩起又被填補，奇怪的是，「崇禎本」卻似乎忘得一乾二淨。

例如第五十二回，先寫孟玉樓、潘金蓮、李瓶兒、西門大姐、李桂姐抱著官哥兒到花園裡游玩。可怪的是，這兒獨獨交代了李桂姐的裝扮：「穿著白銀條紗對衿衫兒，鵝黃縷金挑線紗裙子，戴著銀絲䯼髻，翠水祥雲鈿兒，金纍絲簪子，紫夾石墜子，大紅鞋兒。」讀到下文，寫西門慶找李桂姐試胡僧藥，這才曉得前文爲什麼獨厚李桂姐。接下來，「詞話本」提及西門慶「輕輕搦起他剛半扠、恰三寸、如錐靶、賽藕芽、步香塵、舞翠盤、千人愛、萬人貪兩隻小小金蓮來，跨在兩邊胳膊」，然後聚焦婦人「穿著大紅素緞白綾高底鞋兒，妝花金欄膝褲腿兒用紗綠線帶扎著」。可是「崇禎本」除了刪去對小腳的修飾語，竟然還刪去這個紅鞋意象。

更誇張的例子在第七十五回，西門慶又一次來到剛得手的如意兒屋裡，性交前戲便見西門慶誇獎如意兒：「我的兒，你達達不愛你別的，只愛你這好白淨皮肉兒，與你娘的一般樣兒。我摟著你，就如同摟著他一般！」吃喝之後，上床性交，「詞話本」寫道：

> 老婆氣喘吁吁，被他肏得面如火熱。又道：「這衽腰子，還是娘在時與我的。」西門慶道：「我的心肝，不打緊處。到明日，鋪子裡拿半個紅緞子，與你做小衣兒穿，再做雙紅緞子睡鞋兒穿在腳上，好服侍我。」老婆道：「可知好哩！爹與了我，等我閑著做。」……這西門慶見他言語兒投著機會，心中越發喜歡，揝著他雪白的兩隻腿兒——穿著一雙綠羅扣花鞋兒——只顧沒稜露腦……。

這裡意思再清楚不過，西門慶愛戀如意兒白晳的肌膚，覺得綠睡鞋與婦人雪白的兩隻腿兒不搭襯，所以命婦人除了紅小衣兒，「再做雙紅緞子睡鞋兒」。誰想「崇禎本」竟把西門慶做紅睡鞋的要求給刪了！然而這段文字，豈不與前引第二十九回，潘金蓮把身上搽得白膩光滑、腳套紅睡鞋爭寵一節遙遙相對嗎？更甚的是，小說第七十八回又寫西門慶與如意兒交歡，「詞話本」寫道：「西門慶令他關上房門，把裙子脫了，上炕來仰臥在枕上，底下穿著新做的大紅潞紬褲兒，褪下一隻褲腿來。」很明顯，這裡所謂「新做的」大紅潞紬褲兒，應該就是上回西門慶許下的「鋪子裡拿半個紅緞子」所做，此處安排自有暗示婦人投其所好之意，如同第七十五回寫她爲西門慶呑尿一般。很遺憾，「崇禎本」又把「底下穿著新做的大紅潞紬褲兒，褪下一隻褲腿來」兩句刪除，這麼一來，如意兒的用心全不見了。

第七十九回的例子，更可證明「崇禎本」忘卻小說家在第二十九回安排白膚/紅鞋反差的初衷。這一回寫西門慶心中想著何千戶娘子，於是到王六兒處尋歡，「詞話本」交代婦人洗完身子，「換了一雙大紅潞紬白綾平底鞋兒穿在腳上」——注意王六兒是刻意換上紅鞋。兩人上床共效于飛，良久，西門慶的目光被這雙紅鞋給刺激，「詞話本」寫道：

> 燈光影裡，見他兩隻腳兒穿著大紅鞋兒，白生生腿兒蹺在兩邊，吊的高高的，一往一來，一衝一撞，其興不可過。因口呼道：「淫婦，你想我不想？」

西門慶對白/紅色差的性迷戀心理，到此處等於寫到一個高潮，強度更勝第二十九回。重要的是，這一回寫西門慶與王六兒交歡，西門慶的「招式」簡直是第二十七回葡萄架下潘金蓮的翻版，俱為用婦人腳帶拴吊其雙足賣個「金龍探爪」；王六兒的「服飾」則又是第二十九回潘金蓮蘭湯午戰的複製，同樣一雙大紅鞋對應著白生生腿兒。這是西門慶與王六兒最後一場性交，性事一結束，便啓動西門慶與潘金蓮最終回的亂狂，這場性交的設計直可說是老謀深沉，王六兒和潘金蓮的情色形象、之於西門慶的意義因此有了重疊27。無奈，「崇禎本」把一前一後「換了一雙大紅潞紬白綾平底鞋兒穿在腳上」、「兩隻腳兒穿著大紅鞋兒」兩個句子都刪了，等於把「詞話本」有意為之的潘、王疊影給抹掉了。

「詞話本」藉服飾、小物、飲食點睛人物的地方不少，「崇禎本」將之刪去雖不一定影響對全書的理解，但作者巧思因此被棄置，總是令人遺憾啊！

第三節　節慶：元宵

中國自古就發展出一套關於歲時節令的論述，用來指稱一年四季二十四個特殊的氣候和物候，包括立春、雨水、驚蟄、春分、清明、穀雨、立夏、小滿、芒種、夏至、小暑、大暑、立秋、處暑、白露、秋分、寒露、霜降、立冬、小雪、大雪、冬至、小寒、大寒。在歲時節令的基礎上，另外也發展出一些節日以爲對應，例如清明節、立春前後的春節和元宵節、秋分前後的中秋節等等。古人一方面按照二十四個歲時節令，細緻領會一年四季變化（或說地球繞行太陽公轉的異樣風景）；另一方面也認眞過節，藉由節日相應的民俗或文化活動，感受人生難以掌控之悲歡離合。

作爲一部世情書、一部現實主義小說，《金瓶梅》當然不會錯過這些節令和節日，很多學者都強調，節慶的熱鬧——特別元宵節——最適合用來刻劃人物、開展情節[28]。然而，節令除了提示讀者關於時間的流轉更替，往深一層講，也方便作者在小說敘事上設計安排。美國漢學家浦安迪很早就注意到，《金瓶梅》作者對四季節令「不厭其煩」的描寫，已經超出介紹故事背景和按年月順序敘述事件的範圍，達到了把季節描寫看成「一種特殊的結構原則」的地步。他同時也注意到，《金瓶梅》喜寫冷／熱更迭交替，絕不只著眼於外在氣候變

27 田曉菲也注意到，第七十九回寫西門慶和王六兒交歡，是第二十七回西門慶和潘金蓮交歡的「重寫」，可惜她並沒有把第二十九回這一幕聯繫起來，詳參【美】田曉菲：《秋水堂論金瓶梅》（天津：天津人民出版社，二〇〇三年一月），頁二三五。

28 林保淳：〈古典小說中的元宵節〉，《關東學刊》總第二十五期，二〇一八年一月，頁四十四—五十九。

化，而是因爲其中具有象徵人生經驗起落的美學意義，所以——

對冷熱的引申意義有了以上象徵性的認識，就不難發現它在《金瓶梅》情節布局中所占據的一席重要地位。在一年四季的周期循環裡，不少最「熱」的場景都被安排在最寒冷的幾個月份裡，而在中國傳統的習慣裡，這些月份又恰巧是人們最熱衷於尋歡作樂的節令。這一章法的原理也許能局部地解釋爲什麼「元宵節」在明清文人小說家的眼裡特別富有魅力。整部《金瓶梅》的四季描寫中多次提到元宵節，每一次都有特殊的深意存焉。[29]

誠然，《金瓶梅》寫了很多節令，很多節日。在這些節日中，元宵節一共寫了四次，最是令人印象深刻。

《金瓶梅》寫元宵節慶，分別在第十五回、第二十四回、第四十一至四十六回、第七十八至七十九回。作爲一部魯迅口中「描摹世態，見其炎涼」的「世情書」，在細節處首先引人注目的是燈市及煙火，但敘事用心卻在於世態人情的展現，尤其是冷/熱更替的象徵寓意。

西門慶在政和三年（一一一三）八月娶潘金蓮來家，隔年重陽又勾搭上李瓶兒；該年底李瓶兒夫婿傷寒病故，婦人即日夜盼望嫁予西門。政和五年（一一一五）一月九日潘金蓮生日，李瓶兒以祝賀爲由，首次進到西門府並見了衆妻妾。由於李瓶兒生日恰巧在一月十五日，且家門首即爲獅子街燈市，因此她約下衆女眷來家中慶生，順道同賞花燈。元宵當天酒過五巡、食割三道之後，衆婦登樓看燈玩耍，搭伏樓窗往下觀看，當街已見數十座燈架，人煙湊集十分熱鬧。接下來是一篇長長的賦，專門鋪寫燈市熱鬧：

> 山石穿雙龍戲水，雲霞映獨鶴朝天。金蓮燈、玉樓燈，見一片珠璣；荷花燈、芙蓉燈，散千圍錦繡。繡球燈，皎皎潔潔；雪花燈，拂拂紛紛。秀才燈，揖讓進止，存孔孟之遺風；媳婦燈，容德溫柔，效孟姜之節操。和尚燈，月明與柳翠相連；通判燈，鐘馗共小妹并坐。師婆燈，揮羽扇，假降邪神；劉海燈，背金蟾，戲吞至寶。駱駝燈、青獅燈，馱無價之奇珍，咆咆哮哮；猿猴燈、白象燈，進連城之秘寶，頑頑耍耍。七手八腳，螃蟹燈倒戲清波；巨口大髯，鮎魚燈平吞綠藻。銀蛾鬬彩，雪柳爭輝。雙雙隨繡帶香毬，縷縷拂華幡翠幰。

29 【美】蒲安迪：《中國敘事學（第二版）》（北京：北京大學出版社，二〇一八年八月），頁一〇三。

魚龍沙戲，七眞五老獻丹書；吊掛流蘇，九夷八蠻來進寶。村裡社鼓，隊隊共喧闐；百戲貨郎，樁樁齊鬬巧。轉燈兒一來一往，吊燈兒或仰或垂。琉璃瓶現美女奇花，雲母障呈瀛州閬苑。往東看，雕漆床、螺鈿床，金碧交輝；向西瞧，羊皮燈、掠彩燈，錦繡奪眼。北一帶，都是古董玩器；南壁廂，盡皆書畫瓶爐。王孫爭看，小欄下蹴踘齊雲；仕女相攜，高樓上妖嬈衒色。卦肆雲集，相幕星羅：講新春造化如何，定一世榮枯有准。又有那站高坡打談的，詞曲楊恭；到看這擗響鈸游腳僧，演說三藏。賣元宵的，高堆菓餡；粘梅花的，齊插枯枝。剪春娥，鬢邊斜插鬧東風；禱涼釵，頭上飛金光耀日。圍屏畫石崇之錦帳，珠簾繪梅月之雙清。雖然覽不盡鰲山景，也應豐登快活年。

這麼一大篇賦，讀者很容易以爲是小說家慣用套語，進而跳過不看。然而若眞放過就可惜了，上半賦交代金蓮燈、玉樓燈等十八種燈式，下半賦列舉各式雜耍百戲、市集買賣、民俗小吃，通篇五百多字可謂繁花勝景。《金瓶梅》詳寫燈市，在小說史上前無古人，後來的小說也頗熱衷於此，《後紅樓夢》寫衆女子紮起各式花燈即爲一例。

不過話說回來，正當潘金蓮好不得意、好不快活——「一徑把白綾襖袖子摟著，顯他遍地金掏袖兒，露出那十指春葱來，帶著六個金馬鐙戒指兒，探著半截身子，口中嗑瓜子兒，把嗑了的瓜子皮兒都吐下來，落在人身上，和玉樓兩個嘻笑不止」——的時候，殊不知西門慶也和朋友們在街市觀燈，且不久就被衆人拉進妓院。如同第十五回回目有意的對襯設計——這廂是「佳人笑賞玩燈樓」，那廂卻是「狎客幫嫖麗春院」——妻妾賞燈戲謔的歡樂，只是一時表相；男人拈花熱鬧的禍害，將在不久浮現。

到了政和六年（一一一六），元宵當天，「西門慶在家，廳上張挂花燈，鋪陳綺席」。隔天十六日，合家歡樂飲酒，四個家樂「在傍𢳆箏敲板，彈唱燈詞」。接著西門慶被朋友請出去賞燈吃酒，潘金蓮於是約上孟玉樓、李瓶兒，帶領一簇男女「走百病」——婦女成群夜遊走橋摸釘，以求福祛病之舊時元宵風俗。民俗學者的研究指出：元宵夜遊狂歡是一個「錦繡排場」，花燈煙火是觀賞目標，遊人自身也成爲被他人觀賞的對象。在這個一年一次、難得可以突破禁忌的大舞臺，觀者同時也是演員，可以稍爲放肆地展示自己[30]。由於這個年節前後，西門慶剛把宋惠蓮刮上手，婦人因此成爲第二十四回元宵節「走百病」敘寫的要角——

30 陳熙遠：〈中國夜未眠——明清時期的元宵、夜禁與狂歡〉，《中央研究院歷史語言研究所集刊》第七十五本第二分，二〇〇四年六月，頁二八三—三二九。

經濟與來興兒，左右一邊一個，隨路放慢吐蓮、金絲菊、一丈蘭、賽月明。出的大街市上，但見香塵不斷，游人如蟻，花炮轟雷，燈光雜彩，簫鼓聲喧，十分熱鬧。左右見一隊紗燈引導一簇男女過來，皆披紅垂綠，以為出於公侯之家，莫敢仰視，都躲路而行。那宋惠蓮一回叫：「姑夫，你放個桶子花我瞧。」一回又道：「姑夫，你放個元宵炮燇我聽。」一回又落了花翠，拾花翠；一回又掉了鞋，扶著人且兜鞋；左來右去，只和經濟嘲戲。玉樓看不上，說了兩句：「如何只見你吊了鞋？」玉簫道：「他怕地下泥，套著五娘鞋穿著哩！」玉樓道：「你叫他過來我瞧，真個穿著五娘的鞋？」金蓮道：「他昨日問我討了一雙鞋，誰知成精的狗肉，他套著穿！」惠蓮於是摟起裙子來，與玉樓看。看見他穿著兩雙紅鞋在腳上，用紗綠線帶兒扎著褲腿，一聲兒也不言語。

這裡寫西門慶女婿陳經濟躧著馬，點放煙火花炮與眾婦人瞧的情景，委實是一種冒犯禁忌的歡愉，而這種踰越，唯有在元宵節才被有限度地默許。宋惠蓮仗著西門慶寵愛，除了自以為凌駕僕人婢女之上，還妄想比肩家中妻妾，甚至有意挑戰道德倫理底限。所以，這回「走百病」便見他打扮得花枝招展、公然與陳經濟調情、並且賣弄自己的腳比潘金蓮還小。

果然好景不常，宋惠蓮夫婿來旺很快便被西門慶搆陷入獄，同年四月婦人也因潘金蓮激將而自縊身亡。元宵節夜遊的快意，稍後打鞦韆的得意，竟是她生命最後亮點，宛如元宵煙火花炮，精彩只在一瞬之間。

政和七年（一一一七）元月年節——嚴格講還只是初八到十七日——小說家整整從第三十九回寫到第四十七回，生活內容密度極高，包括西門慶向吳道官送兒子的寄名禮、王姑子爲吳月娘尋求子息、喬大戶家長姐與西門家官哥結親、應伯爵做中人向西門慶借銀、妻妾笑卜龜兒卦、西門慶受贓枉法……等世情內容。在第四十一到四十六回講元宵歡慶，除了多次寫到妻妾在家或出外吃酒看燈，首次提及施放煙火。第四十二回，正月十四日，西門慶看看天晚，先是「吩咐樓上點起燈，又樓檐前一邊一盞羊角玲燈」，家中自在飲酒，聽著樂師彈唱燈詞。吃完元宵，命家人把煙火架抬出去置放街心，自己上樓觀看，圍觀群眾挨肩擦膀，但見：

> 一丈五高花樁，四圍下山棚熱鬧。最高處一隻仙鶴，口裡銜著一封丹書，乃是一枝起火。起火萃嵂一道寒光，直鑽透斗牛邊。然後正當中一個西瓜炮迸開，四下裡人物皆著，觱剝剝萬個轟雷皆燎徹。彩蓮舫，賽月明，一個趕一個，猶如金燈沖散碧天星；紫葡萄，萬架千株，好似驪珠倒挂水晶簾泊。霸王鞭，到

處響亮；地老鼠，串繞人衣。瓊盞玉臺，端的旋轉得好看；銀蛾金彈，施逞巧妙難移。八仙捧壽，名顯神通；七聖降妖，通身是火。黃烟兒，綠烟兒，氤氳籠罩萬堆霞；緊吐蓮，慢吐蓮，燦爛爭開十段錦。一丈菊與煙蘭相對，火梨花共落地桃爭春。樓臺殿閣，頃刻不見巍峨之勢；村坊社鼓，仿佛難聞歡鬧之聲。貨郎擔兒，上下光焰齊明；鮑老車兒，首尾迸得粉碎。五鬼鬧判，焦頭爛額見猙獰；十面埋伏，馬到人馳無勝負。總然費卻萬般心，只落得火滅烟消成煨燼。

當今煙火是從平地發射至高空，人們抬頭仰望各種美麗圖像；但在宋、明時期，諸家筆記所載煙火都是架在平地，點燃後在低空形成各種綺景。《金瓶梅》這裡可能是清代以前最細緻的煙火描寫，從煙火的架設，到點燃後的連串反應，以及一色又一色具體的空中幻影，爲中國煙火技藝提供了難得的史料。有學者認爲，宋元筆記雖然不乏關於煙火的記載，但是往往「有實無味」，很少像這裡藉由賦體對煙火的種類、色彩和燃放場面展開具體、生動的摹繪，特別是對十幾種煙花品類都有特徵化的描述。《金瓶梅》提供明代煙火製作技藝的實景，既佐證文獻，又使讀者對煙火燃放的瑰麗景致有深刻的感官認知[31]。

政和七年這一夜元宵煙火的絢麗迷亂，似乎預告西門慶這一年的激越人生。雖然先後死了兒子官哥、愛妾李瓶兒，但復新刮上妓女鄭愛月兒、官婦林太太、及諸多家內女眷，而且官運亨通發達，店鋪獲利倍增——小說家花費近四十回篇幅寫這一年。談到敘事時間速度，按照楊義的說法，是由歷史時間的長度和敘事時間的長度相比較而成立的，歷史時間越短而文本長度越長，敘事時間就顯得緩慢[32]。那麼，《金瓶梅》政和七年是時間敘事速度最慢、情節密度最強的一年，作者顯然有意要讀者聚焦問題：這一年春節大張旗鼓的熱鬧，是因爲西門慶剛生了兒子又剛做了官，然而在一整年動動盪盪、四十回內文瑣瑣碎碎之後，準備要來迎接西門慶的自取滅亡。

重和元年（一一一八），西門慶自元旦以來喝了幾場大酒、經歷幾場瘋狂性事，初七便覺腰腿酸痛、精神衰退。雖然當天還和老婆商量燈節邀客來家，十日「且教賁四叫花匠在家，攢造兩烟火」，十三日仍赴獅子街燈市觀燈——但是午後先與王六兒交歡，晚夕又與潘金蓮瘋狂，終因縱欲過度而脫陽。於是《金瓶梅》的第四個元宵節，取消了酒會，煙火也不見施放，小說再沒有前面鋪寫的年節氣氛。廿一日，西門慶也就嗚呼哀哉。

31 雷勇、蘇騰：〈《金瓶梅詞話》中賦的社會文化價值〉，《明清小說研究》二〇一五年第四期，頁一八〇—一八六。

32 楊義：《中國敘事學》（北京：人民出版社，一九九七年十二月），頁一四一—一四八。

死了西門慶、少去燈市及煙火的《金瓶梅》，顯得分外冷清。其後二十回，無論就閱讀反應或世情摹寫而言，也相對乏味。不過正如第四章論及龐春梅時所說，很多人覺得小說後二十回只剩「爲炎涼翻案」這個大關目尚稱精彩，而其中高潮就是第八十九回「清明節寡婦上新墳　吳月娘悞入永福寺」。這一回開場寫吳月娘、孟玉樓帶著孝哥兒，往城外五里原與西門慶上新墳祭掃，一片冷冷清清，好不淒涼。然而，如果小說前半部寫歡慶元宵，誠爲在熱鬧與歡聚的表相下埋藏冷清與死亡的命運提示，那麼到第八十九回寫清明節，才眞正完成這一終極宣告。所以很多學者都主張，把小說前半部的元宵節和最後的清明節對看，才能掌握作者的苦心經營：

很顯然小說選擇什麼節日，是有其獨特匠心的。選擇喜慶性質的元宵節作爲前七十九回重點描寫的生活時間點，而選擇帶有淒涼冷清意味的清明節作爲後二十一回重點描寫的生活時間點，渲染了兩種截然不同的感情氛圍，使小說前後形成強烈的冷與熱、聚與散的強烈對比，敘事節奏鮮明[33]。

如前所述，《金瓶梅》對歲時節令與各種節日的描寫是空前的，其中又特別以元宵書寫最見企圖，這對之後的《紅樓夢》及其他世情小說起到影響。但是，《紅樓夢》及其他世情小說繼承的多是冷／熱象徵寓意，把元宵節（及其他節令節日）「作為一種城市風俗的具體展示遠不如《金瓶梅》」[34]。一部小說要能作為城市風俗之具體展示、要能成為社會內容的佐證文獻，勢必要對諸般生活細節進行周詳備全的交代，《金瓶梅》的「不厭精細」確實是革命性創舉。

更遑論，它在精細之外猶有寄託、另見埋伏呢！

33 魏遠征：〈歲時節日在《金瓶梅》中的敘事意義〉，《安慶師範學院學報（社會科學版）》第二十三卷第六期，二〇〇四年十一月，頁八十六－九十。

34 詹丹、張瑞：〈城市狂歡的傳統表現和《紅樓夢》的元宵節慶〉，《紅樓學學刊》二〇〇八年第三輯，頁一〇五－一一八。

第七章 《金瓶梅》的意義與寓意

自從《金瓶梅》問世以來，明清讀者關於小說的主旨，便有所謂寓意說、世戒說、諷勸說、誨淫說、復仇說、苦孝說、財色說等主張。現、當代學者則在傳統說法的基礎上多所補充，根據吳敢歸納，大略計有世情說、寫實說、勸善說、宣揚儒教說、封建說、暴露說、影射說、性惡說、貪嗔痴說、變形說、新興商人悲劇說、商人社會寫照說、人生欲望說、精神危機說、新思想信息與舊意識體系雜陳說、黑色小說說、憤世嫉俗說、人性復歸說、人格自由說、性自由悲劇說、探討人生說、文化悲涼說等等[1]。梅新林、葛永海則將歷年出現過的數十種說法，擇其要者歸結爲世情說、暴露說、政治諷諭說、新興商人悲劇說、人生欲望說、文化悲涼說等六種[2]。長期以來的主旨之辯，一方面證明《金瓶梅》蘊含深刻複雜的思想，另一方面也反映學界對此的高度關注。

不過，關於小說主旨的討論永遠無休止盡，在作者意圖和作品主旨無可能眞正「被發現」的前提下，一切關於主旨的論證都只是向讀者提供進入文本、闡釋文本的路徑，因此本書不打算提出、或呼應單一的《金瓶梅》主旨說。倒是，《金瓶梅》作爲魯迅口中的「世情書」，其「描摹世態，見其炎涼」特色究竟提供什麼樣的認識論反思？過去關於「世情說」的討論其實沒有聚焦出明確共識。其次，東吳弄珠客在〈金瓶梅序〉提到：「讀《金瓶梅》而生憐憫心者，菩薩也；生畏懼心者，君子也；生歡喜心者，小人也；生效法心者，乃禽獸耳。」究竟這生憐憫心的菩薩境界，對應起現實生活中人倫與人際關係，提供的是什麼指引？再次，從《金瓶梅》到《紅樓夢》向來不缺「索隱派」研究者，《金瓶梅》文本中的「微言大義」也被有心人整理出不少，然而各式各樣看似天馬行空的「寓意說」，何者既有啓發性又具備學術性格？

爰本章擬分就這三方面加以析論。第一節談《金瓶梅》「描摹世態，見其炎涼」提供的認識論反思。觀察宋元話本可知，說書人和受衆最關切的人情冷暖，始終是善人有無善終、惡人有無惡報。如此一來，《金瓶梅》的善人有什麼結局，惡人得什麼下場，便成爲全書最終擬揭示之重點。第二節談《金瓶梅》提供的人倫與人際關係指引，其實也是接續前節所論而來。善和惡的定義從來不是鐵板一塊，必須考慮複雜的生命維度，因此善人何以爲善

1 吳敢，〈二十世紀《金瓶梅》研究的回顧與思考〉，《徐州師範大學學報》（哲學社會科學版）第二十七卷第二期，二〇〇一年六月，頁十四—三十八。然而到了吳敢的《金瓶梅研究史》（鄭州：中州古籍出版社，二〇一五年六月），又增加了幾種說法，包括情色說、政治歷史小說說、自然主義說、諷刺說、市民寫照說、縱欲亡身說、反腐敗說、人欲人性說、金錢批判說、揭示國民性弱點說、性小說說、悲天憫人說；又，原先的勸善說則改成勸誡說、影射說改爲影射諷喻說，詳參頁一六一—一六二。

2 梅新林、葛永海，〈《金瓶梅》研究百年回顧〉，《文學評論》二〇〇三年第一期，頁六十—七十。

（人），惡人為什麼一定是惡（人），往往要盱衡局勢、審度各種社會關係才能決定。如此一來，善（人）與惡（人）的問題端看所選擇的思考高度。該有多高？也許要菩薩那麼高！至於第三節談寓意，出發點同樣承前而來，如果善（人）惡（人）之說是象徵，那麼它指涉的是什麼？

第一節　一部世情書——描摹世態，見其炎涼

本書第三章提到，《金瓶梅》自西門慶擴及芸芸眾生，從一人、一家、一族寫到一整個社會，其世情內容不只包括富豪家庭的生活細節，也包括浮華社會的諸種面向。魯迅所謂《金瓶梅》「描摹世態，見其炎涼」，前者是世情小說的消極條件，後者是世情小說的積極目標。具體來講，小說是不是充分摹寫日常生活，進而擴及社會內容，乃一部世情小說的文字工夫；如果因此還能反映人情冷暖，甚至從生命的本質、文化的內涵反省個體的創造與侷限，並體現出一定的思想深度，則是世情小說上上之作。明清世情小說符合魯迅深切期望的，大概只有《金瓶梅》和《紅樓夢》。然而，我們已經在本書第四、五、六章看到《金瓶梅》作者描繪人物、摹寫細節的文字工夫，確認其滿足「描摹世態」的消極條件，但在揭示

人情炎涼方面，《金瓶梅》作者提供什麼樣的觀察呢？

如前所述，宋元說書人最關切的人情冷暖，無非是善人有無善終、惡人有無惡報。繼承宋元話本而來的明代小說，尤其像《金瓶梅》這樣的世情小說，自然也是一樣。《金瓶梅》全書最大惡人是誰？張竹坡在〈批評第一奇書金瓶梅讀法〉第三十二已經說「西門是混帳惡人」，那麼作者爲他設計了怎樣的人情惡報？此外，西門慶死後的小說末二十回，又有什麼善／惡觀看重點？既然張竹坡〈批評第一奇書金瓶梅讀法〉第五十一，已經說龐春梅的角色重點在於書末「爲炎涼翻案」，那麼作者爲她設計了怎樣的人情反思？

西門慶的下場，後代讀者只關注小說第一百回的寫法。在這一回，小玉偷看永福寺普靜方丈薦拔亡魂，見一人素體縈身，口稱：「清河縣富戶西門慶，不幸溺血而死。今蒙師薦拔，今往東京城內，托生富戶沈通爲次子——沈鉞去也。」但在下文，普靜卻又點化月娘，告知孝哥兒實乃西門慶死後托化——「於是扠步來到方丈內，只見孝哥兒還睡在床。老師將手中禪杖向他頭上只一點，教月娘衆人看，——忽然翻過身來，卻是西門慶，項帶沉枷，腰繫鐵索。複用禪杖只一點，依舊還是孝哥兒，睡在床上。」明明是兩個互相矛盾的交代，但讀者不以爲意，信的是西門慶死後與一干人等在地獄受盡苦刑，最終才蒙方丈薦拔托生。對此報應安排不滿者，作續書《續金瓶梅》、《三世報隔簾花影》讓西門慶再受點苦：「（西門）至其報復，亦不過妻散財亡，家門冷落而止。似乎天道悠遠，所報不足以蔽其辜。此

《隔簾花影》四十八卷所以繼正續兩編而作也。」[3]認為此等報應太過者，又反過來新作續書，重新給西門慶一段豔異之旅，說：「但看《三世報》，雖係續作，因過猶不及，渺渺冥冥。……看西門慶、春梅，不過淫慾過度，利心太重，若至挖眼、下油鍋，三世之報，人皆以錯就錯，不肯改惡從善，故又引回數人，假揑金字、屛字、梅字，幻造一事。雖為風影之談，不必分明理弊功效，續一部豔異之篇，名《三續金瓶梅》。」[4]

《續金瓶梅》、《三世報隔簾花影》不滿原著在第七十九回以後，只見西門慶「妻散財亡，家門冷落」，因而續寫來世故事。可怪的是，續書作者似乎認為「來世」因果報應才具懲誡力道，「現世」人情反噬竟然不痛不癢?事實上，「世態炎涼」永遠指的是現世報應，不應該是抽象的、無法證實的地獄受苦及輪迴報應。所以，有意味的自然是西門慶死後如何「妻散財亡，家門冷落」。

西門慶臨死前，把女婿陳經濟找來交代遺產處理方式。首先，他吩咐把緞子鋪、絨線鋪、紬絨鋪的貨物逕行發賣，接著把這三個鋪子都收了，只守著當鋪和生藥鋪，這顯然和緞子鋪、絨線鋪、紬絨鋪經營成本高、風險大、變數多有關。其次，他吩咐把外面放貸的欠銀趕緊催回來，想是防患死後有人賴帳。再次，之前派韓道國和來保拿四千兩去江南置買貨物，他也提醒船到之後趕緊賣了銀子落袋為安，像是早已預見這兩個夥計奴才遲早要背棄他。最後，他吩咐把對門和獅子街房子都賣了，理由是「只怕你娘兒們顧攬不過來」。西門慶相信，經過自己的調度安排，這十多萬家私足夠妻妾過活，所以他交代吳月娘：「我死後你若生下一男半女，你姊妹好好待著，一處居住，休要失散了，惹人家笑話。」他甚至沒有忘記衆妻妾原本的不睦，指著金蓮對月娘說：「六兒他從前的事，你躭待他罷。」一個半生荒唐的人，臨死之際還能把家中財務及妻妾關係安排妥當，誠然也是精明幹練了。

沒想到，兩天後西門慶一嚥氣，大夥兒才想到根本忘了先預備棺材，慌的吳月娘叫吳二舅和賁四開箱子、拿元寶去看材板——但在李瓶兒死前，西門慶可是先花三百二十兩銀子買一副好材板，連夜命匠人攢造棺槨。接著吳月娘肚疼即將臨盆，衆人手忙腳亂之際，「李嬌兒趕月娘昏沉，房內無人，箱子開著，暗暗拿了五錠元寶，往他屋裡去了」——西門慶生前可不見這麼大宗的盜銀案，何況盜者根本是家中二房娘子。登時吳月娘生下一個孩兒，賞給接生婆蔡老娘三兩銀子，不料蔡老娘卻嫌少——因爲當年李瓶兒生下兒子，西門慶可是賞了她五兩一錠銀子，並許她洗三朝時另送一疋緞子。沒想吳月娘這時候說：「比不的那時有當家的老爹在此。如今沒了老爹，將就收了罷。待洗三來，再與你一兩就是了。」接著吳月

3 清・四橋居士，《三世報隔簾花影・序》，收入清・丁耀亢等著，陸合、星月校點：《金瓶梅續書三種》（濟南：齊魯書社，一九八八年八月）。

4 清・訥音居士：《三續金瓶梅・自序》（臺北：臺灣大英百科股份有限公司，一九九六年一月「思無邪匯寶」據北京大學圖書館藏道光元年抄本排印），頁三十五。

娘發現箱子打開著，雖未察覺少去五錠元寶，仍氣急敗壞地罵丫頭，並趕忙命人取鎖來。這個舉動馬上讓其他妻妾有所警覺，孟玉樓見大娘多心，就不肯在她屋裡，走出來對著潘金蓮說：「原來大姐姐恁樣的，死了漢子頭一日，就防範起人來了！」

不全因為吳月娘的關係，然而，西門慶死後妻妾散盡誠為事實。首先是李嬌兒，她除了在西門慶嚥氣當下就偷走五錠元寶，治喪期間又不斷偷東西讓樂工李銘掖送出去——讀者到這會兒甚至才知道「吳二舅又和李嬌兒舊有首尾」——果然「五七」過後便哭啼嚎叫鬧上吊，成功讓月娘把她打發回妓院。西門慶於第七十九回死去，李嬌兒第八十回就事發離家，這叛逃的速度不能說不快。另一種背叛由潘金蓮啓動，同樣是第八十回治喪期間，潘金蓮和女婿陳經濟「終於」偷期得手；到了第八十二回，潘金蓮更奉送春梅讓他「畫樓雙美」，陳經濟一下便接收了岳父的兩個女人。結果東窗事發，春梅在第八十五回被月娘賤價賣走，金蓮也在第八十六回遭媒婆帶回。再來第九十回，孫雪娥遭西門慶的家僕來旺拐跑。接著第九十一回，孟玉樓見吳月娘「心腸兒都改變」，索性同意李衙內的提親。西門慶一妻五妾的規模，到頭來只剩吳月娘一個人，至於外面的姘婦和妓女，自然也都另尋高枝。

西門慶死後之家門冷落，可從內、外兩方面看。在內，西門慶生前派夥計韓道國、僕人來保拿四千兩到江南批貨，結果回程路上聽得西門慶死訊，韓道國先把船上棉花賣了一千兩，偕同妻子王六兒到東京投靠孩兒。來保的動作雖比韓道國慢一著，但他也私呑剩餘貨物，並把虧空全部推到韓道國身上。此後他開始倚老賣老，非但對吳月娘出言不遜、語多恐嚇，而且姦淫婢女玉簫、迎春，甚至先後在外面開起雜貨鋪和布鋪，接管西門慶原來的物流通路和買賣人際。在外，原先跟西門慶吃香喝辣的「兄弟」們，在「二七」那天一人出一錢銀子辦一桌祭禮後，應伯爵馬上跳到張二官那裡當幫閒。他先遊說張二官自妓院娶回李嬌兒，又把西門慶透過朝廷關係得到的古器採購生意改讓張二官承接，甚至幫忙張羅買園、蓋房、謀娶潘金蓮等計畫。應伯爵改攀張二官，祝實念、孫寡嘴依舊纏著王三官在妓院行走，這一切發生的太快又太自然，好像他們根本不曾有過西門慶這個結拜大哥！對此作家侯文詠說的好：「西門慶之死，最可怕的不是西門慶這個傢伙死了，而是他從來沒有活過。」[5]

其實，從小說寫西門慶後事之簡單平常，即可預見日後妻妾離散、家門冷落。君不見李瓶兒後事及喪禮何其繁複慎重，總見官員鄉紳紛至沓來地吊唁慰問，相較之下西門慶這裡就顯得寒酸許多。尤其，李瓶兒從斷氣到出殯整整寫了四回，西門慶後事卻一回就解決。治喪敘事的簡化，暗示人情澆薄的事實，第七十九回寫治喪準備只有以下文字：

5 侯文詠：《沒有神的所在——私房閱讀《金瓶梅》》（臺北：皇冠文化出版公司，二〇〇九年七月），頁四九〇。

當下吳二舅、賁四往尚推官家買了一付棺材板來，教匠人解鋸成槨。眾小廝把西門慶抬出，停放在大廳上，請了陰陽徐先生來批書。不一時，吳大舅也來了。吳二舅、眾伙計都在前廳熱亂，收燈捲畫，蓋上紙被，設放香燈几席。來安兒專一打磬。徐先生看了手，說道：「正辰時斷氣，合家都不犯凶煞。」請問月娘，定三日大殮，擇二月十六日破土，二十日出殯，也有四七多日子。一面管待去了，差人各處報喪，交牌印往何千戶家去。家中破孝搭棚，俱不必細說。

為什麼「家中破孝搭棚，俱不必細說」？可能是之前李瓶兒死時，相關禮儀及習俗已見交代，此處再作即為犯筆。但也可能是西門慶喪事操辦得平平常常，無啥可說。小說跳過「頭七」不寫，接下來「二七」也很簡單，第八十回開頭先見一首引詩：「寺廢僧居少，橋塌客過稀；家貧奴婢懶，官滿吏民欺；水淺魚難住，林疏鳥不栖；世情看冷暖，人面逐高低。」然後感慨：

此八句詩，單說著這世態炎涼，人心冷暖，可嘆之甚也！西門慶死了，首七光景，報恩寺朗僧官十六眾僧人做水陸，有喬大戶家上祭。玉皇廟吳道官，受齋在家攢念二七經，不題。

西門慶才剛死，這裡便道「這世態炎涼，人心冷暖，可嘆之甚也」，明示西門慶喪禮的蕭索冷清，甚至連文字交代都可以省去。然而雖說「不題」，後文還是略述一二：

到二月初三日，西門慶二七，玉皇廟吳道官十六個道眾，在家念經做法事。那日衙門中何千户作創，約會了劉薛二內相、周守禦、荊統制、張團練、雲指揮等數員武官，合著上了一壇祭。月娘這裡請了喬大户、吳大舅、應伯爵來陪侍，李銘、吳惠兩個小優兒彈唱，捲棚管待去了。俱不必細說。到晚夕念經送亡，月娘吩咐把李瓶兒靈床，連影抬出去，一把火焚之，將箱籠都搬到上房內堆放。

「二七」法事三言兩語帶過，但著意提了一筆：「月娘吩咐把李瓶兒靈床，連影抬出去，一把火焚之。」西門慶才死十四天，吳月娘迫不及待要把李瓶兒靈床和畫影趕出家門，連死人都不能容，西門慶遺言——「你姊妹好好待著，一處居住，休要失散了，惹人家笑話。」——又怎麼可能做到呢？小說接下來跳過「三七」、「四七」寫出殯：

初九日念了三七經，月娘出了暗房。四七就沒曾念經。十六日，陳經濟破了土回來，二十日早發引。也有許多冥器紙札，送殯之人終不似李瓶兒那時稠密。臨棺材出門，陳經濟捽盆扶柩。也請了報恩寺朗僧官起棺，坐在轎上，捧的高高的，念了幾句偈文，說西門慶一生始末，……朗僧官念畢偈文，陳經濟捽破紙盆，棺材起身。合家大小孝眷，放聲號哭動天。吳月娘坐魂轎，後面眾堂客上轎，都尾隨材走，逕出南門外五里原祖塋安厝。陳經濟備了一疋尺頭，請雲指揮點了神主；陰陽徐先生下了葬，眾孝眷掩土畢。山頭祭桌，可憐通不上幾家：只是吳大舅、喬大戶、何千戶、沈姨夫、韓姨夫與眾夥計五六處而已。吳道官還留下十二眾道童回靈，安於上房明間正寢。大小安靈、陰陽灑掃已畢，打發眾親戚出門。吳月娘等，不免伴夫靈守孝。一日暖了墓回來，答應、班上排軍、節級，各都告辭回衙門去了。西門慶五七，月娘請了薛姑子、王姑子、大師父、十二眾尼僧，在家誦經禮懺，超度夫主生天。吳大妗子并吳舜臣媳婦，都在家中相伴。

「三七」念了經後「四七」即不念經，發引當天雖然冥器紙札齊備，但是明言「送殯之人終不似李瓶兒那時稠密」，山頭設奠祭桌者也就吳大舅、喬大戶等五、六處，「可憐通不上幾家」。以上即西門慶後事的全部，在儉省的筆墨中，透出露骨的寒意。

西門慶一生縱欲貪歡，但死後門前冷清、衆叛親離、妻妾散去、兒子出家，無一不是現世人情惡報。從現實主義的角度講，此乃「惡人」西門慶在合理範圍內的最壞境況，作者對西門慶的批判態度應該很清楚，難怪東吳弄珠客在〈金瓶梅序〉說：「然作者亦自有意，蓋爲世戒，非爲世勸也。」不過回到龐春梅這個角色，作者的善惡觀念就有些游移模糊，甚至帶一點虛無傾向。

本書第五章已經提到，張竹坡說「春梅欲留之爲炎涼翻案，故不得不留其身分，而止用影寫也」[6]，其角色設計在於日後（小說最後十餘回）爲世態炎涼翻案，所以前八十多回只能點到爲止。然而前八十餘回的龐春梅雖「止用影寫也」，但又藉描其心高志大以抬高身分：「於同作丫環時，必用幾遍筆墨，描寫春梅心高志大，氣象不同。……因要他於污泥中，爲後文翻案，故不得不先爲之抬高身分也。」[7]所以從第十一回「激打孫雪娥」、第二十二回「正色罵李銘」到第七十五回「毀罵申二姐」，均見其得理不饒人之態勢。又，

6 清・張竹坡：〈批評第一奇書金瓶梅讀法〉，第五十一，轉引自黃霖編：《金瓶梅資料彙編》（北京：中華書局，一九八七年三月），頁八十。

7 清・張竹坡：〈批評第一奇書金瓶梅讀法〉，第十七，轉引自黃霖編：《金瓶梅資料彙編》，頁六十八－六十九。

第二十九回背後回嗆月娘：「莫不長遠只在你家做奴才罷！」第四十一回當面央求西門慶：「我不比與他（按：西門大姐）。我還問你要件白綾襖兒，搭襯著大紅遍地錦比甲兒穿。」也著實見其心高志大的一面。

然而，龐春梅果眞如張竹坡所說「心高志大」，或者其實是狂妄囂張？試想：她從一個用十六兩銀子買來供大娘房裡使喚的丫頭，到第十回因「性聰慧，喜謔浪，善應對，生的有幾分顏色」而遭西門慶收用，自此潘金蓮大力抬舉春梅——難道不是據此才有接下來的「激打孫雪娥」，以及更誇張的「正色罵李銘」和「毀罵申二姐」？第二十九回吳神仙相春梅「必得貴夫而生子」、「早年必戴珠冠」，吳月娘認爲「相不著」，春梅背後反駁：「凡人不可貌相，海水不可斗量。從來旋的不圓砍的圓，各人裙帶上衣食，怎麼料得定？莫不長遠只在你家做奴才罷！」除了多幾分美貌，除了被主子收用，春梅其實沒有其他「心高志大」的條件，作家創造這個角色並不像《紅樓夢》的晴雯一樣，還有追求階級平等、甚至反抗階級壓迫的用意。《金瓶梅》寫春梅的傲，說到底只是凸顯她不甘心罷了，漂亮女人本就不易認命於卑賤的階級出身，何況被寵幸後就有翻身的機會。

龐春梅固然不是一個理想人物，但也談不上歹人，她在府中目空一切，在家人面前頤指氣使，說到底都是對自己出身、以及與自己同樣出身的人感到憎厭，此係人之常情。如果說這個角色的主要功能，眞是留待西門慶死後才能發揮，那麼首先誠如張竹坡所言，飛上枝頭的龐春梅對上樹倒猢猻散的吳月娘，雍容大度的守備夫人映照自慚形穢的落難寡婦，確實能夠引發讀者對世道澆漓的感慨。然而另一方面，第八十五回被月娘賤賣出府的龐春梅，到第八十七回潘金蓮死後可以說成爲潘金蓮「替身」——小說前八十餘回，母女倆是何等沆瀣一氣、眞心對待、互相遮掩，第八十七回以後，潘金蓮的意識、精神、行徑都被龐春梅以更放縱、更極端、更虛無的方式繼承下來。張竹坡說潘金蓮「不是人」，她的生命終結於武松刀下，此一下場應證了她在第四十六回的自我預言：「明日街死街埋，路死路埋，倒在洋溝裡就是棺材。」但是作爲「不是人」的潘金蓮的替身，小說結尾對龐春梅的安排反倒令人看不明白。

嫁入周守備府並得夫君寵愛的龐春梅，並沒有像改嫁李衙內的孟玉樓一樣安分自守，反而盡顯乖張行徑。例如她背著周守備，委人買了棺材替潘金蓮裝殮，先以嫡姊之名將其埋在周家香火院永福寺，復假探視親娘之名掃墓祭拜；再如她買孫雪娥來家，百般折磨刁難，最終又賣入娼門。不過這兩宗倒也情有可原，埋潘金蓮、祭潘金蓮是有義有孝；整治孫雪娥雖然過分，但報仇之心也還可以理解。有爭議的地方是，春梅分明受寵，而且很快生下孩子、冊正做了夫人，但她先以姑表兄弟之名收留陳經濟，除了重續奸情，春梅還替他娶了一房妻子。後來經濟被殺，守備又出征去了，第一百回講春梅「晚夕難禁獨眠孤枕，慾火燒心」，可惜勾引家人李安不成。丈夫回來之後，「日逐理論軍情，幹朝廷國務，焦心勞思，日中尙未暇食，至於房幃色欲之事，久不沾身」，因此春梅勾搭上十九歲的周義，結果——

這春梅在內頤養之餘，淫情愈盛，常留周義在香閣中，鎮日不出。朝來暮往，淫欲無度，生出骨蒸癆病症。逐日吃藥，減了飲食，消了精神，體瘦如柴，而貪淫不已。一日，過了他生辰，到六月伏暑天氣，早晨晏起。不料他摟著周義在床上，一泄之後，鼻口皆出涼氣，淫津流下一窪窪，就嗚呼哀哉，死在周義身上，亡年二十九歲。

相較起潘金蓮，後來的龐春梅在情欲追逐上更爲大膽，這一方面是因爲男人經常不在家，另一方面則是她自西門慶死後徹底奉行享樂哲學——此即她在第八十五回勸潘金蓮的那番話：「人生在世，且風流了一日是一日。」「畜生尙有如此（交戀）之樂，何況人而反不如此乎？」當初潘金蓮還只是和女婿陳經濟調情，偶爾私狎家中小廝，如今龐春梅竟已公開和姑父陳經濟通奸，並且直接在房中養著家人周義。有趣的是，小說對「爲炎涼翻案」那個春梅頗多肯定，但對「淫欲無度，生出骨蒸癆病症」、「一泄之後死在周義身上」這個春梅卻不見置喙，豈不怪哉？「混帳惡人」西門慶死後門前冷清、衆叛親離、妻妾散去、兒子出家；「不是人」潘金蓮亡於武松刀下、心肝五臟都被生扯下來、身首異處、屍體被棄於街見現世報應。

心。然而奉行享樂原則的「狂人」龐春梅，不但求仁得仁般在性事中悠然死去，而且一點不

《金瓶梅》後十餘回敘事鬆散，交代草率，早為清人所詬病。尤其，龐春梅在小說裡的比重遠較潘金蓮、李瓶兒來得少，違反比例原則，也引來不少批評。《三續金瓶梅・小引》就說：「且書內金瓶之事，敘至八十七回之多，獨梅花只作得十三回，似有如無。」[8]然而不管怎麼樣，因色癆而死的春梅其死狀倒像領受善終，而且沒有承受什麼批判——這說明作者投注於西門慶之善惡觀，並沒有一視同仁地移轉到龐春梅身上。此或許可歸罪於小說結尾疏於經營，以致人情懲罰交代的不夠充分，但有沒有可能是作者只願降罪西門慶，對龐春梅反而選擇輕輕放過呢？很多學者覺得這樣的龐春梅不好理解，也有學者認為她天生的個性就是「沒規矩、不滿足」[9]，但天曉得作者的束手無策是不是有意放任？

總之，作者在龐春梅這個角色上沒有安排現世報應、沒有設計人情反思，這如果不是藝術疏忽，就是作者善惡報應觀念存在一點點不確定性。

8 清・訥音居士：《三續金瓶梅・小引》，頁三十七。

9 陳東有：〈好一個沒規矩的傲婢春梅〉，收入陳東有：《陳東有《金瓶梅》論稿》（南昌：江西人民出版社，二〇一四年九月），頁八十四－九十五。

第二節　讀《金瓶梅》而生憐憫心者，菩薩也！

回頭再看一次東吳弄珠客的名斷：「讀《金瓶梅》而生憐憫心者，菩薩也；生畏懼心者，君子也；生歡喜心者，小人也；生效法心者，乃禽獸耳。」這裡明白列出關於閱讀反應的四個層次。書中這些「結交朋黨、鑽營勾串、流連會飲、淫黷通奸、貪婪索取、強橫欺凌、巧計誆騙、忿怒行兇、作樂無休、訛賴誣害、挑唆離間」[10]的內容，大部分人物都遭到現世報應或輪迴報應，如果還看不出作者苦心甚且有意效法者，自然是最等而下之的禽獸。至於讀罷覺得歡喜開心者，也好不到那裡，只能算小人。生畏懼心者，也就是能夠體會東吳弄珠客所謂「作者亦自有意，蓋爲世戒，非爲世勸也」，稱其君子沒有問題。但是，菩薩一般的境界，要怎樣才做得到？對這些狗屁倒灶、亂七八糟的人物生出憐憫之心，眞眞是談何容易啊！

前一節提到，作者投注於西門慶之善惡觀，並沒有一視同仁地移轉到龐春梅身上，爲什麼？是作者的藝術失誤？還是作者善惡觀未能貫徹篤定？又或是作者具備了更高的人情視域？

傳統一輩學者認爲，《金瓶梅》對世態的惡質、人情的醜陋雖然描述得十分生動，但卻缺乏應有的批判精神，以致淪於「自然主義」寫法。《金瓶梅》自然主義傾向主要表現在作者客觀、冷清的態度，即在高度重視細節描寫之同時，忽視了作品應該像十九世紀歐洲現實主義小說一樣，對人物既有刻畫又有臧否，對社會既有暴露又有批判。徐朔方就說：

> 誠然，《金瓶梅》的根本缺陷是它的自然主義傾向，然而自然主義並不足以概括它的所有問題。前已說明，批評《金瓶梅》客觀主義並不等於說它不偏不倚，胸無成見，何況它還有同客觀主義相反相成、矛盾統一的另一面即它的封建說教的一面。換句話說，那就是我們認爲應該歌頌或揭露之處，它只是就事論事，不動聲色，這是它的客觀主義；另一方面可以不必作者出頭露面之時，它卻苦口婆心，恨不得人人立地成佛，這是他的封建說教。[11]

不過徐朔方也強調：「《金瓶梅》有嚴重的自然主義傾向，同時又要看到它的若干主要人物

10 佚名：〈滿文本〈金瓶梅序〉〉，轉引自黃霖編：《金瓶梅資料彙編》，頁五—六。

11 徐朔方：〈論《金瓶梅》〉，收入徐朔方：《論金瓶梅的成書及其它》（濟南：齊魯書社，一九八八年一月），頁一—二十二；又收入徐朔方：《徐朔方《金瓶梅》研究精選集》（臺北：臺灣學生書局，二〇一五年六月），頁一〇五—一一八。

形象在某些方面已經達到高度現實主義成就，如西門慶作爲商人、惡霸地主和官僚三合一的典型，李瓶兒的前後發展等。」[12]換句話說，《金瓶梅》在某些方面具有現實主義批判精神，但在某些方面卻像自然主義般不動聲色。那些讓人質疑缺少批判性的地方，一來是在某些該表態的地方選擇噤聲，二來是某些人物的境遇不夠悽慘，沒有安排令讀者滿意的人倫及人際報應——龐春梅就是一例。然而不只如此，《續金瓶梅》、《三世報隔簾花影》等續書甚至覺得連西門慶、潘金蓮的報應都還不夠，這說明作者固然寫出社會的諸惡，但對某些人物的批判卻不夠徹底。傳統一輩學者認爲，這都是因爲《金瓶梅》作者面對社會劇變感到無所適從，陷入模稜兩可、前後矛盾、顧此失彼的判斷誤區，所以小說才會在現實主義和自然主義之間、在批判和噤聲之間游移反覆。

但是有沒有可能，作者其實對《金瓶梅》世俗男女投注了更深的理解、更大的包容、更多的同情，以致乍看降低了批評力道呢？在小說明白處，我們看到作者爲人物安排報應，也聽到敘事者諄諄告誡——根據一般人所信仰的倫理、道德、法律紅線。但在文本脈胳外，又看到作者爲人物報應留下一點餘地，也察覺敘事者有時候靜默不語——因爲我佛慈悲，「不爲自己求安樂，但願衆生得離苦」，菩薩關愛衆生、度化衆生。

當代著名小說家、學者格非，對此也有類似判斷[13]。他認爲作者對社會現實乃至人情世態的批判和揭露過於徹底，小說因此陷入虛無主義的危險，這樣一種對現實否定的決絕之態容易導致「價值眞空」，因此作者引入佛、道的價值維度，將「出世」視爲超越極端功利化、慾望化現實境遇的可能途徑。他說：

正因爲作者引入了佛、道的價值維度，使作品中的「隱含作者」獲得了一種全新的視野，從一個新的價值層面來打量世俗世界的功名利祿和酒色財氣，從仙佛的「空寂」立場來觀照現實中的人生境遇——既是出世的，又是入世的；既是激憤和批判，又是超脫與悲憫。

格非認爲這和明代中後期佛道思想的世俗化潮流、特別是和所謂「三教合一」信仰的流行有關。不過由於佛道世俗化或三教合一都是需要論證的複雜觀念，因此這裡對此不特別進行相關闡述。本書僅僅想折衷格非的意見來提供一種看法：《金瓶梅》高度揭發了世態人情的醜陋與恐怖，本身就是一種深刻的批判、嚴肅的態度。無論作者是否過於決絕地否定了現實，小說事實上隱隱存在著我佛慈悲、大愛包容的菩薩視域。過去以爲的小說藝術失誤、善

12 同前註。

13 格非：《雪隱鷺鷥——《金瓶梅》的聲色與虛無》（香港：牛津大學出版社，二〇一四年），頁一一四—一二三，以下引文茲不詳註頁碼。

惡觀念的游移模糊，都是因爲作者引入了像菩薩那種高度的人情視域。

爲了集中論證，以下只舉韓道國、王六兒這對夫妻爲例。

韓道國是西門慶新搭的絨線鋪伙計，第三十三回一出場，敘事者即明言「也不是守本分的人」，「其人性本虛飄，言過其實，巧于詞色，善于言談」，街上人見他擅長說謊騙錢，順口叫他做「韓搗鬼」。自從跟西門慶開鋪做買賣，韓道國手頭變得從容，牛皮也愈吹愈大。一日跟朋友聊起天來，竟說西門慶對他「言聽計從，禍福共知」，不唯動輒請他陪侍進食，而且經常吃菓子聊天到半夜，甚至「背地他房中話兒，也常和學生計較」。就在韓道國一味吹噓自己「行止端莊，立心不苟，與財主興利除害，拯溺救災，凡百財上分明，取之有道」的時候，有人通報他親弟和老婆通奸，被人一條繩子拴起來送到當地廂鋪，馬上要解縣見官！

叔嫂通奸是實。小說剛介紹完韓道國，接著就介紹老婆：「他渾家乃是宰牲口王屠妹子，排行六姐，生的長挑身材，瓜子面皮，紫膛色，約二十八九年紀。」「搽脂抹粉，打扮喬模喬樣，常在門首站立睃人。」再來是他兄弟韓二：「名二搗鬼，是個耍錢的搗子，在外另住。舊與這婦人有奸，要便趕韓道國不在家，鋪中上宿，他便時常走來，與婦人吃酒，到晚夕刮涎就不去了。」看起來，這對叔嫂不只舊有奸情，時常串門子也不只是聯繫感情而已。果然，事發這日韓二分明趁哥哥不在，大白天和嫂子吃醉了，「倒插了門在房裡幹事」，被人撞破後王六兒連底衣都被人拿做證據。可怪的是，韓道國央應伯爵求西門慶的目的只有一個——不讓妻子王六兒見官！看來他早知叔嫂有奸，但又似乎不以為意，只因東窗事發必須為婦人（也為自己）遮掩一下。

張竹坡認為，王六兒和二搗國的奸情，完全是韓道國縱容出來的——

細觀作者之陽秋，蓋王六兒打扮作倚門粧，引惹游蜂，一也；叔嫂不同席，古禮也，道國有弟而不知間，二也；自己浮誇，不守本分，以致妻與弟得以容其奸，三也；敗露後不能出之于王屠家，且百計全之，四也。此所以作者不罪王六兒與二搗鬼，而大書韓道國縱婦爭風，誰知稗官家無陽秋哉。[14]

韓道國為什麼縱婦爭鋒？小說並無交代，只知無關男人懼內。韓道國為什麼放任亂倫？小說亦無交代，但見三人心照不宣。有一種推想可供參考：「其原因大概是（韓道國）想通過王六兒的手，把賭徒韓二搗鬼所能贏得的幾個錢送到他的床上，在一定程度上解決王六兒對物質和精神生活的欲求，他自己可以減去一些負擔。」[15]是邪？非邪？暫且擱住，繼續往下看。

14 清·張竹坡：〈批評第一奇書金瓶梅回評〉，轉引自黃霖編：《金瓶梅資料彙編》，頁一五一。

15 孔繁華：《金瓶梅的女性世界》（鄭州：中州古籍出版社，一九九一年八月），頁一九七。

捉奸官司擺平後不久，因東京蔡太師府裡大管家翟謙要娶二房，媒婆把韓道國女兒介紹給西門慶。於是第三十七回，西門慶到韓道國家看這女兒，不想反被其母王六兒吸引得「心搖目蕩，不能定止」，於是派了媒婆馮媽媽做牽頭，隔天兩人就在韓道國家交媾成奸。西門慶得了甜頭，不日便來婦人處尋歡，「來一遭，與婦人一二兩銀子盤纏」。到了第三十八回，王六兒拿銀子買丫頭錦兒來家使喚，西門慶於枕席間又承諾大街上「替你破幾兩銀子買下房子」。幾日之後，送女兒去東京完親的韓道國回家，「老婆見他漢子來家，滿心歡喜。」韓道國把往回一路的話告訴一遍，正說著，只見丫頭錦兒過來遞茶，因而問道：「這個是那裡大姐？」——

老婆如此這般，把西門慶勾搭之事，告訴一遍：「自從你去了，來行走了三四遭，纔使四兩銀子買了這個丫頭。但來一遭，帶一二兩銀子來。第二的不知高低，氣不憤，走來這裡放水，被他撞見了，拿到衙門裡打了個臭死，至今再不敢來了。大官人見不方便，許了要替咱們大街上買一所房子，教咱搬到那裡住去。」韓道國道：「嗔道他頭裡不受這銀子，教我拿回來，休要花了，原來就是這些話了。」婦人道：「這不是有了五十兩銀子？到他明日，一定與咱多添幾兩銀子，看所好房兒。也是我輸了身一場，且落他些好供給、穿戴！」韓道國道：「等我明日往鋪子裡去了，他若來時，你只推我不知道。休要怠慢了他，凡事奉他些兒！如今好容易賺錢，怎麼趕的這個道路！」老婆笑道：「賊強人，倒路死的！你倒會吃自在飯兒，你還不知老娘怎樣受苦哩！」兩個又笑了一回，打發他吃了晚飯，夫妻收拾歇下。

小說寫「老婆見他漢子來家，滿心歡喜」，這也就罷了，畢竟婦人自然關心女兒遠嫁。然而令讀者詫異的是，婦人才背著丈夫和西門慶通奸，此處怎麼可能、怎麼可以正大光明地對丈夫全盤托出？更奇的是，夫婦兩人對此事有著高度共識，認爲係天上掉下來的禮物——「如今好容易賺錢，怎麼趕的這個道路！」所以韓道國說：「休要怠慢了他，凡事奉他些兒！」王六兒也打定主意：「我輸了身一場，且落他些好供給、穿戴！」最最令人意外的是，韓道國、王六兒看似感情不錯，老婆這一句「賊強人，倒路死的！你倒會吃自在飯兒，你還不知老娘怎樣受苦哩！」幾乎是媚著撒嬌了。當然，可能有讀者反駁說，這裡結果只是「夫妻收拾歇下」。那麼不妨看看第五十九回，一樣也是韓道國長途販運來家，王六兒聽聞丈夫將回，「連忙」從同行的王經手中接了行李，趕著問「你姐夫來了麼」，之後「夫妻二人各訴離情一遍」。說了好久的話，「擺上酒來，夫婦二人飲了幾杯闊別之酒，收拾就寢。」接下來呢——「是夜歡娛無度，不必用說。」

前面提到，韓道國縱容妻子和親弟通奸，理由可能是：「在一定程度上解決王六兒對物質和精神生活的欲求，他自己可以減去一些負擔。」從他面對西門慶偷期王六兒的反應看來，如此推敲頗有道理，他想到的確實是「這個道路」可以爲家裡帶來多少錢財。也許有人質疑韓道國是性功能障礙者？事實不然，第八十一回提到：韓道國和來保到揚州置辦貨物時，兩人分明「成日尋花問柳」，韓道國甚至有相好的舊日婊子王玉枝兒陪伴。又或許他們夫妻間性生活不和諧？倒也未必，且不說第五十九回這裡提到夫妻「是夜歡娛無度」，第三十七回也見敘事者提到：「原來婦人有一件毛病，但凡交姤，只要教漢子幹他後庭花，在下邊揉著心子纔過。不然，隨問怎的，不得丟身子。就是韓道國與他相合，倒是後邊去的多，前邊一月走不的兩三遭兒。」所以大概是這麼著：韓道國和王六兒之間誠有眞情，互相也都履行閨房義務，在身體欲望可以被滿足、老婆心裡還向著自己的前提下，韓道國不干涉王六兒和別的男人私通，何況王六兒的作爲明顯是給自己和家裡創造財富。但在王六兒這一面，她和西門慶首次交媾的第三十七回，張竹坡於回評曾說：「王六兒與西門慶交，純以利者也。故初會即騙丫頭，再會即騙房子。」[16]但是不要忘了，王六兒初登場的第三十三回，張竹坡於回評點睛：「夫韓道國妻王六兒，于財色二字不堪而沉溺者也。」[17]也就是說，王六兒既貪財，也好色，所以她亂倫小叔韓二、通奸家主西門慶，另有性欲滿足的考量。韓道國應該是知曉妻子於性的需求，所以才放任她一邊掙銀子一邊解饞偷食。

韓道國、王六兒夫婦的行徑，無論從倫理、道德、法律角度都不能被接受。一個男人基於經濟需求，放任妻子和親弟、主子通奸，一個婦人因爲性欲需要，不忌諱地和小叔、主子歡愛，怎麼說都是通無廉恥[18]——更何況這倒像夫妻早商議好的。然而這裡不見一句批評。

西門慶死後，夫妻倆上東京蔡太師府管家翟謙那裡投靠女兒韓愛姐，過了一段安穩日子。孰料朝中蔡太師、童太尉、李右相、朱太尉、高太尉、李太監六人都被太學國子生陳東上本參劾，後被科道交章彈奏，聖旨下來拿送三法司問罪，發烟瘴地面永遠充軍。韓道國一家三口倉皇逃生，僱船從河道中來，暫且在臨清碼頭落腳。第九十八回寫道：「這韓愛姐從東京來，一路兒和他娘也做些道路。」疑似逃難路上母女倆一起賣淫了。接下來小說交代更清楚，因爲一家三口在酒樓坐吃山空——

16 轉引自黃霖編：《金瓶梅資料彙編》，頁一五四。

17 同前註，頁一五〇。

18 論者對這對夫婦的批判口徑十分一致，例如侯會就形容：「瞧這一家子——王六兒、韓道國的無恥人生」。侯會：《從西門慶讀懂有錢人：看金瓶梅中的經濟百態》（臺北：遠流出版公司，二〇一八年三月），頁一九四—一九九。

韓道國免不得又教老婆王六兒，又招惹別的熟人兒，或是商家，來屋裡走動，吃菜吃酒。這韓道國當先嘗著這個甜頭，靠老婆衣飯肥家；況此時王六兒年約四十五六，年紀雖半，風韻猶存；恰好又得他女兒來接代，也不斷絕這樣行業。如今索性大做了。

這時在酒樓負責量酒的陳三兒，替他們勾了一個湖州販絲綿的客人何官人來。這何官人本來看上的是韓愛姐，偏偏愛姐一心想著陳經濟，結果何官人見王六兒「長挑身材，紫膛色瓜子面皮，描眉鋪鬢，大長水鬢，涎鄧鄧一雙星眼，眼光如醉，抹的鮮紅嘴唇，料此婦人一定好風情」，就先和她歇了一夜，後來「被王六兒搬弄得快活，兩個打得一似火炭般熱」。

小說家道，清河時期的韓道國就先嚐著「靠老婆衣飯肥家」的滋味；所以從東京逃難到臨清路途，便慫恿妻子和女兒賣身應付所需；到了臨清，抓住何官人這條大魚後「索性大做」，不怕女兒一時掛念著情郎。在這過程中，只要看客人和妻女彼此有意，韓道國便識趣地「下樓去了」；客人要歇一夜，他就「躲避在外間歇了」。令人想起第六十一回他對王六兒說的：「到初六日，叫了廚子，安排酒席，叫兩個唱的，具個柬帖，等我親自到宅內請老爹散悶坐坐。我晚夕便往鋪子裡睡去。」然而，小說對變本加厲的韓道國（及其妻女），依然沒有一句批評。

後來陳經濟被殺，韓愛姐寧願為這段露水情緣守寡，韓道國和王六兒只能重回臨清店中。不久坐吃山崩，韓道國再央陳三兒去把何官人找來，沒想到——

（何官人）和韓道國商議：「你女兒愛姐，已是在府中守孝，不出來了。等我賣盡貨物，討了賒帳，你兩口跟我往湖州家去罷，省得在此做這般道路。」那韓道國說：「官人下顧，可知好哩」一日賣盡了貨物，討上賒帳，雇了船，同王六兒跟往湖州去了。

韓道六這王八做得徹底了，為賣老婆身，他甚至跟恩客一起回到湖州家裡，真是神來一筆！不過韓道國的行徑很早就被潘金蓮識破，就在剛才提到的第六十一回，潘金蓮懷疑西門慶和王六兒有染，看他們這段對話——

那西門慶堅執不認，笑道：「怪小奴才兒，單管只胡說！那裡有此勾當？今日他男子漢陪我坐，他又沒出來。」婦人道：「你拿這個話兒來哄我？誰不知他漢子是個明忘八！又放羊，又拾柴，一徑把老婆丟與你，圖你家買賣做，要賺你的錢使。你這傻行貨子，只好四十里聽銃響罷了！」

爲方便老婆賣身，韓道國甚至情願被西門慶派到外頭做買賣，何況這裡只是陪同回何官人湖州老家。行文至此，作者仍然沒有一句批評。至於最終結局，也倒令人意外：大金人馬搶了東京汴梁，神州兵荒馬亂，韓愛姐和韓二到湖州何官人家要投靠韓道國夫妻——

不想何官人已死，家中又沒妻小，止是王六兒一人，丢下六歲女兒，有幾頃水稻田地。不上一年，韓道國也死了。王六兒原與韓二舊有楂兒，就配了小叔，種田過日。那湖州有富家子弟，見韓愛姐生的聰明標致，多來求親。韓二再三教他嫁人，愛姐割髮毀目，出家爲尼姑，誓不再配他人。後年至三十二歲，以疾而終。正是：貞骨未歸三尺土，怨魂先徹九重天。後韓二與王六兒成其夫妻，情受何官人家業田地，不在話下。

韓道國活到五十歲上下也夠了，妙的是作者安排王六兒倒與韓二成其夫妻，並且繼承何官人家業田產。

很奇怪的，敘事者在上述每個段落俱無惡言，作者安排現世報應時又留下偌大餘地，這難道不是小說展現了菩薩般的人情視域？從世俗倫理道德的角度看，韓道國、王六兒都是無恥之人，然而他們並不認爲自己無恥，爲什麼？因爲從生存競爭的角度看，他們只是善用自己長處——王六兒的姿色、韓道國的自尊——讓家人過上好日子罷了。韓道國放任親弟招惹王六兒，中間既有現實的算計，恐怕也有親情的體恤；韓道國樂見主子染指王六兒，中間既有利益的估量，或許更多權力的裁奪。何況，如果這一切眞先和老婆有了共識，夫妻根本同心，誰能說這不是他們信奉的「愛情」？雖然這對夫妻並非活在貧窮邊緣的人，然而他們不偷不搶，齊心把家庭利益給最大化，除了在道德方面很有瑕疵，很難說就是大奸大惡之人。尤其不要忘了，西門慶死後，韓道國固然把江南批來的棉花先賣一千兩銀子，但他本只打算留下一半，王六兒卻主張把這一千兩拐上東京投奔女兒，豈不見韓道國還顧忌著說：「爭奈我受大官人好處，怎好變心的？沒天理了。」婦人雖然反譏：「有天理到沒飯吃哩！」然而，她也未必就眞壞心眼，分明好意備了一張插桌三牲往西門慶家燒紙，結果吳月娘半日不出來接待，反而在屋裡罵個不停。要不是自認受了吳月娘羞辱，她才會說：「想著他這個情兒，我也該使他這幾兩銀子！」

這麼說並非爲了開脫韓道國、王六兒罪愆，而是嘗試提出一種思考：面對犯錯的人，或者僅僅是面對和我們不同行徑、不同信念的人，指責其實非常容易，但要怎麼做才能同情他們、包容他們、憐憫他們呢？顯然只能先從理解做起。《金瓶梅》有時對人物的作爲靜默不語，有時爲人物的報應保留餘地，或許正是提醒讀者：批判之外，不妨也試著理解一二，心念一轉，便懂得（在某種意義上）衆生皆苦，與其放肆批評，不如擡手放過吧！

願意持這樣讀法的學者不多，田曉菲可能是極少數的例子。關於王六兒和韓道國談起西門慶勾搭一事，她說：

這裡，夫妻不僅相互慶幸，好似六兒中了彩票或者得了一份高薪工作，而且居然能夠對此事保持「幽默感」，夫妻之間彼此拿來開玩笑，可見他們對彼此有一種理解與共鳴，這種共鳴是西門慶和王六兒之間永遠不會有的。道德家就會罵沒廉恥，但是《金瓶梅》的作者不是道德家而是菩薩：他對他們只有憐憫。19

又說：

雖然韓道國一家是道德上極有瑕玷的人物，但是他們具備的這一種溫暖的感情（不是像武松、金蓮那樣暴風驟雨的激情），他們掙扎求生的欲望，卻是非常富有人情味的。也許，這才正是他們最終幸存下來的原因。《金瓶梅》的作者寫這樣的一家人，又終於安排給他們一個平安度過餘生的結局，說明《金瓶梅》不是一部只知道斤斤計較天道報應的迂腐小說，而是一部能夠以其慈悲和智慧包容萬象的著作。20

美國漢學家宇文所安，把田曉菲對《金瓶梅》的讀法概括得更清楚，他說：

> 秋水（作者田曉菲的筆名為宇文秋水，編者注）的論《金瓶梅》，要我們讀者看到繡像本的慈悲。與其說這是一種屬於道德教誨的慈悲，毋寧說這是一種屬於文學的慈悲。即使是那些最墮落的角色，也被賦與了一種詩意的人情；沒有一個角色具備非人的完美，給我們提供絕對判斷的標準。我們還是會對書中的人物做出道德判斷——這部小說要求我們做出判斷——但是我們的無情判斷常常會被人性的單純閃現而軟化，這些人性閃現的瞬間迫使我們超越了判斷，走向一種處於慈悲之邊緣的同情。[21]

東吳弄珠客說讀《金瓶梅》而生效法心者為君子，指的就是讀罷小說後的理智反省和判斷，過去曾經受的倫理、道德與法治教育，很自然會令我們做出這樣那樣的批評。但是東吳弄珠客相信，小說文本藏著一股提示，它期待部分讀者閃出人性的光采，激發我們對人物因理解

19 【美】田曉菲：《秋水堂論金瓶梅》（天津：天津人民出版社，二〇〇三年一月），頁一一二一。
20 同前註，頁一〇四。
21 【美】于文所安：〈序〉，收入【美】田曉菲：《秋水堂論金瓶梅》。

而生出憐憫，這就是一種臻於菩薩的悲悲。

小說寫韓家女兒韓愛姐，興許就是刻意給讀者留個提示。韓愛姐美其名嫁給翟管家為妾，嘴上說為生養子嗣，但其實專在府中學習彈唱，「詩詞歌賦，諸子百家皆通，甚麼事兒不久慣？」從東京逃到臨清，「一路兒和他娘也做些道路」，再看她勾引陳經濟的本事，王六兒也算後繼有人了。但是，小說接下來卻把她寫成忒煞情多之人，看她寫給陳經濟的情書，以及情郎死後那股堅定——「情願不歸父母，同姐姐守孝寡居，也是奴和他恩情一場！活是他妻小，死傍他魂靈！」這豈不是向讀者說明：即便韓愛姐幾乎變成同其父母一樣的人，她還是可以純粹地愛一個人、熱烈地獻出自己！讀者既然不忍苛責愛姐，何妨也放過對韓道國夫婦的批判呢？

第三節　世情或世變？一則政治寓言……

本章前兩節，探討《金瓶梅》提供的世情觀察，以及讀者面對世態人情的另一種接受角度（或高度），權可視為對小說意義的補充說明。接下來，則是關於小說寓意的思考。除了索隱工夫不論，如果善惡之說只是作者安排的象徵，那麼它指涉的政治或道德內容是什麼？

是否在「世情」之外，另有關乎「世變」的思考？

幾乎所有學者都同意，《金瓶梅》是一部「借宋寫明」的小說，而且是「借家庭寫國家」的小說，即故事時空雖是宋徽宗政和二年（一一一二）到宋欽宗靖康二年（一一二七）約十六年時間，但實際對應的可能是明代中後期包括明武宗正德（一五〇五—一五二一）、明世宗嘉靖（一五二一—一五六七）、明穆宗隆慶（一五六七—一五七二）各朝，甚至可能部分涉及明神宗萬曆（一五七二—一六二〇）前期，前後跨度接近一百年。然而如果要從索隱方向入手，部分學者相信，《金瓶梅》根本是專門寫來諷刺、辱罵明世宗嘉靖皇帝的謗書。霍現俊爬梳小說和《明實錄》中重覆的人名（例如張龍）、事件（例如馬價銀），推斷西門慶的原型是明武宗正德皇帝，小說藉西門慶（及其子孝哥、繼承人玳安）以批評明世宗嘉請皇帝，很有參考價值22。

至於把小說視爲政治或道德寓言，是近年頗爲流行的闡釋路徑，不過必須強調，一般認爲「詞話本」才具備這樣的意圖。本書第二章，曾就審美追求、內容調整及元素增減、題旨

22 詳參霍現俊：《《金瓶梅》新解》（石家庄：河北教育出版社，一九九九年一月）；霍現俊：《《金瓶梅》發微》（北京：中國社會科學出版社，二〇〇二年十二月）；霍現俊：《《金瓶梅》藝術論要》（天津：天津古籍出版社，二〇一〇年六月）。然而最能呈現其論證體系者，應屬霍現俊：《霍現俊《金瓶梅》研究精選集》（臺北：臺灣學生書局，二〇一五年六月）。

變化等方面，指出「詞話本」和「崇禎本」之間存在微妙但明確的差異。第三章也進一步申論，兩部《金瓶梅》不只存在兩種世情小說寫作模式，而且可能表現出兩種不同的思想意識——「詞話本」具備較明顯之入世的、世俗化（非理想化）的儒家教化思想，「崇禎本」則傾向用既出世又入世的、世俗化（非教義上）的佛教精神召喚同情與慈悲。爲什麼說「詞話本」像是一則政治或道德寓言？關鍵在於，「詞話本」開篇先見勸人戒除酒、色、財、氣之「四貪詞」，接下來第一回回首，則舉項羽、劉邦之例借題發揮「英雄如何爲婦人以屈其志氣」，然而才見敘事者交代故事引子——

說話的，如今只愛說這「情」、「色」二字做甚？故士矜才則德薄，女衒色則情放。若乃持盈慎滿，則爲端士淑女，豈有殺身之禍？今古皆然，貴賤一般。如今這一本書，乃虎中美女，後引出一個風情故事來。一個好色的婦女，因與個破落户相通，日日追歡，朝朝迷戀。後不免屍橫刀下，命染黃泉，永不得著綺穿羅，再不能施朱傅粉。靜而思之，著甚來由！況這婦人他死有甚事？貪他的，斷送了堂堂六尺之軀；愛他的，丢了潑天關產業。驚動了東平府，大鬧了清河縣。端的不知誰家婦女？誰的妻小？後日乞何人占用？死于何人之手？

這裡點明小說的主要故事，將集中於潘金蓮（及其他女性）如何影響西門慶的榮枯成敗。既然潘金蓮（及其他女性）之於西門慶，和虞姬之於項羽、戚夫人之於劉邦一樣，俱可證「英雄爲婦人以屈其志氣」，所以「詞話本」就有了強烈的政治寓言色彩。然而「崇禎本」卻刪去以上內容，並且指引小說故事在於論證「這才色二字，從來只沒有看得破的」，因此「崇禎本」便解消了「詞話本」的政治寓言色彩。

《金瓶梅》於「世情」之外，是否另含「世變」反思？全看如何理解「詞話本」第一回在小說人物出場前，如是這般的時空交代：

> 話說宋徽宗皇帝政和年間，朝中寵信高、楊、童、蔡四個奸臣，以致天下大亂，黎民失業，百姓倒懸，四方盜賊蜂起。罡星下生人間，攪亂大宋花花世界，四處反了四大寇。那四大寇？山東宋江，淮西王慶，河北田虎，江南方臘。皆轟州劫縣，放火殺人，僭稱王號。惟有宋江替天行道，專報不平，殺天下贓官污吏、豪惡刁民。

如果認爲作者選取此一「天下大亂」的時空純屬巧合，或認爲此係嫁接《水滸傳》而來的被動繼承，那麼關於《金瓶梅》的閱讀與接受，可以集中於小說揭示的世態人情面向，正如本書大部分時候所爲。然而如果同意李志宏的說法——自《三國志通俗演義》建立「據史演義」的敘事成規以來，《金瓶梅》作者和其他奇書作者一樣，都是在「講史」的意識形態基礎上，藉獨特的小說類型和情節構造進行歷史闡釋，而且是自覺地以儒家倫理爲本位進行歷史闡釋——那麼《金瓶梅》的人物與故事便可能另有譬喻或象徵用意，如此「世情」與「世變」便可能互相綰合，世情小說便可能是政治寓言23。

事實上，《金瓶梅》的時空設置確實在很多地方，把西門慶的勢交利合與北宋的朝野政務結合起來。例如第三十回，西門慶派人押送生辰擔到東京蔡太師府上，結果蔡京：「於是喚堂候官抬書案過來，即時僉押了一道空名告身箚付，把西門慶名字塡注上面，列銜『金吾衛衣左所副千戶、山東等處提刑所理刑。』」甚至押送禮物的人一併有賞，吳典恩得了清河縣驛丞，來保做了山東鄆王府校尉。這時候敘事者插話了：

看官聽說：那時徽宗，天下失政，奸臣當道，讒佞盈朝。高、楊、童、蔡四個奸黨，在朝中賣官鬻獄，賄賂公行，懸秤升官，指方補價。夤緣鑽刺者，驟升美任，賢能廉直者，經歲不除。以致風俗頹敗，贓官污吏，遍滿天下。役煩賦重，民窮盜起，天下騷然。不因奸佞居臺輔，合是中原血染人！

到小說故事即將結束的第一百回，甚至把宋朝歷史最大的恥辱「靖康之變」都寫進來了：

一日，不想大金人馬搶了東京汴梁，太上皇帝與靖康皇帝，都被擄上北地去了。中原無主，四下荒亂，兵戈匝地，人民逃竄，黎庶有塗炭之哭，百姓有倒懸之苦。大勢番兵已殺到山東地界，民間夫逃妻散，鬼哭神號，父子不相顧。

後續寫金兵長驅直入到了清河地界：

卻說大金人馬，搶過東昌府來，看看到清河縣地界。只見官吏逃亡，城門晝閉，人民逃竄，父子流亡。但見烟生四野，日蔽黃沙。封豕長蛇，互相吞并；龍爭虎鬪，各自爭強。皀幟紅旗，布滿郊野。男啼女哭，萬戶驚惶。番軍虜將，一似蟻聚蜂屯；短劍長槍，好似森林密竹。一處處死尸骸骨，橫三豎四；

23 詳參李志宏：《「演義」——明代四大奇書敘事研究》（臺北：大安出版社，二〇一一年八月），〈第二章「講史」：明代四大奇書的話語實踐〉，頁一〇七—一六六。李志宏：《《金瓶梅》演義——儒學視野下的寓言闡釋》（臺北：臺灣學生書局，二〇一四年九月），〈第三章 唯女子與小人為難養也——《金瓶梅》的寓言建構與意識形態〉，頁五十七—八十二。

一攢攢折刀斷劍，七斷八截。個個攜男抱女，家家閉户關門。十室九空，不顯鄉村城郭；獐奔鼠竄，那存禮樂衣冠。

所以說，西門慶「家」和北宋「國」可能存在同構關係，不唯西門慶一家之起伏盛衰和北宋一國之興亡榮辱相互綰合，就連閨闥媟語、市里猥談、粉黛爭妍都可能是演義世變的特殊路徑。《金瓶梅》作者藉世情小說，甚至說藉相當比重之情色題材，表示出對北宋盛衰興亡的關懷與反省——這個說法看似荒誕，然而如果放在「世變中的文學世界」這個脈絡下來思考，誠然又是很有意味的。

簡單地講，《金瓶梅》雖是一部「描摹世態，見其炎涼」之世情小說，但從其時空設置來看，也可能注入歷史思維，成爲一則反省世變的政治寓言。然而光從時空設置來推測小說之政治性格，很顯然是失於輕率的，因而學者於此頗見補充論證。在這方面，李志宏的工作最有參考價值，他從「無父」、「女禍」、「小人」三個主題關鍵字出發，論證《金瓶梅》政治寓言的意識形態。24

所謂「無父」，指的是《金瓶梅》這一「風情故事」發端的主角西門慶與潘金蓮，皆出身於父親缺席的家庭。在傳統儒學視野裡，父親所代表的象徵意義，就是封建綱常、宗法價值及倫理秩序。西門慶與潘金蓮自幼缺了父親，代表他們在成長過程中可能因爲缺乏「正確」的道德教養，以致在遇到欲望或利益誘惑時走進「錯誤」的禮教禁區，最終淪入萬劫不復境地。當然，可能有讀者質疑：《金瓶梅》那麼多男男女女違禮悖義，他們不一定（被交代）有父無父，此說是否反應過度？不過，由於西門慶與潘金蓮是「風情故事」的發端與核心，兩人父親缺席的狀態又被敘事者刻意凸出——請看潘姥姥是何其昏饋貪嗔痴才造就了後來的潘金蓮，再思量張竹坡為什麼提醒讀者「《金瓶梅》何以必寫西門慶孤身一人」[25]——就知道這可能是極其有意的安排。「風情故事」從無父的西門慶與潘金蓮遇合開始，象徵北宋「靖康之變」肇端於「君不君，臣不臣，父不父，子不子」這般宗法倫理敗壞的景象。

至於「女禍」說，源自《資治通鑑》，史載漢成帝婕妤趙合德入宮時，披香博士淖方誠預言：「此禍水也，滅火必矣。」中國文化傳統裡，但凡男子遇到名譽或金錢損失，甚至國君引發重大災禍，往往怪罪於男子或國君身邊的美色，此即「女禍」說。《金瓶梅》對女禍的批評是有選擇的，第一回開篇提到項羽、劉邦即便「心腸如鐵石，氣概貫虹霓」，仍「不免屈志於女人」，但是——

24 以下論述詳參李志宏：《《金瓶梅》演義——儒學視野下的寓言闡釋》，〈第三章　唯女子與小人為難養也——《金瓶梅》的寓言建構與意識形態〉，頁五十七—八十二。

25 清・張竹坡：〈批評第一奇書金瓶梅讀法〉，第八十六，轉引自黃霖編：《金瓶梅資料彙編》，頁八十六。

詩人評此二君，評到個去處，說劉、項者，固當世之英雄，不免為二婦人以屈其志氣。雖然，妻之視妾，名分雖殊，而戚氏之禍，尤慘於虞姬。然則妾婦之道，以色事其丈夫，而欲保全首領於牖下，難矣。觀此二君，豈不是「撞著虞姬、戚氏，豪傑都休」？

這裡批評的是「以色事其丈夫」的妾婦，亦即小說中吳月娘以外的女人們。這些人包括作妾的潘金蓮、李瓶兒等，寵婢如春梅、惠蓮等，情婦王六兒、林太太等，妓女李桂姐、鄭愛月兒等，大部分不是本即水性楊花，就是身陷偷情公案，相關故事在本書前面幾章均曾提及。正妻吳月娘演繹「淑女」形象，具有維護宗法倫理的積極意義，是故作者安排其享壽七十，善終而亡；至於其他（廣義的）妾婦，接力演出衒色情放、好色不仁的淫亂故事，多數得到現世報應或輪迴報應，作者立場在大體而言還是很清楚的。小說中這些妾婦分別成為西門慶的「禍水」，可從第七十九回看到作者的態度，那是在西門慶接連受到王六兒和潘金蓮性事「重擊」之後的敘事者插話——

看官聽說：一已精神有限，天下色欲無窮。又曰：嗜慾深者，其天機淺。西門慶只知貪淫樂色，更不知油枯燈盡，髓竭人亡。原來這女色坑陷得人有成時必有敗，古人有幾句格言道得好：「花面金剛，玉體魔王，綺羅織就豺狼。法場斗帳，獄牢牙床。柳眉刀，星眼劍，絳唇槍。口美舌香，蛇蝎心腸，共他者無不遭殃！纖塵入水，片雪投湯。秦楚強，吳越壯，爲他亡。早知色是傷人劍，殺盡世人人不防！」「二八佳人體似酥，腰間仗劍斬愚夫，雖然不見人頭落，暗裡教君骨髓枯。」

西門慶固然自食惡果，但這因，是他縱容妾婦在他身上種下的——「以色事其丈夫」啊！反倒「小人」很好理解，因爲它總是與「君子」互爲對照，不過這裡並非從階級上認識這一組概念，而係專就德性上觀察其箇中映襯。很遺憾必須再次徵引滿文本《金瓶梅》這一段序文：「凡百回中以爲百戒，每回無過結交朋黨、鑽營勾串、流連會飲、淫黷通奸、貪婪索取、強橫欺凌、巧計誆騙、忿怒行兇、作樂無休、訛賴誣害、挑唆離間而已，其于修身齊家、裨益于國之事一無所有。」[26]好一個「于修身齊家、裨益于國之事一無所有」！不只以西門慶爲中心輻射出去的社交網絡，基本上不存在君子善行；從清河縣到山東省再到大宋王朝，也幾乎全是小人得志、佞臣當道、聖聰不彰的圖像，零星出現的正直好官不是消聲匿

26 佚名：〈滿文本〈金瓶梅序〉〉，轉引自黃霖編：《金瓶梅資料彙編》，頁五—六。

跡便是被迫同流合污。在西門慶的世界裡，小人只是當道；在大宋王朝，小人已然亂國！第七十回寫西門慶轉正千戶掌刑，與老長官夏提刑一起赴東京引奏謝恩，就在西門慶領略最極致的權力與財富交響樂章時，敘事者忍不住又插話了——

看官聽說：妾婦索家，小人亂國，自然之道。識者以為，將來數賊必覆天下。果到宣和三年，徽、欽北狩，高宗南遷，而天下為虜有，可深痛哉！史官意不盡，有詩為証：「權奸誤國禍機深，開國承家戒小人。六賊深誅何足道，奈何二聖遠蒙塵。」

西門慶從清河縣一個破落戶財主，變成土豪、富商、官僚三位一體的暴發戶，甚至成為官拜五品的山東省提刑正千戶，只因他盡行狗屁倒灶之事，北宋國祚從他身上也可以見微知著了。

綜上所述，《金瓶梅》透過特殊的時空設置，讓西門慶一生和北宋政權相互綰合，小說中的「家」和「國」形成同構關係。至於意識形態方面，在「無父」的前提下，也就是人民缺乏道德教養，朝野失去封建綱常、宗法價值及倫理秩序的前提下，《金瓶梅》裡的「女子」和「小人」不斷被作者摹寫其惡行惡狀，不但家庭倫理失序，國家政治更見崩毀，大多數人物極有默契地共同奔向生命或事業的敗亡，這就是小說第七十回敘事者說的：「妾婦索家，小人亂國，自然之道。」西門慶這一故事的「妾婦索家」，和北宋政壇的「小人亂國」，被設計爲互相對看的兩條敘事重點——雖然文字比重差異忒大。

然而，或有讀者會問：整部《金瓶梅》幾乎缺乏眞正的「淑女」和「君子」，聖賢曾經開示、擘劃的「淑女」之道和「君子」之道根本未曾於文本顯現一二，小說豈能視爲基於儒家倫理的政治寓言呢？對此，不妨大段摘錄李志宏的論點：

在我看來，《金瓶梅》以家國相互映託的書寫進行寓言建構，最終目的無非意在重建「君君，臣臣，父父，子子」的宗法倫理，進一步提出以「德」爲本的修身之道，實現修齊治平的政治理想。經過上述分析可知，在政治寓言編述過程中，《金瓶梅》寫定者聚焦於「妾婦索家」和「小人亂國」互文隱喻的書寫之上，對於人物欲望的追求及其違法亂紀的失禮作爲進行描寫和批判，也就不爲無因了。在儒學視野中，我深深以爲，《金瓶梅》寫定者依循「唯女子與小人爲難養也，近之則不遜，遠之則怨」的意識形態敷演敘事，乃有意在「導欲宣淫」的反命題的編寫策略主導下，從反向角度提出內在的道德良知的籲求，並從中寄託「撥亂世反之正」的政治期望。於此，讀者應當在善讀之中有所體會，方能眞正理解寫定者的編寫用意。[27]

也就是說，《金瓶梅》選擇從反向角度提出內在的道德良知籲求，亦即藉由鋪寫、揭發「妾婦索家」和「小人亂國」諸惡，期能引發閱讀反感，進而喚醒讀者「撥亂反正」的政治想望。

很顯然，這是來自高水平作者對高水平讀者的期望，也就是文人作者對文人讀者的期望。四大奇書不被視爲「通俗小說」已經二、三十年，「文人小說」的講法早就不再令人覺得突兀。不過，近來明清小說研究在把奇書定位爲「文人小說」的同時，有意無意之間確實把小說的闡釋分成閱讀理解上的淺和深、俗和雅、一般和高明，如同李志宏以下這樣的總結：

> 《金瓶梅》的重要價值，在於寫定者對生活的新發現，使得小說藝術結構的中心產生轉移，並轉化於藝術形式的新創造，整體話語構成體現出強烈的歷史性和藝術性。在俗雅交融的敘事創造中，體現出雙重閱讀效果：一方面「通俗」，滿足大眾讀者從「情色」角度了解世情；另一方面則「講史」，提供文人讀者從「治國」角度反思歷史。[28]

如此這般的總結非常醒目，只是，箇中階級分野或許令人不快。然而請儘管放心，《金瓶梅》的接受權與詮釋權還是屬於每一個讀者個體，任何人選擇從「情色」角度了解世情，或者從「治國」角度反思歷史，不存在修養和審美上的高低差異——至少這是本書看法。不過《金瓶梅》和其他奇書一樣，都是值得反覆咀嚼的經典，多方接受各種不同的闡釋，每次選擇各種不同的路徑，或許才是回應作者的最佳方式吧！

27 李志宏：《《金瓶梅》演義——儒學視野下的寓言闡釋》，頁八十—八十一。

28 同前註，頁七十九。

第八章 《金瓶梅》點讀

本書從《金瓶梅》作者之謎談起，接著介紹成書、版本及續書，再來分從幾個面向談它在文學史的地位和價值，繼而析論人物魅力和細節描寫，最後補充闡發它的意義和寓意，至此，讀者應該對《金瓶梅》建立起基本的認識。不過，任何關於經典的研究和分析，都希望吸引讀者回歸文本。張竹坡當年說：「然則我自做我之《金瓶梅》，我何暇與人批《金瓶梅》也哉！」[1]本書一樣希望讀者回歸文本，好好先讀一遍小說，未來甚至讀第二遍、第三遍……，把《金瓶梅》變成自己的，建立屬於個人的《金瓶梅》闡釋。因此在本書最後一章，擬示範一種掌握百回大書故事脈落的方法，幫助讀者先在腦中打一個草稿。

將百回大書以十回為一個單位，分十個單元掌握其布局結構設計，似乎是習以為常的取巧方式。不過這麼做其實有其充分理由：一是《金瓶梅》早期刻本幾乎均為每卷十回的十卷本，小說敘述不無可能有意識地被分成每十回一個單元；二是美國漢學家浦安迪推斷，「四大奇書」特別重要或具有預示意義的故事情節，總安插在每「十回」的第九、第十回之間。例如《金瓶梅》，他說：

首先看一看小說以十回為一單元的劃分情況。小說第一個十回詳細地重述了《水滸》中的一段故事，講的是西門慶與潘金蓮私通、他丈夫武大被謀殺、武松報仇未遂終被放逐，最後以潘金蓮在第九回中進入西門慶的家門結局。緊接著下一個十回寫的是個形似的故事：西門慶與李瓶兒通奸、她兩個丈夫的接踵死亡、她本人於第十九回進入西門慶的家門。第二十回至二十九回寫西門慶府邸內財運亨通的表象下醞釀著內部不睦，至第二十九回眾人看相、預言各人命運而結束。接著就是官哥出世和西門慶升官雙喜臨門的第三十回。以下十回詳細描述日益嚴重的主僕不法行徑，導致在第三十九回出現講因果報應一幕。從第四十回開始的十回寫潘金蓮與李瓶兒之間開始反目敵視，瓶兒的嬰孩弱不禁風。而西門慶的財富則螺旋式上升，至第四十九回得一位陌生胡僧所贈春藥使他更加縱欲無度。接著是病身弱體的意象重覆和大禍臨頭的種種癥兆，終於發生了第五十九回的殘忍事件。從第六十回至第六十九回，我們目睹瓶兒健康日趨崩潰以及她先讓位於如意，繼而被林太太取而代之。此後，小說轉入下一個十回的狂熱淫亂，最終導致西門慶在第七十九回暴卒。……[2]

1 清・張竹坡：〈竹坡閒話〉，轉引自黃霖編：《金瓶梅資料彙編》（北京：中華書局，一九八七年三月），頁六一—五十八。

2 【美】浦安迪著，沈亨壽譯：《明代小說四大奇書》（北京：中國和平出版社，一九九三年十月），頁五十三—五十四。

除了每十回一個單元，而且第九、十回在布局結構中具有特定功能，他甚至認爲，「喜怒哀樂等激情高峰的重現常常在第五回前後，夾在相對平靜的前後兩個低潮中間」[3]。浦安迪的舉例不無道理，但也有人覺得某些解釋失之牽強。反正「公道」自在人心。

本書提供另一種便於掌握布局結構的方式。和浦安迪不同之處在於，以下的單元觀念，不涉及探索《金瓶梅》或「四大奇書」在小說敘事學上的美學特徵，純粹只是幫助讀者快速掌握《金瓶梅》人物情節而已。

這部百回世情大書，在閱讀理解上不妨分成四個部分：第一部分爲第一到二十回，讀者可以觀察它是怎麼從《水滸傳》嫁接出新的人物和情節，以及西門慶如何追逐他的「齊人之福」，並在第二十回確立「齊家」規模。第二部分爲第二十一到四十九回，這裡逐步加深加廣西門慶和妻妾、妓女、姘婦之間性愛關係，但讀者更要留意小說摹寫他經商、加官、生子的得意，因爲這是西門慶人生和事業的「上升期」，《水滸傳》時期的流氓到這裡已然變成土豪、富商、官僚三位一體的暴發戶。第三部分爲第五十到七十九回，這是敘事速度最慢、情節密度最強的一大節，西門慶得胡僧春藥後，益發無所顧忌地用性能力來炫耀自己的財富和權勢，因而這三十回寫盡西門慶在官場、商界和枕席的暴發與得意，既是西門慶人生和事業的「暴發期」，也正逐步走向耗損及崩壞。第四部分爲第八十到一百回，死了西門慶後小說不免要清理故事、安排人物退場，觀看重心在於小說如何寫世態之炎涼及人情的報應。

以下便分四節，交代上述四大布局結構。在點讀的同時，一併列出「詞話本」和「崇禎本」回目供參[4]，目的是加強讀者對情節的理解。此外，第二章提過兩版本在回目上的差異：一爲「詞話本」可能是書商拼湊不同抄本草草成書，所以各回回目上下兩句多不對仗，字數也不一致，「崇禎本」悉數將之調整爲筆齊正整，部分回目甚至還有提示閱讀路徑的意圖。二爲「詞話本」在第一、第八十四回明顯保留和《水滸傳》的對應關係，「崇禎本」則完全抹去這股血緣關係。歡迎讀者在初步掌握《金瓶梅》布局結構的同時，順便留意「崇禎本」修飾「詞話本」回目的努力。

第一節　一～二十回：擺脫《水滸》陰影，建立齊家規模

詞話本第一回　景陽崗武松打虎　潘金蓮嫌夫賣風月

崇禎本第一回　西門慶熱結十弟兄　武二郎冷遇親哥嫂

3 同前註，頁五十四。

4 「崇禎本」目次所載回目和正文回目偶見出入，以下悉以正文回目爲主。

詞話本第二回　西門慶簾下遇金蓮　王婆子貪賄說風情
崇禎本第二回　俏潘娘簾下勾情　老王婆茶坊說技
詞話本第三回　王婆定十件挨光計　西門慶茶房戲金蓮
崇禎本第三回　定挨光王婆受賄　設圈套浪子私挑
詞話本第四回　淫婦背武大偷奸　鄆哥不憤鬧茶肆
崇禎本第四回　赴巫山潘氏幽歡　鬧茶坊鄆哥義憤
詞話本第五回　鄆哥幫捉罵王婆　淫婦藥鴆武大郎
崇禎本第五回　捉奸情鄆哥定計　飲鴆藥武大遭殃
詞話本第六回　西門慶買囑何九　王婆打酒遇大雨
崇禎本第六回　何九受賄瞞天　王婆幫閒遇雨

前一章提到，《金瓶梅》「詞話本」在正文之前先有一篇「四貪詞」，接著第一回開頭舉項羽、劉邦之例借題發揮「英雄如何爲婦人以屈其志氣」，然後才說：「故士矜才則德薄，女銜色則情放。若乃持盈慎滿，則爲端士淑女，豈有殺身之禍？今古皆然，貴賤一般。如今這一本書，乃虎中美女，後引出一個風情故事來。」這個風情故事，嫁接自《水滸傳》武松殺嫂祭兄一節[5]。話說《水滸傳》裡武松因在家鄉打死了人，於是投奔滄州「小旋風」柴進府中避禍，一年多後聞知該人其實未死，便欲起身往清河尋胞兄武大。武松陰錯陽差在景陽崗打死老虎後，被陽谷縣知縣任命爲都侯，正好武大一家也從清河搬至陽谷，弟兄得以團聚。接下來潘金蓮勾引武松不成，反被當地富戶西門慶誘引成奸，兩人並趁武松外出公幹時連手毒死武大。武松告官不成，因而親手殺死奸夫淫婦，到官府自首後被刺配孟州。《金瓶梅》把上述時空從陽谷搬到清河，打虎英雄被命爲清河縣巡捕都頭，與兄長武大在清河聚首。一樣是金蓮勾引武松不成，反與富戶西門慶有奸並藥鴆武大，只不過——作者延緩了武松爲兄報仇的時間，讓他因誤殺李外傳而遭刺配，從而挪移出六、七年供作家揮灑，《金瓶梅》故事便自潘金蓮、西門慶的奸情之後展開。

然而「崇禎本」不同，非但刪去四貪詞，第一回開篇也變成論證「這才色二字，從來只沒有看得破的」，「到不如削去六根清淨，披上一領袈裟，參透了空色世界，打磨穿生滅

5 這一部份在百回本、百二十回本是第二十三至二十六回、在金聖嘆七十回「腰斬本」是第二十二到二十五回。

機關，直超無上乘，不落是非窠，倒得箇清閒自在，不向火坑中翻筋斗也。」小說變成籠罩在佛道色彩底下。有趣的是，從回目即可看出來，「崇禎本」不像「詞話本」從武松打虎談起，反而讓西門慶第一個登場。小說先交代西門慶渾家陳氏早逝，因而娶了吳月娘爲塡房，並把婊子李嬌兒、卓丟兒娶來家做二房、三房，接下來則是鋪寫西門慶和一群幫閒朋友的酒肉交情。此外，「詞話本」襲自《水滸傳》那一大段「武松打虎」細節被輕輕帶過，反而專講潘金蓮不斷轉賣的身世及日漸輕佻的性格。也就是說，雖然都是自《水滸傳》武松殺嫂祭兄一節嫁接出新的《金瓶梅》故事，但「詞話本」在前幾回比較有意沿襲原著故事布局，「崇禎本」卻選擇讓西門慶和潘金蓮於第一回即登場——「詞話本」是擺在第二回——難怪「崇禎本」被認爲有意撇清和《水滸傳》的血緣關係。

詞話本第七回	薛嫂兒說娶孟玉樓　楊姑娘氣罵張四舅
崇禎本第七回	薛媒婆說娶孟三兒　楊姑娘氣罵張四舅
詞話本第八回	潘金蓮永夜盼西門慶　燒夫靈和尚聽淫聲
崇禎本第八回	盼情郎佳人占鬼卦　燒夫靈和尚聽淫聲

詞話本第九回 西門慶計娶潘金蓮 武都頭誤打李外傳
崇禎本第九回 西門慶偷娶潘金蓮 武都頭悞打李皂隸
詞話本第十回 武二充配孟州道 妻妾宴賞芙蓉亭
崇禎本第十回 義士充配孟州道 妻妾翫賞芙蓉亭

第五回，潘金蓮聽了西門慶吩咐藥死武大，第一時間便見她問：「你若負了心，怎的說？」西門慶道：「我若負了心，就是你武大一般。」——無妨提示一下，西門慶死前的致命性交和這裡一樣，都是婦人「跳上床來，騎在武大身上。」——可是潘金蓮萬萬想不到，在她假意張羅武大後事之同時，第七回的西門慶正瞞著她接受媒婆薛嫂提議，把南門外販布楊家的正頭娘子孟玉樓娶回家當第三房老婆。看看孟玉樓的財富：「手裡有一分好錢；南京拔步床也有兩張。四季衣服、妝花袍兒，插不下手去，也有四五隻箱子。珠子箍兒、胡珠環子、金寶石頭面、金鐲銀釧不消說。手裡現銀子，他也有上千兩；好三梭布，也有三二佰筒。」相較之下，守靈的潘金蓮只拿的出自製三十顆蒸餃，千盼萬盼情郎過來眷顧；另外親手塡上情詞〈寄生草〉，把信箋疊成一個方勝兒託小廝送去。好在，西門慶和潘金蓮於第八回春風再度，即便聽聞武松將從東京回到清河，仍然俐落地在第九回把婦人娶回家當第五個老婆。至於趕回來報殺兄之仇的武松，則因誤殺李外傳而遭刺配，街上看熱鬧的人都說：「西門慶不當死，不知走的那裡去了，卻拿這個人來頂缸。」

西門慶打聽武松往孟州充配去了，心裡一塊石頭方才落地。自在之餘，吩咐家人來旺、來保、來興把後花園芙蓉亭收拾打掃乾淨，「鋪設圍屛，懸起錦障，安排酒席齊整，叫了一起樂人吹彈歌舞。請大娘子吳月娘、第二李嬌兒、第三孟玉樓、第四孫雪娥、第五潘金蓮，合家歡喜飲酒。家人媳婦、丫鬟使女，兩邊侍奉。」這就是「詞話本」第十回的「武二充配孟州道　妻妾宴賞芙蓉亭」，「崇禎本」改動幾個字爲「義士充配孟州道　妻妾玩賞芙蓉亭」。從某個意義上講，《金瓶梅》自此脫離英雄俠義小說《水滸傳》，準備專心成就一部世態人情小說，所以在武松充配孟州道後，安排西門慶於後花園宴賞妻妾。但是西門慶一妻五妾的規模還未到位，所以在這看似幸福美滿的芙蓉亭，先伏下西門慶第六個老婆預備出場——此人即結拜兄弟花子虛的夫人李瓶兒。緊接著西門慶徵得潘金蓮同意，「叫春梅到房中，春點杏桃紅綻蕊，風欺楊柳綠翻腰，收用了這妮子。」

詞話本第十一回　潘金蓮激打孫雪娥　西門慶梳籠李桂姐

崇禎本第十一回　潘金蓮激打孫雪娥　西門慶梳籠李桂姐

詞話本第十二回　潘金蓮私僕受辱　劉理星魘勝貪財
崇禎本第十二回　潘金蓮私僕受辱　劉理星魘勝求財

爲了哄西門慶歡喜，潘金蓮一力抬舉被收用的龐春梅，兩人形成緊密的命運共同體。潘金蓮第九回剛嫁來西門慶家時：「每日清晨起來，就來房裡與月娘做針指、做鞋腳，凡事不拿強拿，不動強動。跟著丫頭趕著月娘一口一聲只叫大娘。快把小意兒貼戀幾次，把月娘喜歡的沒入腳處，稱呼他做六姐，衣服首飾揀心愛的與他，吃飯吃茶和他同桌兒一處吃。」但在西門慶收用春梅、潘金蓮一力抬舉春梅之後，家中妻妾關係開始有了變化，第十一回開頭便見：「話說潘金蓮在家恃寵生驕，顛寒作熱，鎮日夜不得個寧靜。性極多疑，專一聽籬察壁，尋些頭腦廝鬧。那個春梅，又不是十分耐煩的。」果然在金蓮和春梅聯手的情況下，激使西門慶對第四房老婆孫雪娥又打又罵，連吳月娘都攔阻不住。

西門慶打了雪娥，取出廟上買的四兩珠子遞與金蓮穿箍兒戴——「婦人見漢子與他做主兒，出了氣，如何不喜？由是要一奉十，寵愛愈深。」然而金蓮萬萬想不到，就在這個時候，西門慶迷上了妓女李桂姐。讀者一樣到這時候才被召喚起記憶，原來西門慶自幼即出入花街柳巷，二房的李嬌兒不正是從勾欄娶回家的？何況她還是李桂姐姨媽！就在西門慶梳籠桂姐、留戀烟花、半個月不曾回家之同時，潘金蓮也因耐不住寂寞，偷嚐了孟玉樓帶來家的小廝琴童。風聲傳到李嬌兒、孫雪娥耳裡，一狀告到大房吳月娘處，這個「一箭雙鵰」的算計同時可以拉下潘金蓮和孟玉樓。西門慶知道後，取了一根馬鞭子拿在手裡，命婦人脫了衣裳跪著受審。結果一是潘金蓮抵死不認，二是西門慶「見婦人脫的光赤條條，花朵兒般身子，嬌啼嫩語，跪在地下，那怒氣早已鑽入瓜哇國去了」，三是春梅「撒嬌撒痴，坐在西門慶懷裡」替其遮掩，潘金蓮私僕受辱一節才算撇下。

暫時保住漢子信任的潘金蓮，並沒有眞正奪回西門慶，漢子的心思猶在李桂姐身上多些。李桂姐爲了和潘金蓮爭寵，硬是逼著西門慶剪來潘金蓮一柳頭髮，「背地裡，把婦人頭髮早絮在鞋底下，每日躧踏」。金蓮自此覺意心中不快，每日房門不出，茶飯慵餐。後來請著劉理星替其「回背」——「用柳木一塊，刻兩個男女人形像，書著娘子與夫主生時八字。用七七四十九根紅線，扎在一處。上用紅紗一片，蒙在男子眼中，用艾塞其心，用針釘其手，下用膠粘其足，暗暗埋在睡的枕頭內。又朱砂書符一道，燒火灰，暗暗攪在鱅茶內。若得夫主吃了茶，到晚夕睡了枕頭，不過三日，自然有驗。」金蓮依囑如法泡置，小說言及兩人：「過了一日兩，兩日三，似水如魚，歡會異常。」

詞話本第十三回	李瓶兒隔牆密約	迎春女窺隙偷光
崇禎本第十三回	李瓶姐墻頭密約	迎春兒隙底私窺
詞話本第十四回	花子虛因氣喪身	李瓶兒送奸赴會
崇禎本第十四回	花子虛因氣喪身	李瓶兒迎奸赴會
詞話本第十五回	佳人笑賞玩燈樓	狎客幫嫖麗春院
崇禎本第十五回	佳人笑賞翫燈樓	狎客幫嫖麗春院
詞話本第十六回	西門慶謀財娶婦	應伯爵慶喜追歡
崇禎本第十六回	西門慶擇吉佳期	應伯爵追歡喜慶

第十三回即見回背之說誠屬無稽，因爲西門慶正準備勾引兄弟老婆李瓶兒。本書第四章提到，在嫁入西門慶家之前，李瓶兒和潘金蓮有許多相似之處，但是，李瓶兒其實比潘金蓮還風流。

李瓶兒本爲梁中書家小妾，後嫁給花太監侄兒花子虛爲妻，但她事實上可能是花太監的女人。第十三回寫到：「這西門慶留心已久，雖故莊上見了一面，不曾細玩其詳。」此回兩人終於對上面，西門慶見婦人生的甚是白淨，五短身材，瓜子面皮，細彎彎兩道眉兒，固然「不覺魂飛天外，魄散九霄」，但也只是向前深深作揖而已。李瓶兒卻不同，西門慶到花子虛家等候同往妓院，她先是「半露嬌容」出來迎接，接著央說「好歹看奴之面，勸他早些來家」，晚夕回來雖連對西門慶說兩次「看奴薄面」云云，但又意味深長道出「奴恩有重報，不敢有忘」。敘事者在此補充，婦人這裡分明是給西門慶「開了一條大路，教他入港」——果然幾日之後，李瓶兒在自己「鮫綃帳內」與西門慶雲雨交歡。同樣是通奸，李瓶兒遠比潘金蓮主動得多。後來，花子虛因一場莫名官司，大半財產被李瓶兒拐進西門慶府；出獄後得了傷寒，瓶兒又未積極爲之延醫治病，任憑因氣喪身。如果說潘金蓮藥鴆武大，還有西門慶和王婆做爲幫兇；李瓶兒氣死花子虛，則幾乎是她自導自演的一齣殺夫大戲。

這裡值得一提的是第十五回：佳人笑賞玩燈樓，狎客幫嫖麗春院。李瓶兒氣死花子虛後，一心只想快點嫁進西門慶家，可惜一來自己仍在孝中，二來西門慶猶未準備好她的住處。然而，李瓶兒已等不及要和這些姐妹相認，於是先以祝賀潘金蓮生日爲由，進到西門府邸並會見眾妻妾。後因自己生日恰在一月十五日元宵節，且家門首即爲獅子街燈市，因此她又約下眾女眷來家慶生並賞花燈。這是小說第一次寫元宵燈市，眾姝皆很得意快活，李瓶兒嫁到西門慶家後甚至不見這麼開心歡樂的場面。然而這裡是佳人們歡樂賞燈，那裡是西門慶快意嫖妓，此誠爲作者設計好的諷刺對比。就同前面講的一樣，第十回才剛寫到妻妾玩賞芙蓉亭，第十一回馬上見西門慶梳籠李桂姐。

詞話本第十七回——宇給事劾倒楊提督　李瓶兒招贅蔣竹山
崇禎本第十七回——宇給事劾倒楊提督　李瓶兒許嫁蔣竹山
詞話本第十八回——李保上東京幹事　陳經濟花園管工
崇禎本第十八回——賄相府西門脱禍　見嬌娘敬濟銷魂
詞話本第十九回——草裡蛇邏打蔣竹山　李瓶兒情感西門慶
崇禎本第十九回——草裏蛇邏打蔣竹山　李瓶兒情感西門慶

如果沒有意外，李瓶兒不日即可搬到西門慶家，成爲他第六個老婆。偏偏天有不測風雲，人有旦夕禍福——西門慶的親家、西門大姐的公公陳洪出事了！根據西門大姐的說法：「近日朝中俺楊老爺被科道官參論倒了。聖旨下來，拿送南牢問罪。門下親族用事人等，都問『擬枷號』充軍。」這楊老爺即楊戩，聖諭處斬，陳洪即所謂「門下親族用事人等」之一，聖諭「俱問擬枷號一個月，滿日發邊衛充軍」。於是陳洪命兒子陳經濟、媳婦西門大姐，帶著五百兩銀子及大小箱籠投靠西門慶，自己則上東京投奔姐夫張世廉。吳月娘認爲，冤有頭債有主，不必庸人自擾；西門慶則擔心：「倘有小人指戳，拔樹尋根，你我身家不保。」於是星夜派家人上東京打點。到次日早晨，更吩咐：「把花園工程止住，各項匠人都且回去，不做了。每日將大門緊閉，家下人無事亦不敢往外去，隨分人叫著不許開。」西門慶整天待在屋裡憂悶煩心，把娶李瓶兒的勾當全丟到九宵雲外，婦人這廂卻完全不知發生什麼事。

果然，科中送的文卷上眞有西門慶名字，當朝右相、資政殿大學士兼禮部尚書李邦彥看在西門慶孝敬五百兩銀子的份上，「取筆將文卷上西門慶名字改作『賈慶』」，這場禍事才算了結。然而西門慶可說因禍得福，因爲派人擺平此事，順便鋪好了清河與東京之間的道路，他不只與蔡太師府上管家翟謙熟絡了，就連蔡京也對他有點印象，因此第二十七回翟管家著人提醒西門慶：「老爺壽誕六月十五日，好歹教爹上京走走，他有話和爹說。」而西門慶因爲向太師獻上生辰擔，到第三十回得到了山東省理刑副千戶的官職。

另一方面，就在西門慶關門避禍那段時間，李瓶兒因爲音信全無，「每日茶飯頓減，精神恍惚。到晚夕孤眠枕上，輾轉躊躕。」尤有甚者，「婦人自此夢境隨邪，夜夜有狐狸假名抵姓，來攝其精髓。漸漸形容黃瘦，飲食不進，臥床不起。」請了大街口蔣竹山來看病，從他口中聽聞西門慶身陷官司自身難保，急忙之中便把蔣竹山招贅入門，並且湊了三百兩銀子給他開了一間生藥鋪。結果，李瓶兒才招贅蔣竹山兩個月光景，便因男人「腰裡無力」，是個「中看不中吃蠟槍頭」，因此分房而睡。西門慶擺平官司、重回街上走動之際，發現蔣竹山跟他打起對臺，便找流氓教訓一頓，最終蔣竹山更被李瓶兒趕出家門。之後，李瓶兒狼狽且草率地嫁入西門慶家，西門慶一連三日不進新娘房裡，惹得婦人上吊自殺。

婦人被救下來後，西門慶以家法審問，劈頭第一句話就是：「我比蔣太醫那廝誰強？」對此，李瓶兒先明著表揚西門慶經濟力，接著暗暗稱道西門慶性能力——「你是醫奴的藥一般，一經你手，教奴沒日沒夜，只是想你。」這話完全是第十七回的翻版，那時李瓶兒在性交時對西門慶說道——「誰似冤家這般可奴之意，就是醫奴的藥一般。白日黑夜，教奴只是想你。」果然讓西門慶歡喜無盡，兩人盡釋前嫌，解衣交歡。誠如第四章所提，李瓶兒要的是和「眞正的」男人共組「正常的」家庭，從梁中書、花太監、花子虛到蔣竹山，沒有一個人可以提供她正常而美好的性關係，所以她才把全部的自己押在西門慶身上。反過來講，西門慶這裡的反應，也爲小說提供重要提示：對西門慶來說，伴侶對他性能力的評價，恐怕已經超越性的本身，另外還反映出對他手中權力的認可。因此幾乎從這一回開始，西門慶每一次性交都不只是感官層面的追歡取樂，還包括精神層面的權力認證。

附帶一提，第十八回的回目——不管是「詞話本」花園監工，還是「詞話本」見嬌娘銷魂——正式預告西門府將因陳經濟的進駐而增添亂源。在西門慶死前，陳經濟活在衆人眼皮底下，做什麼都像小兒放紙炮——又愛又怕。這個角色自此將以這樣的形象潛伏很久，雖然在八十幾回後得以解放，但是前後比較起來，還是受壓抑的陳經濟比較好看！

詞話本第二十回——孟玉樓義勸吳月娘　西門慶大鬧麗春院
崇禎本第二十回——傻幫閒趨奉鬧華筵　痴子弟爭鋒毀花院

《金瓶梅》布局結構的第一部分，要在第二十回告一段落。如同這一節標題所示，小說到第十回可謂擺脫《水滸傳》的影子，到第二十回則是西門慶建立起「齊家」規模。因為西門慶和李瓶兒「正式」洞房，隔天便見：「李瓶兒梳妝打扮，上穿大紅遍地金對衿羅衫兒，翠藍拖泥妝花羅裙，迎春抱著銀湯瓶，繡春拿著茶盒，走來上房，與月娘眾人遞茶。」然而閨閫和樂只是表面，先有小玉、玉簫等丫頭公然奚落她——「嗔道你老人家昨日挨的好柴！」「你老人家會告的好水火災！」「你老人家鄉裡媽媽拜千佛，昨日磕頭磕夠了。」「你老人家會叫的好達達！」幾句話把李瓶兒羞的不得了。但這奚落至少是明著來。暗地裡，潘金蓮挑撥吳月娘與李瓶兒不睦、不斷給李瓶兒小鞋穿，才眞正要讓李瓶兒未來疲於應付。總而言之，在西門慶妻妾全員到齊這個場面，已經預告了暗潮洶湧。光是接下來寫西門慶請吃會親酒，聽妓女唱「天之配合一對兒，如鸞似鳳，夫共妻」，「永團圓，世世夫妻」，就看到潘金蓮見縫插針的手段——「金蓮向月娘說道：『大姐姐，你聽唱的！小老婆今日不該唱這一套，他做了一對魚水團圓、世世夫妻，把姐姐放到那裡？』那月娘雖故好性兒，聽了這兩句，未免有幾分動意，惱在心中。」

不過更悲哀的是，雖然妻妾和樂，但仍擋不住男人上妓院。雖然這一回寫的是，西門慶當場撞破自己梳籠的妓女私接其他客人，「由不的心頭火起，走到前邊，一手把吃酒桌子掀倒，碟兒盞兒打的粉碎。喝令跟馬的平安、玳安、畫童、琴童四個小廝上來，不由分說，把李家門窗戶壁床帳都打碎了。」並且賭誓再不踏進麗春院。然而，當眞不去了嗎？

第二節　二十一～四十九回：經商、加官、升子——西門慶的人生與事業

詞話本第二十一回	吳月娘掃雪烹茶　應伯爵替花勾使
崇禎本第二十一回	吳月娘掃雪烹茶　應伯爵替花邀酒

西門慶從院中回家時才一更天，撞見吳月娘焚香祝禱上天，祈求保佑夫君莫再留戀烟花，妻妾六人得以早見子嗣。聽了這篇言語，當下覺得：「原來一向我錯惱了他。原來他一

片心都爲我好，倒還是正經夫妻。」除了用一夜臨幸化解兩人因娶李瓶兒而生的嫌隙，並且默認了吳月娘的分析：「養漢老婆的營生，你拴住他身，拴不住他心。你長拿封皮封著他也怎的？」孟玉樓見夫妻和好，主張妻妾們一起請西門慶和吳月娘賞雪飲酒，讓家中氣氛和緩些。吳月娘見雪下在粉壁前太湖石上甚厚，於是：「下席來，教小玉拿著茶罐，親自掃雪，烹江南鳳團雀舌芽茶與衆人吃。」俗之又俗的一家人，月娘「掃雪烹茶」可謂蹩腳做作的和解儀式。然而，西門慶的幫閒兄弟受了李桂姐家好處，次日便死告活央地又把他拉到麗春院。西門慶很快自打嘴巴不說，敘事者還冷冷地提醒讀者——「那時十一月廿六日，就是孟玉樓壽日。」

詞話本第二十二回	西門慶私淫來旺婦　春梅正色罵李銘
崇禎本第二十二回	蕙蓮兒偷期蒙愛　春梅姐正色閑邪
詞話本第二十三回	玉簫觀風賽月房　金蓮竊聽藏春塢
崇禎本第二十三回	賭棋枰瓶兒輸鈔　覷藏春潘氏潛蹤
詞話本第二十四回	經濟元夜戲嬌姿　惠祥怒詈來旺婦
崇禎本第二十四回	經濟元夜戲嬌姿　惠祥怒詈來旺婦

詞話本第二十五回	雪娥透露蝶蜂情	來旺醉謗西門慶
崇禎本第二十五回	吳月娘春晝鞦韆	來旺兒醉中謗訕
詞話本第二十六回	來旺兒遞解徐州	宋惠蓮含羞自縊
崇禎本第二十六回	來旺兒遞解徐州	宋蕙蓮含羞自縊

然而西門慶終究是對李桂姐冷下心，除了失望，也因爲他在家裡尋到新的目標——接下來第二十一到二十六回，幾乎全是宋惠蓮的戲。她嫁給來旺一月有餘，便被西門慶睃在眼裡並引誘成奸。起初，潘金蓮爲順西門慶的意，加上宋惠蓮也放軟身段，所以兩人倒還相安無事。直到出差回家的來旺得知奸情，醉中謗訕：「我教他白刀子進去，紅刀子出來。好不好，把潘家那淫婦也殺了，我也只是個死。」潘金蓮這才開始決定對付來旺和惠蓮。果然西門慶搆陷來旺入獄，經審判後遞解徐州，宋惠蓮忍氣不過，尋了兩條腳帶上吊自縊。

宋惠蓮這五回故事，在小說敘事上有幾個重大的示範性。首先，婦人是西門慶第一個勾引的家人（包括奴僕與夥計）媳婦，立下期約偷情的利誘模式——先叫丫頭玉簫「送了一疋藍緞子到他屋裡」，並且傳話給婦人：「爹說來，你若依了這件事，隨你要甚麼，爹與你買。」其次，「詞話本」第二十三回回目提到玉簫「觀風」、金蓮「竊聽」，讓人聯想到小說安排了大量的窺視者、竊聽者介入西門慶性交活動6——這麼多人得以輕易「參與」西門慶性交過程，誠如史小軍所說，作者透過偷窺與竊聽把陰暗的性活動公開化，既凸顯西門慶放縱，又展示女人爲財、爲地位獻身的醜態，也反映他治家不嚴、導致上樑不正下樑歪7。再次，這裡第一次看到西門慶的冷靜與決絕。西門慶分明寵愛惠蓮，第二十八回甚至見他私藏惠蓮的鞋子留念，但他卻可以倏忽丟開自縊的婦人。也難怪，後來他折了愛子官哥兒、死了愛妾李瓶兒，都很快就可以回到大千世界。

補充一下，陳經濟自第十七回到岳父家避禍，次回即見他在花園監工、見嬌娘銷魂，到這幾回更是快慰地混跡於妻妾中取樂。第二十四回，西門慶在元宵家宴席上見陳經濟沒了酒，吩咐潘金蓮去遞一巡兒，結果：「婦人一徑將身子把燈影著，左手執酒，剛待的經濟用手來接，右手向他手背只一捏。這經濟一面把眼瞧著衆人，一面在下戲把金蓮小腳兒上踢了一下。」兩個人暗地裡調情頑耍，被宋惠蓮在槅子外窗眼裡瞧了個一清二楚。接下來，孟玉樓、潘金蓮、李瓶兒三個婦人帶領一簇男女上街逛燈市，「陳經濟躧著馬，點放烟火花炮與衆婦人瞧」，並且一路和宋惠蓮打情罵俏。更甚的是，到第二十五回清明將至，吳月娘命人在花園中扎了一架鞦韆，邀衆妻妾同玩以解春晝之困。結果才待打鞦韆，見陳經濟自外來，月娘竟說：「姐夫來的正好，且來替你二位娘送送兒。丫頭們氣力少，送不的。」讓他飽覽好幾位婦人的裙底風光。

難怪張竹坡要在這回回評罵道：「夫敬濟一入西門家，先是月娘引之入室，得見金蓮；後又是月娘引之入園，得採花鬚；後又是西門以過實之言放其膽，以託大之意容其奸。今日月娘又使之送鞦韆，以蕩其心，此時雖有守志之人，猶難自必其能學柳下惠、魯男子，況夫以浮浪不堪之敬濟哉，又遇一精粗美惡兼收之金蓮哉？宜乎百丑皆出矣。」8

詞話本第二十七回	李瓶兒私語翡翠軒　潘金蓮醉鬧葡萄架
崇禎本第二十七回	李瓶兒私語翡翠軒　潘金蓮醉鬧葡萄架

6 例如第八回和金蓮偷情，便有和尙聽淫聲；第十三回和瓶兒初試雲雨，偏被迎兒瞧見；第二十回和李瓶兒、第二十一回和吳月娘要好，都是丫頭傳出來房事細節；第三十四回㑳書童屁股，門外立著一個畫童；第四十二回和王六兒行房，便有小鐵棍兒撞著（第六十一回則換成胡秀）；第五十二回雪洞戲桂姐，又是伯爵闖入；就連第七十七回和賁四嫂打個野食，也有韓嫂兒知道；至於第七十八回，更是見到金蓮房裏的秋菊，「倚著春凳兒，聽他兩個在屋裏行房，怎的作聲喚，口中呼叫甚麼。」

7 史小軍：〈論《金瓶梅》中的偷窺與竊聽〉，收入陳益源編：《二〇一二臺灣金瓶梅國際學術研討會論文集》（臺北：里仁書局，二〇一三年四月），頁一四九—一六六。

8 轉引自黃霖編：《金瓶梅資料彙編》，頁一四一。

詞話本第二十八回　陳經濟因鞋戲金蓮　西門慶怒打鐵棍兒
崇禎本第二十八回　陳敬濟徼倖得金蓮　西門慶糊塗打鐵棍
詞話本第二十九回　吴神仙貴賤相人　潘金蓮蘭湯午戰
崇禎本第二十九回　吴神仙冰鑑定終身　潘金蓮蘭湯邀午戰

潘金蓮好不容易逼死宋惠蓮，孰料馬上迎來更大的對手——李瓶兒肚裡的孩兒。一部百回大書，第二十七回是寫性愛的經典，先有西門慶與李瓶兒在翡翠軒內「倒撅著隔山取火」，後是西門慶與潘金蓮於葡萄架下「老和尚撞鐘」。前者西門慶因爲得知李瓶兒有孕，滿心歡喜之下便「胡亂耍耍」；後者西門慶因爲發現潘金蓮吃醋，故意使了手段致婦人「頭目森森然莫知所之」。張竹坡於此回回評說：「至於瓶兒、金蓮，固爲同類，又分深淺，故翡翠軒尚有溫柔濃豔之雅，而葡萄架則極妖淫污辱之態甚矣。」[9]一般讀者很難相信，西門慶這裡對李瓶兒「尚有溫柔濃豔之雅」，畢竟婦人分明望他「將就些兒」，但他還是豪逞獸欲。不過，所有讀者都會同意，西門慶這裡對潘金蓮確實是「極妖淫污辱之態甚矣」，因爲他從一開始就打算用性折磨來懲罰婦人。

差點死去又活過來，但潘金蓮沒有改變多少，雖然一得機會便與女婿調情鬥嘴，但最在意的仍是夫君西門慶。從物質的角度觀察，很少有小說像《金瓶梅》第二十八回一樣，幾乎內容全被「鞋」意象填滿，潘金蓮和陳經濟調情是因爲鞋，潘金蓮找西門慶理論也因爲鞋。要緊的是，西門慶的「色彩心理學」在這裡浮現。前一回才見她誇李瓶兒：「愛你好個白屁股兒。」這一回又見他央潘金蓮：「你不知，親達一心只喜歡穿紅鞋兒，看著心裡愛。」西門慶對白／紅顏色反差有著極爲嚴重的性迷戀心理，尤其禁不住雪瑩瑩肌膚套上大紅睡鞋。潘金蓮在第二十七回，才於翡翠軒外潛聽西門慶誇李瓶兒白淨；接著第二十八回，當面聽西門慶說喜歡看女人穿紅鞋；於是第二十九回——馬上用茉莉花蕊攪酥油定粉把身上搽的白膩光滑，穿著新做的兩隻大紅睡鞋，誘西門慶來一場「蘭湯午戰」。這場性事，可謂繼葡萄架下之後又一場經典，但露骨的不是那一段火辣辣的駢文，而是潘金蓮聰明絕頂的心思。

不過第二十九回的蘭湯午戰發生於該回後半，前半寫吳神仙爲西門慶及妻妾相面，在小說整體結構上更有關鍵性。爲什麼？因爲下一回是西門慶生子又加官，代表西門慶的「王國」自此要邁向新階段，所以在這之前把人物做個總結。張竹坡於該回回評就說：「此回乃一部大關鍵也。上文二十八回一一寫出來之人，至此回方一一爲之遙斷結果，蓋作者恐後文

9 轉引自黃霖編：《金瓶梅資料彙編》，頁一四三。

順手寫去，或致錯亂，故一一定其規模，下文皆照此結果此數人也。」10《金瓶梅》分別在第二十九回及九十六回寫到相面，根據學者研究，作者大量借鑑了〈神異賦〉等在當時社會廣爲流傳的相術材料，大抵有憑有據11。但是誠如張竹坡所示，小說安排相面主要目的在於預告人物命運及暗示事件因果，所以主要人物的結果在這裡都能猜出來。

詞話本第三十回	來保押送生辰擔　西門慶生子喜加官
崇禎本第三十回	蔡太師擅恩錫爵　西門慶生子加官
詞話本第三十一回	琴童藏壺覷玉簫　西門慶開宴吃喜酒
崇禎本第三十一回	琴童兒藏壺構釁　西門慶開宴爲歡
詞話本第三十二回	李桂姐拜娘認女　應伯爵打諢趨時
崇禎本第三十二回	李桂姐趨炎認女　潘金蓮懷嫉驚兒

前一回吳神仙看了西門慶手相，斷道：「黃氣發於高廣，旬日內必定加官；紅色起於三陽，今歲間必生貴子。」果不其然，第三十回先是李瓶兒爲他生了兒子，接著收到出任提刑所副千戶的消息，斷語好不靈驗。生子又加官，西門慶眞正成爲土豪、富商、官僚三位

一體的暴發戶，豈能不好好炫耀？於是第三十一回寫他趕製官帽，「釘了七八條都是四尺寬玲瓏雲母、犀角、鶴頂紅、玳瑁、魚骨香帶」，並向幫閒應伯爵一逕賣弄。又如同小說敘事者道：「官祿臨門，平地做了千戶之職，誰人不來趨附？」因此這兩回西門家擺宴吃喜酒之餘，上自太監，下至本地縣官，旁及院中妓女，紛至沓來湧入西門府。其中最令人覺得噁心、甚至因此被寫入回目裡的，便是遭西門慶冷落已久的妓女李桂姐——「且說李桂姐到家，見西門慶做了提刑官，與虔婆鋪謀定計。次日，買了盒菓餡餅兒、一副豚蹄、兩隻燒鴨、兩瓶酒、一雙女鞋，教保兒挑著盒擔，絕早坐轎子先來，要拜月娘做乾娘，他做乾女兒。進來先向月娘笑嘻嘻插燭也似拜了四雙八拜，然後纔與他姑娘和西門慶磕頭。把月娘哄的滿心歡喜。」

在這一陣熱鬧中，唯一不快樂的是潘金蓮。李瓶兒才待要生，「那潘金蓮見李瓶兒待養孩子，心中未免有幾分氣。」房裡呱的一聲，「這潘金蓮聽見生下孩子來了，合家歡喜亂成一塊，越發怒氣生，走去了房裡，自閉門戶，向床上哭去了。」後來她譏諷瓶兒才生兒子

10 轉引自黃霖編：《金瓶梅資料彙編》，頁一四五。

11 陳東有：〈《金瓶梅詞話》相面斷語考辨〉，收入陳東有：《陳東有《金瓶梅》論稿》（南昌：江西人民出版社，二〇一四年九月），頁二九三—三〇二。

房裡就丟了壺，遭西門慶斥責一頓，「那金蓮把臉羞的飛紅……走過一邊使性兒去了」。所以第三十二回回末，小說寫道：「單表潘金蓮，自從李瓶兒生了孩子，見西門慶常在他房宿歇，於是常懷嫉妒之心，每蓄不平之意。」接下來便見她從奶媽手裡——「一面接過官兒兒來，抱在懷裡，一直往後去了。走到儀門首，一逕把那孩兒舉得高高的。」因爲舉的恁高，「孩子就有些睡夢中驚哭，半夜發寒、潮熱起來，奶子喂他奶也不吃，只是哭。」張竹坡在第二十八回回評就已提醒：「葡萄架後，便是金、瓶二人妬寵起頭；直至瓶兒死，金蓮方暢。」[12]潘金蓮對李瓶兒及官哥兒下手，這裡還只是起點呢！

詞話本第三十三回	陳經濟失鑰罰唱	韓道國縱婦爭鋒
崇禎本第三十三回	陳敬濟失鑰罰唱	韓道國縱婦爭鋒
詞話本第三十四回	書童兒因寵攬事	平安兒含恨戳舌
崇禎本第三十四回	獻芳樽內室乞恩	受私賄後庭說事
詞話本第三十五回	西門慶挾恨責平安	書童兒妝旦勸狎客
崇禎本第三十五回	西門慶爲男寵報仇	書童兒作女粧媚客

詞話本第三十六回　翟謙寄書尋女子　西門慶結交蔡狀元
崇禎本第三十六回　翟管家寄書尋女子　蔡狀元留飲借盤纏

第三十四回主要是更深一層寫陳經濟，潘金蓮知道他「會唱的好曲兒，於是命他一口氣唱了菓子、花兒名、銀錢名〈山坡羊〉給潘姥姥及李瓶兒聽。讀者試想：什麼樣的男人會有這般才藝？想必自幼也是出入花街柳巷。至於後半部寫韓道國縱婦爭鋒，前一章已經提過，此處不再贅述。倒是作者清描淡寫交代吳月娘落胎流產，伏下第五十三回她服姑子藥「承歡求子息」一節。

接下來的重點是「男風」。西門慶雖淫過不少婦人，但偶爾也試試男色，最受他寵愛的是小廝書童。書童在第三十一回登場，那時西門慶剛做官，本縣正堂李知縣差人送賀禮並一名小郎來答應。此人：「原是縣中門子出身，生的清俊，面如傅粉，齒白唇紅，又識字會寫，善能歌唱南曲。穿著青絹直裰，京鞋淨襪。」西門慶十分歡喜，不教他跟馬，教他專管書房，收禮貼、拿花園門鑰匙，以及權充他的男寵。第三十四回一段雲雨，和《金瓶梅》其

12 轉引自黃霖編：《金瓶梅資料彙編》，頁一四五。

他造愛場景一樣令人臉紅心跳，若不仔細，怕沒注意西門慶的性伴侶是個男童！書童除了頗有「姿色」，也懂得在主子面前賣弄風流，第三十五回便見西門慶教書童關上門，一手把書童摟進懷裡，一手捧著他臉朝他口裡吐舌頭。結果書童伶俐得很，「口裡噙著鳳香餅兒，遞與他。下邊又替他弄玉莖。」有趣的是，該回西門慶與應伯爵、謝希大喝酒，這些狎客要求書童「像個旦兒的模樣纔好」，於是——「問上房玉簫，要了四根銀簪子，一個梳背兒，面前一件仙子兒，一雙金鑲假青石頭墜子，大紅對衿絹衫兒，綠重絹裙子，紫銷金箍兒。要了些脂粉，在書房裡搽抹起來，儼然就是個女子，打扮的甚是嬌娜。」有了這個經驗，第三十六回蔡狀元來訪，因爲同行的安進士喜尚男風，西門慶便教書童也和戲子一樣，取來女衣釵梳妝扮起來，勾得安進士連聲稱道「此子絕妙，而無以加矣！」聽其唱曲又稱「此子可敬！」

書童既倍受寵幸，第三十四回連應伯爵要替人說項，都還特別繞了個圈，央求書童幫忙。不過也因爲這一層關係，書童在家中頗受小廝欺負，第三十五回見他背後遭小廝平安說閒話，第五十回小廝玳安甚至稱他「淫婦」。

詞話本第三十七回　馮媽媽說嫁韓氏女　西門慶包占王六兒

崇禎本第三十七回　馮媽媽說嫁韓愛姐　西門慶包占王六兒

詞話本第三十八回　西門慶夾打二搗鬼　潘金蓮雪夜弄琵琶
崇禎本第三十八回　王六兒棒槌打搗鬼　潘金蓮雪夜弄琵琶

第三十回，來保押送生辰擔到東京，蔡太師府管家翟謙託來保轉央西門慶，替他尋一個好人家女子爲妾。第三十五回，翟謙再度寄書尋女子，西門慶發現自己竟把這件事忘死了，於是急託媒婆去尋。第三十七回選中韓道國女兒韓愛姐，趁夥計送女兒去東京完婚，西門慶把韓道國老婆王六兒給偷上了，這婦人因此成西門慶日後最重要的姘頭。關於王六兒、韓道國故事，前面已經說了很多，此處不必再提。倒是第三十八回後半，寫潘金蓮見西門慶許多時不進他房裡，正是：「銀箏夜久殷勤弄，寂寞空房不忍彈。」不免取過琵琶，橫在膝上，低低彈了個〈二犯江兒水〉以遣其悶。對此，田曉菲有一段很精彩的觀察，她認爲古典詩詞中不乏寫閨怨者，潘金蓮唱的這些流行歌曲也是一樣，但這些詩詞、歌曲「都只歌詠具有普遍性的、類型化的情感和事件」，「缺乏個性，缺乏面目」，不像小說因爲有了敘事的框架，所以能讓這些閨怨內容生動鮮明起來[13]。此說很是，因爲有了具體的人物和故事，小

13 【美】田曉菲：《秋水堂論金瓶梅》（天津：天津人民出版社，二〇〇三年一月），頁一二二—一二三。

說裡唱曲的潘金蓮特別能夠打動讀者，其他妓女唱曲時遠遠沒有這般效果。讀者看到這些地方，無妨稍加留意，莫因對潘金蓮的偏見而錯過這些精彩。（另外補充：要看「詞話本」才有這個效果，「崇禎本」對這些歌詞多有刪減。）

詞話本第三十九回	西門慶玉皇廟打醮　吳月娘聽尼僧說經
崇禎本第三十九回	寄法名官哥穿道服　散生日敬濟拜冤家
詞話本第　四十　回	抱孩童瓶兒希寵　粧丫鬟金蓮市愛
崇禎本第　四十　回	抱孩童瓶兒希寵　粧丫鬟金蓮市愛
詞話本第四十一回	西門慶與喬大户結親　潘金蓮共李瓶兒鬬氣
崇禎本第四十一回	兩孩兒聯姻共笑嬉　二佳人憤聲同氣苦
詞話本第四十二回	豪家攔門玩烟火　貴客高樓醉賞燈
崇禎本第四十二回	逞豪華門前放烟火　賞元宵樓上醉花燈

潘金蓮於「雪夜弄琵琶」後雖得一夜臨幸，但第二天醒來，李瓶兒因子得寵的事實未曾變改。更別提這裡還交代：「不料西門慶外邊又刮刺上了韓道國老婆王六兒，替他獅子街石

橋東邊，使了一百廿兩銀子，買了一所門面兩間、倒底四層房屋居住。」

接下來幾回內容全和官哥兒有關，先是西門慶在李瓶兒生孩兒時，曾許下一百廿分醮，因此決定把這醮願就在吳道官廟裡還了。第三十九回花上大半回篇幅寫打醮內容，偏偏這天又是潘金蓮生日——「這潘金蓮識字，取過紅紙袋兒，扯出送來的經疏看，上面西門慶底下『同室人吳氏』，傍邊只有『李氏』，再沒別人，心中就有幾分不忿。」接著第四十一回是西門慶與喬大戶兩家小兒結親，一整天兩家子人熱熱鬧鬧，然而——「今日潘金蓮在酒席上，見月娘與喬大戶家做了親，李瓶兒都披紅簪花遞酒，心中甚是氣不憤。來家又被西門慶罵了這兩句，越發急了，走到月娘這邊屋裡哭去了。」因此才有接下來打秋菊「指桑罵槐」一節，李瓶兒「把兩隻手氣的冰冷，忍氣吞聲，敢怒而不敢言。」對照之下，第四十回寫道：「卻說金蓮晚夕，趁月娘房裡陪著衆人坐的，走到鏡臺前，把鬏髻摘了，打了個盤頭揸髻；把臉搽的雪白，抹的嘴唇兒鮮紅；戴著兩個金燈籠墜子，貼著三個面花兒，帶著紫銷金箍兒；尋了一套大紅織金襖兒，下著翠藍緞子裙：要裝丫頭哄月娘衆人耍子。」——果然，把衆人笑的前仰後合，西門慶見了淫心蕩漾，潘金蓮的目的是達到了。但是，把這幾回一起讀下來，抱孩童瓶兒希寵／妝丫鬟金蓮市愛，這一組對照豈不讓人特別覺得辛酸？李瓶兒生兒子得寵是天經地義，潘金蓮妝丫鬟討愛卻百般無奈啊！

第四十二回還是續寫李瓶兒生子得寵，西門家因爲孩子結親必須回禮喬家，大節下又碰上李瓶兒生日，所以這一回亟寫豪門烟火秀，彷彿預告這是李瓶兒生命最精彩的一刻。可笑的是——此乃作者一慣伎倆——在這烟花燦爛的時候，透過來昭兒子小鐵棍兒的眼，看見：「西門慶和王六兒兩個，在床沿子上行房。」

詞話本第四十三回	爲失金西門慶罵金蓮　因結親月娘會喬太太
崇禎本第四十三回	爭寵受金蓮惹氣　賣富貴吳月攀親
詞話本第四十四回	吳月娘留宿李桂姐　西門慶醉拶夏花兒
崇禎本第四十四回	避馬房侍女偷金　下象棋佳人消夜
詞話本第四十五回	桂姐央留夏花兒　月娘含怒罵玳安
崇禎本第四十五回	應伯爵勸當銅鑼　李瓶兒解衣銀姐
詞話本第四十六回	元夜游行遇雪雨　妻妾笑卜龜兒卦
崇禎本第四十六回	元夜遊行遇雪雨　妻妾戲笑卜龜兒

因爲結親，西門府一連好幾日有宴席，因此李桂姐、吳銀兒、董嬌兒、韓玉釧兒幾個妓女都在府上伺候。接下來的故事，意在對照李桂姐、吳銀兒這兩個競爭對手。

之前提到，西門慶甫出掌提刑官，便見李桂姐趨炎認親，拜吳月娘爲乾娘。經應伯爵指點，吳銀兒亦於第四十二回拜李瓶兒爲乾娘。有意思的是，第三十二回應伯爵指引吳銀兒這條明路時說：「我教與你個法兒，他認大娘做乾女，你到明日也買些禮來，卻認與六娘做乾女兒就是了。你和他都還是過世你花爹一條路上的人，各進其道就是了。我說的是不是？你也不消惱他。」讀者這才想起，花子虛當年流連院中正爲這婊子，如今吳銀兒回頭拜李瓶兒爲乾娘，豈不和李桂姐拜吳月娘爲乾娘一樣，俱顯史官之筆？不過，作者在這幾回，甚至在整部小說，偏偏有意要寫出兩種不同的妓女風景。第四十五回，吳月娘欲留下兩個「女兒」晚夕伴衆娘子「走百病」，結果李瓶兒不但趕著回家做生意，並且替李嬌兒向西門慶求情丫頭偷金一事，「這月娘聽了，就有幾分惱在心中」。吳銀兒呢？前一夜伴瓶兒說了一夜心事的她，月娘問怎麼不跟家人回去，她的說法卻是：「娘既留我，我又家去，顯的不識敬重了！」李瓶兒備下「一套上色織金緞子衣服，兩方銷金汗巾兒，一兩銀子」，她也不收，反倒要一件舊的白綾襖兒。李桂姐趨炎，吳銀兒有義，這樣的故事下文還有不少。

另外值得一提的是第四十三回「爲失金西門慶罵金蓮」。西門慶拿了四錠金子到李瓶兒房裡給官哥兒玩，結果一錠金子不見了，潘金蓮於是說了幾句風涼話。結果西門慶急了，走向前把金蓮按在月娘炕上，提起拳來罵道：「恨殺我罷了！不看世界面上，把你這小歪剌骨兒就一頓拳頭打死了！單管嘴尖舌快的，不管你事也來插一腳。」潘金蓮假做喬張，哭將起

詞話本第四十七回	王六兒說事圖財　西門慶受贓枉法
崇禎本第四十七回	苗青貪財害主　西門枉法受贓

來，說道：「我曉的你倚官仗勢，倚財爲主，把心來橫了，只欺負的是我。……隨你家怎麼有錢有勢，和你家一遞一狀。你說你是衙門裡千戶便怎的？無過只是個破砂帽債殼子窮官罷了，能禁的幾個人命？可就不是做皇帝，敢殺下人也怎的！」幾句話說的西門慶反而呵呵大笑，就連吳月娘也在一旁笑道：「你兩個銅盆撞了鐵刷帚。常言：『惡人自有惡人磨，見了惡人沒奈何！』自古嘴強的爭一步。六姐，也虧你這個嘴頭子，不然嘴鈍些兒也成不的。」這一段其實特別溫馨，看起來劍拔弩張，其實是冤家鬥嘴。這讓人想起《紅樓夢》第二十九回，賈寶玉和林黛玉兩個嘔氣，賈母忍不住說了句「不是冤家不聚頭」，結果——「原來他二人竟是從未聽見過『不是冤家不聚頭』的這句俗語。如今忽然得了這句話，好似參禪的一般，都低頭細嚼這句的滋味，都不覺潸然泣下。」[14]

至於第四十六回「妻妾戲笑卜龜兒」，在功能上也是呼應第二十九回「吳神仙貴賤相人」，這裡引述張竹坡的回評足矣：「卜龜兒，止月娘、玉樓、瓶兒三人，而金蓮之結果卻用自己說出，明明是其後事，一毫不差。而看者止見其閑話，又照管上文神仙之相，合成一片。」[15]

詞話本第四十八回	曾御史參劾提刑官　蔡太師奏行七件事
崇禎本第四十八回	弄私情戲贈一枝桃　走捷徑探歸七件事
詞話本第四十九回	西門慶迎請宋巡按　永福寺餞行遇胡僧
崇禎本第四十九回	請巡按屈體求榮　遇胡僧現身施藥

西門慶從第二十回建立「齊家」規模、第三十回生子加官，一路下來可謂春風得意。但是到第四十七回，西門慶姘頭王六兒因受了苗青好處，央求西門慶擺平一起殺主官司。苦主家童不服，先到東京開封府投了訴狀，又往巡按山東察院告官，正巧遇到「極是個清廉正氣的官」曾孝序。經過調查，曾御史參了一本上去，參劾山東提刑千戶夏延齡、副千戶西門慶，關於西門慶的內容是：「理刑副千戶西門慶：本係市井棍徒，夤緣升職，濫冒武功，菽麥不知，一丁不識。縱妻妾嬉游街巷，而帷薄為之不清；攜樂婦而酣飲市樓，官箴為之有

14 清・曹雪芹著，清・脂硯齋評，鄧遂夫校訂：《脂硯齋重評石頭記庚辰校本（修訂四版）》（北京：作家出版社，二〇一〇年五月），頁四七二。

15 轉引自黃霖編：《金瓶梅資料彙編》，頁一六二。

玷。至於包養韓氏之婦，恣其歡淫，而行檢不修；受苗青夜賂之金，曲為掩飾，而贓跡顯著。」西門慶於是準備「金鑲玉寶石鬧妝一條，三百兩銀子」，星夜派家人來保往東京幹事。

結果，此事不但由蔡京壓下，來保甚至帶回好消息來：「太師老爺新近條陳了七件事，旨意已是准行。如今老爺親家戶部侍郎韓爺題准事例：在陝西等三邊，開引種鹽，各府州郡縣設立義倉，官糴糧米。令民間上上之戶，赴倉上米，討倉鈔，派給鹽引支鹽。舊倉鈔七分，新倉鈔三分。咱舊時和喬親家爹高陽關上納的那三萬糧倉鈔，派三萬鹽引，戶部坐派。到好趁著蔡老爹巡鹽，下場支種了罷，倒有好些利息。」還記得第三十六回西門慶結交的蔡狀元？這人此時正好奉派兩淮巡鹽御史，第四十九回他二度訪問西門府，西門慶請託他早日支放鹽引——政府發給商人領鹽運銷之憑證——蔡御史爽快地說：「我到揚州，你等逕來察院見我。我比別的商人早掣取你鹽一個月。」西門慶不但倚強躲過彈劾，還循私贏取商機，豈能不樂？於是派妓女董嬌兒、韓金釧兒使出渾身解數，令蔡御史心滿意足。

否極泰來，連胡僧都來助陣。西門慶在永福寺遇到一個外來雲遊和尚，送他神奇的春藥：「一夜歇十女，其精永不傷。老婦顰眉蹙，淫娼不可當。」集土豪、富商、官僚三個身分於一體的暴發戶，在春風得意的時刻又添了這個「寶貝」，正好可以好好賣弄一下。

第三節　五十～七十九回：得胡僧藥之後——西門慶的暴發、耗損及崩壞

詞話本第　五十　回	琴童潛聽燕鶯歡	玳安嬉游蝴蝶巷
崇禎本第　五十　回	琴童潛聽燕鶯歡	玳安嬉遊蝴蝶巷
詞話本第五十一回	月娘聽演金剛科	桂姐躲在西門宅
崇禎本第五十一回	打貓兒金蓮品玉	鬭葉子敬濟輸金
詞話本第五十二回	應伯爵山洞戲春嬌	潘金蓮花園看蘑菇
崇禎本第五十二回	應伯爵山洞戲春嬌	潘金蓮花園調愛婿

從張竹坡到當代學者，都習慣以第四十九回爲分水嶺，把小說分成上半截與下半截，浦安迪就是一個例子，他說：「從多種意義上看，以西門慶喜獲神奇春藥的慶祝進入高潮的第四十九回就標志著這一道分水嶺。小說的前半部分刻劃了他發財、做官、縱欲，步步升級；

而在後半部分，正是這些方面的得意加速了他自行毀滅的過程。」[16]然而，多數人只注意胡僧藥引發的生理反應，沒有留心作者加諸於它的文學設計。胡僧藥是不知哪裡冒出來的寶貝，它跟西門慶在短短幾年內莫名其妙成爲暴發戶一樣，具有相同的性質，所以從文藝的角度講，胡僧藥的功效恰是被設計來闡釋西門慶的暴發心態。政和七年，是西門慶人生和事業的「暴發期」，只見他不斷用性能力炫耀自己的財富和權勢。當然，過度放縱的同時，也一步步走向崩壞。

西門慶得了胡僧藥後，第五十回馬上找人檢驗藥的效力，第一個對象正是王六兒。或許因爲此藥來路不明，西門慶覺得先找別人老婆試試比較安心，況這實驗總要找個好風月的婦人才知其妙。果然，一試便知效力驚人，然而作家卻故弄玄虛，藉由在窗外竊聽的琴童被玳安邀去逛蝴蝶巷窯子，暫時把讀者帶離這交歡場景，形成一種敘事延宕效果。接下來，西門慶因爲精還未洩，一心想找李瓶兒睡覺，可見他對剛生下兒子的婦人何其寵愛；然而此係李瓶兒月事其間，西門慶卻無論如何堅持行房，這也看出男人醉後何其荒唐。潘金蓮雖說淪爲第三個試藥的人，但其實合理，何況作家爲她安排了最多的篇幅，而且是一連串如色情片般的腥羶橋段，讀者至此方知春藥能耐。至於李桂姐成爲榜上第四名較令人意外，畢竟遭西門慶冷落很長一段時日。此番妓女因事躲在西門宅裡，西門慶從席上把她拉到藏春塢雪洞交歡，頗有拿她身體抵換人情債之用意，既是一展威風也是以儆效尤。當然，作者在這裡穿插

「應伯爵山洞戲春嬌」，也算對此妓落井下石，亟寫其醜。

這幾次試藥貫穿第五十到五十二回，除了一開始寫小廝嬉遊蝴蝶巷，中間還有好幾件事。第五十回尾聲，西門慶同李瓶兒歡愛之際，「王姑子把整治的頭男衣胞，并薛姑子的藥，悄悄遞與月娘」，教月娘揀個壬子日用酒吃下去。第五十一回開頭，潘金蓮因憤西門慶不進其屋，故在吳月娘面前編派李瓶兒是非，挑撥妻妾感情。接下來，西門慶派人取一千兩銀子去揚州支取三萬鹽鈔，同一時間又見應伯爵再替攬頭李三、黃四開口商借五百兩銀子[17]。西門慶才剛允諾：「門外街東徐四鋪少我銀子，我那裡挪五百銀子與他罷。」不久又聞陳經濟回報：「門外徐四家銀子，頂上爹，再讓兩日兒。」這幾件事反映出西門慶投資、放貸的常見模式。另外就是工部督皇木的安主政、管磚廠的黃主政聯袂拜訪西門慶，又邀隔日同往劉太監庄上喝酒，反映出西門慶日益頻繁的官場酬酢。中間插入一件花絮：王三官因流連煙花，把自己老婆——東京六黃太尉的侄女氣到上吊自殺，老公公託朱太尉批行東平府著落清

16 【美】浦安迪著，沈亨壽譯：《明代小說四大奇書》，頁五十三。

17 李三、黃四作爲代官府承辦各項商品的「攬頭」，從第三十八回登場起共出現十七次，像幽靈一般揮之不去，宛若明代商業經濟的某種縮影。魏子雲認爲，這部分內容在最早的「古本」那裡可能很具體，到後來才因小說重心轉向家庭生活而遭稀釋，詳參魏子雲：《《金瓶梅》原貌探索》（臺北：臺灣學生書局，二〇一四年九月），頁六十七—八十四。

河縣拿人，因此把李桂姐差點牽連進去，粉頭於是躲到西門宅上避難。這個案子，爲後面西門慶通奸王三官母親林太太一事，預先埋好伏筆。

趁西門慶赴管磚廠的劉太監庄上，女眷也在家中治席玩耍，只見陳經濟把潘金蓮誘到假山雪洞外，哄道：「裡面長出這些大頭蘑菇來了。」潘金蓮一入洞，陳經濟就折腿跪求和婦人雲雨，後因吳月娘尋不著人方未成事。

詞話本第五十三回	吳月娘承歡求子息	李瓶兒酬願保兒童
崇禎本第五十三回	潘金蓮驚散幽歡	吳月娘拜求子息
詞話本第五十四回	應伯爵郊園會諸友	任醫官豪家看病症
崇禎本第五十四回	應伯爵隔花戲金釧	任醫官垂帳診瓶兒
詞話本第五十五回	西門慶東京慶壽旦	苗員外揚州送歌童
崇禎本第五十五回	西門慶兩番慶壽旦	苗員外一諾送歌童
詞話本第五十六回	西門慶周濟常時節	應伯爵舉薦水秀才
崇禎本第五十六回	西門慶捐金助朋友	常峙節得鈔傲妻兒

詞話本第五十七回　道長老募修永福寺　薛姑子勸捨陀羅經
崇禎本第五十七回　開緣簿千金喜捨　戲雕欄一笑回嗔

第五十三到五十七回充滿疑問，曾經見證《金瓶梅》以手抄本形式傳播的沈德符，很早就指出這五回實乃僞作：「然原本實少五十三至五十七回，遍覓不得，有陋儒補以入刻，無論膚淺鄙俚，時作吳語，即前後血脈亦絕不貫串，一見知其贗作矣。」[18]這個問題，吸引很多學者投入研究，雖然看法不一，但對這五回係後人補入之說，倒頗見共識。此外，大多數學者同意「陋儒」可能有兩個人，一個補了第五十三、五十四回，另一個補作第五十五到五十七回；而且，後者可能爲彌合原作和補作之間的縫隙，在其他幾回另插入一些新的文字[19]。

這五回的大致內容如下：第五十三回寫吳月娘服下姑子給的藥，在壬子日承歡求子

18 明・沈德符：《萬曆野獲編》（北京：中華書局，一九九七年十一月），「金瓶梅」條，頁六五二。
19 潘承玉：〈《金瓶梅》第五十三至五十七回眞僞論〉，收入潘承玉：《金瓶梅新證》（合肥：黃山書社，一九九九年一月），頁一—三十七。

息；又，官哥兒突然口吐白沫，西門慶採取民俗療法並拜神酬願，才保住孩兒平安。第五十四回寫應伯爵因得了中人錢，治一席酒請衆兄弟玩耍，西門慶負責提供歌妓同歡；又，李瓶兒驚傳胃痛，西門慶特地請任太醫來家診治。第五十五回寫西門慶親赴東京爲蔡太師敬獻壽禮，除了領略太師府因規模、陳設、權力展現出的氣派，並拜在蔡太師門下做乾兒子；又，在東京結識的新朋友苗員外，爲人信守承諾，竟把自己栽培多年的兩名歌童送來給西門慶。第五十六回寫「十兄弟」之一的常時節向西門慶借錢買房，此即後世曲藝名篇〈得鈔傲妻〉之本事來源；又，西門慶因自己不通文墨，有意聘一位先生處理文書，故央應伯爵薦舉合適的心腹朋友來。第五十七回寫西門慶爲幹些好事保佑孩兒，大方喜捨五百兩銀子給永福寺做修葺用途；又，一向不喜歡姑子的西門慶，竟然準備三十兩足色銀子，交付薛姑子、王姑子印五千卷《陀羅經》大做功德。這五回除了以上重要情節，文中也不時穿插家中各種人際互動，其中以潘金蓮和陳經濟的偷情嘗試較爲醒目。

不過，第五十三回寫西門慶赴劉太監庄上喝酒，以及應伯爵代李三、黃四向西門慶借銀，這兩件事都在前一回就提過，顯然重覆，讀來很不自在。更重要的是，「詞話本」和「崇禎本」在這五回的文本差異度，是全書中比重最高者[20]，讀這兩版本第五十三到五十七回是完全不同的體驗。例如，第五十三回寫潘金蓮和陳經濟偷期、西門慶和吳月娘做愛，兩版本之文字落差，大到幾乎無法比較的地步。第五十四回更爲嚴重，「詞話本」寫應伯爵郊園會諸友，箇中故事極多，兄弟戲語頻繁，但「崇禎本」卻直接略過逕寫花園遊玩。又，兩版本在任醫官看診部分也不一樣，「詞話本」寫西門慶在宴中得知李瓶兒身上有恙，「崇禎本」卻是迨西門慶回家方聽李瓶兒自訴身上不好。再，兩版本寫應伯爵戲金釧的風格也有出入，「詞話本」頗為色情，「崇禎本」著意取笑。

總而言之，《金瓶梅》這五回固然提供大量訊息，但是讀來始終給人「卡卡」的感受，某些地方甚至覺得不明所以。這種閱讀體驗，還是張愛玲說的最傳神：「我本來一直想著，至少《金瓶梅》是完整的。也是八九年前才聽見專研究中國小說的漢學家派屈克・韓南（Hanan）說第五十三至五十七回是兩個不相干的人寫的。我非常震動。回想起來，也立刻記起當時看書的時候有那麼一塊灰色的一截，枯燥乏味而不大清楚——其實那就是驢頭不對馬嘴的地方使人迷惑。遊東京，送歌僮，送十五歲的歌女楚雲，結果都沒有戲，使人毫無印象，心裡想『怎麼回事，這書怎麼了？』正納悶，另一回開始了，忽然眼前一亮，像鑽出了隧道。」[21]

20 楊國玉：〈《金瓶梅》第五十三至五十七回「贗作」勘疑——從語詞運用的個性、地域特點看《金瓶梅》「贗作」公案〉，收入楊國玉：《楊國玉《金瓶梅》研究精選集》（臺北：臺灣學生書局，二〇一五年六月），頁一〇五—一二〇。

21 張愛玲：《紅樓夢魘・自序》（臺北：皇冠文化出版公司，二〇一〇年八月），頁六—七。

詞話本第五十八回	懷妒忌金蓮打秋菊　乞臘肉磨鏡叟訴冤
崇禎本第五十八回	潘金蓮打狗傷人　孟玉樓周貧磨鏡
詞話本第五十九回	西門慶摔死雪獅子　李瓶兒痛哭官哥兒
崇禎本第五十九回	西門慶露陽驚愛月　李瓶兒睹物哭官哥
詞話本第　六十　回	李瓶兒因暗氣惹病　西門慶立緞鋪開張
崇禎本第　六十　回	李瓶兒病纏死孽　西門慶官作生涯
詞話本第六十一回	韓道國筵請西門慶　李瓶兒苦痛宴重陽
崇禎本第六十一回	西門慶趁醉燒陰户　李瓶兒帶病宴重陽
詞話本第六十二回	潘道士解禳祭燈壇　西門慶大哭李瓶兒
崇禎本第六十二回	潘道士法遣黃巾士　西門慶大哭李瓶兒

接下來五回，先是官哥兒么折，再是李瓶兒病死。前面提過，張竹坡在第二十八回回評曾經說道：「葡萄架後，便是金、瓶二人妬寵起頭；直至瓶兒死，金蓮方暢。」[22]潘金蓮對李瓶兒及官哥兒下手，這裡總算走到了終點。

第五十八回是西門慶生日，當天先一件喜事——日前他派韓道國到杭州置辦一萬兩銀子緞絹貨物，如今已抵臨清鈔關，待納完稅不日即可大發利市。得了這個好兆頭，當天的生日宴好不熱鬧，隔日也就決定開一間新的緞子鋪。唯獨潘金蓮很不開心，「因見西門慶夜間在李瓶兒房裡歇了一夜，早晨請任醫官又來看他，都惱在心裡。」潘金蓮知道李瓶兒孩子近來身體不好，當晚藉口黑影中躧了一腳狗屎，先拿大棍打狗，次拿鞋拽把打丫頭嘴巴、拿馬鞭打丫頭身子，再則連親娘潘姥姥都被她痛罵一頓。這一切，都是爲了驚擾隔壁的李瓶兒母子倆，即便他們三番四次跑來拜託，潘金蓮這邊依舊整晚打罵不停。第五十九回，一夜受了驚嚇的官哥兒，在西門慶到妓女鄭愛月兒處風流的時候遇到了災星。潘金蓮因爲知道李瓶兒、官哥兒好貓，平日在房裡常用紅絹裹肉，令其愛貓「雪獅子」撲而撾食。今日這雪獅子正蹲在護炕上，看見官哥兒在炕上穿著紅衫兒頑耍，「只當平日哄喂他肉食一般，猛然望下一跳，撲將官哥兒，身上皆抓破了。只聽那官哥兒呱的一聲，倒咽了一口氣，就不言語了，手腳俱被風搐起來。」西門慶來家雖然摔死了這隻貓，但終舊沒有救回孩子的性命，多災多難的他只活了一年零兩個月。

官哥兒的死，讓《金瓶梅》作者狠狠發揮一下本領，誠如田曉菲所說：「在古代社

22 轉引自黃霖編：《金瓶梅資料彙編》，頁一四五。

會，嬰兒死亡率極高，但是在中國敘事文學裡，這是第一次看到詳細地描寫一個嬰兒從病到死全過程。」[23]首先，讀者眞正看到母親失去稚子那種錐心之痛，李瓶兒在這裡的反應實在傳神至極。其次，妻妾女眷的表現也是妙絕，月娘一付事不關己、金蓮顯得精神抖擻、雪娥趁機借刀殺人、奶媽憂慮工作不保……，她們都因李瓶兒喪子還原出人性的自私。再次，這裡把官哥兒的後事做了不少交代，堪稱爲幾回後鋪寫李瓶兒之死預做準備。總之，第五十九回非常好看，前半回講西門慶露陽驚愛月，後半回寫官哥兒之死及人情百種，偏偏作者又將兩者對照於一處。

接下來幾回，作者依然是用兩極對映的筆法處理，一面寫李瓶兒逐漸枯萎，另一面卻寫西門慶益發熱鬧。第六十回，潘金蓮因官哥兒之死神采發揚，不住指桑罵槐。「李瓶兒這邊屋裡分明聽見，不敢聲言，背地裡只是掉淚。著了這暗氣暗惱，又加之煩惱憂戚，漸漸心神恍亂，夢魂顛倒，且每日茶飯都減少了。」相反的是，西門慶緞鋪開張，邀集朋友開宴飲酒行令，好不痛快。第六十一回，西門慶先受韓道國夫妻之邀到家喝酒，聆聽新來的申二姐唱曲——「這兩個〈鎖南枝〉，正打著他初請了鄭月兒那一節事來，心中甚喜。」接著又和姘頭王六兒激情歡愛——「西門慶弄老婆，直弄夠有一個時辰，方纔了事。燒了王六兒心口裡，并毯蓋子上、尾停骨兒上共三處香。」回家進到潘金蓮房裡，又是另一場激烈性事——「婦人禁受不的，瞑目顫聲，沒口子叫：『達達，你這遭兒只當將就我，不使上他也罷了！』」相反的是，接下來到重陽節令，西門慶合家宅眷在花園大捲棚聚景堂內飲酒，李瓶兒明明身上不大好，吳月娘偏偏要他吃上一鍾好甜酒兒，結果——「且說李瓶兒歸到房中，坐淨桶，下邊似尿也一般只顧流將起來，登時流的眼黑了。起來穿裙子，忽然一陣旋暈的，向前一頭拾倒在地。饒是迎春在旁搊扶著，還把額角上磕傷了皮。和奶子搊到炕上，半日不省人事。」李瓶兒苦痛宴重陽的下場，是再也下不了床，服藥百般無效，問卜有凶無吉。

分明人之將死，作者卻用整個第六十二回寫其「苟延殘喘」，一則凸顯李瓶兒委實可憐，二是展示西門慶何其情深，三為交代一家子人在這場生死大限呈現出的異樣心思。一整回的敘事速度和緩從容，很有拉住讀者慢慢領會人情百態的苦心，藝術感染力很強。

詞話本第六十三回	親朋祭奠開筵宴　西門慶觀戲感李瓶
崇禎本第六十三回	韓畫士傳眞作遺愛　西門慶觀戲動深悲
詞話本第六十四回	玉簫跪央潘金蓮　合衛官祭富室娘
崇禎本第六十四回	玉簫跪受三章約　書童私挂一帆風

23【美】田曉菲：《秋水堂論金瓶梅》，頁一七六。

詞話本第六十五回	吳道官迎殯頒真容	宋御史結豪請六黃
崇禎本第六十五回	願同穴一時喪禮盛	守孤靈半夜口脂香
詞話本第六十六回	翟管家寄書致賻	黃真人煉度薦亡
崇禎本第六十六回	翟管家寄書致賻	黃眞人發牒薦亡
詞話本第六十七回	西門慶書房賞雪	李瓶兒夢訴幽情
崇禎本第六十七回	西門慶書房賞雪	李瓶兒夢訴幽情

這幾回都是講李瓶兒後事操辦情形。第六十三回一開始，先請畫師爲亡者描影，接著從小殮寫到大殮再寫到頭七，除了祭拜誦經，中間穿插各級官員、親戚朋友絡繹不絕來靈前致意，以及爲客人而準備的歌妓和戲班。第六十四回分別是薛內相、劉內相兩位公公來祭奠，隔日則見周守備、荊都監、張團練、夏提刑合衛許多官員辦了一副豬羊吃桌祭奠，中間穿插潘金蓮撞破書童和玉簫奸情。第六十五回先寫李瓶兒二七：「玉皇廟吳道官受齋，請了十六個道衆，在家中揚旛修建青玄救苦二七齋壇」，接著幾日仍然有源源不絕的吊問賓客。到李瓶兒三七：「有門外永福寺道堅長老，領十六衆上堂僧來念經。穿雲錦袈裟，戴毗盧帽，大

鈸大鼓。早晨取水，轉五方，請三寶，浴佛；午間加持，召亡破獄，禮拜《梁皇懺》，談《孔雀》，甚是齊整。」接著四七：「請西門外寶慶寺趙喇嘛，亦十六衆，來念番經，結壇，跳沙，灑花米，行香，口誦眞言，齋供都用牛乳茶酪之類。懸挂都是九醜天魔變相：身披纓絡琉璃，項挂髑髏，口咬嬰兒，坐跨妖魅，腰纏蛇螭，或四頭八臂，或手執戈戟，朱髮藍面，醜惡莫比。」過兩日發引出殯，更是鼓樂喧天，陣容盛大，難以詳述。之後則見喪家連續不斷的回禮酒席，第六十六回除了略略交代東京翟管家寄書致賻，另外則是特特寫了黃眞人煉度薦亡。

李瓶兒第六十二回嚥氣、第六十五回出殯，作者用了整整三回交代李瓶兒身後事，甚至第六十六回大半都在寫煉度薦亡，《金瓶梅》可以說爲古代喪儀做出空前描繪，而且難得的是敘事絲毫不亂。很多讀過《紅樓夢》的人喜歡稱道秦可卿之喪寫得十分精彩，殊不知「甲戌本」第十三回即見一條夾批：「寫個個皆知，全無安逸之筆，深得《金瓶》壼奧。」24 脂硯齋覺得《紅樓夢》從《金瓶梅》繼承到什麼優點？推敲上下文意，應該是《金瓶梅》寫李瓶兒之死、李瓶兒之喪那種從容不迫的筆法吧！

24 清．曹雪芹著，清．脂硯齋評，鄧遂夫校訂：《脂硯齋重評石頭記甲戌校本（修訂五版）》，頁二一四。

除此之外，這幾回另有值得留意之人，那就是即將從眾婦中竄出、頂替李瓶兒的如意兒。第三十回，她進到西門府當官哥兒的奶娘；第五十九回，官哥兒才死她便擔心失了工作；第六十二回，瓶兒的死讓她化擔心為具體自救行動——討好西門慶。因此，第六十五回西門慶夜裡一時興動，兩人便雲雨一處。第六十七回，西門慶酒後又來瓶兒房裡睡，如意兒直接在西門慶耳邊說道：「奴婢男子漢已沒了，早晚爹不嫌醜陋，只看奴婢一眼兒就夠了。」這一回提到，如意兒的「成功」建立在三個基礎上：一是言談伶俐，會投西門慶所好；二是具有和李瓶兒一樣的白皙肌膚；三是頗知風月。因此到第七十五回，如意兒正式成為西門慶小妾的候選人，西門慶向她承諾：「你若有造化，也生長一男半女，我就扶你起來，與我做一房小，就頂你娘的窩兒，你心下如何？」

李瓶兒死了好久，西門慶一直念念不忘，第六十七回寫妓女鄭愛月兒親手揀製酥油蚫螺送來，惹的西門慶睹物思人，原來李瓶兒也有這項手藝。又，西門慶在床炕上睡著，竟然夢見李瓶兒回來傾訴幽情，才待要問婦人往哪裡去，才知原是南柯一夢。不過，這一回最值得注意的是，西門慶縱欲的身體開始發出警訊——篦頭的小周兒拿木滾子摬他身上，行按摩導引之術，這時西門慶對應伯爵提道：「不瞞你說，像我晚夕身上常時發酸起來，腰背疼痛。不著這般按捏，通了不得。」其實，讀者如果仔細，早在第五十三回就見西門慶對潘金蓮說：「我兩個腰子，落出也似的痛了。」

詞話本第六十八回——鄭月兒賣俏透密意　玳安殷勤尋文嫂
崇禎本第六十八回——應伯爵戲啣玉臂　玳安兒密訪蜂媒
詞話本第六十九回——文嫂情通林太太　王三官中詐求奸
崇禎本第六十九回——招宣府初調林太太　麗春院驚走王三官

官哥兒死前的第五十九回，西門慶添上新歡鄭愛月兒。李瓶兒死後的第六十五回，再追加一個如意兒。才和西門慶好上的鄭愛月兒，到第六十八回透露王三官母親林太太「生的好不喬樣，描眉畫眼，打扮狐狸也似」，妻子黃氏又是「上畫般標致」，進而鼓勵西門慶：「爹難得先刮剌上了他娘，不愁媳婦兒不是你的。」果然西門慶先得手林太太，接著納王三官為義子，得隴望蜀的他甚至覬覦起王三官娘子。第六十九回西門慶攻下新歡林太太，這段情節設計有其象徵性，土豪、富商、官僚三位一體的「暴發戶」，用精血玷污了傳統世家貴族的宗法倫理，這在一定程度上反映明代中後期社會結構的變化。

詞話本第　七十　回——西門慶工完升級　群僚庭參朱太尉
崇禎本第　七十　回——老太監引酌朝房　二提刑庭參太尉

詞話本第七十一回　李瓶兒何千户家托夢　提刑官引奏朝儀
崇禎本第七十一回　李瓶兒何家托夢　提刑官引奏朝儀

接下來西門慶要迎接事業的巔峰——升任山東提刑所掌刑正千戶。才得消息不久，東京本衛經歷司差人行照會到：「曉諭各省提刑官員知悉，火速赴京，趕冬至令節見朝引奏謝恩，毋得違誤，取罪不便。」於是西門慶約下榮升指揮管鹵簿的夏隆溪，帶著贄見禮物、跟隨家人，一同動身前往東京。到了東京，在夏提刑親戚崔中書家作客宿歇。次日，先往蔡太師府中叩見；接著往鴻臚寺，報名次日見朝謝天子恩。才剛轉過西闕門，便被新任山東提刑所貼刑副千戶何永壽的叔叔何沂——內府匠作太監，見在延寧第四宮端妃馬娘娘位下近侍——邀去會面。出了朝門又到兵部，遇見夏提刑，同拜了部官，然後回到崔中書家。再次日先到何千戶家吃飯，然後同往朱太尉宅門前來。因朱太尉新加光祿大夫、太保，又蔭一子爲千戶，所以「各家饋送賀禮、伺候參見官吏人等，黑壓壓在門首等的鐵桶相似。」迨朱太尉回來，接見各大部官員之後，才是兵部各官挨次進見。西門慶和何千戶安排在第五起，朱太尉吩咐二人：「在地方謹慎做官，我這裡自有公道。伺候大朝引奏畢，來衙門中領劄赴任。」之後接受何太監招待吃飯。再次日上朝拜見天子。隔天便衙門中領了劄付，向兵科中挂了號，收拾行李要回清河。

西門慶這趟進京，和第五十五回上京慶賀蔡太師壽旦不同在於，他（和讀者）見識到朝廷正式的排場，尤其朱太尉接見官員、徽宗皇帝受百官朝賀可以說是氣勢磅礴。當然，作者一力鋪排這般陣仗，也在宣示西門慶已然進化成新版的暴發戶。此外，這裡也寫到政治權力的爭奪，山東省提刑千戶這個位子有三股勢力在運作——西門慶仗的是蔡太師和管家翟謙、夏隆溪仗的是朱太尉和林眞人、何永壽仗的是安妃劉娘娘和何太監。一個外任官，竟牽動部級官員和宮中寵妃智取計奪，讓人見識政治多少角力。又，區區內府匠作太監，既能把年紀不上二十的侄兒安排做了副千戶，又慷慨把自己穿的「飛魚綠絨蟒衣」送給西門慶，也算是「小人亂國」了！

附帶一提，西門慶歇宿何千戶家的時候，李瓶兒托夢說即將投胎京中袁指揮家。她還特別叮囑西門慶：「我的哥哥，切記休貪夜飲，早早回家。那廝不時伺害于你，千萬勿忘奴言，是必記於心者！」很多讀者在意這段提示，因爲流連夜飲的西門慶將有性命威脅。但很少人注意到，李瓶兒故事到此完結，她要正式離開這個文本了。

詞話本第七十二回　王三官拜西門爲義父　應伯爵替李銘釋冤

崇禎本第七十二回　潘金蓮摳打如意兒　王三官義拜西門慶

詞話本第七十三回 潘金蓮不憤憶吹簫 郁大姐夜唱鬧五更
崇禎本第七十三回 潘金蓮不憤憶吹簫 西門慶新試白綾帶
詞話本第七十四回 宋御史索求八仙鼎 吳月娘聽宣黃氏卷
崇禎本第七十四回 潘金蓮香腮偎玉 薛姑子佛口談經
詞話本第七十五回 春梅毀罵申二姐 玉簫愬言潘金蓮
崇禎本第七十五回 因抱恙玉姐含酸 爲護短金蓮潑醋
詞話本第七十六回 孟玉樓解愠吳月娘 西門慶斥逐溫葵軒
崇禎本第七十六回 春梅姐嬌撒西門慶 畫童兒哭躲溫葵軒
詞話本第七十七回 西門慶踏雪訪愛月 賁四嫂倚牖盼佳期
崇禎本第七十七回 西門慶踏雪訪愛月 賁四嫂帶水戰情郎
詞話本第七十八回 西門慶兩戰林太太 吳月娘玩燈請藍氏
崇禎本第七十八回 林太太鴛幃再戰 如意兒莖露獨嘗

李瓶兒死後，西門慶先後刮上如意兒、林太太；自東京引奏謝恩回來，西門慶更加貪得無厭，每一場交歡都使出渾身解數，每個婦人也像拚上生平所有力氣與他盤旋，因此這幾回的性事簡直就是一場場混戰！

第七十二回，西門慶來到潘金蓮房中，這婦人被拋離了半月在家，自是淫情似火，千嬌百媚。先是下品鸞簫，後則讓男人把尿溺在口裡，兩人殢雨龍雲纏到三更，次日早起還扒伏在漢子身上倒澆蠟燭，口裡還說要幫他做一個暢美好用的「白綾帶」，把西門慶哄得伏伏貼貼，所以在第七十三、七十四回持續寫兩人交歡。爲了生存，第七十五回的如意兒把潘金蓮前番絕活重演一遍，既會品簫，也有嬌怯怯的淫聲浪語，甚至當西門慶告以金蓮嚥尿一事，她也立刻蹲下照辦；要在她身上燒一柱香，也沒有第二句話。第七十七回，西門慶重會鄭愛月兒，此妓已算老相好了。意外的是，第七十七、七十八兩回，西門慶新刮上家人老婆賁四嫂子。這婦人原就不守本分，早與小廝玳安有染，這回又把西門慶勾引上了，接連通奸兩次。第七十八回離譜之處在於，除了和賁四嫂子交歡，西門慶還二戰林太太、再戰如意兒，最後因爲心裡想著何戶千娘子藍氏，乘著酒興把來爵媳婦惠元摟進房中親嘴，「兩個解衣褪褲，就按在炕沿子上，掇起腿來，被西門慶就聳了個不亦樂乎。」一、二、三、四，這回共有四場交歡。

從第七十二到七十八回，中間除了第七十五回寫孟玉樓含酸一夜，其他每一場性交的文字密度都很高，歡愛內容都很激烈。第七十二到七十四回接連寫潘金蓮，還可以說成兩人「小別勝新婚」；第七十七、七十八回接連兩次找賁四嫂子，但聞西門慶充沛的性欲氣息。賁四嫂子不像宋惠蓮，有雙不足三寸的金蓮（像是潘金蓮的翻版）；也不比如意兒，有一身白皙的肌膚（像是李瓶兒的化身）；甚至不如來爵媳婦惠元，生的「五短身材，瓜子面皮兒，搽胭抹粉施朱唇，纏的兩隻腳趫趫的」，讓西門慶覺得雖不及宋惠蓮，也頗克得過第二。西門慶和平凡的賁四嫂子兩次交歡，毫無前戲，見了面就辦事。第一次婦人才奉茶道了萬福，西門慶「於是不由分說，把婦人摟到懷中就親嘴。拉近枕頭來，解衣按在炕沿子上，扛起腿來就聳。那話上已束著托子，剛插入牝中，纔拽了幾拽，婦人下邊淫水直流，把一條藍布褲子都濕了。」事完之後，西門慶也沒多說什麼，袖中掏出五、六兩一包碎銀子，又是兩對金頭簪兒，遞與婦人節間買花翠帶。第二次也是一樣，進門後連喝茶都免了，老婆脫了衣服躺在床上，「西門慶褪下褲子，扛起腿來，那話使有銀托子，就幹起來。」

前面提到，第五十三回寫西門慶來金蓮房裡，對她說道：「我兩個腰子，落出也似的痛了！」第六十七回寫西門慶爲李瓶兒喪事忙了幾天，起床之後叫小周兒篦頭並按摩身子，這時他對應伯爵說：「不瞞你說，像我晚夕身上常時發酸起來，腰背疼痛。不著這般按捏，通了不得。」接連幾回放縱下來，第七十八回見西門慶對吳月娘說：「這兩日春氣發也怎的，只害這邊腰腿疼。」次日又見他對應伯爵說：「這兩日不知酒多了也怎的，只害腰疼，懶待動彈。」接著寫到西門慶和如意兒交歡，小說更在西門慶「情濃樂極、精邈如湧泉」時提示讀者：「不知已透春消息，但覺形骸骨節鎔。」到了回末，更見一大段敘事者插話——「看官聽說：次第明月圓，容易彩雲散，樂極悲生，否極泰來，自然之理。西門慶但知爭名奪利，縱意奢淫，殊不知天道惡盈，鬼錄來追，死限臨頭。」到晚夕，堂中點起燈來，小優兒彈唱燈詞，還未到起更時分，西門慶正陪人坐著「就在席上齁齁的打起睡來」。應伯爵問他怎麼了？西門慶道：「我昨日沒曾睡。不知怎的，今日只是沒精神，打睡。」

西門慶縱情聲色，除了身子開始示警，一遇妻妾糾紛更顯得心有餘而力不足。例如吳月娘和潘金蓮因「誰把攔漢子」起了空前爭執，雖然吳月娘用正房娘子的權勢強把潘金蓮壓了下去，但西門慶還是要來安撫潘金蓮（和春梅）。這可是全書第一次看到他示弱——西門慶一面摟抱著潘金蓮，一面勸道：「罷麼，我的兒！我連日心中有事，你兩家各省這一句兒就罷了。你教我說誰的是？」因爲身心不暢，西門慶的權威正開始下降。

詞話本第七十九回　西門慶貪欲得病　吳月娘墓生產子

崇禎本第七十九回　西門慶貪慾喪命　吳月娘喪偶生兒

第七十九回一開頭就是：「西門慶只知淫人妻子，而不知死之將至。」直接提示西門慶死期到也。接下來，寫他從奸耍來爵老婆的現場回到席上，「不住只是在椅子上打睡」。到次日起來，「頭沉，懶待往衙門中去。」等早飯之際，吳月娘見他恁沒精神，西門慶道：「不知怎的，心中只是不耐煩，害腿疼。」這一切都是關於大限將至的鮮明提示。然而真正讓人觸目驚心的，是和王六兒、潘金蓮接連兩起性事。

西門慶心中想著何千戶娘子，於是到王六兒處尋歡，婦人洗完身子，「換了一雙大紅潞紬白綾平底鞋兒穿在腳上」，兩人上床共效于飛。婦人使出渾身解數，西門慶亦勇者無懼。做愛之後，西門慶「醉眼朦朧，一覺直睡到三更天氣方醒」。再添美饌香醪，很快又「不覺醉上來」，於是打發上馬回家。沒想到——「打馬正過之次，剛走到西首那石橋兒跟前，忽然見一個黑影子從橋底下鑽出來，向西門慶一拾。那馬兒見了只一驚躲，西門慶在馬上打了個冷戰。醉中把馬加了一鞭，那馬搖了搖鬃，玳安、琴童兩個用力拉著嚼環，收煞不住，雲飛般望家奔將來，直跑到家門首方止。」如果記得第七十一回李瓶兒托夢情節，很容易連想剛才是花子虛來索命。總之，西門慶一下馬即腿軟，左右把他扶進前邊潘金蓮房中來。

西門慶精神是醉中之醉，身體是虛之又虛，可偏偏被送到欲火燒身的潘金蓮房裡。潘金蓮見西門慶醉極，毫無反應，拿出胡僧藥來自己吃了一丸，「還剩下三丸，恐怕力不效，千不合萬不合，拿燒酒都送到西門慶口內。」讀者一定記得，第四十九回胡僧千萬交代：「不可多用。戒之，戒之！」這場性交固然成功啓動，但其結果卻是——西門慶「那管中之精，猛然一股邈將出來，猶水銀之瀉筒中相似，忙用口接，咽不及，只顧流將起來。初時還是精液，往後盡是血水出來，再無個收救。西門慶已昏迷過去，四肢不收。婦人也慌了，急取紅棗與他吃下去。精盡繼之以血，血盡出其冷氣而已，良久方止。」面對這個慘狀，讀者很少記得，第五回潘金蓮藥鴆武大後，西門慶曾經承諾：「我若負了心，就是你武大一般。」無論西門慶究竟有無負心，這場性交都是潘金蓮趴伏在西門慶身上，狀似當初「跳上床來，騎在武大身上」。西門慶當初淫人妻子，此處能說不是報應？

西門慶撐不上幾天，便一命嗚呼。此回後半段，一面寫吳月娘產子之亂，一面寫西門慶後事之慌，暗示接下來的妻妾離散、家門冷落。

第四節　八十～一百回：大廈傾頹，各自逃生

詞話本第　八十　回	陳經濟竊玉偷香　李嬌兒盜財歸院
崇禎本第　八十　回	潘金蓮售色赴東床　李嬌兒盜財歸麗院
詞話本第八十一回	韓道國拐財倚勢　湯來保欺主背恩
崇禎本第八十一回	韓道國拐財遠遁　湯來保欺主背恩

詞話本第八十二回　潘金蓮月夜偷期　陳經濟畫樓雙美

崇禎本第八十二回　陳敬濟弄一得雙　潘金蓮熱心冷面

詞話本第八十三回　秋菊含恨泄幽情　春梅寄柬諧佳會

崇禎本第八十三回　秋菊含恨泄幽情　春梅寄柬諧佳會

詞話本第八十四回　吳月娘大鬧碧霞宮　宋公明義釋清風寨

崇禎本第八十四回　吳月娘大鬧碧霞宮　普靜師化緣雪澗洞

詞話本第八十五回　月娘識破金蓮奸情　薛嫂月夜賣春梅

崇禎本第八十五回　吳月娘識破奸情　春梅姐不垂別淚

詞話本第八十六回　雪娥唆打陳經濟　王婆售利嫁金蓮

崇禎本第八十六回　雪娥唆打陳經濟　金蓮解渴王潮兒

詞話本第八十七回　王婆子貪財受報　武都頭殺嫂祭兄

崇禎本第八十七回　王婆子貪財忘禍　武都頭殺嫂祭兄

本章一開始即提到，《金瓶梅》的風情故事嫁接自《水滸傳》武松殺嫂祭兄一節。《水滸傳》裡武松親手殺死西門慶、潘金蓮這對奸夫淫婦，到官府自首後被刺配孟州。《金瓶梅》將上述時空從陽谷搬到清河，改成武松因誤殺李外傳而遭刺配，從而挪移出六、七年寫西門慶的暴發經歷。結果，西門慶在第七十九回死去，大廈傾頹，餘衆各自求生。另一方面，西門慶、潘金蓮作爲風情故事的起點，奸夫死了，淫婦自然也要退場，而且還須交由武松來完結。

西門慶死後妻妾離散、門前冷落的情節，前面已經提到不少，單從接下來幾回回目即可窺其概貌。第八十回西門慶治喪期間，陳經濟成功偷香潘金蓮；李嬌兒也在連日盜財之後，做完「五七」便返麗春院重操舊業。第八十一回，奉命到江南批貨回來的韓道國及湯來保，一個拐了千兩銀子上東京投奔女兒，一個在家欺主背恩、另開起鋪子接管西門慶的通路和人脈。第八十二回寫陳經濟弄一得雙，同時繼承岳父的寵妾及寵婢，「淫蟲顯然，通無廉恥」。第八十三回寫陳經濟畫樓雙美被秋菊撞破，一狀告到大房，吳月娘雖不見信，但阻斷了女婿和岳母之間的往來。月娘從泰山進香回來不久，旋即識破金蓮奸情，因此春梅在第八十五回被月娘賤價賣至周守備府，金蓮也在第八十六回遭媒人王婆帶回。到了第八十七回，受守備寵愛的春梅哭求將金蓮買回——不料武松正巧遇赦返鄉，完成延宕多年的殺嫂祭兄「使命」。

吳月娘在西門慶病重之際，曾對天許下願：「見夫好了，要往泰安州頂上與娘娘進香、挂袍三年。」夫君雖然死了，但第八十四回還是看到吳月娘上山還願。即便在碧霞宮躲過賊人玷污，但到了清風山依舊遇到強盜打劫，幸好「及時雨」宋江正於清風寨作客，賴其之力才倖免於難。這段故事見於「詞話本」，顯然是爲接合《水滸傳》所做的努力；「崇禎本」略其不錄，有意抹去水滸元素，因而回目也從「宋公明義釋清風寨」改爲「普靜師化緣雪澗洞」。

詞話本第八十八回	潘金蓮托夢守禦府	吳月娘布施募緣僧
崇禎本第八十八回	陳敬濟感舊祭金蓮	龐大姐埋屍托張勝
詞話本第八十九回	清明節寡婦上新墳	吳月娘誤入永福寺
崇禎本第八十九回	清明節寡婦上新墳	永福寺夫人逢故主

從小說結構布局的角度看，西門慶既在第七十九回死去，高潮已過，《金瓶梅》末二十回的任務應該是安排衆人散去。但評點家張竹坡認爲，這裡要緊的是藉春梅「爲炎涼翻案」。先是第八十五回，吳月娘賤賣春梅時只教他罄身兒出去，春梅倒說：「等奴出去，

不與衣裳也罷，自古好男不吃分時飯，好女不穿嫁時衣！」於是「這春梅跟定薛嫂，頭也不回，揚長決裂出大門去了。」次是第八十九回寫春梅和月娘、玉樓及大衿子在永福寺巧遇，已成爲守備夫人的春梅道出「尊卑上下，自然之理」，接著向月娘、玉樓磕了四個頭。月娘道：「姐姐，你自從出了家門，在府中，一向奴多缺禮，沒曾看你，你休怪。」春梅竟道：「好奶奶，奴那裡出身，豈敢說怪？」非但不忘往昔出身，而且避談當日受辱。再是第九十六回寫春梅遊舊家池館，發出唏噓之嘆。從不垂別淚、揚長而去，到不忘出身、行禮磕頭，再到衣錦榮歸、重遊舊院，這三段確實是春梅主演的世態炎涼正戲——特別是相較於她後來的頹靡。

附帶一提，潘金蓮被武松殺害後，屍身暴露在街，無人領回。作者一面寫其死後報應，一面藉此完結婦人和陳經濟、龐春梅的夙緣。陳經濟本要回東京取銀子，贖回金蓮成其夫婦，然而未及趕回婦人即遭武松殺害。之後陳經濟在紫石街離王婆門首遠遠的石橋邊，給婦人燒化錢紙，回家即夢見金蓮托夢屍首日久暴露之苦。另一頭，春梅在守備府日日打聽，終於夢見金蓮前來訴苦，因此著家人冒充親姐妹領屍。巧合的是，陳經濟父親的靈柩停在永福寺，潘金蓮的屍首也葬在守備府香火院永福寺，因此陳經濟才有機會一完心願——「這陳經濟且不參見他父親靈柩，先拿錢紙祭物，到於金蓮墓上，與他祭了，燒化錢紙，哭道：『我的六姐，你兄弟陳經濟敬來與你燒一陌錢紙：你好處安身，苦處用錢。』祭畢，然後纔到方丈內，他父親靈柩跟前，燒紙祭祀。」

詞話本第 九十 回——來旺盜拐孫雪娥 雪娥官賣守備府
崇禎本第 九十 回——來旺盜拐孫雪娥 雪娥受辱守備府
詞話本第九十一回——孟玉樓愛嫁李衙內 李衙內怒打玉簪兒
崇禎本第九十一回——孟玉樓愛嫁李衙內 李衙內怒打玉簪兒
詞話本第九十二回——陳經濟被陷嚴州府 吳月娘大鬧授官廳
崇禎本第九十二回——陳經濟被陷嚴州府 吳月娘大鬧授官廳
詞話本第九十三回——王杏庵仗義賙貧 任道士因財惹禍
崇禎本第九十三回——王杏庵義恤貧兒 金道士孌淫少弟
詞話本第九十四回——劉二醉毆陳經濟 酒家店雪娥爲娼
崇禎本第九十四回——大酒樓劉二撒潑 酒家店雪娥爲娼
詞話本第九十五回——平安偷盜假當物 薛嫂喬計說人情
崇禎本第九十五回——玳安兒竊玉成婚 吳典恩負心被辱

在第八十九回永福寺逢故主、第九十六回遊舊家池館之間幾回，小說繼續處理西門慶親人的分崩離析。

第九十回是好久不見的舊人來旺登場，此人原係宋惠蓮丈夫，第二十六回被西門慶陷害遞解徐州，輾轉流離，學了銀匠手藝，正巧與西門家女眷相認。來旺與孫雪娥舊情復燃，兩人從西門府拐了大批金銀寶物出去，投靠東門外細米巷姨娘屈姥姥，因屈姥姥兒子偷盜兩人財物被查獲，這一對奸夫淫婦連帶遭扭送官府。來旺「係雜犯死罪，準徒五年，贓物入官」。孫雪娥當官拶了一拶，著西門慶家派人遞狀領回；吳月娘不肯玷辱家門，知縣於是當官變賣。這事被守備府春梅聽見，「要買他來家上竈，要打他嘴，以報平昔之仇。」果然，雪娥到守備府專管上竈。第九十四回陳經濟犯案落到周守備手上，遭春梅認出，爲了把陳經濟以姑表兄弟名義安排來府上同住，春梅才叫薛嫂來把雪娥領出去變賣，吩咐：「我只要八兩銀子，將這淫婦奴才好歹與我賣在娼門！隨你賺多少，我不管你。」

第九十一回寫孟玉樓下嫁本縣知縣相公兒子李衙內，過門當天，滿街上人評論不一，有人說好，有人說歹。說歹者道：「此是西門慶家第三個小老婆，如今嫁人了！當初這廝在日，專一違天害理，貪財好色，奸騙人家妻子。今日死了，老婆帶的東西，嫁人的嫁人，拐帶的拐帶，養漢的養漢，做賊的做賊。都野雞毛兒零撏了。常言三十年遠報，而今眼下就報了！」無論如何，李衙內和孟玉樓婚後如膠似漆，連寵婢玉簪兒都因托大而被衙內打發出門。不過，陳經濟因當年拾了孟玉樓的簪子，趁此機會假冒親兄弟前來攀親，既威脅玉樓說服月娘還他當年寄放西門家的「八箱子金銀細軟、玉帶寶石東西——都是當朝楊戩寄放應沒官之物」，又期約私奔成其夫婦，結果反被李衙內和孟玉樓設計送官。嚴州府知府徐崶清廉剛正，同情陳經濟委屈，於是把李衙內父親李通判罵了一頓。李通判回家把兒子打得皮開肉綻，又教把孟玉樓打發出門。後因通判夫人求情，所以——「放了衙內，限三日就起身。打點車輛，同婦人歸棗強縣家裡攻書去了。」

第九十二回則是寫陳經濟墮落，先結交狐朋狗黨，後娶娼妓馮金寶來家。恐嚇孟玉樓之事才死裡逃生，回到家又受馮金寶挑撥，於是——「一把手採過大姐頭髮來，用拳撞、腳踢、拐子打，打得大姐鼻口流血，半日甦醒過來」，到半夜，「用一條索子懸梁自縊身亡」。吳月娘一狀告到授官廳，本來要判陳經濟「毆妻至死者絞罪」，結果他散盡家財買通知縣，才把招卷改成「逼令身死」，因係雜犯，「準徒五年，運灰贖罪」。一場官司打完，陳經濟一無所有，第九十三回寫他「晚夕在冷鋪存身，白日間街頭乞食」。後來因緣際會在晏公廟做了道士，成了大徒弟金宗明的相好，不日也上臨清酒樓玩耍。天假其便，先讓他重會馮金寶，第九十四回又讓他聯繫上守備府春梅。

第九十五回寫西門府人丁日稀，加上「溺愛者不明，貪得者無厭。羊酒不均，駟馬奔陳；處家不正，奴婢抱怨。」小廝平安因爲心裡有怨，偷了頭面，到妓院歇了兩夜，後被吳

巡檢拿在監裡。這吳巡檢原爲西門慶舊時夥計吳典恩，曾受西門慶諸多照顧，不料此時要小廝做證供陳吳月娘與玳安有奸，忘恩負義。幸有賴薛嫂獻計，找上春梅幫忙，吳月娘才得全身而退，自此兩家交往不絕。

詞話本第九十六回	春梅游玩舊家池館	守備使張勝尋經濟
崇禎本第九十六回	春梅姐游舊家池館	楊光彥作當面豺狼
詞話本第九十七回	經濟守禦府用事	薛嫂賣花說姻親
崇禎本第九十七回	假弟妹暗續鸞膠	眞夫婦明諧花燭
詞話本第九十八回	陳經濟臨清開大店	韓愛姐翠館遇情郎
崇禎本第九十八回	陳敬濟臨清逢舊識	韓愛姐翠館遇情郎
詞話本第九十九回	劉二醉罵王六兒	張勝忿殺陳經濟
崇禎本第九十九回	劉二醉罵王六兒	張勝竊聽陳敬濟
詞話本第一百回	韓愛姐湖州尋父	普靜師薦拔群冤
崇禎本第一百回	韓愛姐路遇二搗鬼	普靜師幻度孝哥兒

第九十六回寫完春梅遊舊家池館，婦人形象瞬間變回陰暗，假弟妹之名把陳經濟接來守備府住下，爲他娶了一房媳婦，私底下兩人卻又暗續鸞膠。重新得意的陳經濟，在臨清碼頭大酒樓重逢韓道國一家三口，甚至與韓愛姐互有好感，動了眞情。陳經濟作爲《金瓶梅》末二十回的男主角，一路瞎忙又窮攪和，起起伏伏，到第九十九回終於死在張勝刀下。幸運的是，他身後有名義上的老婆葛翠屏、情義上的老婆韓愛姐爲其守孝寡居。至於龐春梅，第一百回「摟著周義在床上，一泄之後，鼻口皆出涼氣，淫津流下一窪窪，就嗚呼哀哉，死在周義身上」，這是前面都提過的。

至於韓道國一家人的結果：「不上一年，韓道國也死了。王六兒原與韓二舊有楂兒，就配了小叔，種田過日。那湖州有富家子弟，見韓愛姐生的聰明標致，多來求親。韓二再三教他嫁人，愛姐割髮毀目，出家爲尼姑，誓不再配他人。後年至三十二歲，以疾而終。正是：貞骨未歸三尺土，怨魂先徹九重天。後韓二與王六兒成其夫妻，情受何官人家業田地，不在話下。」

最後，大金人馬殺到清河地界，官吏逃亡，人民流竄、吳月娘帶著十五歲孝哥兒及吳二舅、玳安、小玉，也欲往濟南府投奔雲離守。荒野之中，遇見當年在泰山收留過月娘的普靜和尚，向她討孝哥回去當徒弟。衆人不肯，和尚也不勉強，只要衆人在永福寺歇一夜。結果這一晚，小玉偷看永福寺普靜方丈薦拔亡魂，周秀、西門慶、陳經濟、潘金蓮、武大郎、李瓶兒、花子虛、宋惠蓮、龐春梅、張勝、孫雪娥、西門大姐、周義等人先後領命投胎轉世。同一時間，月娘夢見一行人到濟南投奔雲離守遭遇血光之災，醒來走到禪房禮佛燒香，普靜法師點化月娘，告其孝哥兒實乃西門慶死後托化——於是孝哥兒便跟著普靜法師走了。

吳月娘歸家後，把玳安改名爲西門安，承受家業，人稱呼爲西門小員外。月娘享壽七十，善終而亡。故事到此結束，結尾有詩爲證：

閑閱遺書思惘然，誰知天道有循環。西門豪橫難存嗣，經濟顛狂定被殲。
樓月善良終有壽，瓶梅淫佚早歸泉。可怪金蓮遭惡報，遺臭千年作話傳！

筆記頁

筆記頁

國家圖書館出版品預行編目資料

蘭陵笑笑生與《金瓶梅》／胡衍南著. －－
初版. －－ 臺北市：五南, 2019.12
面； 公分
ISBN 978-957-763-769-7（平裝）

1.金瓶梅 2.研究考訂

857.48 108019559

1XGV
經典名作鑑賞

蘭陵笑笑生與《金瓶梅》

作　　者 — 胡衍南（169.7）
發 行 人 — 楊榮川
總 經 理 — 楊士清
總 編 輯 — 楊秀麗
副總編輯 — 黃文瓊
責任編輯 — 吳雨潔
封面設計 — 姚孝慈
出 版 者 — 五南圖書出版股份有限公司
地　　址：106台北市大安區和平東路二段339號4樓
電　　話：(02)2705-5066　　傳　　真：(02)2706-6100
網　　址：http://www.wunan.com.tw
電子郵件：wunan@wunan.com.tw
劃撥帳號：01068953
戶　　名：五南圖書出版股份有限公司
法律顧問　林勝安律師事務所 林勝安律師
出版日期　2019年12月初版一刷
定　　價　新臺幣530元